Ships
in the 밤 배
night

밤배–Ships in the night

초판 1쇄 찍은 날 § 2006년 5월 30일
초판 1쇄 펴낸 날 § 2006년 6월 10일

지은이 § 김인숙
펴낸이 § 서경석

편집장 § 문혜영
편집책임 § 이종민
편집 § 한지윤

펴낸곳 § 도서출판 청어람
등록번호 § 제1081-1-89호
등록일자 § 1999. 5. 31
어람번호 § 제5-0095호

주소 § 경기도 부천시 원미구 심곡1동 350-1 남성B/D 3F (우) 420-011
전화 § 032-656-4452 팩스 § 032-656-4453
http://www.chungeoram.com
E-mail § eoram99@chollian.net

ISBN 89-251-0151-3 03810

ships

in the 밤배

김인숙 지음

night

도서출판
청어람

목차

1. 기억의 편린

희뿌연 안개가 끼어 시야가 흐리다. 연기에 갇힌 것처럼 메케하고 가슴이 답답하다. 그녀는 구름 위에 떠 있는 듯 어지럽고 매스꺼움을 느끼며 흔들리는 걸음으로 어딘가를 헤매고 있었다. 주위는 어두웠고, 그래서 두려웠다. 그러나 이 어둠의 끝 어딘가에 누군가 자신을 기다리고 있을지도 모른다는 막연한 생각에 무작정 걸었다.

어둠이 눈에 익을 무렵, 그녀의 앞에 두 갈래의 길이 나타났다. 여전히 어둠을 간직한 채 서늘한 기운을 뿜으며 유혹하는 길이 하나 있었고 그 길의 끝에는 형체를 분간하기 어려운 그림자가 일렁거렸다. 일렁이는 저 그림자는 무얼까? 외면하려 해보지만 그것은 왠지 불안해 보여서 자꾸 신경이 쓰인다. 마치 금방 심은 나무처럼 뿌리를 내리지 못한 채 흔들린다. 당장 달려가 잡아주어야 할 것 같다.

또 하나의 길은 희미한 빛을 품고 있었는데 그곳에서는 따듯하고 평온한 바람이 일었다. 그녀는 그 길을 바라보며 자신도 모르게 미소를 지었다. 그 길은 굳이 가보지 않아도 다 아는 곳인 듯 익숙하고 편안하게 느껴졌다. 다 보여, 이 길은…… 그래서 안심이 돼. 중얼거리며 행복한 눈으로 그 길을 바라보던 그녀는 고개를 돌려 다시 서늘한 기운을 뿜는 어두운 길을 바라보았다. 저 속에는 무엇이 있을까? 알 수 없는 저 미지의 세계에는 그녀가 날마다 꿈꾸어오던 그리운 무엇이 있을 것만 같다. 그녀는 야릇한 호기심에 그곳으로 가고 싶어졌다. 그래서 어두운 길을 향해 발을 내디뎠다. 발에 닿는 느낌이 축축하고 무겁다.

『규민아!』

어둠 속으로 걸음을 내디디는 순간 등 뒤에서 낯선 이름을 애타게 부르는 남자의 음성이 울려 퍼졌다. 그 소리에 잠깐 걸음을 멈추었지만 다시 걸었다.

『규민아!』

남자의 목소리는 젖은 듯 애절하게 들렸다. 난생처음 들어보는 이름이지만 그녀는 그 낯선 이름이 자신을 부르는 소리라는 것을 알아차렸다. 그녀는 희미한 빛을 품고 있는 길 쪽으로 고개를 돌렸다. 누군가 그녀를 향해 달려오고 있었다. 그 걸음은 절박해 보였다. 오랜 시간을 달려온 듯 지쳐 보인다.

'왜…… 마음이 아프지?'

그 절박한 걸음이 마음 아파서 그를 향해 돌아서고 싶은데 서늘한 기운을 뿜는 길이 그녀를 놓아주지 않고 있었다.

『규민아……!』

다시 빛을 품은 길 쪽에서 소리가 들리자 그녀는 드디어 몸을 완전히 돌렸다. 어둡고 서늘한 길을 외면하기 힘들었지만 그녀는 몸속의 모든 기운을 모아 어둠 속에서 발을 빼내었다. 그리고 자신을 향해 다가오는 사람을 보기 위해 눈을 크게 떴다. 순간 메마르고 하얀빛이 그녀의 눈을 찔렀다. 순간적으로 놀라 눈을 감아버리자 커튼을 치는 소리가 들리고 방 안은 다시 어두워졌다. 이어 낮은 저음의 남자 목소리가 꿈속에서 들었던 그 낯선 이름을 불렀다.

"규민아!"

목소리가 몹시 떨렸다.

"규민아!"

그녀는 목소리가 들리는 쪽으로 힘겹게 고개를 돌려 간신히 눈을 떴다. 낯선 남자가 자신을 내려다보고 있었다. 그 남자의 눈에는 눈물까지 고여 있다.

"정신이 들어?"

'누구지? 여긴 어딜까? 아…… 머리가 너무 아파.'

이마를 찡그리며 다시 눈을 감자 그 남자는 그녀의 얼굴을 비비며 몸을 흔들었다.

"규민아, 나야! 눈 감지 마! 눈 떠!"

그녀의 의식은 몽롱한 잠 속으로 빨려들고 있었지만 얼굴을 비비는 남자의 애절함에 눈을 감고 있을 수 없었다. 그녀는 다시 안간힘을 쓰며 눈을 떠 그를 살폈다. 단정한 이목구비에 눈썹이 짙은 남자다. 잠깐 눈을 마주치는 느낌이 참 익숙하단 생각이 들었다.

"누구…… 세요?"

그녀가 정신이 들었을 때 사람들은 그녀를 '이규민'이라고 불렀다.

이규민.

나이: 29세

가족사항: 남편, 아버지, 어머니.

혈액형: B형

여행 중 뺑소니차에 치여 의식불명에 빠졌다가 삼 개월 만에 깨어남.

그것이 그녀가 깨어났을 때 알게 된 자신의 인적사항이었다.

규민이 완전히 의식을 찾은 것은 그로부터 일주일이 지난 후였다. 간간이 눈을 뜰 때마다 눈썹이 짙은 그 남자가 내려다보고 있었다. 그는 언제나 따뜻한 미소를 머금은 얼굴로 손을 꼭 잡은 채 그녀의 눈을 들여다보았다.

"남편도 몰라보고……. 너, 나 이렇게 슬프게 만들어도 되는 거야?"

그는 눈물이 그렁그렁한 눈으로 규민의 얼굴을 살폈다.

'남편!'

동그란 눈으로 쳐다보는 그녀를 살피던 그의 입술이 규민의 마른 입술 위에 살짝 닿았다 떨어졌다.

"또 한 번 네 맘대로 어디 가버리면 그땐 정말 용서 안 해."

그 짧은 순간 스치는 그의 표정은 정말 용서하지 않을 것 같았다. 그녀는 무의식적으로 고개를 끄덕였다. 자신이 결혼을 했다는 사실이 쉽게 받아들여지지 않았지만 낯설고 막막한 곳에 뚝 떨어진 듯 모든 것이 생소한 이곳에서 그녀에게 가장 가까운 사람은 그 남자라고 느껴졌기 때문이다. 그 남자의 눈을 보고 있으면 그가 그녀를 얼마나 사랑하는지 다 느껴졌다. 아무 기억도 나지 않지만 그는 아마도 그녀를 끔찍하게 사랑했던 사람임이 분명했다. 그래서 그녀는 그가 잡고 있는 손에 힘을 주었다. 그가 전하는 애절한 마음을 자신도 다 느끼고 있다는 것을 전하고 싶었다. 남편이라고 말하는 그는 너무나 따뜻하고, 친절하고, 매력적으로 생겼다. 게다가 살짝 스쳤을 뿐이지만 그의 입술이 전해주는 느낌은 그다지 나쁘지 않았다. 규민은 그의 눈을 바라보며 마른 입술을 움직였다.

"전…… 아무것도 떠오르지 않아요."

난감하고 슬픈 듯한 규민의 눈을 바라보던 그는 안타까운 듯 그녀의 얼굴을 쓰다듬었다.

"알아. 그 뺑소니차에 머리를 다쳐서 그래. 하지만 언젠가는 다 기억날 거야. 난 네가 이렇게 다시 나를 보고 있다는 것만으로도 꿈만 같아."

그녀를 살피는 그는 눈동자도, 마음도, 그리고 입술을 스치는 손가락까지 진저리치듯 떨고 있는 것이 느껴졌다. 그것이 규민의 가라앉은 의식을 들뜨게 만들었다. 그녀는 짙은 눈썹의 그 남자를 찬찬히 살피다가 물었다.

"당신…… 이름이 뭐죠?"

"찬우, 백찬우."

"백…… 찬…… 우."

규민은 그 이름을 나직이 중얼거렸다. 그것은 그녀의 백치 같은 기억 속에 처음으로 새겨지는 이름이었다.

그렇게 깨어난 규민의 몸은 놀랍도록 빠른 속도로 회복이 되었다. 차에 치었다고는 하지만 팔을 약간 다쳤을 뿐 특별한 외상이 없다는 것이 빠른 회복에 한몫을 했다. 깨어난 지 한 달 만에 스스로 움직일 수 있을 정도의 몸이 되자 규민은 집으로 가길 원했다. 병원에는 너무 많은 사람들이 드나들었고, 규민은 그것이 혼란스러웠다. 아무것도 기억할 수 없지만 규민은 깨어나기 전 잠깐 꾸었던 꿈속에서 자신을 향해 절박하게 달려오던 사람이 찬우라는 것을 확신했다. 그래서 온통 낯선 사람들 속에서 혼란을 이기기 힘들 때마다 찬우만을 찾았다. 어차피 병원에서는 물리치료 외에 특별히 치료받을 것이 없었기 때문에 담당의사도 규민의 심리상태를 감안해 통원치료를 권했다. 결국 찬우는 퇴원을 결정했다.

규민은 떨리는 마음으로 그가 '우리는 죽을 만큼 사랑하여 결혼했다' 라고 말한 그 신혼집으로 들어섰다. 전체적으로 핑크빛이 도는 벽지들과 가구들, 노란 빛깔의 커튼, 파릇파릇 막 물이 오르는 화초들. 집 안 곳곳에서 따뜻함이 가득 배어나왔다. 벽에 걸린 결혼사진에서는 그와 그녀가 마주 보며 너무나 행복한 모습으로 웃고 있었다. 규민은 그 아래에 다가가 한참 동안 바라보았다. 아마도 결혼하던 때가 봄이었던 모양이다. 배경으로 비치는 사진 속의 나무들과 잔디들이 연녹색을 띠고 있었다. 찬우도, 규민도, 그리고 사진 속의 봄도 햇살 속에서 반짝였다.

"너 저때 정말 예뻤어."

어느새 다가왔는지 찬우가 뒤에서 그녀를 가슴 가득 품으며 속삭였다. 귓가에 전해지는 그의 음성이 너무도 뜨거워 규민은 자신도 모르게 몸을 오그렸다. 그녀의 몸은 아직 찬우를 낯설어하고 있었다. 규민의 몸이 경직되었다는 것을 모르는지 찬우는 팔을 더욱 세게 옥죄어왔다. 꽉 조인 어깨가 아파서 그를 떨쳐 내려 했지만 찬우는 놓지 않았다. 답답하니 놓아달라고 말을 해야겠는데 찬우는 말을 하지도, 돌아서지도 못하게 했다.

"……찬우 씨."

"정말…… 널 잃어버린 줄 알았어. 전국을 미친놈처럼 찾아 헤맸다."

목덜미에서 그의 눈물이 느껴졌다. 규민은 가슴에 닿은 그의 손을 꼭 잡았다. 자신으로 인해 그가 겪었을 고통을 생각하니 너무 미안하고 마음이 아팠다. 아무것도 기억 못하는 지금 자신의 모습이 그에게는 상처일 것이다. 돌아보니 그의 눈에는 이미 눈물의 흔적이 거두어져 있었지만 규민은 그가 느꼈던 아픔이 그대로 느껴졌다.

"미안해요."

"그런 말 하지 마. 다시 이 집에서 널 이렇게 마주 볼 수 있다는 게 꿈만 같아서 내가 잠시 감정이 격해졌나 봐."

자신의 눈물이 수줍은 듯 싱긋 웃는 그의 얼굴은 너무나 천진스러워 보였다. 규민은 자신도 모르게 손을 뻗어 그 얼굴을 만져 보았다. 그가 말한 '죽을 만큼 사랑했다'는 그 감정을 되찾고 싶었다.

"얘기해 줘요, 우리가 어떻게 사랑했는지. 내가 잊어버린 우리 사랑…… 당신이 다 가르쳐 줘요."

찬우를 바라보는 규민의 눈은 의식을 회복한 후 처음으로 뜨거움이 느껴졌다. 당신을 이토록 격한 감정으로 몰아넣는 우리들의 사랑은 어떤 것이었을까? 규민은 떨리는 손가락으로 찬우의 입술을 만져 보았다. 눈으로는 기억할 수 없지만 어쩌면 손의 감각들은 자신의 남자를 기억하지 않을까? 찬우의 입술은 피곤한 듯 까칠했다.

그는 호기심을 가득 담은 채 조금은 두려운 눈으로 자신을 살피는 규민을 내려다보다가 입술에 닿아 있는 그녀의 손을 꼭 잡았다. 그리고 자신을 기다리는 그 입술에 규민이 잊어버린 사랑은 바로 이런 것이라고 말하듯 조심스럽게 입술을 가져갔다. 찬우의 입술은 뜨거움에 들떠 있었다. 병원에서 나누었던 몇 번의 입맞춤과는 비교도 안 되는 격하고 뜨거운 키스였다.

규민은 찬우의 힘에 밀려 벽에 등을 기대었다. 그리고 그의 목을 안았다. 마음이 조금 혼란스러웠지만 그의 목을 안는 순간 아주 오래된 습관처럼 편안함이 느껴졌다. 규민의 숨소리가 힘겨운 듯 거칠어지자 숨을 조일 듯 파고들던 그의 혀가 문득 거두어졌다. 그는 상기된 표정으로 규민을 내려다보며 말했다.

"말해줄게. 천천히…… 다 보여줄게."

규민은 그의 눈에 가득 담긴 수많은 얘기들을 빨리 듣고 싶었지만 그는 저녁을 해주겠다며 주방으로 향했다. 그가 이끄는 대로 식탁에 앉은 규민은 음식을 만드는 그의 능숙한 손놀림을 신기한 듯 바라보았다. 찬우는 곰 인형이 그려진 귀여운 앞치마를 두르고 파를 송송 썰고, 마늘을 다지고, 감자를 볶고, 나물을 조물조물 무쳤다. 보글보글 끓는 찌개를 작은 그릇에 떠와서 맛을 보라고 했다. 찌개는 놀라울 만큼 규민의 입에 딱 맞았다.

"당신, 요리 솜씨가 정말 뛰어난 사람인가 봐요? 아님 내가 식성이 아주 좋은 사람이거나? 어떻게 이렇게 한 번에 간까지 딱 맞췄지?"

"이게 다 이십 년 동안 이규민의 입맛을 연구해 온 노력의 결과 아니겠어?"

의기양양 어깨에 힘을 주고 선 그의 모습을 규민은 놀란 눈으로 바라보았다.

"이십 년?"

"응, 이십 년. 우린 코흘리개 친구였어. 아니다, 정확하게 이십오 년이군."

그릇을 받아 든 그는 싱긋 웃으며 돌아섰다. 그녀의 나이 스물아홉, 이십오 년이라면 그는 그녀가 살아온 생애 전부를 알고 있는 것이다. 그러나 규민은 단 한 조각의 그림도 떠오르지 않았다.

"난……."

싱크대 앞에서 바쁘게 움직이는 찬우를 바라보던 규민은 하려던 말을 멈추어 버렸다. 그의 모습이 너무나 행복해 보여서 말을 걸 수가 없었다.

"아쉽지만 당분간은 손만 잡고 자야겠다."

그날 밤, 씻고 들어온 규민을 안아 눕히며 그가 한 말이었다. 찬우는 규민의 몸도, 마음도 아직은 남편을 받아들일 만큼 준비가되지 않았으니 당분간 부부 관계를 자제하라는 의사의 말을 되새기며 말했다. 규민은 안도의 숨을 내쉬었다. 사실은 씻는 내내 그와 이 밤을 어떻게 보낼까 하는 걱정을 했고 그 두려움 때문에 욕실에서 쉽게 나올 수가 없었다. 부부였으니 부부관계는 당연히 가졌을 뿐만 아니라 오랜 기간 사랑했으니 어쩌면 더 오래전에 관계를 가졌을지도 모를 일이었다. 그러나 지금의 그녀에게는 그것이 초경을 치른 여자처럼 생소하고 낯선 느낌이어서 두려움이 먼저일었다.

규민은 시트를 목까지 올린 채 찬우를 뚫어지게 바라보았다. 그난감하고 따가운 눈빛을 보자 찬우는 피식 웃으며 시트 속에서 규민의 손을 찾아 꼭 쥐었다.

"잘 자."

찬우는 규민의 이마에 가벼운 입맞춤을 해주고 옆에 누웠다. 방안에는 엷은 미등이 켜져 있었고 침묵만이 흘렀다. 가끔 그에게서 마른침이 힘겹게 삼켜지는 소리가 들렸다. 그럴 때마다 찬우는 시트 속의 규민의 손을 꼭 쥐었다. 규민은 무슨 말이든 해서 이 난감한 상황을 벗어나고 싶었다

"내가 어떤 사람이었어요?"

찬우는 한동안 아무 말도 하지 않았다. 잠이 들었나 생각할 즈음 어둠 속에서 찬우의 목소리가 들렸다.

"고집이 아주 세고……."

그리고 그는 다시 오랫동안 말이 없었다. 침 넘어가는 소리가 힘겨운 것으로 보아 규민은 어쩌면 자신이 그를 힘들게 했을지도 모른다는 생각이 들었다.

"내가 당신을 힘들게 했나요?"

"아니! 아냐. 넌 언제나 날 행복하게 했어."

그는 다시 이불 속에서 손을 아프도록 꼭 잡았다.

"어릴 땐 아주 작고 귀여웠어."

그는 반듯이 누웠던 몸을 일으켰다. 그리고 팔꿈치를 세워 머리를 받치고 비스듬히 기대어 규민을 내려다보았다. 희미하게 새어 들어오는 바깥의 불빛이 그의 얼굴을 장난스럽게 비추었다. 그의 목소리도 밝고 장난스럽게 들렸다.

"넌 어릴 때 늘 인형을 꼭 안고 다녔었는데 어느 날 내가 그 인형을 빼앗아서 널 많이 울렸어."

"당신은 장난꾸러기였구나?"

"아니. 난 그 인형이 정말 싫었거든."

"왜요?"

"생각해 보면 너의 품에 꼭 안겨 있던 그 인형을 질투했었던 것 같아. 어린놈이 웃기지?"

싱긋 웃는 그의 얼굴은 어린아이처럼 천진해 보였다.

"가까운 곳에 살았어요?"

"음. 장모님이랑 우리 엄마랑 친구셨어."

'우리 엄마' 란 소리에 규민은 문득 이상한 생각이 들었다. 깨어났을 때부터 지금까지 많은 사람들이 병실을 다녀갔지만 시댁과 관련된 사람은 한 사람도 오지 않았다.

"당신 부모님은 돌아가셨나요? 아님……."

"식구들 모두 미국에 있어. 너 찾았다고 연락했더니 다들 아주 반가워했어. 나중에 우리가 한번 들어가든지 아니면 나오시라고 하든지 그러지 뭐. 우리 엄마도 너 다시 보면 아주 기뻐하실 거야."

찬우는 무슨 생각을 하는지 한동안 말이 없다가 다시 얘기를 이어갔다.

"초등학교 다닐 때도, 중고등학생 때도, 그리고 대학에 가서도 우리는 언제나 함께 다녔어. 마치 네게서 떨어질 수 없는 그림자처럼 난 그렇게 지냈어. 한 번도…… 떨어지지 않았어."

한 번도 떨어지지 않았던 규민과 자신의 그림자를 떠올리는 듯 그는 어둠 속을 응시하고 있었다. 피곤했는지 어느새 규민에게서 고른 숨소리가 들렸다. 규민의 손도 긴장이 풀려 찬우의 손 안에서 부드럽게 펴져 있었다. 규민을 바라보니 그녀는 편안한 얼굴로 잠이 들어 있다. 찬우는 가까이 다가가 그녀의 얼굴을 살폈다. 밤의 옅은 불빛이 보여주는 규민의 얼굴은 한없이 여려 보였다. 그는 조심스럽게 입술을 만져 보았다. 고집스럽게 다물어진 야무진 입매는 그때나 지금이나 여전히 변함이 없다. 재민의 아무것도 놓지 못했던 고집스러운 규민. 그러나 그녀는 지금 백치 같은 기억으로 다시 찬우에게로 돌아왔다, 신이 주신 선물처럼. 백치처럼 텅 비어 있을 그녀의 기억 속에 새롭게 차곡차곡 쌓아갈 그들의 앞날을 생각하며 그의 눈은 기대에 부푼 듯 반짝였다.

그는 이대로 영원히 그녀의 기억이 백치이기를 바란다. 아무것도…… 어떤 것도 다시는 그들 사이에 끼어 있지 않기를 바란다. 그리고 자신의 눈앞에서 빛을 뿜던 스물둘, 그때의 '이규민'만을 기억하고 싶다.

찬우는 어둠을 더듬어 얼굴을 좀 더 가까이 가져갔다. 그리고 그녀가 깨지 않도록 조심스럽게 입을 맞추었다.

'아무것도 떠올리지 마.'

어둠 속의 그의 눈은 왠지 모를 슬픔에 젖어 있었다.

갓 태어나 눈을 뜬 어린애의 심정이 이런 걸까? 모든 것이 생소하고 두렵다. 규민은 찬우가 하나하나 가르쳐 주는 자신의 모습을 머리 속에서 그려보았다. 그러나 모든 그림은 연극의 한 장면처럼 단편적으로 보일 뿐이다.

출근하는 찬우의 볼에 규민은 입을 맞추었다. 볼을 살짝 스치는 입맞춤에 찬우의 얼굴이 소년처럼 붉어졌다. 오랜만이라…… 중얼거리며 붉어져 버린 뺨을 숨기고 싶은 듯 고개를 슬쩍 돌린 찬우는 가슴이 두근거린다고 했다. 규민은 두근거리는 그 마음을 함께 느낄 수 없는 것이 속상했고, 아직은 찬우를 향한 밋밋한 자신의 마음이 미안했다. 찬우는 속상한 듯 찡그려진 규민의 이마를 엄지손가락으로 문질렀다.

"조급해하지 마. 나한테 미안해하지도 말고. 천천히 생각하자, 천천히. 알았어?"

조급해하지 말고 천천히, 그 말은 자신에게 하는 말이기도 했다. 천천히 규민의 마음속으로 들어가는 것이다. 그래서 온전히 자신만으로 채워 버리는 것이다. 그 녀석의 그림자는 얼씬도 못하도록. 찬우의 눈은 희망에 넘쳐 보였다.

"병원 갈 시간 맞춰서 정 기사 보낼게."

병원 갈 시간이 되자 정 기사를 보내겠다던 찬우가 직접 왔다.

"잠깐 시간 내서 왔어. 별일없었지? 괜찮아?"

그는 아주 오래 떨어져 있다 만난 사람처럼 규민의 얼굴을 살폈다. 조금 날카롭고 불안해 보이기도 한 그 눈은 규민의 얼굴에서 자신이 찾는 무언가가 없다는 것을 감지하는 순간 다시 평화로워졌다.

병원에서 의사와 상담을 하는 내내 찬우는 옆에 있었다. 의사는 규민에게 가장 중요한 것은 정신적 안정과 현실을 자연스럽게 받아들이는 것이라고 조언했다. 현실을 자연스럽게 받아들이는 것, 그것은 쉽고도 어려운 일이다.

병원에서 나와 차를 마시며 규민은 찬우의 얼굴을 살폈다. 자신이 사랑했던 남자, 그러나 기억에 없는 남자다. 그를 어떻게 받아들여야 할지 여전히 난감하다. 그와 어떻게 사랑을 나누었는지, 그의 얼굴을 보며 어떤 마음이 들었었는지, 이렇게 손을 잡을 때의 느낌은 어땠었는지 모든 것이 궁금하고 그리울 뿐이다. 규민은 탁자 위에 놓인 찬우의 손을 꼭 잡았다.

"당신은 내가 익숙하겠지만 난 아직 당신이 생소하고 낯설어요. 그래서 내가 혹시 찬우 씨를 섭섭하게 하는 일이 있을지도 몰라요."

찬우는 그녀가 무슨 걱정을 하는지 다 안다는 듯 잡은 손을 다독이며 따듯한 미소를 지어 보였다.

"그건 내가 해야 할 말 같은데? 혹시 내가 네 상태를 잊어버리고 널 섭섭하게 하는 일이 있더라도 마음에 두지 마."

커피를 마시는 규민의 입가에 미소가 지어졌다. 참 다정다감하고 따듯한 남자다, 찬우는.

다정다감하고 따듯한, 그것이 넘치는 것인지 찬우는 회사에 출근해서도 매시간 집으로 전화를 걸어왔다. 처음에는 기다려지던 전화가 시간이 지날수록 지나치다 싶은 생각이 들기 시작했다. 그는 규민이 혼자 지내는 시간에 대해 아이를 물가에 내놓은 듯 불안해했다. 그래서 혼자 갈 수 있는 병원도 정 기사의 차만 이용하게 했고 쇼핑은 물론 간단한 반찬거리를 살 때도 규민이 혼자 가는 것을 원치 않았다. 뭐든 자신의 손으로 다 해주려는 찬우의 지나친 다정함, 그것이 규민을 답답하게 했다.

그날 아침, 규민은 턱을 고인 채 식사를 하는 찬우의 모습을 바라보다가 자신도 모르게 중얼거렸다.

"답답해."

"응?"

"답답하다고."

"왜 그래?"

부지런히 놀리던 숟가락을 멈춘 채 걱정스런 눈으로 바라보는 찬우의 얼굴에 대고 당신의 지나친 관심 때문에 답답하다는 말을 할 수는 없었다. 온통 그녀에 대한 걱정밖에 들어 있지 않은 듯한 찬우의 눈을 살피던 규민은 아무것도 아니라는 듯 고개를 흔들었다.

"아니, 그냥 좀 그렇다고요. 밥이나 얼른 먹어요."

반찬을 앞으로 밀어주는 규민의 피곤한 손길을 바라보며 찬우는 그만 수저를 놓아버렸다. 자신이 도대체 무슨 짓을 하고 있는지 모르겠다. 회사에 출근해서 일하는 내내 머리 속을 떠도는 것은 기억이 돌아온 규민의 모습뿐이다. 두려움에 전화를 걸어 그녀가 여전하다는 것을 확인하고 수화기를 내리는 순간 또다시 두려움이 밀려온다. 그 녀석의 그림자가 또다시 규민을 삼켜 버리지 않았을까? 요즘의 그의 마음을 표현하자면 '불안은 영혼을 잠식한다' 는 그 말이 딱 맞을 것이다. 찬우는 식탁 위에 놓인 규민의 손을 꼭 잡았다.

"미안해."

규민은 그가 왜 미안하다고 말하는지 모르겠어서 그냥 피식 웃었다.

"뭐가 미안해요?"

"그냥, 이것저것 다."

지친 듯한 찬우의 얼굴을 보니 그에 대해 잠깐 가졌던 답답한 마음이 오히려 미안해졌다. 규민이 혼자 여행을 떠났다가 사고가 났었기에 그는 그녀를 혼자 두는 것을 두려워하는 것이리라.

미안한 눈빛과 미안하다는 말을 남긴 채 출근한 찬우가 한 시간 만에 또 전화를 했다.

[조금 있다 정 기사 보낼게 나와. 같이 점심 먹자.]

"점심?"

[응, 점심 먹고 교외로 드라이브도 하고…… 나 지금 데이트 신청하는 거야.]

아침의 우울했던 기분을 털어내려는 듯 찬우의 목소리는 밝았다. 그와의 데이트를 상상하자 규민의 입가에 미소가 지어졌다.

"좋아요, 받아들일게요."

씻고 나온 규민은 가벼운 화장을 하고 옷장을 열었다. 가지런히 진열된 옷가지들이 찬우의 성격을 말해주는 듯하다. 처음 이 집에 왔을 때 규민을 놀라게 했던 것은 마치 손끝 야무진 주부의 솜씨를 보는 듯 너무나 정리정돈이 잘된 집 안이었다. 집안일뿐 아니라 찬우는 매사가 깔끔하고 반듯했다.

단정하게 걸린 옷들을 뒤적이던 규민은 옷걸이 맨 뒤편에 밀쳐진 옅은 갈색 가죽재킷을 발견했다. 다른 옷들에 가려 보지 못했던 옷이다. 갈색의 차이나 칼라 가죽재킷이다. 오래된 옷인 듯 조

금 낡아 보이기도 했다. 어쨌든 자신의 손때가 가장 많이 묻은 듯
한 느낌을 주는 옷이라 왠지 정이 갔다. 찬우가 선호하는 타입의
옷은 아니라는 생각을 하면서도 규민은 그 옷을 입고 나기기로 결
정했다. 낡아서 느껴지는 왠지 모를 친근함, 그것에 마음이 이끌
려서다.

작은 체구에 깔끔한 외모를 가진 정 기사는 첫 인상과는 달리
수더분한 사람이었다. 규민이 병원 다닐 때 종종 이용하다 보니
이제는 꽤 마음을 트고 지내는 사이가 되었다. 그는 규민의 옷차
림을 곁눈으로 힐끗힐끗 살폈다. 그가 보기에도 찬우가 좋아하지
않을 것이라는 생각이 드는 모양이었다. 규민은 정 기사에게 걱정
말라는 듯 한번 웃어주고 그대로 차에 올랐다. 이 옷을 보고 어쩌
면 찬우가 옛 추억을 떠올리며 행복해할지도 모른다는 생각이 들
었다.

점심시간이 아직 멀어서인지 레스토랑은 조용했다. 웨이터가
안내하는 곳으로 들어서니 찬우는 테이블에 무슨 서류인가를 잔
뜩 올려놓고 코를 박고 있었다. 저렇게 바쁘면서 뭐 하러 불렀나
싶어서 은근히 미안해졌다. 규민은 반가운 마음에 목소리가 높아
졌다.

"많이 기다렸어요?"

소리가 나는 쪽으로 고개를 들어올리던 찬우의 눈이 갑자기 커
지는가 싶더니 순간적으로 얼굴 가득 노여움이 스쳤다.

"그 옷, 어디에 있었지?"

"옷장 구석에요. 그냥 편해서 입고 왔는데 싫어요?"

끼고 있던 안경을 벗어 통에 넣고 서류들을 치우는 그의 손끝에 화가 잔뜩 묻어 있다는 것이 느껴졌다. 무슨 일이냐고 묻고 싶은데 입이 떨어지지 않아 난감하게 서 있는 규민의 귀에 그의 나지막하고 차가운 목소리가 들렸다.

"그 재킷 벗어."

찬우는 서류를 치우며 돌아보지도 않고 낮고 냉정한 목소리로 말했다.

"왜요?"

규민이 알 수 없다는 듯 그의 말을 무시하며 의자에 앉으려는데 찬우의 고함 소리가 들렸다.

"그 재킷 벗으란 말이야!"

고개를 드는 찬우의 얼굴이 심하게 일그러져 있었다. 놀란 얼굴로 서 있는 규민에게 그는 다시 이마를 찌푸리며 소리쳤다.

"난 그 재킷이 싫단 말이야! 제길!"

심하다 싶을 정도로 화를 내는 찬우를 보며 규민은 목까지 올라오는 말들을 밀어 넣었다.

식사 시간 내내 찬우는 음식을 제대로 삼키지 못했다. 그의 눈에 스치는 절망감과 미안함이 규민의 가슴에 안개 같은 의문의 덩어리로 들어찼다.

식사 후 가죽재킷을 입혀주는 찬우의 손 떨림이 작은 전율처럼 규민의 가슴을 흔든다. 음식점 앞에 정 기사가 차를 세우고도 한참이 지나도록 찬우는 규민의 손을 놓지 못했다. 규민은 그가 뭐든 설명해 주기를 바랐다. 그러나 찬우는 어떤 설명도 하지 않은 채 결국 규민을 차에 태웠다.

"일찍 들어갈게."

차창 너머 보이는 찬우의 우울한 눈빛이 규민을 더욱 혼란스럽게 했다. 교외로 드라이브나 가자며 장난스럽게 데이트 신청을 하던 그의 모습은 어디에도 없다. 순식간에 낯선 사람처럼 변해 버린 찬우의 모습은 오후 내내 규민의 머리에서 떠나지 않았다.

규민을 그렇게 보내고 사무실로 돌아온 찬우는 넋을 놓은 채 앉아 있었다. 다 버린 줄 알았는데 그 옷이 어쩌다가 남아 있었던 건지 모르겠다. 옷걸이에 걸려 있던 옷은 많았을 텐데 규민은 왜 하필 그 가죽재킷을 입고 나왔던 것일까? 무엇이 그녀의 눈을 이끈 것일까? 기억이 없는 지금도 규민을 지배하는 것은 여전히 그 녀석일까? 그 가죽재킷은 재민이 규민을 위해 마련한 처음이자 마지막 선물이었다. 찬우는 머리를 감싸고 책상에 엎드렸다.

'최재민! 더 이상 가까이 오지 마!'

머리칼을 움켜쥔 그의 손이 떨렸다.

찬우는 자정이 가까워지도록 오지 않았다. 세상에서 가장 가깝다 생각했던 사람이 갑작스럽게 낯설게 느껴지는 이 기분은 정말 감당하기 힘들도록 난감하다. 규민은 전화기를 몇 번이나 들었다가 내려놓았다.

밖에 나가볼 요량으로 외투를 걸치고 막 나서려는데 현관문이 거칠게 열리더니 찬우가 비틀거리며 들어섰다. 술기운에 붉게 충혈된 찬우의 눈이 놀란 눈으로 서 있는 규민을 바라보았다. 그 눈이 슬픈 듯 아련해서 규민은 자신도 모르게 한 발짝 다가섰다.

"찬우 씨……."

순간 찬우는 쓰러지듯 규민의 가슴으로 무너졌다. 규민은 안간힘을 쓰며 찬우를 일으켰다. 겨우겨우 안방까지 들어온 찬우는 다시 침대 위로 쓰러졌다. 규민은 종이처럼 구겨져 널브러진 찬우를 망연히 내려다보았다. 그 가죽재킷 하나가 왜 그를 이토록 못 견디게 하는 것일까? 한 번도 흐트러진 모습을 보이지 않았던 찬우가 아무렇게나 풀어헤쳐진 실타래처럼 엉켜 있는 모습은 규민을 당황스럽게 했다. 넥타이는 어디로 달아나 버렸는지 보이지 않았고, 바지에서 삐져나온 셔츠는 종잇장처럼 구겨져 있었다.

망연히 서 있던 규민은 늘어진 찬우의 몸을 뒤적여 옷을 벗겼다. 그리고 욕실로 가서 가제 수건을 적셔 들고 왔다. 잠깐 망설이던 규민은 찬우의 얼굴을 찬찬히 닦았다. 짙은 눈썹을 닦고, 유난히 넓어 보이는 미간을 닦고, 볼을 닦았다. 마치 난생처음 보는 사람처럼 찬우의 얼굴이 멀고 낯설게 느껴졌다. 볼을 닦고 내려와 각진 턱을 닦던 규민은 유난히 반듯하게 다물어진 입술을 조심스럽게 만져 보았다. 따듯하고 낯설었던 그 입술의 기억이 아득히 멀게 느껴졌다. 수많은 비밀을 간직한 듯 찬우의 입술은 굳게 닫혀 있다. 그가 말하던 죽을 만큼 사랑했던 백찬우와 이규민은 어디에서도 느껴지지 않는다. 규민의 마음은 견딜 수 없이 슬퍼졌다.

조심스럽게 더듬는 그 손길에 찬우가 눈을 떴다. 그의 눈은 아득히 먼 곳에서 누군가를 찾는 듯 보였다. 당황한 규민은 얼른 입술 위의 손을 거두며 돌아섰다. 순간 찬우는 규민의 팔목을 잡았다.

"규민아……."

찬우의 목소리는 목마름에 겨운 듯 말라 있었고, 붉게 충혈된 눈은 무언가를 간절히 원하고 있는 듯 보였다. 규민은 마주친 찬우의 눈망울이 두려웠다. 그가 원하는 무언가가 자신에게는 존재하지 않는 듯 생각되었다. 아니, 어쩌면 그것은 자신의 의식 속에 깊이 잠들어 있는 건지도 모른다.

"……규민아."

찬우는 갈라진 목소리로 다시 한 번 규민을 불렀다. 그리고 무어라 대답도 하기 전에 거칠게 손목을 잡아당겼다. 규민은 그 힘에 끌려 찬우의 가슴으로 쓰러졌다. 역한 알코올 냄새와 함께 술기운에 달아오른 찬우의 몸은 뜨거웠다.

"찬우 씨, 난 아직……."

그러나 뒷말을 듣지 않은 채 찬우는 이미 규민의 깊은 속으로 파고들고 있었다. 그 깊은 어딘가에 그를 기억할 무언가가 있기라도 하듯 그의 손끝은 집요하고, 뜨겁고, 안타깝게 규민의 몸을 배회했다. 규민은 찬우에게서 전해오는 뜨거움이 좋기도 하고, 싫기도 했다. 익숙하기도 하고, 낯설기도 했다. 본능처럼 피어오르는 이 흥분은 아마도 기억의 저 깊은 곳에서 잠자고 있을 죽을 만큼 사랑했다던 잃어버린 감정이리라. 이 몸은 수없이 많은 밤을 찬우

의 손길에 뜨겁게 데워졌었겠지. 그래서 이렇게 몸이 먼저 그를
알아보는 건지도 모른다고 규민은 생각했다. 그녀는 오그린 팔을
벌려 찬우를 안았다.

2. 너를
사랑했던 예감

벌어진 커튼 사이로 아침 햇살이 새어 들어왔다. 유리 막대처럼 길게 뻗어 들어온 햇살은 규민의 얼굴을 가로질러 하얀 벽에 금빛의 기둥을 만들었다. 찬우는 가느다란 그 빛을 따라 규민의 얼굴을 바라보고 있었다. 잘 마시지도 않던 술을 그렇게 마신 것은 말짱한 정신으로 집에 들어오기가 두려워서였는지도 모른다. 그 가죽재킷을 꺼내어 입었던 규민의 마음이 무엇이었는지, 재민이 그녀의 기억없는 의식 속에서 여전히 살아 숨 쉬고 있는 것은 아닌지, 모든 것이 두려웠다.

어젯밤의 흥분을 뭐라 설명할까? 술에 취해 있었지만 찬우의 귀에는 자신의 이름을 부르는 흥분한 규민의 목소리가 또렷이 들렸었다. 흥분에 겨워 등을 꽉 껴안던 규민의 팔의 힘도 기억이 난다. 땀에 젖은 그의 가슴에 얼굴을 기대고 숨을 몰아쉬던 규민의 모습도 기억이 난다. 순간 찬우의 입가에 설핏 미소가 지어졌다.

찬우는 무거운 머리를 들어 다가가 규민을 내려다보았다. 커튼이 살짝 흔들리며 유리 막대처럼 길게 뻗은 햇살이 눈을 스치자 이마를 찡그리던 규민이 눈을 반짝 떴다. 그녀는 아직 잠이 다 깨지 않은 듯 자신을 내려다보고 있는 찬우를 의아한 눈으로 바라보았다. 잠깐 눈을 감았다가 다시 뜬 규민은 맨살을 드러낸 채 자신을 내려다보는 찬우를 발견하고 순간 얼굴이 붉어졌다.

"잘 잤어?"

찬우의 목소리는 아직도 약간 흥분해 있었다. 규민은 말없이 고개를 끄덕였다. 약간의 부끄러움과 난처함, 그리고 미열 같은 흥분이 아직 남아 있었다. 규민의 붉어진 얼굴을 보며 찬우의 입가에 다시 미소가 지어졌다.

"괜찮아?"

규민은 다시 고개를 끄덕였다. 그러다 벽에 걸린 시계를 보고 흠칫 놀라 몸을 일으켰다.

"당신 회사!"

"괜찮아. 오늘은 가고 싶지 않아."

그리고 규민의 팔을 당겨 눕히며 힘껏 안았다.

쉽게 놓지 못하는 찬우로 인해 오전 내내 침대에서 뒤척이다가 늦은 아침 겸 점심을 먹고 그들은 쇼핑을 나왔다. 규민은 자신이 딱히 무엇을 마음에 들어하는지 판단이 서지 않아 물건을 들었다

놓았다 할 뿐 아무것도 사지 못했다. 그저 배회하듯 돌아다니던 규민은 백화점 한쪽 벽에 걸려 있는 샤갈의 그림 앞에서 넋을 놓은 듯 서버렸다. 그 터질 듯 찬란한 색감이 그녀의 마음을 놓아주지 않았다. 화장실에 다녀오던 찬우가 다가와 다른 곳으로 가자며 손을 잡아 이끌 때에도 규민은 그 그림에서 눈을 떼지 못한 채 몇 번이나 돌아보았다. 강요에 가까운 찬우의 권유로 몇 벌의 옷을 사고, 신발을 샀다. 그리고 다시 문구 코너 앞에서 규민의 발걸음이 멈추었고, 'Ships in the night'이란 노래가 흘러나오는 음반 매장 앞에서도 규민은 쉽게 걸음을 옮기지 못했다. 자신도 모르게 마음속에서 그 노래를 흥얼거리고 있었다. 아는 노래일까?

"뭐…… 듣고 싶은 음악 있어?"

찬우가 뒤에서 머뭇거리다 다가와 묻자 규민은 놀라듯 고개를 흔들었다.

"아니, 아뇨. 잘 알지도 못하는데 뭘."

"그럼 뭐 좀 먹자. 배고프지 않아?"

그러고 보니 점심시간이 훌쩍 넘어 어느새 저녁 시간이 가까워오고 있었다. 멀리 갈 것 없이 백화점 식당가에서 저녁을 해결하자고 합의를 본 그들은 이곳저곳을 기웃거렸다.

"한번 골라봐."

찬우는 웃으며 규민을 앞세웠다. 그냥 찬우가 이끄는 대로 들어가 아무거나 먹으려던 규민은 난감했다. 무언가를 스스로 선택한다는 것이 곤혹스러웠다. 입구에 진열된 음식들을 살피며 머뭇거리던 규민이 걸음을 멈춘 곳은 일식 코너 앞이었다. 유리 너머 진열된 음식들을 한참 살피던 규민은 만족한 웃음을 지으며 찬우를 돌아보았다.

"여기 들어가요."

"여기?"

"찬우 씨, 초밥 좋아하지 않아요? 그럴 거 같은데?"

규민의 눈은 확신에 찬 듯 반짝였다. 왜 찬우가 초밥을 좋아할 거라고 생각했는지는 모르겠지만 그것을 보는 순간 규민의 머리 속에는 재빠르게 찬우의 얼굴이 스쳐 갔다. 찬우는 대답 대신 미간을 약간 찌푸린 채 유리 너머 진열된 초밥들을 뚫어지게 바라보았다.

"아니에요? 저걸 보는 순간 찬우 씨 얼굴이 겹쳤었는데……."

실망한 듯 규민의 목소리가 작아지자 찬우가 이내 고개를 흔들었다.

"아냐, 좋아해."

"그렇죠? 그럴 줄 알았어."

이내 얼굴이 환해진 규민이 찬우의 팔짱을 끼며 얼른 들어가자는 듯 잡아당겼다.

입맛이 없는지 찬우는 두어 개를 먹은 뒤 젓가락을 놓아버렸지만 규민은 찬우가 남긴 것까지 다 먹고 미안한 웃음을 지어 보였다.

"좋아한다 해놓고는 왜 안 먹어요? 나 혼자 다 먹었네."

"속이 좋지 않아서 그래. 맛있었어?"

"글쎄? 맛은 잘 모르겠는데 잘 먹혀요. 전에 많이 먹었었나 봐,

그쵸?"

"어? 응, 많이 먹었었어."

오늘은 느낌인지, 기억인지 모를 예감이 왠지 잘 들어맞는 것 같다. 금방이라도 잃어버린 기억들이 되돌아올 것 같은 생각이 들어 규민은 마음이 한껏 부풀어올랐다.

집으로 돌아온 찬우는 씻겠다며 욕실로 들어간 후 오랫동안 나오지 않았다. 규민은 사가지고 온 옷들을 꺼내어 입어보았다. 고를 때는 잘 몰랐었는데 막상 입고 거울 앞에 서 보니 그녀에게 너무나 잘 어울리고 마음에 드는 옷들이었다. 오랜 세월 함께해 왔다던 찬우가 고른 옷이니 그럴 수밖에 없다는 생각을 하며 규민은 다시 입가에 미소를 지었다. 어제의 우울했던 마음이 오늘의 쇼핑으로 다 달아나 버린 느낌이다. 막막하고 안개 같았던 머리 속도 개운해진 듯 맑았고, 찬우를 생각하면 자꾸만 웃음이 지어지기까지 한다. 아침에 눈을 떴을 때 본 찬우의 얼굴은 약간 어린아이 같은 들뜬 감동이 느껴졌다. 누군가 자신을 바라보며 그런 표정을 지어준다는 것은 상상만으로도 행복한 일이다. 그 누군가가 찬우라는 것이 규민의 오늘을 행복하게 만든 것 같다.

옷을 벗어 챙기던 규민은 문득 백화점에서 잠깐 보았던 그 그림이 떠올랐다. 그것이 자신을 왜 그토록 끌어당겼는지 모르겠다. 다시 나가게 되면 그땐 그림에 관한 책들을 구해와야겠다고 생각하며 찬우가 나오기를 기다렸다. 하지만 옷을 다 정리하고 차를 한 잔 마실 때까지 찬우는 욕실에서 나오지 않았다.

얼음 같은 차가운 물줄기를 맞으며 찬우는 샤갈의 그림 앞에서 반짝이던 규민의 눈을 떠올렸다. 그 찬란한 색감 앞에서 규민은 넋을 놓은 듯 서 있었다. 기억에는 없지만 규민은 자신의 피가 갈구하는 무언가를 느끼고 있는 것이리라. 찬우는 언제까지나 그것을 숨기고 막을 수는 없다고 생각했다. 그녀를 가장 행복하게 만드는 것은 역시나 그림을 그리는 것일 테니까. 또한 그것은 그가 가장 원하는 규민의 모습이기도 하다. 언젠가는 그녀의 손에 다시 붓을 쥐어줄 생각은 늘 하고 있었다. 초밥을 맛있게 먹던 규민의 모습이 떠오르자 찬우는 입술을 깨물며 주먹으로 타일을 힘껏 쳤다. 그것이 그저 단순한 식성이었을 뿐이기를…….

"자주 그러세요?"

안경 너머 눈이 예쁜 여의사가 물었다.

"네, 요즘 와서 더 심한 것 같아요."

퇴원 후, 통원치료를 위해 일주일에 두 번씩 병원에 다니고 있었지만 두통에 대해서는 한 번도 얘기하지 않았었다. 그것은 아주 가끔 미약하게 느끼는 것이었고 자신이 생각을 너무 복잡하게 해서 그런 것이라고 스스로 판단해 버렸었다. 그러다 요 며칠 견딜 수 없는 두통이 찾아왔다. 규민의 차트를 넘겨보던 의사는 낮은 한숨을 내쉬었다.

"평소에 뭐든 참으시는 편이세요?"

"네?"

"아픈 건 참는 거 아니에요. 그동안 두통이 꽤 심하셨을 것 같은데?"

"어디가 안 좋은 건가요?"

"우선 검사부터 받아보죠. 교통사고 후유증일 수 있습니다. 이규민 씨같이 뇌 쪽을 다치신 분들한테는 두통이 가장 흔하게 나타나는 후유증입니다."

검사를 마치고 병원을 나서려는데 한두 방울 비가 내리기 시작했다. 잠깐 망설이던 규민은 전화기를 꺼내었다. 그녀의 일거수일투족을 다 알아야 하는 찬우이기에 규민이 말없이 혼자 병원으로 온 것을 안다면 그는 또 불안해하고 화를 낼 것이다. 찬우는 그녀를 혼자 두는 것에 대해 여전히 불안을 느끼고 있었다. 요즘 와서 찬우의 그런 불안은 더욱 커진 듯하다. 물론 찬우의 그런 행동들이 모두 그녀에 대한 관심과 걱정 때문이란 것을 안다. 그러나 규민은 그런 것에 대해 점점 답답함을 느끼고 있었다. 답답하지만 그것이 찬우의 사랑임을 알기에 규민은 전화를 걸었다.

'***-0208.'

[지금 거신 전화는 사용하지 않는 번호이거나…….]

기계음을 들으며 고개를 갸웃거리다 다시 번호를 눌렀다. 또다시 그 기계음이 들린다. 다시 한 번 걸어보려 휴대폰을 들여다보던 규민의 눈이 멈칫했다.

'0208.'

휴대폰에 적힌 전화번호는 처음 보는 번호였다. 그녀가 외우고 있던 전화번호가 아니었다. 자신이 왜 그 번호를 눌렀는지 모르겠다. 그녀 속 어딘가에 저장되어 있는 번호가 무의식적으로 나온 것일까?

잠시 생각에 잠긴 사이 빗줄기가 굵어지기 시작했다. 쏟아진 빗줄기는 순식간에 블록 사이를 여울처럼 흘러갔다. 아무래도 차를 불러야 할 것 같아 규민은 다시 전화를 걸었다. 전화를 끊고 얼마 지나지 않아 빗줄기는 거짓말처럼 잦아들었다. 지나가는 소나기였던가 보다. 가늘게 툭툭 떨어져 내리는 빗방울을 무심히 내려다보고 있는데 누가 어깨를 툭 쳤다. 돌아보니 어두운 얼굴을 한 찬우가 서 있었다.

"왜 혼자 왔어? 병원에서 뭐래?"

정 기사를 부르지 않고 혼자 병원까지 온 것을 나무라는 말투였다. 차에서 내려 급하게 달려온 듯 숨소리는 조금 거칠었고, 옷자락에는 빗방울의 흔적이 남아 있었다.

"늘 오는 곳이라 혼자 와보고 싶었어요. 검사 받아놨으니까 다음에 오면 알려주겠지. 일하다 왔어요?"

"음."

규민은 찬우의 앞머리에 대롱대롱 매달린 빗방울을 손가락으로 떼어내었다. 그리고 짙은 눈썹을 가린 앞머리를 살짝 걷어 올려주었다. 규민을 향한 아련한 눈이 흐린 날씨와 어우러져 우수에 젖은 듯 보였다. 규민은 찬우의 이런 눈을 대할 때마다 가슴 한켠이 아렸다. 상실해 버린 기억이 가장 그리워지는 순간이다. 움찔하던 찬우의 얼굴이 규민의 입가에 스치는 미소를 보자 살짝 상기되었다. 이 남자! 이렇게 한 번씩 열일곱 소년처럼 얼굴을 붉힌다. 찬우의 그 모습이 오늘따라 귀여워 보여서 규민은 웃음이 났다.

비는 치렁치렁 내리고, 규민은 바람처럼 웃고 찬우는 그것이 행복했다.

며칠 후, 검사 결과를 보기 위해 다시 병원을 찾았다. 의사는 불안한 얼굴을 한 찬우에게 필름을 보여주었다.

"여기 조금 어두운 부분 보이시죠? 이곳에 혈액이 응고되어 있어요. 걱정할 정도는 아니니까 우선 약물 치료를 받으시고 나중에 다시 한 번 봅시다. 이규민 씨, 최근에 뭐 새롭게 떠오르는 기억이라든지 그런 건 없으세요?"

의사는 의자에 앉으며 한마디 툭 던졌다.

"아뇨. 근데 이게 기억인진 모르겠지만 설명 못할 특별한 느낌은 있어요."

그 얘기를 하며 규민은 어깨에 놓인 찬우의 손을 꼭 잡았다.

"특별한 느낌요?"

"어떤 음식이나 물건을 볼 때 갑자기 누군가의 얼굴이 떠오르곤 해요. 그럼 그건 어김없이 그 사람이 좋아하는 것들이에요."

"그래요? 그게 누구죠?"

규민은 찬우를 돌아보며 설핏 웃고는 의사의 말에 대답했다.

"남편요."

그날의 쇼핑 이후 규민은 찬우에게 왠지 모를 자신감이 생겼다. 사실 그동안 규민은 자신은 물론 찬우에 대해서도 아무런 자신이 없었다. 그가 무얼 좋아하는지, 무슨 생각을 하는지, 그녀를 어떻게 사랑하는지에 대해서도 아무런 자신이 없었기 때문에 다가서기가 쉽지 않았다. 그러나 이젠 마음으로부터 찬우가 조금씩 느껴진다. 식탁에서도 왠지 그가 좋아할 것 같은 예감이 드는 반찬을 망설임없이 수저 위에 집어 올려주었다. 출근 준비를 하는 찬우의 곁에서는 멀거니 서 있기 일쑤였었는데 이제 손수 넥타이를 골라주기도 했다. 망설임없이 한 번에 그가 좋아할 만한 색감의 넥타이를 집어 드는 자신을 보며 대견함까지 느꼈다.

"근데 참 이상한 게 찬우 씨와 관련된 것 외에는 어떤 것에도 느낌이나 예감이 오지 않는다는 거예요. 심지어 저 자신에 대해서도 아직 아무 느낌이 없는걸요. 뭘 좋아했다거나 어떤 사람이었다거나 하는……."

"그럴 수 있습니다. 특정 사건, 특정 인물, 혹은 특정 시기만을 기억할 수도 있어요. 심리적인 요인 때문이란 설도 있지만 오묘한 뇌의 구조를 우리가 다 알 수는 없죠. 사고 이후 의식이 없는 상황에서도 이규민 씨의 뇌리에서 떠나지 않았던 사람이 아마 남편 분이었나 봐요?"

의사는 입가에 웃음을 머금은 채 안경 너머의 예쁜 눈으로 두 사람을 바라보았다. 규민은 어깨에 놓인 찬우의 손을 다시 꼭 잡았다. 그랬었나 보다. 의식이 없는 순간에도 찬우만은 뇌리 속을 떠나지 않았던가 보다.

"기억은 없는데 느낌이 살아 있다는 게 신기하지 않아요?"

방금 전 의사와 나눈 얘기에 규민은 한껏 기분이 들떠 있었다. 눈을 뜨는 순간 갓 알을 깨고 나온 병아리처럼 모든 것이 생소했고, 자신의 존재마저 쉽게 받아들여지지 않았기에 과연 삶을 제대로 유지해 나갈 수 있을까 두렵기까지 했었는데 이젠 아니다. 의식이 없던 순간에도 자신이 놓지 않고 있었던 사람이 찬우였다는 사실이 그녀에게 희망을 던져 주었다. 이대로 영영 기억이 돌아오지 않는다 하더라도 이 느낌만으로도 찬우와 함께라면 충분히 행복해질 수 있을 거란 생각이 든다. 돌아보니 찬우는 약간 굳은 얼굴로 운전을 하고 있었다. 그의 얼굴은 여전히 불안해 보였다. 이제 찬우가 느끼는 저 불안만 거두어진다면 아무런 문제가 없을 것이다. 규민은 운전대를 잡고 있는 찬우의 손을 가만히 잡았다.

"신기하지 않냐고?"

"응?"

무슨 깊은 생각에서 깨어난 듯 찬우는 새삼스런 얼굴로 규민을 돌아보았다.

"전혀 기억이 나지 않는데 느낌이 살아 있다는 거 말이에요."

"아! 그래, 신기해."

"내가 느끼는 사람이 찬우 씨라서 정말 다행이에요."

꼭 잡는 규민의 손에서 전해오는 온기를 느끼며 찬우는 한동안 아무 말이 없었다. 평일 낮이었지만 차가 심하게 밀렸고, 찬우는 그것에 대해 약간 짜증을 내었다. 늘 단정하고 신사 같은 찬우의 입에서 거칠다 싶은 말이 나오는 것이 신기해서 규민은 한참을 바라보았다.

"나도 아마 그랬을 거야."

큰 도로를 벗어나 조금 한적한 길로 접어들자 찬우가 한 말이었다.

"만약에 내가 기억을 잃었었어도 너만은…… 너에 대한 느낌만은 고스란히 간직하고 있었을 거야."

그 말을 하는 찬우의 얼굴은 왠지 모를 쓸쓸함이 느껴졌다. 저녁 어스름이 내려 그런가? 그의 말대로 찬우는 아마 그랬을 것이다. 무서울 정도로 규민에게 집중해 있는 사람이니까.

"예전엔 아마 내가 당신을 찬우야, 라고 불렀겠지?"

그 소리에 찬우는 고개를 돌려 피식 웃었다.

"응, 그랬어."

찬우는 그 소리가 많이 그리울 것이다. 자신은 고스란히 간직하고 있는 사랑을 아무것도 기억하지 못하는 규민을 보며 그가 느낄 비애가 새삼 아프게 다가왔다. 차창 밖으로 가로등이 하나둘 켜지고 있었다. 바쁘게 오가는 사람들 사이로 손을 맞잡고, 혹은 어깨를 부대끼며 장난스럽게 걸어가는 연인들의 모습이 보인다.

우리도 저렇게 장난치며, 울고 웃으며 사랑을 키워왔겠지? 긴 세월 지치도록 사랑을 했을 것이고, 때로는 싸우기도 했을 것이다. 그러나 찬우를 보면 알 수 있듯이 그는 한결같았을 것 같다. 찬우는 한결같이 나만 바라보며 나만 사랑했을 남자다. 그렇다면 나는 어땠을까? 그런 생각들을 하며 규민은 차창 밖을 내다보았다. 어느새 거리는 어둠이 내려 도시는 화려한 불빛 속으로 잠겨 들었다.

저녁을 먹고 잠깐 얘기를 나누던 찬우는 회사에서 보다 만 서류를 마저 보아야겠다며 먼저 자라는 말을 하고 침대에서 일어났다. 문고리를 막 돌리려는 순간 그의 등 뒤에서 규민의 낮은 음성이 들렸다.

"찬우야······."

순간 찬우의 몸은 경직되어 돌아서지 못했다. 문고리를 잡은 그
의 손이 가늘게 떨리는 것이 느껴졌다. 한참 만에 돌아서는 그의
눈에는 놀라움과 함께 약간의 두려움도 느껴진다. 규민은 침대 위
에서 쑥스럽고 귀여운 웃음을 짓고 있었다.

"아직은 어색해요. 좀 익숙해지면 많이 불러줄게."

찬우는 잡고 있던 문고리를 놓고 다가와 규민을 일으켜 안았다.
그가 너무나 힘껏 안았기 때문에 규민은 숨이 막힐 것 같았다. 그
소리가 이렇게 반가울까 싶다가 새삼 미안한 마음이 들어서 규민
은 그의 등을 다독였다. 찬우는 몹시 견디기 힘든 무언가를 참는
사람처럼 긴 한숨을 두어 번 내어쉬다가 마른침을 꿀꺽 삼키며 규
민을 떼어내었다.

"일······ 해야 해."

그리고는 규민에게 자신의 격해진 얼굴을 보여주지 않으려는
듯 얼른 나가 버렸다. 순식간에 빠져나가 버리는 찬우를 느끼며
규민은 허전하고 아쉬운 마음마저 들었다.

혹시나 하는 마음에 찬우를 기다리다 까무룩 잠이 들었던 모양
이다. 새벽에 눈을 떠보니 찬우는 그녀 곁에서 평안한 얼굴로 잠
이 들어 있었다.

그 후로도 규민의 예감에 가까운 느낌들은 다양한 모습으로 나
타났다. 냉장고 속 과일이 귤에서 감으로 바뀐다거나 그동안 마시
던 검고 말간 커피 대신 설탕을 듬뿍 넣은 커피 잔을 내밀며 승리
자처럼 미소를 머금고 찬우를 바라보기도 했다. 욕실 앞에서 속옷

을 들고 있다든지 식탁에서 찬우의 수저 위에 반찬을 올리고, 물을 내밀고, 반찬 접시들을 자주자주 찬우 앞으로 밀어주고 하는 것들로 보아 규민은 자신이 찬우에게 아주 헌신적인 여자였던 것 같다는 생각이 들었다. 그러나 찬우는 그런 모습들을 달가워하지 않았다. 오늘 아침엔 신발을 챙겨주는 규민에게 화를 내기까지 했다.

"그냥 하고 싶어서 했을 뿐인데 화를 낼 필요까지는 없잖아요."

"하고 싶어도 하지 마! 싫어."

"내가 예전에는 이러지 않았어요?"

규민의 물음에 찬우의 인상이 찡그려졌다. 그랬지. 그것도 끔찍하도록 헌신적으로. 깨물린 입술 사이에서 끙 신음 소리가 새어나왔다.

"아니, 그랬어. 너무 많이 그랬으니까 이젠 그러지 말라고. 이젠 너만 생각하고, 너만 사랑하고 그렇게 살아."

"난 찬우 씨를 사랑하고, 찬우 씨를 생각하면서 살고 싶은데? 예전에 찬우 씨를 사랑했던 그 마음을 다시 찾고 싶다고요. 그게 나를 가장 행복하게 해줄 것 같아서 그래."

찬우의 목울대가 심하게 울렁거렸다. 규민은 다시 찬우의 신발을 닦아 그의 발 아래에 가지런히 놓아주었다. 제발 그러지 마! 찬우는 입 안에서 터진 고함 소리를 꿀꺽 삼켰다. 고함 덩어리가 밀려 내려가는 길을 따라 명치끝이 아프다.

성훈을 기다리는 동안 찬우는 독한 위스키를 두 잔이나 연거푸

들이켰다. 눈앞의 물체가 조금 흐려 보일 즈음 성훈이 들어왔다.

"오래 기다렸어? 수술이 늦어져서 말이야."

"벌써 칼잡이가 됐냐?"

"간단한 거. 아직은 구경하는 수준이지."

"그래도 너 속도 꽤 빠르다."

"그렇지?"

성훈은 기분이 좋은 듯 어깨를 으쓱했다. 종합병원 레지던트 삼년 차인 성훈은 병원에서 조금씩 자신의 자리를 잡아가고 있었다. 이래저래 서로 바쁘다 보니 좀처럼 만나기가 힘든 친구를 불러놓고도 찬우는 그저 술잔만 기울였다. 성훈은 찬우가 왜 자신을 불렀는지 어렴풋이 짐작이 갔다. 아마도 규민 때문일 것이다.

"규민 씬 좀 어때?"

찬우는 입으로 가져가던 술잔을 내려놓으며 조금 상기된 얼굴로 성훈을 바라보았다.

"좋아, 아주 좋아."

"그래? 다행이다."

그러나 찬우의 얼굴은 전혀 좋지 않은 표정이었다. 그가 일부러 자신을 보자고 한 것은 필시 규민에게 무슨 문제가 있어서일 거라고 성훈은 생각했다. 규민의 기억상실이 찬우와 규민, 두 사람의 종착역이었으면 좋겠다.

"무슨 일인지 뜸들이지 말고 말해봐. 우리 사이에 어려울 게 뭐 있냐?"

어깨를 꼭 잡아주는 성훈을 보며 찬우는 나직이 한숨을 내쉬었다. 그리고 다시 연거푸 두어 잔의 술을 들이키더니 진지한 얼굴로 물었다.

"넌, 규민이가 기억이 돌아올 확률이 어느 정도라고 생각해?"

"그건 알 수 없지."

"의사로서 네 경험에 의한 통계를 묻는 거다."

"글쎄? 뇌란 게 의학적으로 워낙 민감한 부위라……. 내가 내린 결론은 백 퍼센트."

"백 퍼센트? 결국엔 모두 돌아오는 거야?"

빈 술잔을 채워주며 성훈은 다시 입을 열었다.

"혹은 제로."

"제로?"

"그만큼 알 수 없다는 거야. 백 퍼센트 돌아올 수도 있고, 영원히 기억을 잃은 채 살 수도 있다는 얘기야."

"무책임하군."

찬우는 화가 난다는 듯 중얼거렸다.

"의사는 신이 아니야."

그 소리에 피식 웃는 찬우의 얼굴이 지쳐 보였다. 그는 놓을 수 없는 많은 무거운 것들을 고통스럽게 지고 있는 듯 보였다. 무슨 일인지 묻고 싶었지만 찬우는 스스로 내려놓기 전에는 절대로 자신이 진 짐을 보여주지 않을 사람처럼 고집스럽게 입을 다물고 연거푸 술만 마셨다.

헤어질 무렵이 되어 밖으로 나온 찬우는 흔들리는 네온사인 불빛 아래에서 혀가 꼬인 소리로 혼잣말처럼 중얼거렸다.

"규민이가…… 내게서 재민이를 느껴."

"뭐?"

"재민이가 좋아하던 음식을 먹이고, 그 녀석 색깔의 옷들을 입히고, 내 앞에서 쪼그리고 앉아 재민이에게 하듯 신발을 챙겨."

"하!"

성훈은 어이가 없어서 벌린 입을 다물지 못했다. 질기다, 최재민. 아니, 이규민의 집착이 무서운 건가? 휘청이는 찬우의 눈에 이슬이 맺혀 색색의 찬란한 불빛에 반짝였다.

"근데 바보 같은 난 말이야. 훗…… 정말 바보같이 그게 행복하다. 흐흐…… 그래도 규민이가 내 곁에 있는 게 행복하고, 날 보고 웃는 게 행복하다. 웃기지 않냐?"

찬우는 금방이라도 꺼져 버릴 촛불처럼 흔들렸다. 주머니에 손을 찌른 채 멀찍이 서서 그 모습을 지켜보던 성훈이 다가와 팔을 잡았다.

"찬우야, 규민 씨에게 다 말해. 다 말해줘."

그러나 찬우는 단호하게 그 손을 뿌리쳤다.

"싫어!"

다시는 규민의 입에서 재민의 이름이 나오게 하고 싶지 않다. 규민이 기억하는 이름은 오직 백찬우뿐이기를 바란다. 재민에 대해서는 조금도 관대해지고 싶은 마음이 없다.

그 밤, 찬우는 어린아이처럼 규민의 가슴을 파고들었다.

"규민아……."

찬우의 숨결이 스칠 때마다 아릿한 술 내음이 코를 찔렀다.

"왜 이렇게 많이 마셨어요?"

"오랜만에 친구를 만났거든. 그 녀석이랑 네 얘기 많이 했어. 그래서 기분이 너무 좋아."

찬우는 규민의 가슴에 얼굴을 묻었다. 이것만으로도 좋다, 이규민. 껍데기라도 좋아. 네가 내 곁에 있어서…… 행복해.

찬우는 조그만 무역회사를 경영하고 있었다. 그래서 해외 출장이 잦은 편이었지만 그동안 늘 아랫사람을 보내왔었다. 그런 그가 갑작스럽게 유럽 출장을 떠난다고 했다. 찬우가 가방을 챙길 동안 규민은 뒷짐을 진 채 서 있기만 했다. 그녀가 기억하는 한 이것은 찬우와 난생처음 떨어지는 것이다. 그가 없는 일주일을 어떻게 보낼까 벌써부터 난감하다. 평소 같으면 이것저것 신경 써서 챙길 규민이 뒷짐만 지고 서 있는 것이 이상한 듯 찬우는 문득 짐을 싸던 손을 멈추고 돌아보았다.

"왜?"

"그냥……."

'그냥'이라고 말하는 규민의 입가에 어색한 미소가 흘렀다. 잠깐이지만 낯선 곳에 혼자 남게 될 것이 불안한 모양이다, 애같이.

"일주일쯤 걸릴 거야. 그동안 장모님께 가 있어."

"응."

엄마도 찬우만큼 편하지는 않다. 규민은 살짝 무거워진 마음을 감추려고 일부러 고개를 힘껏 끄덕끄덕했다. 찬우는 규민이 일주일쯤 머물 친정으로 간단한 옷 가방을 옮겨주고 공항으로 향했다.

"병원 갈 때 혼자 가지 마."

"알았어요."

"머리 아픈 건 괜찮아?"

"견딜 만하니까 걱정하지 말아요."

어느새 마음에 편안해진 규민에 비해 찬우는 마치 물가에 내놓은 아이를 보듯 불안한 눈으로 규민을 살폈다.

"걱정하지 말고 다녀와요. 엄마한테 꼭 붙어 있을 테니까."

농담 섞인 규민의 말과 웃음을 뒤로하고 돌아서 몇 걸음 걷던 찬우가 다시 돌아왔다. 그는 의아한 규민의 눈을 보며 싱긋 웃더니 함께 떠나는 직원들이 옆에 있는 것도 아랑곳 않고 규민을 꼭 안았다.

"난 비겁하고 겁쟁이야."

들릴 듯 말 듯 규민이 이해할 수 없는 한마디를 남기고 그는 비행기에 올랐다.

3. 슬픈 거짓말

기다림은 그리움을 동반한다. 찬우가 떠난 지 오 일째 접어들면서부터 규민의 그리움은 시작되었다. 아침에 눈을 뜰 때면 아이처럼 들뜬 표정으로 내려다보던 찬우가 그립다. 식탁에서는 올려주는 반찬을 착한 아이처럼 투정없이 받아먹던 찬우가 그립다. 짙은 눈썹과 입술도 살짝 그립다.

출장이 예정보다 길어져서 열흘 만에 찬우가 돌아오던 날, 규민은 설레는 마음으로 공항에 갔다. 얼마나 기다렸을까? 몰려나오는 사람들에 섞여 입국장으로 들어서는 찬우가 보였다. 그런데 찬우는 한 번도 보지 못했던 청바지에 재킷 차림과 머리가 약간 흐트러진 모습으로 걸어나오고 있었다. 왠지 낯설다. 양복을 입지 않은 찬우의 모습은 처음이다. 그의 흐트러진 머리카락 또한 처음

보는 모습이다. 놀란 듯 멍하니 서 있는 규민을 발견하고 빠르게 걸어나오는 찬우의 표정도 전에 보지 못했던 환한 모습이다.

"규민아!"

규민이 마중 나온 것이 반가운 듯 그의 얼굴에 어린아이 같은 웃음이 번졌다.

"잘 있었어?"

그는 반가움을 감추지 못하고 다가와 규민을 울컥 안았다. 순간 그의 옷자락에서 그녀의 신경을 자극하는 묘한 향이 났다. 정말 지극히 신경을 자극하는 익숙한 향기. 그리고 규민의 자극된 신경은 순식간에 그 향의 이름이 무엇인지 알아차렸다.

'까샤!'

찬우는 안고 있던 팔을 풀며 다시 웃음을 지어 보였다.

"잘 지냈어?"

규민은 고개를 끄덕이다 의혹에 가득 찬 눈으로 찬우에게 물었다.

"까샤란 향수가 있나요?"

찬우의 얼굴이 순간적으로 굳어지는 듯 보였지만 이내 여유로운 웃음이 흘렀다.

"응."

"혹시 지금 찬우 씨한테서 나는 이 향이 까샤라는 거예요?"

"그래."

"우주의 끝이라는 뜻이고…… 맞아요?"

규민은 자신의 입에서 나오는 말들이 생소하게 들렸다. 그에게 안기는 순간 코를 스치는 냄새에 '까샤'란 이름이 떠오른 게 정말 신기할 정도다. 스스로 어떤 것을 기억해 낸 것은 처음 있는 일이다. 규민의 입에서 나오는 낯설지만 또렷한 단어들을 들으며 찬우는 다시 설핏 웃었다.

"그래, 맞아. 의혹과 신비의 향수 까샤."

"근데 내가 어떻게 그 까샤란 향수를 금방 알아맞혔을까?"

"그야 내가 전에 늘 이 향수를 썼으니까 그렇지. 기억은 없어도 나에 대한 느낌만은 살아 있다고 했잖아?"

찬우의 웃음 띤 얼굴을 한참 동안 바라보던 규민의 얼굴에 그제야 웃음이 번졌다. 그래, 느낌. 난 너만 느낄 수 있나 봐. 참 신기하다.

"내 코가 머리보다 낫네?"

규민은 피식 웃으며 찬우의 팔을 잡았다. 다시 한 번 까샤 향이 그녀의 신경을 자극했다. 집으로 향하는 내내 찬우는 규민의 손을 놓지 않았다. 약간 흐트러진 머리가 주는 편안함과 가벼운 재킷 차림, 그리고 까샤라는 그 향수의 향이 찬우를 바라보는 규민의 마음을 흥분시켰다. 단정하던 찬우도 좋았지만 왠지 자유스러워 보이는 찬우의 모습은 야릇한 흥분마저 느끼게 한다.

"당신 좀 변한 거 같아요."

규민은 손을 꼭 잡은 찬우를 보며 말했다. 차창 밖으로 지나가는 풍경을 보다 규민의 말에 고개를 돌리는 찬우의 눈에 알 수 없는 안개가 낀 것처럼 느껴졌다. 그는 말없이 규민을 바라보다 피식 웃었다.

"변하긴, 예전에도 편하고 싶을 땐 이랬었어."

규민의 눈이 반짝였다.

"근데 그동안은 왜 이런 모습을 한 번도 보여주지 않았죠?"

"사업을 하다 보니 딱딱해지는 건 어쩔 수 없잖아. 그리고…… 네가 없어지고 내 마음에 여유가 많이 없어졌었나 봐. 좀 불안하고, 긴장해 있었어."

"긴장까지 했었어요?"

"응."

약간 흐트러진 그의 머리칼과 웃음 짓고 있는 눈을 살피던 규민은 잡은 손을 꼭 쥐었다. 이런 모습…… 꽤 마음에 든다.

여행 가방을 풀며 규민은 찬우의 가방에서 나오는 물건들을 보고 눈이 휘둥그레졌다.

"이게 다 뭐예요?"

"뭐긴, 너 주려고 산 것들이지."

꽤나 값이 나가 보이는 붓과 물감들, 이젤, 그리고 언젠가 사려고 마음먹었던 화집들까지 가방에서 쏟아져 나온다. 규민은 잠깐 머리 속이 혼란스러워졌다. 그동안 찬우가 자신에게 무언가를 다 말하지 않고 있다는 생각을 여러 번 했었다. 그러나 그것은 아직도 모든 것이 혼란스러운 자신을 위해서라고 스스로를 달래곤 했다. 현재 드러나 있는 자신을 다 받아들이기도 버거웠기 때문에 특별히 캐묻지도 않았었다. 그러나 지금 이 순간 새롭게 알게 된 그림을 그렸던 이규민은 너무나 충격적이고 생소하다.

혼란스런 규민의 눈을 보며 찬우는 들고 있던 붓 하나를 그녀에게 건넸다.

"이제 너, 다시 그림을 그려도 되지 않을까 싶다."

붓을 건네는 그의 눈에 두려움과 희망이 교차한다. 규민은 잠깐 망설이다 그 붓을 받아 들었다. 손가락으로 매끈한 나무의 감촉이 전해졌다. 규민은 다시 붓끝을 쓸어보았다. 부드러운 붓끝이 쓸어가는 자리마다 가늘게 흥분이 인다.

'이것이 내 손에 들려 있었다고?'

문득 백화점 벽에 걸려 있던 그림의 강렬한 색감이 눈앞을 스쳤다. 붓끝에서 그 강렬한 색감이 물결처럼 요동치는 것 같다.

"아주…… 충격적인데요? 내가 그림을 그렸다니. 훗, 꼭 인형 같아. 하나씩, 하나씩 가르쳐 주면 받아들여야 한다는 게."

규민의 얼굴에는 미리 알려주지 않은 찬우에 대한 섭섭함과 새로운 사실을 어떻게 받아들여야 할지 모르겠다는 난감함이 동시에 스쳤다.

"미리 말해주지 않아서 미안해. 갑자기 모든 걸 말해주면 네가 혼란스러워할 것 같아서 말 안 했어."

규민은 붓을 꼭 움켜쥐었다. 어쩌면 이 붓이 자신의 잃어버린 기억 속의 그림들을 그려줄지도 모른다는 생각이 들었다. 야무지게 다물어진 규민의 입가에 흥분된 미소가 지어지는 것을 보며 찬우는 화제를 돌렸다.

"우리, 저녁은 나가서 먹을까?"

몹시 기분이 좋은 듯 느껴지는 찬우의 밝은 목소리에 규민은 꿈에서 깨어나듯 들고 있던 붓을 가지런히 놓인 붓들 틈에 내려놓았다. 약간 흐트러진 찬우의 머리칼은 그의 짙은 눈썹을 가리고 귀엽게 흘러내려와 있었다. 그 모습이 마음에 가득 들어와 찬우를 살피는 규민의 눈은 반짝였다.

"그래요."

찬우에 대한 알 수 없는 두근거림만큼이나 따뜻하고 행복한 저녁 시간이었다. 찬우는 식사 시간 내내 규민에게서 눈을 떼지 않았다. 그는 평소보다 말이 많았고, 규민은 빨려들듯 찬우의 얘기들에 귀를 기울였다. 찬우는 규민의 아련한 의식 속에 숨어 있던 말들을 끄집어내듯 들려주었다. 그는 음악 얘기를 잠깐 나누며 'Ships in the night'을 들을 때면 비 내리는 망망대해에서 방향을 잃고 검은 바다를 떠도는 밤배가 떠오른다고 했다.

"나는 지금 네가 그렇다고 생각해. 가끔은 막막할 테고, 두렵기도 하고…… 그렇지?"

찬우는 규민의 마음속을 들여다보듯 세심한 눈길과 따뜻한 목소리로 물으며 그녀를 살폈다. 말을 하지는 않았지만 찬우도 그녀의 불안을 함께 느끼고 있었던 모양이다.

"……응, 그래."

찬우는 탁자 위에 놓인 규민의 손을 위로하듯 꼭 잡았다. 불빛 탓이었을까? 규민은 찬우의 눈이 우수에 젖은 듯 슬퍼 보인다고 생각했다. 우수에 젖은 그의 눈은 규민의 얼굴 구석구석을 돌아다니다 그녀의 눈과 마주쳤다.

"내가 등대가 되어줄게. 천천히 찾아와."

찬우의 목소리에는 말로 표현 못할 간절함이 담겨 있었다.

그래, 이 어둡고 막막한 기억의 주머니를 찬우로 다시 채워 나가면 언젠가는 예전의 나로 돌아갈 수 있겠지. 죽을 만큼 사랑했다던 너와 나로…… 규민은 천천히 찾아오라는 찬우의 말이 정말 망망대해를 떠도는 자신을 향해 깜빡이는 불빛처럼 느껴졌다.

그들의 얘기는 집으로 돌아와 다시 와인을 한 잔 나눌 때까지도 멈추지 않았다. 규민은 몸이 약간 휘청거릴 정도로 취했고 기분도 너무나 좋은 상태였다. 찬우에게서 풍겨오는 까샤 향은 규민에게 야릇한 흥분과 함께 아득한 그리움도 가져다주었다. 그 이름처럼 먼 우주의 끝에 닿아 있는 그리움. 규민은 그것이 술이 주는 우울이라고 생각했다. 그래서 처음으로 스스로 찬우의 목에 매달렸다.

"아…… 왜 이렇게 그립지? 이렇게 옆에 있는 당신이 왜 그립지?"

찬우는 목에 매달린 규민을 품었다. 그리고 그녀가 그리워하는 그를 그녀 속에 묻었다. 뜨거웠고…… 격정적이었고…… 영원 같은 밤이었다. 찬우에게는 이대로 그녀를 품고 죽어버리고 싶은 밤.

이른 아침 인기척에 잠깐 눈을 떴을 때 찬우는 이미 출근 준비를 하고 있었다. 규민은 머리가 무겁고, 몸이 나른해서 일어날 수가 없었다. 억지로 일어나려 몸을 뒤척이자 찬우가 침대에 걸터앉으며 그녀의 몸을 지그시 눌렀다. 그리고 잠결에 헝클어진 머리칼을 얼굴에서 걷어내며 싱긋 웃었다.

"잘 잤어?"

규민은 자신의 헝클어진 모습을 찬우에게 고스란히 내비치는 것이 싫어서 이불을 목까지 끌어당겨 올렸다. 눈을 동그랗게 뜨고 올려다보는 그 모습이 귀여워 찬우의 입가에 미소가 지어졌다.

"좀 더 자. 전화할게."

이마에 입을 맞춰주는 그의 양복 깃에서 상큼한 까샤 향이 풍겼다.

잠깐 잠이 들었다가 다시 눈을 뜬 규민은 보송한 이불 속에 얼굴을 묻었다. 창으로 쏟아져 들어온 아침 햇살은 가려진 커튼 사이로 주홍빛 물감을 풀어놓았다. 아직 남은 알코올 기운으로 머리는 약간 아팠지만 방 안을 은은하게 흐르고 있는 주홍빛 색감 덕분에 지난밤의 행복이 다시 되살아나는 것 같다. 아직까지 따뜻하고 촉촉하던 찬우의 입술들이 목 언저리에서, 가슴께에서 돌아다니는 것 같다. 물결처럼 몸을 쓸어주던 찬우의 손길도 여전히 의식 속에 남아 있다. 귓불을 간질이며 사랑한다던 그 말도 뜨거움을 고스란히 간직한 채 귓가에 맴돈다. 사랑은 이런 것일 것이다. 저 주홍빛 아침 햇살처럼 따뜻하고 촉촉하고 행복한 것.

새벽녘 눈을 뜬 찬우는 희끄무레 밝아오는 창을 무심히 바라보다가 몸을 일으켰다. 규민은 아이처럼 몸을 오그린 채 모로 누워 세상모르고 잠이 들어 있었다. 뜨거웠던 어젯밤이 그녀의 몸에 무리를 준 모양이다. '한 번 더 안고 싶어'라고 했을 때 지친 듯 웃으며 목을 껴안던 그녀의 눈이 행복에 물들어 있다는 것이 느껴졌다. 이불을 다독여 덮어주는 찬우의 눈가에 서글픈 비애가 서렸다. 저녁 내내 규민의 입가를 떠나지 않던 웃음은 그를 행복하게 했고, 불행하게 했다. 규민의 반짝이던 눈은 스물두 살, 그 무렵의 모습 같았다. 찬우에게는 모든 것이 눈에 부셨던 스물두 살의 빛나던 이규민.

욕실로 들어가 샤워기에서 쏟아지는 차가운 물을 십여 분 맞고 나니 정신이 좀 맑아지는 것 같았다. 다시 뜨거운 물로 샤워를 하고 머리를 털다 고개를 든 그는 희뿌연 습기가 낀 거울 속에서 한 남자의 슬픈 눈을 보았다. 그 얼굴은 가련하였고, 탐욕에 눈이 먼 듯 보이기도 했다. 찬우는 얼른 고개를 흔들며 몸의 물기를 닦았다.

내 선택을 후회하지 않을 것이다. 결코 후회하지 않을 것이다! 후회하지 않도록 만들 것이다! 그는 아랫입술을 지그시 깨물었다. 어제 귀국하며 장 부장에게 며칠 쉬겠다는 전화를 했지만 아침 일찍 회사에 출근을 했다. 일에 빠져 있는 동안은 무언가를 잊을 수 있어서 좋았다. 서류를 뒤적이던 그는 문득 어제저녁 규민이 목에 매달리며 하던 말이 떠올랐다.

"아…… 왜 이렇게 그립지? 이렇게 옆에 있는 당신이 왜 그립지?"

순간 찬우는 들고 있던 서류들을 신경질적으로 책상 위에 던져 버렸다. 그때 인터폰이 울렸다.

[사장님, 사모님 전화입니다.]

열한 시가 가까워오는 시간이다. 이제 일어난 건가? 규민이 회사로 전화를 걸어온 것은 처음 있는 일이다. 무슨 급한 일이라도 생긴 걸까 하는 생각에 찬우는 얼른 수화기를 들었다.

"여보세요?"

[찬우 씨, 바빠요?]

"아니. 이제 일어났어?"

[아까 일어났어요. 전화 기다려도 안 오기에 많이 바쁜가 보다 했어요.]

"전화…… 기다렸어?"

[응.]

'응'이라는 규민의 짧은 대답에 찬우는 한동안 말이 없었다.

[오늘 늦어요?]

"글쎄? 왜, 무슨 할 일 있어?"

[아니.]

'아니'라고 대답한 규민이 전화기 너머에서 쿡쿡 웃는 소리가 들렸다. 가는 신음 소리처럼 짧은 규민의 웃음소리가 찬우의 가슴을 아프게 했다. 재민을 만난 후, 규민은 봄날 햇살처럼 터져 나오던 그 환한 웃음소리를 잃어버렸다. 그것은 찬우에게도 아득한 기억 저 너머의 모습처럼 희미했다. 저 작은 신음 소리 같은 웃음소리로부터 그녀의 웃음은 다시 시작될 것이다. 그 웃음을 내가 다시 찾아줄 것이다. 찬우는 입술을 깨물며 수화기를 꼭 쥐었다. 규민의 짧은 웃음은 금방 그쳐졌다. 그리고 다소 진지한 목소리가 들렸다.

[나, 지금 이상해요.]

"응?"

[당신 출장 기간이 너무 길었던가 봐. 벌써 당신이 보고 싶어.]

'보고 싶어'. 그 소리가 옆에 있어도 그립다던 지난밤 그녀의 말처럼 찬우의 가슴을 아릿하게 긁었다. 규민의 목소리는 약간 긴장해 있었고, 망설이는 것처럼 들렸다.

[예전에도 이랬었겠죠? 지금쯤 찬우 씨는 뭘 할까 궁금하고, 보고 싶고……. 사랑한다는 건 아마…… 이런 걸 거야. 그죠?]

조심스러운 규민의 말이 귓가에서 아득하게 들렸다. 규민은 지금 찬우에게 사랑한다고 말하고 있는 것이다. 찬우는 떨어지려는 수화기를 꽉 움켜잡았다. 조용조용한 규민의 말들이 시린 가슴을 따뜻하게 만들었다. 그러나 너무나 그리웠던 그 말은 체기처럼 가슴께에 걸려 버린 듯 울컥한 덩어리가 되어 쉽게 넘겨지지 않았다. 가슴께에 걸린 울컥한 덩어리는 자신도 모르는 사이 눈물이 되어 흘러내렸다. 찬우는 누가 보기라도 하듯 얼른 눈물을 훔쳐내었다.

[듣고 있어요, 찬우 씨?]

"어…… 응."

[오늘 일찍 올 거죠?]

"응, 일찍 갈게."

전화는 끊겼지만 찬우는 수화기를 놓지 못하고 있었다. 마치 지금도 규민의 말들이 전화선을 타고 들려오는 듯 넋을 놓고 앉아 있던 찬우는 숨을 깊이 들이마시며 자리에서 벌떡 일어났다. 그리고 창가로 가 회색 안개에 뒤덮인 도시를 내다보았다.

　[사랑한다는 건 아마…… 이런 걸 거야. 그쵸?]

　긴 망설임 끝에 나오던 규민의 그 말이 아직도 귀에 들리는 듯하다. 난생처음 들어보는 그 말이 전해주는 흥분은 가슴 저 밑바닥에서부터 스멀스멀 치고 올라오려는 비애를 밀어 내렸다. 그는 호주머니 속에서 주먹을 꽉 쥐며 입술을 깨물었다. 회색 안개에 뒤덮인 도시에 그보다 더 짙은 회색의 얼굴을 한 남자가 순박한 웃음을 지으며 스쳐 지나간다.
　'최재민…….'
　세상 누구보다 좋아했고, 누구보다 증오했던 친구 최재민. 그의 어둠이 표현해 내던 그림들은 무서운 마력처럼 찬우에게서 규민을 빼앗아갔다. 재민과 재민이 그려대던 그림에 무섭도록 빠져드는 규민을 찬우는 그저 지켜볼 수밖에 없었다. 그것은 너무나 순식간이었고, 그가 알아차렸을 때는 이미 규민은 끌어낼 수 없을 만큼 최재민이라는 늪에 깊이 빠져 버린 뒤였다. 그러나 지금, 재민은 떠나고 그는 남았다. 이제 규민의 곁에 더 이상 그 녀석의 자리는 없을 것이다. 규민의 사랑은 처음부터, 그리고 언제까지나 자신이라는 걸 보여주겠다. 나의 선택을 결코 후회하지 않을 것이라고, 아침에 거울을 보며 다짐했던 그 말을 되새기는 찬우의 입가에 회심의 미소가 지어졌다.

프랑크푸르트를 거쳐 파리에 도착해 약속된 일정을 마친 찬우는 들뜬 직원들의 요청에 따라 그곳에서 하루를 더 묵게 되었다. 찬우는 가장 먼저 샹젤리제 거리로 달려나갔다. 규민에게 사다 줄 화구들을 고르게 위해서였다. 서울을 떠나기 전 그는 이미 규민의 손에 다시 붓을 들려주어야겠다고 결정했었다. 규민은 그림을 떠나 살 수 없고 그림을 떠난 규민의 모습은 그에게도 어색했다. 그런데 샹젤리제 거리의 화장품 가게 앞을 지나며 발견한 까샤는 순식간에 그의 이성을 흔들어 버렸다. 까샤는 규민이 재민에게 사준 그 향수였다. 향이 좋다며 재민의 옷자락에 코를 박던 규민의 모습이 그를 유혹하듯 눈앞에 스쳐 갔다.

　행방불명되었던 규민이 무연고 환자로 제천의 어느 병원에 누워 있다는 것을 확인했을 때 그는 이제는 더 이상 바랄 것이 없다고 생각했다. 규민의 의식이 회복되어 또다시 전쟁 같은 나날들이 계속되더라도 자신이 다 감수하리라 생각했었다. 삼 개월 만에 의식이 돌아온 그녀가 아무것도 기억하지 못한다는 것을 알았을 때 찬우는 어쩌면 그것은 신이 자신에게 준 마지막 선물일지도 모른다고 생각했다. 그래서 그들 주위에 남아 있던 재민에 대한 모든 흔적을 정리해 버렸다. 규민이 가지고 있던 재민의 그림들, 함께 찍은 사진들, 그리고 그의 흔적이 조금이라도 느껴지는 옷가지들까지. 모든 것을 정리했는데 그 가죽재킷이 옷장 깊숙이 박혀 있으리라고는 생각 못했었다. 그날, 규민은 무의식적으로 그 옷을 걸치고 나온 듯했다. 무의식적인 이끌림. 그것은 찬우에게 두려움을 가져다주었다. 예전에도 규민은 재민에게 그랬다. 마치 주술에 걸린 사람처럼 무의식적으로 빨려 들어갔었다.

그 후로도 그녀가 무의식적으로 자신에게 하는 행동들, 표정들……. 그녀가 느끼고 있다는 모든 것들은 재민을 향한 것들이었다. 찬우는 절망스러웠다. 날마다 눈을 뜨면 규민의 앞에서 자신은 재민이 되어 있는 듯 느껴졌다. 규민은 재민을 향해서 웃고, 재민을 위해 반찬을 챙기고, 재민의 앞에 구두를 놓아주었다. 그 행복하고 빛나는 미소가 그에게 고통을 주었지만, 행복도 함께 주었다. 규민이 웃으면 찬우의 가슴에서는 나비가 나풀거렸다. 규민이 행복하면 찬우의 가슴에서는 꽃이 피었다. 성훈은 규민이 다시 기억을 회복할 가능성을 백 퍼센트라고 할 수도 있고, 제로라고 할 수도 있다고 했다.

'백 퍼센트와 제로.'

샹젤리제의 화장품 가게에서 까샤 향수를 보는 순간 찬우의 마음은 제로 쪽으로 기울고 말았다. 그것은 어쩌면 그가 규민의 기억이 영원히 돌아오지 않기를 간절히 원하기 때문이었는지도 모른다.

아무 기억이 없는 순간에도 규민의 영혼을 온통 지배하고 있는 듯한 최재민. 그의 존재는 이미 이 세상에 없다. 이 세상에 없는 그를 질투하고, 이 세상에 없는 그로 인해 이토록 불안해하며 살아야 할까? 괴로워해야 할까? 이럴 바엔 차라리…… 그 녀석이 되어 살아버릴까? 찬우는 점원이 건네주는 포장된 향수병을 움켜잡았다.

규민이 느끼고, 찾고 있는 재민의 형상이 되어…… 그렇게라도 규민을 사랑하며…… 사랑받으며…… 마음에는 꽃이 피고, 나비가 나풀거리고…… 그렇게 규민과 영원히 함께하고 싶었다. 어리석게도 그렇게도 살 수 있을 것 같다는 생각이 들어버린 것이다. 회색의 연무가 오래오래 거두어지지 않고 있는 도시를 내려다보는 찬우의 눈가에 이슬이 맺혔다.

전화로나마 찬우에게 고백 아닌 고백을 해버린 아침, 규민은 수줍고 두근거리는 마음을 안고 다시 병원을 찾았다. 물리치료실에 가서 한 시간 정도 치료를 받고 이제는 낯이 익어 제법 친근해진 눈이 예쁜 그 여의사와 상담을 했다. 그녀는 한층 평화로워진 규민의 얼굴을 보며 따뜻한 위로의 말과 함께 이제는 현실을 사랑하고 받아들이는 연습을 하라는 충고를 했다. 현실 속에서 자신의 기억의 뿌리를 발견하라는 말이었다. 그래, 과거는 언제나 그 자리에서 그녀를 기다리고 있을 것이다. 잠깐 괴롭히던 두통도 어느샌가 사라져 머리는 맑았고, 마음도 몸도 한층 개운해진 듯했다. 상담을 마치고 아래로 내려오니 정 기사가 여전히 그녀를 기다리고 있었다.

"먼저 가시라니까요?"

"안 됩니다. 시장님께서 꼭 집까지 모셔다 드리라고 하셨습니다."

그의 목소리에서 찬우의 걱정이 묻어나왔다. 용기를 내어 혼자 이곳저곳을 돌아다녀 보려고 생각했던 규민은 정 기사의 말을 듣고 할 수 없다는 듯 차에 올랐다.

"그럼 가까운 갤러리나 들렀다 가요. 정 기사님, 아시는 곳 없어요?"

"글쎄요? 찾아보죠 뭐."

삼십여 분가량 헤매던 정 기사는 어느 작은 화랑 앞에 차를 세웠다. 화랑이라는 간판을 내걸었지만 그저 조그맣고 오래된 그림 가게였다.

"아무리 찾아도 가까운 곳은 여기밖에 없네요? 좀 시간이 걸리더라도 큰 화랑으로 모실까요?"

"아뇨, 됐어요. 그냥 잠깐 구경만 할 건데요 뭘."

멀리 가기엔 시간이 너무 늦었다. 곧 찬우가 돌아올 시간이다. 가게 앞에서 잠깐 망설이던 규민은 용기를 내어 들어섰다. 그림들을 닥지닥지 붙여 벽에 기대어놓은 가게는 좁고 오래된 곳이었다. 한 눈에 보기에도 그다지 좋은 그림은 눈에 띄지 않았다. 모자를 눌러쓴 늙은 주인은 졸린 눈으로 규민을 살폈다. 기억은 없지만 그녀의 눈은 그 가게의 그림들이 만족스럽지 못하다고 느끼는 모양이었다. 잠깐 살폈을 뿐인데도 더 이상 보고 싶은 마음이 없었다. 규민은 가볍게 목례를 하고 그곳을 나왔다. 금방 나오는 규민을 보며 정 기사는 미안한 듯 머리를 긁적였다.

"큰 곳으로 갈 걸 그랬습니다."

"괜찮아요. 그만 집으로 가요."

규민은 나중에 찬우에게 보여달라 해야겠다고 생각했다.

정 기사를 보내고 규민은 빠른 걸음으로 아파트에 들어섰다. 어쩌면 찬우가 평소보다 일찍 집에 돌아와 있을지도 모른다는 생각에서였다. 급하게 문고리를 돌리던 규민은 현관문이 잠겨 있는 것을 발견하고 입가에 피식 웃음을 흘렸다. 무엇이 이렇게 급할까 싶다. 마치 첫사랑에 빠진 수줍은 소녀처럼 이런 자신의 모습에 얼굴이 붉어질 지경이었다.

저녁 준비가 끝나가고 있을 즈음 벨소리가 들렸다. 규민이 급하게 현관문을 열자 노란 장미 한 다발이 불쑥 눈앞으로 들어왔다. 꽃에서 풍겨오는 향기는 정신을 놓을 만큼 짙었다.

"와! 예쁘다."

규민은 두 손으로 장미 다발을 감싸 안으며 코를 가져갔다.

"맘에 들어?"

장미 향에 취해 고개를 끄덕이는 규민의 얼굴에는 아이 같은 웃음이 피어났다. 장미에 코를 박고 향을 음미하던 규민은 장미송이 너머 보이는 찬우의 얼굴이 왠지 지쳐 있는 듯 보여 물기 묻은 손으로 볼을 만져 보았다.

"힘들었어요? 피곤해 보여."

규민의 손에서 전해오는 촉촉한 물기는 아까 낮에 그가 숨어 흘렸던 눈물 같다.

"괜찮아. 안 피곤해."

"얼른 씻고 나와요."

찬우가 욕실로 들어간 동안 규민은 재빠르게 식탁을 차렸다. 그리고 유리병을 꺼내어 장미꽃을 꽂으며 콧노래까지 흥얼거렸다. 욕실 문이 열리고 찬우의 인기척이 느껴지자 규민은 꽃을 매만지며 목소리를 높여 물었다.

"빨간 장미가 아니고 왜 노란 장미예요?"

씻고 나오던 찬우는 꽃을 매만지고 있는 규민에게 다가와 꼼짝 못하도록 뒤에서 껴안았다. 규민의 마른 몸이 그의 팔 안에 꼼짝 없이 잡혀 버렸다. 움찔하는 규민의 몸을 그의 팔이 힘을 주어 제지했다.

"가만있어. 잠깐만……."

규민의 목덜미에 얼굴을 묻은 찬우는 긴 한숨을 토해내었다. 불안한 영혼이 안식을 찾듯 찬우는 품에 안은 규민으로 인해 지친 하루가 다 녹아버리는 것 같았다. 실은 종일 머리 속을 떠도는 재민의 생각으로 많이 지친 상태였다. 언제까지 이런 불안을 안고 살아야 할지 그것도 두렵다. 두려우면서도 자신을 향해 반짝이는 규민의 눈이 주는 행복은 유혹처럼 달콤하다. 금방 씻고 나온 찬우에게서는 상큼한 비누 향이 풍겼다.

한참 만에 고개를 든 찬우는 여전히 규민을 뒤에서 안은 채 조금은 격해진 목소리로 중얼거렸다.

"아까 전화 받고 내가 얼마나 행복했었는지 모르지?"

목소리는 물론 그녀를 안고 있는 손마저 약간 떨리는 듯하다.

"겨우 그것 때문에 이래요?"

규민은 찬우의 팔을 풀고 돌아보며 작은 한숨을 내쉬었다.

"내가 예전에 찬우 씨에게 그런 말을 많이 안 해줬었나 보다."

그 물음에 설핏 웃던 찬우는 왜 노란 장미를 사 왔는지에 대한 대답을 했다.

"노란 장미는 질투와 불안한 사랑을 의미해. 그리고 이별을 의미하기도 하지. 이건 그동안 불안했던 내 마음에 대해 이별을 고하는 뜻에서 사 왔어. 오늘로서 내 불안도 끝이야. 두 번 다시 날 잊어버리지도 말고…… 떠나지도 마.”

그 말을 하는 찬우의 눈은 잠깐이었지만 날카롭게 번득였다. 규민은 다시 한 번 자신이 사라졌던 잠깐의 기간이 찬우에게 얼마나 상처가 되었는지를 생각했다. 그리고 정말 다시는 그에게 그런 상처를 주고 싶지 않다는 생각을 했다.

“알았어요. 약속할게. 다시는 혼자 어디 가지 않을게요.”

“다시는…….”

찬우는 다짐을 받듯 규민의 눈을 보며 ‘다시는’ 이라고 말했다. 그 뒤에 줄여 버린 많은 말들은 목구멍으로 삼켜 버린 채.

식사를 마치고 차를 마시며 규민은 턱을 고이고 자신이 오늘 무엇을 했는지에 대해 찬우에게 얘기해 주었다. 그녀는 아침에 눈을 떴을 때, 창으로 들어온 주홍빛 햇살이 지난밤의 기억을 되살리게 해주어서 행복했다고 하며 얼굴을 약간 붉혔다. 찬우에게 전화를 하며 사랑에 관한 얘기를 할 때는 가슴이 조금 두근거렸다고도 했다. 그리고 병원에서 돌아오는 길에 들렀던 작은 화랑에 관한 얘기를 했다.

“내가 좋아했던 그림들이 어떤 것이었는지 기억이 나진 않지만 그곳의 그림들은 아니었어요. 전혀 눈이 가지 않았거든. 나중에 찬우 씨가 나 한번 데리고 나가서 보여줘요.”

그 소리에 찬우는 아련한 눈으로 규민을 바라보았다. 그는 자신을 앞에 앉혀두고 진지하게 그림을 그리던 어린 규민을 떠올렸다.

그 빛나던 눈과 반짝이던 재능을 재민을 위해 모두 묻어버렸던 규민이다.

"네 그림은 샤갈을 닮았었어."

"샤갈? 아! 지난번 백화점에서 본 그 그림이 샤갈의 그림이었어요."

눈을 뗄 수 없었던 그 강렬한 색감이 다시 규민의 눈앞을 스쳐갔다.

"많은 화가들이 사는 동안 가난하고 인정받지 못했던데 비해 살아생전 샤갈만큼 세상으로부터 인정받은 화가도 드물 거야. 생애의 마지막을 보내는 얼마간은 끊임없는 경의의 대상이 되기도 했었으니까."

"세상과 타협하는 그림을 잘 그렸던 건가?"

"아니, 난 세상을 사랑하는 그림을 잘 그렸던 거라고 생각해. 그의 그림이 다소 전위적이고 초현실주의에 가까웠지만 결코 거부감을 주지는 않았잖아. 난 그를 세상과 타협한 예술가라기보다는 자신의 예술 세계를 잃지 않으면서도 세상에 잘 섞였던 모범적인 예술가였다고 생각해."

"모범적인?"

모범적인 그림을 그렸던 규민은, 반항적인 그림을 그리며 세상에 섞이지 못했던 재민의 그림을 경외했었다. 그리고 그의 그림을 위해 자신의 꿈을 스스로 꺾어버렸다. 찬우는 식탁 위에 놓인 규민의 손을 꼭 잡았다.

"몸이 좀 더 나아지면 그림 공부 다시 해. 기회가 닿으면 프랑스

로 가서 공부하는 것도 생각해 보자. 파리 아르데꼬에서 공부하는
건 네가 늘 소망했던 일이었으니까.”

규민은 찬우의 말에 다소 놀란 듯했다.

“파리?”

“그래, 파리 가. 내가 등대가 되어주겠다고 했잖아. 다 해줄게.
꼭 다시 그림 그려.”

그는 규민에게 용기를 주듯 손을 꼭 잡고 토닥였다.

다시 그림을 그린다? 그것은 규민에겐 답을 모르는 막막한 숙
제 같다. 아직 자신이 그림을 그리던 사람이라는 것도 인정하기가
쉽지 않다. 자신의 손으로 그림을 그렸다는 사실조차 믿기지 않는
다. 그러나 꼭 다물어진 찬우의 입을 보며 규민의 마음에서 희망
의 싹이 피어올랐다. 그가 옆에 있다면 가능할지도 모르겠다. 그
의 눈에 강하게 깃들어 있는 믿음과 아쉬움의 빛은 규민으로 하여
금 기억에도 없는 자신의 그림에 대해 자신감을 불어넣어 주는 것
같다.

새벽녘에 규민은 두통을 이기지 못하고 눈을 떴다. 한동안 나아
진 것 같던 두통이 또다시 온몸을 집어삼킬 듯이 덤볐다. 마음은
두렵고, 혼란스러웠다. 이대로 자신의 몸과 함께 기억도, 느낌도
산산이 부서져 사라져 버릴 것만 같다. 머리를 감싸고 엎드려 있
던 규민은 옆에서 자고 있는 찬우의 규칙적인 숨소리에 호흡을 맞
추었다. 그러자 마음이 조금 안정되면서 두통도 잦아드는 것 같았
다.

"내가 등대가 되어주겠다고 했잖아. 다 해줄게. 꼭 다시 그림 그려."

두렵고 혼란스러운 마음에 찬우의 말은 한줄기 빛처럼 울려 퍼졌다. 규민은 고개를 들어 어둠 속에서 찬우의 얼굴을 내려다보았다. 어젯밤의 찬우는 너무나 조심스럽고 따뜻했다. 마치 깨어져 버릴 소중한 물건을 다루듯 규민의 몸 구석구석을 조심스럽게 더듬었다. 규민은 찬우가 깨지 않도록 얼굴을 쓰다듬어 보다가 이마에 입을 맞추어주었다.

'알아, 당신이 안아줄 때 내가 얼마나 행복하고 흥분되는지? 마음보다 몸이 먼저 당신한테 익숙해져 버렸나 봐. 찬우야, 찬우야……'

예전에 사랑을 담아 애틋하게 불렀을 그 이름을 연습처럼 마음으로 불러보다가 피식 웃음이 났다. 이건 시간이 지나면 저절로 익숙해질 것이다. 규민은 이불을 다독여 주고 조심스럽게 침대를 빠져나왔다.

부엌 옆의 작은 방에 옮겨놓은 그림도구들은 주인을 잃어버린 물건들처럼 덩그러니 놓여 있었다. 이곳으로 옮겨두고 몇 번 들여다보았지만 용기가 나지 않아 그저 바라보기만 했었다. 규민은 크기 순으로 쪼르르 놓인 붓들을 만져 보았다. 그리고 물감과 이젤, 연필들을 살펴보았다. 지금은 낯설지만 그녀의 마음속 깊이에서는 모두가 그리울 물건들일 것이다. 망설이던 규민은 드디어 스케치북을 펼쳤다. 그리고 연필을 잡았다.

아침이 밝아오고 있었다. 멀리서부터 문이 열리는 소리와 함께 다급하게 이곳저곳을 오가는 발자국 소리가 들리고, 규민을 부르는 찬우의 목소리도 들렸다. 잠시 후, 문이 벌컥 열리며 찬우가 들어왔다.

"규민아!"

규민은 오도카니 앉아서 무릎에 놓인 스케치북을 뚫어지게 내려다보고 있었다. 그녀는 찬우가 다가오는 것도 못 느끼는 듯 그림에서 눈을 떼지 않고 있었다.

"규민아……."

찬우의 손이 어깨에 닿자 규민은 놀란 듯 고개를 번쩍 들었다.

"언제 일어났어요?"

"언제부터 여기에 있었던 거야?"

규민은 놀란 찬우의 얼굴을 살피다가 주위를 둘러보았다. 창밖은 어느새 환하게 밝아져 있었다.

"어! 언제 날이 샜지?"

찬우는 규민의 무릎에 놓인 그림을 들어올렸다. 그것은 작은 방을 세밀하게 스케치한 그림이었다.

새벽에 이 방으로 건너와 두려운 마음으로 연필을 잡던 순간의 어색함은 십여 분 만에 사라져 버렸다. 눈에 보이는 모든 물건들이 연필 끝으로 옮겨와 종이 위에서 살아났다. 시간이 어떻게 흘렀는지 몰랐다. 연필을 놓았을 때 규민의 손에는 방 안을 축소해 놓은 듯한 그림 한 장이 들려 있었다.

"새벽 내내 이걸 그린 거야?"

규민을 돌아보며 묻던 찬우의 눈이 다시 그림으로 향했다. 그림을 살피는 찬우의 눈에 일순 흥분이 일었다. 그것은 완벽한 규민의 그림이었다. 재민에게서 건너왔던 어둡고, 거친 느낌이 모두 거두어진 규민 본연의 그림이었다. 너무나 섬세하고 따뜻한 느낌의 스케치다.

"내가 그림을 제법 그렸던 사람인가 봐요?"

규민은 찬우의 눈치를 살피며 그렇게 말했다. 찬우는 흥분한 눈으로 다시 그림을 들여다보았다. 규민의 그림은 재민을 만나면서부터 어둡고 거칠어지기 시작했었다. 그리고 더 이상 아무도 규민의 그림을 사랑하지 않았고, 규민의 그림은 그렇게 빛을 잃어버렸다. 어둡고 거칠음은 재민의 손에서만 살아나는 특허품 같은 것이었다. 재민의 어두움은 찬란했지만 규민의 어두움은 빛을 완전히 잃어버렸다. 그러나 지금 자신의 손에 들린 규민의 그림은 많은 사람들로부터 사랑을 받았던 시절의 따뜻하고 맑은 규민의 그림을 그대로 보여주고 있지 않은가! 사라진 기억과 함께 온통 재민의 그림자로 덮여 있던 그림 속의 어두움마저 사라졌다. 찬우는 흥분한 목소리로 규민의 어깨를 움켜잡았다.

"난 네가 훌륭한 화가가 될 거라는 것을 한 번도 의심한 적이 없었어. 그 생각은 지금도 변함이 없어. 이 그림을 봐! 너무나 섬세하고 따뜻하잖아."

규민은 그의 흥분이 자신에게도 전이되는 듯 가슴이 두근거렸지만 이내 고개를 흔들고 말았다.

"찬우 씬 내 그림에 대해 과대평가를 하는 것 같아요."

그러나 찬우는 고개를 흔들며 규민의 어깨를 꼭 잡았다.

"아니, 넌 누구보다 빛이 났었어. 그것이 잠깐…… 아주 잠깐 멈추어지긴 했었지만 이제부터 다시 하면 돼. 다시 빛나던 너로 돌아갈 수 있어. 넌 할 수 있어!"

찬우는 격해진 감정을 어쩌지 못하고 규민을 힘껏 안았다. 스물두 살의 촉망받던 미술학도 이규민. 그녀가 그에겐 얼마나 자랑이었는지 모른다. 그래서 자신의 전공 서적보다 미술 서적을 더 깊이 파고들었고 그 덕에 찬우는 웬만한 미술학도를 능가하는 수준의 미술적 지식을 갖추고 있었다. 재민을 만난 이후, 순식간에 스스로 어둠 속으로 스며들어 빛을 잃어버렸던 그녀를 이제 다시 본래의 모습으로 찾을 수 있을 것 같았다. 그녀의 곁에서 그녀가 느끼고 바라보는 무의식 속의 재민이 되어서……. 그러나 찬우는 그것이 어제처럼 슬프게 느껴지지 않았다. 그녀를 되찾을 희망의 빛이 눈앞에서 조금씩 피어오르는 것 같았다.

4. 유리
같은 사랑

한번 손에 잡은 그림을 놓을 수가 없다. 규민은 찬우가 출근하자마자 작은 방으로 들어와 또다시 연필을 들었다. 그리고 찬우의 전화가 올 때까지 점심시간이 지났다는 것도 모른 채 스케치에 몰두하고 있었다.

[점심 챙겨 먹어. 정 기사 편으로 초밥 사 보낼까?]

초밥이란 소리에 규민은 문득 찬우와 함께 먹고 싶다는 생각을 했다.

"찬우 씨가 오면 안 돼요? 바쁜가? 보고 싶은데……. 찬우야아, 보고 싶어."

애교 섞인 규민의 말에 수화기 너머에서 찬우의 기분 좋은 웃음소리가 들렸다.

[아무리 바빠도 네가 보고 싶다면 가야지. 그게 백찬우의 사명이거든. 잠깐만 기다려.]

수화기를 내리는 규민의 입가에 웃음이 번졌다. 바쁠 텐데 괜히 불렀나 싶다가 그래도 잠깐이나마 본다고 생각하니 기분이 좋아졌다. 그가 오면 오전 내내 그린 그림을 보여주어야겠다. 그의 칭찬 한마디에 힘이 불끈불끈 솟아 지칠 줄 모르고 종일 그림을 그려대는 자신이 꼭 어린아이 같다는 생각을 했다. 돌아서는데 다시 전화기가 울렸다. 며칠 만에 걸려온 엄마의 전화였다.

[별일없지? 아직도 힘드니?]

"잘 지내요. 엄마, 나 요즘 행복해."

[행복해?]

한층 밝아진 목소리로 행복하다고 말하는 규민의 말에 정연희는 잠깐 울컥해지는 마음을 가라앉혔다. 그 말이 그렇게 가슴을 조이며 애태우던 딸의 입에서 나왔다는 것이 신기하기까지 하다.

[김치 담가놨는데 저녁에 찬우랑 올 수 있니? 와서 김치도 가져가고 저녁도 먹고 가.]

"네, 찬우 씨 오면 물어볼게요."

[찬우 좋아하는 게장도 담가놨으니까 꼭 와.]

"엄만 아무래도 나보다 찬우 씨를 더 사랑하는 것 같아."

[애는, 엄마가 아무려면…….]

"아참! 엄마, 내가 전에 그림을 그렸었다는 건 왜 말씀 안 하셨어요?"

[어…… 떻게 알았니?]

"찬우 씨가 지난번 출장 다녀오며 물감이랑 붓이랑 그림도구들을 사다 줬어요. 처음엔 믿어지지도 않고 막막했었는데 이젠 내가 그림을 그렸던 사람이라는 게 믿어져. 그걸 들고 앉아 있으면 가슴이 막 벅차올라요. 참, 내가 예전에 그렸던 그림들 아직 집에 있겠죠? 여기 가져다 놓아야겠어."

[…….]

"엄마?"

[…….]

"엄마!"

[어……! 응.]

"끊은 줄 알았네."

[얘, 가스 불에 뭐 올려놨거든. 그만 끊자.]

정연희는 붙들 틈도 없이 전화를 끊어버렸다. 엄마도 참, 왜 저렇게 정신이 없나 모르겠다.

찬우는 전화를 끊은 지 사십여 분 만에 초밥을 사 들고 왔다. 규민이 환호성을 지르며 초밥을 받아 같이 먹자고 했지만 찬우는 점심을 먹었다며 규민이 먹는 모습을 행복하게 바라보았다. 규민은 자신이 초밥의 맛을 제대로 느끼지도 못하면서 버릇처럼 자꾸 입으로 가져가는 것 같은 생각이 들었다. 찬우에게 초밥을 먹이고 싶은 마음이 앞서서 손으로 집어 찬우의 입에 억지로 넣어주었다. 찬우는 규민이 손가락으로 집어주는 초밥을 받아먹었다. 규민이 손으로 집어주던 초밥을 맛있게 받아먹던 재민처럼. 그러나 찬우는 목이 바싹바싹 말라 초밥을 넘기기가 힘이 들었다.

초밥이 네 개째 올라오자 찬우는 드디어 고개를 돌려 버렸다.

"됐어, 그만 먹을게."

"겨우 그것 먹고? 하나만 더 먹어요. 응?"

"……"

"응?"

생글거리며 초밥을 내미는 규민을 보며 찬우는 어쩔 수 없다는 듯 다시 입을 벌렸다. 초밥을 넣어주는 규민의 손가락이 입술을 스쳐 내려갔다. 생글생글 웃는 그녀의 얼굴도 가슴 가득 들어왔다. 목에 걸린 초밥은 여전히 넘어가지 않고 있었지만 찬우는 웃었다.

장모로부터 전화가 온 것은 다시 회사로 돌아와 일을 마무리하고 퇴근 준비를 할 무렵이었다. 그녀의 목소리에는 걱정과 함께 두려움이 깔려 있었다.

[규민이가 그림을 그리고 있다는 소리가 무슨 소리야?]

"제가 마련해 줬습니다. 규민이 다시 그림 그리게 하고 싶어요, 장모님."

[안 된다, 찬우야!]

"그림 그릴 때 규민이가 얼마나 행복해했는지 아시잖아요. 퇴원해 집에 와서 지내며 규민이 많이 힘들어했어요. 하지만 그림을 그리면서부터 얼굴이 얼마나 밝아졌는지 모릅니다. 다시 그림을 그린다고 해서 규민이의 기억이 쉽게 돌아올 거라고는 생각하지 않아요."

[찬우야, 너 어쩌려고 그래?]

"전 괜찮습니다. 괜찮아요, 전."

괜찮다고 말하는 찬우의 목소리가 서러움을 이기지 못하고 약하게 떨렸다. 이런 감정 따위…… 상관없다. 찬우는 입술을 깨물며 호흡을 가다듬었다.

"걱정하지 마세요. 제가 잘할게요."

[휴, 규민이가 내 새끼지만 내가 너만 생각하면 억장이 무너진다. 네 엄마가 저렇게 소식 끊고 있는 것도 이해가 가고…….]

"그 얘긴 하지 마십시오."

정연희는 몇 번이나 혀를 차다가 전화를 끊었다. 자신에게 미안함과 고마움을 전하고 싶은 그녀의 마음을 찬우는 다 안다. 규민과 결혼하겠다고 했을 때 찬우의 어머니는 거품을 물고 반대를 했었다. 규민을 제 자식만큼이나 예뻐했던 절친한 친구의 딸이었지만 다른 남자에게 모든 것을 바쳤던 여자란 걸 뻔히 알고 있었기에 결혼을 흔쾌히 허락할 수 없었을 것이다. 재민이 그렇게 떠나지 않았다면 규민은 여전히 그에게 목을 맬 여자라는 것을 누구보다 잘 알고 있는 그녀가 규민을 받아들이기란 쉽지 않았을 것이다. 그러나 부모 자식의 연을 끊겠다는 그녀의 엄포에도 찬우는 고집을 꺾지 않았다. 결국 그녀는 얼음장 같은 얼굴로 결혼식장에서 혼주의 자리를 지켜주는 것으로 부모로서 자신의 도리는 끝났다는 말을 남기고 형과 누나가 있는 미국으로 떠나 버렸다. 찬우는 어머니를 생각하면 언제나 마음이 아프다. 그러나 언젠가는 어머니도 자신의 사랑을 인정해 주시리라는 희망을 버리지 않고 있다. 규민을 너무나 예뻐하셨던 분이므로.

아파트 주차장에 차를 세운 찬우는 룸미러를 보며 단정한 머리를 손으로 쓸어 넘기고 넥타이를 풀어 호주머니에 넣었다. 그리고 차 안에 두고 다니는 향수병을 꺼내어 옷깃에 뿌렸다.

치익!

견디기 힘들군, 이 냄새. 라고 중얼거렸다.

저녁을 먹은 규민은 찬우의 손을 잡고 작은 방으로 이끌었다. 이젠 그림에 자신이 조금 생겼으므로 찬우를 그려주겠다는 것이었다. 찬우는 의자에 앉아 턱을 고인 채 규민이 하는 양을 흐뭇한 눈으로 건너다보았다. 반짝이던 눈으로 자신을 끌고 가 앉혀두고 조금만 움직여도 너 때문에 그림을 다 망쳤다며 눈을 흘겨대던 어린 규민의 모습이 떠올랐다.

"내 앞에서 모델을 많이 섰었나 봐요? 맘에 쏙 드는 포즈를 취하네?"

무릎을 세워 팔을 걸치고 앉은 찬우를 보며 규민이 하는 말이다.

"지겹도록 앉아 있었지. 모델료도 안 받고 말이야."

장난스런 찬우의 말을 들으며 규민은 연필을 들어 각도를 잡았다. 그리고 빠른 속도로 그려 나가기 시작했다. 대충 윤곽이 잡히자 좀 더 세밀하게 그려 나가기 위해 연필을 바꾸었다. 그림을 그리는 규민의 모습이 찬우의 눈앞에서 빛을 뿜었다. 규민의 이런 모습, 얼마 만에 보는지 모른다. 재민을 만나면서부터 규민은 더 이상 찬우에게 모델을 서달라는 말을 하지 않았다. 그리고 제 그림에 몰두해 있는 재민을 그리는 것으로 대신했다. 언제나 자신의 자리였던 그곳을 순식간에 차지하고 앉아 있던 최재민. 그러나 이제 이 자리는 영원히 나의 것이다. 찬우의 입가에 설핏 미소가 지어졌다.

찬우의 긴 속눈썹은 아무리 봐도 매력적이다. 눈이 이렇게 아름다운 남자는 찾아보기 힘들 거라는 생각을 하며 규민은 혼자 속으로 키득 웃었다. 얼굴을 한 번씩 들 때마다 찬우는 콧날을 찡긋하기도 하고 짙은 눈썹을 치켜 올리기도 하며 장난스런 표정을 지었다. 그러나 규민은 그것을 무시하고 진지해지려고 애쓰고 있었다.

"장난치지 마. 가만 좀 있어요."

"오늘은 모델료를 줄 건가?"

찬우는 다리를 덜렁거리며 장난을 쳤다. 찬우의 그런 모습에 규민도 결국 피식 웃고 말았다.

"좋아요, 줄게. 대신 가만히 있지 않으면 당장 해고해 버릴 거예요."

규민이 제법 진지한 표정으로 눈을 흘겼지만 찬우의 장난은 멈추어지지 않았다.

"모델료는 얼마나 줄 거지?"

"많이 줄게요. 생활비 쓰고 남은 돈이 꽤 된답니다."

"난 돈으로 받고 싶지 않은데?"

"그럼?"

"뽀뽀해 줘."

그 소리에 놀란 규민이 연필을 멈추고 고개를 들었다. 아이 같은 천진한 웃음을 머금은 찬우의 얼굴은 귀엽기까지 하다. 그 모습을 보며 규민은 어이없는 듯 고개를 돌리고 피식 웃음을 흘리고 말았다. 점잖은 찬우에게 저런 면도 있었나 싶기도 하고 그런 찬우가 싫지 않은 자신의 마음에 웃음이 나기도 했다. 고개를 돌리고 살짝 웃는 규민의 모습이 찬우의 가슴을 설레게 했다.

"규민아, 너 오늘 무지 예쁜 거 알아?"

찬우는 정말 규민의 예쁜 얼굴이 감당이 안 된다는 듯한 표정으로 바라보았다. 그 환한 얼굴을 보는 순간 규민은 찬우의 얼굴 위로 또 하나의 얼굴이 겹쳐 지나가는 것을 보았다. 어둡고, 무표정한…… 막막하도록 고독한 눈빛의 남자. 그 남자의 얼굴은 섬광처럼 빠른 속도로 찬우의 얼굴 위를 스쳐 지나갔다. 규민은 얼른 눈을 감고 머리를 흔들었다.

"왜 그래?"

규민의 표정이 이상한지 찬우가 의아한 눈으로 물었다. 다시 눈을 떠보니 찬우의 걱정스런 얼굴이 어느새 눈앞에 다가와 있었다. 찬우는 규민의 어깨를 잡으며 다시 물었다.

"왜 그러지?"

"아니, 괜찮아요. 그냥……."

규민은 눈앞에 다가와 있는 찬우의 얼굴을 찬찬히 살폈다. 그리고 방금 전 눈앞을 잠깐 스쳐 간 환각의 그림자가 무엇인지 알아내려고 애를 썼다. 그러나 그의 얼굴 어디에서도 어두움의 색깔은 느껴지지 않았다. 규민은 그제야 안심이 되어 찬우의 가슴에 기댔다.

"당신은 가끔 날 당황시켜요."

규민의 말이 너무 예쁘다는 자신의 말에 대한 대답으로 생각한 찬우는 가슴에 기댄 규민을 떼어내고 바라보았다.

"당황할 필요 전혀 없는데? 난 진실을 말한 것뿐이야."

"안경을 벗으세요, 백찬우 씨."

규민은 장난스럽게 찬우를 밀쳐 내었다. 그러나 찬우는 다시 규민의 허리를 감아 안으며 스케치한 그림을 들여다보았다. 얼굴 윤곽이 제법 드러난 그림은 역시나 찬우의 기대를 저버리지 않았다. 부드럽고 따뜻한 터치가 고스란히 드러난 규민의 느낌 그대로였다. 다 그려진 그림을 보고 싶었지만 찬우는 이미 안아버린 규민의 허리를 놓고 싶지 않았다.

"약속한 모델료를 줘."

"난 아직 제대로 그리지도 못했어요."

"모델에게도 근무 조건이 있어. 난 그동안 너무 열악한 조건에서 모델을 섰었거든. 이젠 그러고 싶지 않아."

"그래서 오늘은 그만 하겠다고요?"

아쉬운 눈으로 돌아보는 규민을 보며 찬우는 고개를 끄덕였다.

"응. 그러니까 모델료를 줘."

"난 더 그리고 싶은데?"

"싫어, 모델료를 줘."

찬우는 마치 칭얼거리는 아이 같다. 이제껏 보지 못했던 찬우의 이런 모습이 규민은 왠지 싫지 않다. 그의 재촉에 다가서긴 했지만 장난스럽게 내려다보는 찬우의 눈을 마주친 순간 규민은 다음 행동을 할 수가 없었다. 마치 첫키스를 하는 여자의 마음처럼 떨리기도 하고, 어색하기도 하다. 그것은 잠자리에서 뜨거워진 몸으로 그를 안을 때와는 또 다른 느낌이었다. 세상에서 가장 빛나는 무언가를 발견한 듯 자신을 향한 찬우의 눈은 언제나 그렇게 빛이 난다. 지금 이 순간 규민도 그렇다. 그녀의 눈에 세상에서 가장 빛이 나는 남자는 바로 찬우 같다. 찬우에게 처음 사랑을 느꼈을 때도 이런 감정이 아니었을까? 아마 그랬을 거야. 규민은 첫사랑을 하는 수줍은 소녀의 마음이 되어 찬우에게 다가갔다.

"눈 감아요."

찬우는 말 잘 듣는 아이처럼 눈을 감고 얼굴을 약간 내밀었다. 잠깐 망설이던 규민이 찬우의 입술에 살짝 입을 맞추었다가 떼었다.

"너무 약하잖아. 난 비싼 모델이야."

쑥스러운 듯 빨개져 버린 규민의 얼굴처럼 이 말을 하는 찬우의 얼굴도 약간 상기되어 있었다.

"우리 첫키스는 언제 했죠?"

규민의 갑작스런 질문에 찬우는 잠깐 망설이다 입을 열었다.

"글쎄, 너무 까마득해서 기억이 나지 않는걸? 고등학생 때였나?"

기억이 나지 않는다는 듯 이마를 찡그리던 찬우가 문득 진지하게 내려다보았다. 그리고 상기되어 있는 규민의 볼을 살짝 만졌다.

"기억나지 않으면 지금부터 만들면 되잖아. 이제부터 우리가 기억할 너와 나의 첫키스는 오늘이야. 지금 이 순간."

그 말과 함께 찬우의 뜨거운 입술이 다가왔다. 신혼 여행지였던 제주도 파라다이스호텔의 테라스에서 규민은 키스 도중 눈물을 쏟았었다. 널 사랑하지 못해서 미안하다고, 노력해 보겠노라고, 기다려 달라고……. 그리고 신혼부부라면 해야 할 당연한 의식처럼 찬우의 품에 안겼었다.

"기다릴게, 언제까지나. 혼자 아프지 말고 내게 기대, 규민아."

그는 견딜 수 없이 슬픈 마음으로 너무나 조심스럽게 그녀를 안았었다. 그러나 이젠 더 이상 기다릴 필요가 없어졌다. 신이 주신 선물 같은 규민의 사고와 기억상실. 감이 떨어지기를 기다리는 어린아이의 막막한 심정 대신 찬우는 눈앞에 떨어진 달콤한 홍시를 택했다. 그는 잠깐 입술을 떼고 규민의 귀에 속삭였다.

"사랑한다고 말해줘."

찬우의 입술이 남기고 간 달콤한 꿈에 취해 규민은 그의 목을 안으며 열에 들뜬 목소리로 속삭였다.

"사랑해."

찬우는 날마다 어린애처럼 규민의 품을 파고들었다. 알몸으로 욕실 문을 열고 큰 소리로 규민을 불러 옷을 달라고도 하고, 넥타이를 매어줄 때면 착한 학생처럼 가만히 서서 규민의 하는 양을 내려다보았다. 규민은 넥타이를 단정하게 매었다가 다시 조금 느슨하게 풀었다.

"답답하면 풀어요. 당신 이런 거 별로 안 좋아하잖아."

그리고 그의 앞에 반짝이는 구두를 내놓았다. 그 모습을 뒤에서 지켜보던 찬우는 규민의 허리를 당겨 안았다.

"가기 싫다."

이것은 그가 매일 아침 어린애처럼 칭얼대는 소리였다. 그리고 여전히 규민에게서 불안을 떨치지 못하는 찬우의 마음속 두려움의 소리이기도 했다. 규민은 그의 등을 가볍게 톡톡 두드려 주고 떼어내었다.

"나 파리 보내준다면서요? 그러려면 돈 많이 벌어야 하잖아."

농담 섞인 규민의 말에 찬우는 피식 웃음을 흘렸다.

"맞다, 너 유학 보내려면 돈 많이 벌어야 해. 아, 내 팔자야!"

괴로운 표정으로 돌아서는 찬우의 입가에 행복이 넘쳤다. 나가다 다시 돌아서서 입을 맞춰 준 찬우는 얼른 엘리베이터로 뛰어들었다. 일층까지 내려오는 내내, 그리고 자동차에 시동을 걸면서도 그의 입가에는 미소가 지워지지 않는다. 날마다 미치도록 행복한 아침들이다.

찬우를 그렇게 보내고 나면 규민의 입가에서도 한동안 웃음이 지워지지 않았다. 행복과 함께 짠한 마음이 함께 든다. 찬우는 마치 사랑에 목마른 아이처럼 그녀의 사랑을 확인하고, 확인하고, 또 확인하고 싶어했다. 그래서 자신의 사랑이 부족해서 그런가 하는 자책이 생길 때도 있다. 기억에 있든 없든 찬우는 모든 면에서 사랑하고픈 남자다. 사랑해, 커피를 마시며 규민은 중얼거렸다. 그리고 고마워. 그 말은 마음속으로 중얼거렸다. 저녁에 그가 오면 이 말들을 꼭 해주어야겠다.

오후 들어 또다시 두통이 스멀스멀 덤벼들었다. 멀쩡하다가 한 번씩 덤벼드는 이 두통은 정말 규민을 견딜 수 없게 만들었다. 찬우의 성화에 못 이겨 며칠 전에 MRI를 찍었지만 아무런 이상이 없다는 결과만 나왔다. 너무 집에만 있어서 그럴지도 모른다는 생각을 하며 규민은 스케치북을 덮었다.

근처 화방에 들러 물감이나 좀 더 사야겠다.

윗도리를 꺼내기 위해 옷장 문을 열어본 규민은 그제야 그 가죽재킷이 없어졌다는 것을 발견했다. 옷걸이를 하나하나 뒤져 가며 찾았지만 가죽재킷은 보이지 않았다. 찬우가 버린 모양이었다. 싫으면 싫은 것이지 옷을 버릴 필요까지 있었을까? 좀 당황스럽다. 그때까지도 머리를 찔러대는 두통은 멈추지 않았다. 화장대 서랍을 뒤져 두통약을 한 알 꺼내 먹은 규민은 분홍색 점퍼를 걸쳤다.

'0208.'

그 숫자가 다시 떠올랐다. 뭘까? 찬우와 자신의 생일도 아니고, 결혼기념일도 아니고, 부모님과 관련해서도 그 숫자와 연관된 날짜는 없다. 아무리 생각해도 그 숫자와 연관된 것은 무엇 하나 떠오르지 않는다. 저녁에 찬우가 오면 확인해 봐야겠다 싶었다.

집을 나오니 오전까지 멀쩡하던 엘리베이터가 고장이 나 있었다. 버튼을 아무리 눌러도 작동이 되지 않아 도로 집으로 들어갈까 망설이던 규민은 비상계단 쪽으로 발길을 옮겼다. 아무리 몸이 좋지 않아도 칠층 정도쯤이야 계단으로도 충분히 다닐 수 있을 것 같았다.

하지만 비상계단으로 들어서자 갑자기 서늘한 기온이 느껴지며 다시 머리가 깨어질 듯이 아팠다.

'아! 머리 아파.'

이마를 짚으며 한 계단 내려서는 규민의 머리 속에 섬광 같은 빛이 스쳐 지나갔다.

'……아, 그래! 0208!'

순간 눈앞이 아찔해지며 난간을 잡을 사이도 없이 규민은 계단 아래로 굴러 떨어졌다.

5. 진실의 벽 뒤에
숨겨진 너의 아픔

링거 병에서 툭툭 떨어져 내리는 약물을 바라보며 참담한 표정의 찬우가 침대 옆에 서 있었다. 담요 밖으로 나온 규민의 왼쪽 손목에는 그녀의 비밀 같은 소망을 여지없이 무너뜨린 하얀 붕대가 칭칭 감겨져 있었다. 그 모습을 바라보며 찬우는 비통한 목소리로 말했다.

"우리…… 결혼하자."

"싫어."

규민은 고개도 돌리지 않은 채 재빠르게 대답했다.

"결혼하자."

규민은 주먹으로 눈을 가리고 반듯하게 누우며 작은 한숨을 내쉬었다. 엄만 왜 또 찬우에게 전화를 하셨는지 모르겠다. 미친 듯

술을 마신 지난밤에 무슨 짓을 했던가? 욕조 속에서 투명한 물속으로 물감처럼 번지는 붉은 피를 보았던 기억만이 가물가물했다. 아무것도 생각하고 싶지 않고, 아무것도 보고 싶지 않다. 규민은 돌아누우며 짜증 섞인 말투로 중얼거렸다.

"다른 남자 따라 죽어버리고 싶어 동맥 끊은 여자 찾아와서 뜬금없이 결혼하잔 말은 뭐니? 웃긴다, 너? 나 신경 쓰지 말고 그만 돌아가. 혼자 있고 싶어."

"규민아!"

"다 싫어. 그림도, 재민이도, 그리고 날 동정하는 너도…… 싫어."

규민은 모든 것이 싫은 듯 이불을 머리끝까지 올려 버렸다. 재민이 떠난 지 일 년, 그의 부재가 주는 상실감을 규민은 이겨내지 못하고 있었다. 벌써 두 번째의 자살기도다. 그림에 손을 뗀 지는 이미 오래였고, 이젠 술까지 입에 대고 있었다. 쇳덩이까지 녹아내린 그날의 화재는 재민을 기억할 수 있는 것은 아무것도 남겨두지 않은 채 태워 버렸다. 각종 페인트와 물감들, 그리고 창고 가득 쌓여 있던 그림들이 불을 키웠다고 했다. 재민을 재민이게 했던 그것들이 재민을 집어삼켜 버린 것이다.

찬우는 부서진 담처럼 허물어져 내린 규민을 망연히 내려다보았다. 언제나 그에겐 눈이 부셨던 규민이 낡고 초라하게 무너지고 있다. 그리고 그녀에게 겹쳐진 자신의 그림자도 더 이상 빛을 내지 못한 채 허물어져 버렸다. 이십여 년을 그녀 곁에서 그림자처럼 살았다. 그림자처럼 규민이 움직이는 곳에는 언제나 그가 있었다. 백찬우는 규민의 곁을 떠나는 순간 생명을 다 하고 마는 이규민의 그림자였다. 어떤 식으로든 규민의 곁에 머물며 규민을 지키고 싶다. 찬우는 목까지 올라온 울컥한 덩어리를 밀어 내리며 다시 똑같은 말을 했다.

"나랑 결혼하자."

"가! 동정 따윈 필요없다고 했잖아!"

규민은 답답한 듯 이불을 젖히며 소리를 쳤다.

"동정 아냐!"

맞받아 소리를 치는 찬우의 눈이 붉어져 있는 것을 보며 규민은 외면하듯 고개를 돌려 버렸다.

저 바보……. 규민은 자신도 모르게 흘러내린 눈물을 훔쳐 내고 다시 찬우를 바라보았다. 찬우는 결코 무엇과도 바꾸고 싶지 않을 만큼 소중하고 오랜 친구다. 그를 상처 입히는 일은 그가 지켜보는 앞에서 재민을 죽을 만큼 사랑했던 것만으로도 충분했다. 규민은 그가 더 이상 아프지 않기를 바란다. 찬우는 어떤 것과도 비교하고 싶지 않고, 잃어버리고 싶지 않은 소중한 친구다.

"왜 이렇게 바보같이 굴어. 넌 사랑일지 몰라도 난 아니라고 했잖아. 내 꼴을 좀 봐. 지금도 내 마음속엔 온통 재민이뿐이야. 이런 날 보고도 결혼하잔 말이 나와?"

"결혼하면 나아질 거야. 변할 거야!"

"너도, 나도 힘들 거야."

"내가 노력할게."

찬우의 고집은 말이 통하지 않을 만큼 답답했다. 규민은 다시 이불 속으로 들어가 버렸다. 그녀의 숨소리를 따라 이불이 오르락 내리락하는 것을 보며 찬우는 다시 제 속의 말들을 중얼거렸다.

"그냥 네 힘든 마음을 나한테 기댄다고 생각하면 안 돼? 너 이러다 정말 재민이 따라가 버리면 그때 난 어쩌지? 나도 꼭 네 꼴이 나고 말 것 같은데……."

규칙적으로 오르락내리락하던 이불의 움직임이 멈추어 버렸다. 그 모습을 보며 찬우는 다시 중얼거렸다.

"그러니까 날 살려주는 셈치고 결혼하자."

그 억지 같은 논리에 규민은 아무 말도 할 수 없었다. 찬우는…… 저 바보는 정말 그러고 말 것이다.

힘겹게 뜨는 눈앞에 하얀 벽이 어지럽게 돌고 있었다. 규민은 혼란을 이기지 못하고 다시 눈을 감아버렸다. 여긴 어디일까? 머리가 깨질 듯이 아프다. 고통을 이겨보려고 이마를 찡그리자 그녀를 다급하게 부르는 목소리가 들렸다.

"규민아? 규민아!"

그 소리를 들으며 천천히 눈을 떴다. 잔뜩 겁을 먹은 얼굴로 자신을 내려다보고 있는 찬우의 얼굴이 보였다.

"정신이 들어?"

규민은 설핏 미소를 지으며 고개를 끄덕였다. 찬우는 그제야 가슴을 쓸어내리듯 긴 한숨을 내쉬었다. 고장났던 엘리베이터가 금세 고쳐지는 바람에 비상계단에서 굴러 떨어진 규민이 발견된 것은 한 시간이 훨씬 지나서였다.

"내가 얼마나 놀랐는지 알아? 윗집 아주머니 아니었으면 정말 큰일날 뻔했어."

찬우는 싸늘한 규민의 손을 잡으며 다시 한 번 안도의 한숨을 내쉬었다.

"잠깐 기다려, 의사 선생님 불러올게. 너 깨어나면 알리라고 했거든."

규민은 손을 놓으며 돌아서는 찬우를 불렀다.

"찬우야."

그 목소리는 가라앉아 있었지만 또렷했다. 찬우를 바라보는 규민의 눈은 투명하다. 찬우는 그 눈이 아침에 보았던 규민의 눈이 아니라는 느낌이 들었다. 그는 두려운 얼굴로 다가와 다시 규민을 살폈다.

"내가 누군지…… 알아보겠어?"

규민은 천천히 고개를 끄덕였다.

"어떻게 된 거야? 계단에서 어지러웠던 기억뿐인데."

"어…… 너 계단에서 굴렀어. 윗집 아주머니가 경비실에 알려서 병원으로 옮겼고, 그래서 회사로 연락이 왔어. 다른 데…… 특별히 아픈 곳은 없지?"

찬우는 백지장 같은 얼굴로 차근차근 설명을 했다. 그러나 규민의 눈이 얼굴을 스칠 때마다 그는 당황을 감추지 못하고 허둥댔다. 규민이 불안하게 주먹을 쥐었다 폈다 하는 그의 손을 잡아주려는 순간 찬우는 돌아서 버렸다.

"기다려, 의사 선생님 불러올게."

간호사에게 규민이 깨어났음을 알리고 담당의사가 급히 병실로 들어가는 것을 보고 찬우는 밖으로 나갔다. 밤공기는 어느새 살을 에는 듯 차가워져 있었다. 한동안 날이 이렇게 차가워지고 있다는 것도 느끼지 못하고 지냈다. 하루하루가 봄날처럼 따뜻한 날들이어서 그랬던가? 그는 몸을 웅크리며 병원 마당 한 켠, 가로등 아래에 있는 낡은 의자에 앉았다. 담배를 물고 라이터를 켜는데 불이 잘 켜지지 않는다. 몇 번을 되풀이한 다음에야 불이 붙은 담배를 한 모금 깊이 빨아들였다. 마치 그 연기가 마음속 짐들을 안개처럼 다 덮어주기를 바라듯, 그리고 다시 그 짐들이 연기에 섞여 쏟아져 나오기를 바라듯 길게 내어 뿜었다. 연기는 입김과 함께 찬 공기 속으로 재빠르게 사라졌다.

규민의 기억이 돌아왔다. 짧았던 행복은 독약처럼 달콤했다.

차가운 날씨 속에 몇 시간을 앉아 있었을까? 찬우는 뼛속까지 얼어버린 몸으로 다시 병실로 들어섰다. 규민은 잠들어 있었다. 침대 가까이 의자를 가져가 앉았지만 선뜻 다가갈 수 없다. 마치 다른 사람처럼 규민의 얼굴이 낯설게 느껴진다. 찬우는 담요 밖으로 나와 있는 규민의 손을 잡아보았다. 찬 날씨 때문인지 그녀의 손은 싸늘했다. 언제나 곁에 있었지만 단 한 번도 자신의 것이 아니었던 그 손을 가져가 얼굴을 기대어보았다. 이대로 규민과 함께 아무도 없는 곳으로 사라져 버리고 싶다. 그녀가 기억할 것이 아무것도 없는 곳으로…….

"……찬우야."

나직이 들려오는 규민의 목소리에 고개를 드니 잡고 있던 손이 슬며시 빠져나간다.

"깼어?"

찬우를 바라보는 규민의 눈이 혼란스러웠다. 난감하고 슬픈 표정을 지었다. 그리고 몇 번 망설이던 그녀의 입에서 힘겨운 목소리가 들렸다.

"미안한데…… 너, 옷 좀 갈아입고 올래?"

순간 찬우는 까샤 향이 코를 찌르듯 풍겨 올라오는 것을 느꼈다.

"옷. 좀. 갈. 아. 입. 고. 올. 래."

비참함이…… 부끄러움이…… 분노가…… 회오리처럼 가슴을 치받아 올라왔다. 병원 로비를 성큼성큼 걸어나오는 찬우의 얼굴은 금방이라도 폭발해 버릴 것처럼 무섭게 굳어 있었다. 성큼성큼 걸으며 윗도리를 벗은 그는 그것을 쓰레기통으로 거칠게 던져 버렸다.

찬우가 가고 두 시간쯤 지나자 뒤늦게 연락을 받은 듯 엄마가 사색이 된 얼굴로 병실에 들어섰다.

"규민아!"

"엄마."

그동안 얼굴 아랫부분에서만 맴돌던 규민의 눈이 정연희의 눈을 똑바로 바라보고 있었다. 찬우에게 전화로 대충 얘기를 들긴 했지만 자신의 눈으로 확인하기 전에는 규민이 기억이 돌아왔다는 것을 인정하고 싶지 않았다. 며칠 전 전화에서 '엄마, 나 요즘 행복해'라는 말로 자신을 안심시키던 규민이었다. 그녀는 딸이 영원히 그 안개 같은 행복 속에 갇혀 살기를 바랐다. 그러나 병실을 들어서며 마주한 규민의 눈은 사고 전의 어리석고, 고집스러웠던 그 눈빛으로 돌아와 있었다.

"괜찮니?"

이마를 스치는 엄마의 손끝이 떨렸다. 말없이 고개를 끄덕이는 규민의 눈동자도 떨렸다.

"다…… 기억나?"

"모르겠어. 그냥 이것저것…… 좀 혼란스럽네."

"찬우는?"

찬우! 왜 그랬을까? 왜 그렇게 모진 말을 눈앞에서 해버렸을까? 그의 옷깃에서 풍겨 올라오던 까샤 향에 지울 수 없는 그림들이 떠올라서 견딜 수가 없었다. 찬우와 재민의 형상으로 뒤범벅이 된 찬우의 얼굴이 마음을 혼란스럽게 했다. 병실을 나가며 터질 듯이 굳어 있던 찬우의 얼굴이 떠오른다. 그렇게 보내는 게 아니었는데…….

"……좀 쉬다 오라고 했어."

"잘했다. 그러잖아도 전화하는 찬우 목소리가 너무 힘들게 들려서 들어가 쉬라고 하려던 참이었어. 찬우 생각하면 내가……."

말을 하려던 정연희는 규민의 얼굴을 살폈다. 규민은 무슨 생각을 하는지 창밖만 망연히 바라보고 있었다. 바깥 날씨가 추운지

창에는 하얀 김이 서려 있었고, 그 뒤는 어두웠다. 어두운 그곳에는 간간이 자동차 소리, 스쳐 가는 불빛들, 그리고 가난하고 외로웠던 화가…… 그래서 사랑할 수밖에 없었던 한 남자의 그림자도 비쳤다.

엄마가 물을 가지러 간 사이 규민은 고여 있던 눈물을 얼른 훔쳐 내었다. 간호사실에 잠깐 들러 이런저런 설명을 듣고 물을 가져온 정연희는 약을 챙겨 내밀었다.

"자기 전에 먹으라는 약이다. 먹고 푹 자."

약을 내밀고, 물을 내밀고 다시 그것들을 치우고 하는 동안 규민이 말할 기회를 주지 않으려는 듯 정연희는 잠시도 입을 다물지 않고 무슨 말인가를 했다. 그녀는 지금 기억을 되찾은 규민의 입에서 무슨 말이 나올지 두려운 것이다.

"이번에 퇴원하면 너희들 애부터 먼저 가져. 그래서 오순도순 사는 모습도 보여주고. 엄만 그것 외엔 아무 소원이 없다."

"엄마……."

조용히 부르는 규민의 말에 정연희는 문득 말을 멈추었다. 규민은 여전히 창밖을 응시하고 있었다. 그리고 창밖에 비치는 그 어둠을 닮은 무겁고 칙칙한 규민의 목소리가 들렸다.

"재민이…… 정말 죽었을까?"

결국 또다시 이런 식으로 규민의 입에서 재민의 이름이 흘러나왔다. 정연희는 발끈 화를 내며 소리쳤다.

"얘가 미쳤어! 이제 와서 왜 또 이래? 쇳덩이도 녹아내린 그 불길 속에서 어떻게 살아남겠어! 너 또 이러면 정말 벌받는다. 찬우가 널 어떻게 살렸는데! 너 하나 살리겠다고 부모형제 등지고 살고 있는 애야. 너 이렇게 멀쩡히 살아 있는 거 다 찬우 덕이야, 알아?"

엄마의 화난 목소리를 들으며 규민은 손등으로 눈을 가렸다. 찬우도, 재민이도 그 이름만으로도 너무나 무거운 존재가 되어버렸다.

간간이 비치던 자동차 불빛마저 뜸해지고 있었다. 이제 세상은 완벽하게 어둠 속에 갇혔다. 찬우는 그제야 긴 한숨을 내쉬었다. 초라하고 작아져 부끄러웠던 자신의 모습을 영원히 저 어둠 속에 감추어 버리고 싶다. 무엇을 그렇게 두려워했을까? 조급해했을까? 아무리 재민인 척, 재민의 냄새를 풍기며 산다 해도 결국 이런 식으로 한순간에 모든 것이 드러나 버릴 빈 껍질일 뿐이었는데. 정말 규민의 등대가 되어 오래오래 기다릴 수 있었는데…… 왜 욕심을 내었을까? 찬우는 안다, 자신이 무엇을 두려워했었는지를. 그가 정말 두려웠던 것은 규민에게 단 한 번도 이해받지 못한 채 영원한 미아가 되어 망망대해를 떠돌 자신의 사랑이었다.

옆에 있겠다는 엄마를 기어코 보내고 규민은 혼자 병실에 남았다. 시간은 이미 열두 시가 가까워져 오고 있었다. 찬우는 오지 않는다. 전화도 없다. 그의 옷자락에서 나던 까샤 향, 그것은 찬우의 몸부림 냄새였다. 처음 결혼하자고 했을 때 '날 살려주는 셈치고 결혼해'라고 하던 찬우에게서 규민은 자신과 같은 모양의 절망의 그림자를 보았었다. 그녀는 세상 누구보다 찬우를 좋아했다. 어디까지나 우정이란 이름으로 규민 스스로 못 박아둔 찬우. 그에게는 아무것도 거리낌이 없었고, 그래서 재민에게 숨기는 일도 찬우에게는 숨기지 못했다. 그의 말대로 찬우에게라면 마음 한 자락쯤 기대어도 되지 않을까 생각했었다. 찬우가 그러길 원하니까. 찬우는 내 모든 걸 다 아니까, 다 이해해 주니까, 어디든 기대지 않으면 죽을 것 같으니까. 그래서 결혼을 했다.

너무 지쳐 있었고, 한편으로는 누군가의 구원의 손길이 필요했었다. 그래서 찬우에게 끌려가듯, 부모님께 떠밀리듯 결혼을 했다. 결혼 후 잠깐 행복했던 것도 같고, 심하게 다투었던 것도 같다. 미처 정리되지 않는 기억의 조각들이 혼란스럽게 머리 속을 떠돌아다닌다. 다만 그들 사이에는 늘 재민이 끼어 있었다는 느낌, 둘이 아니라 셋이 사는 것 같다던 찬우의 말은 뚜렷이 기억이 난다. 그리고 지난 몇 개월, 우리 사이에 무슨 일이 있었던가? 재민의 냄새를 맡으며 찬우를 안았고, 재민의 그림자를 안고 찬우에게 사랑을 고백했다. 규민의 머리 속은 하얗게 질렸다.

'찬우야……!'

모욕당한 자신의 사랑과 비열했던 찬우의 행동에 대한 분노와 함께 찬우의 절망, 찬우의 슬픔, 찬우의 비참함, 무너진 찬우의 자존심이 한꺼번에 머리를 들고 일어났다.

6. 널 잃고 싶지 않아

이틀이 지나도 찬우는 오지 않았다. 규민은 혼자 검사를 받고 혼자 상담을 했다. 머리 속에서는 여전히 실타래처럼 엉킨 기억들이 혼란스럽게 떠돌아 다녔다.

처음 찬우의 손에 이끌려 재민의 그림을 보러 가던 날, 찬우는 재민의 순수함과 광기 어린 열정을 좋아한다고 말했다.
"네가 그림을 그리는 데 도움이 될 친구야."
찬우의 눈은 규민에게 새로운 그림을 보여준다는 기대감에 반짝였다. 규민의 그림은 따뜻하고, 재민의 그림은 서늘하다. 물과 기름처럼 전혀 다른 모양의 그림을 보여주지만 어딘가 모르게 닮았다. 친구들이랑 약속이 있다며 바쁘다는 규민의 손을 기어코 잡아끌었다.

"서로에게 도움이 될 거야."

규민은 인생을 함께할 목숨 같은 여자고, 재민은 가장 사랑하는 친구다. 내가 사랑하는 너희들 둘…… 친해졌으면 좋겠다. 재민이 짜식, 수염이나 깎고 있었으면 좋겠는데 산적같이 덥수룩한 모습으로 괜히 규민이 신경이나 자극하지 않을까 걱정된다.

"내일 누구 데려올 거야."

"누구?"

"있어, 누구."

반짝 빛나는 찬우의 눈을 재민은 나른한 눈으로 건너다보았다. 또 밤을 새워 그림을 그린 모양이다. 그림에 미친 놈. 그림밖에 모르는 그의 순수가 좋다. 그래서 찬우는 학교를 졸업하고 사회인이 되면 그의 후원자가 되리라 결심을 해버렸다. 세상과는 많이 동떨어진 듯한 그의 그림을 규민은 어떻게 평가할까? 그 야무진 입으로 재민을 향해 가시 같은 비판을 톡 쏘아버릴지도 모른다.

좁고 가파른 골목길을 오르기 힘든 듯 자꾸 뒤처지는 규민의 손을 잡아끌며 찬우는 싱긋 웃었다. 꼬불꼬불 미로 같은 골목을 지나고 좁은 시멘트 계단을 백여 개쯤 오르니 이마에 땀이 송골송골 맺힌다.

"도대체 어디까지 가는데! 힘들어 죽겠어, 정말!"

금방이라도 주저앉을 듯 인상을 찡그린 것을 보니 정말 힘든 모양이다.

"다 왔어, 조금만 더 가면 돼."

"도대체 이런 데서 어떻게 살아? 외출하기 정말 싫겠다."

종일 틀어박혀 그림만 그리는 재민에게는 안성맞춤인 곳이지. 싱긋 웃으며 찬우는 불쑥 규민에게 등을 내밀었다.

"업혀."

또 제가 보호자인 척, 오빠인 척한다. 넓은 찬우의 등에 규민의 작은 손이 탁, 하고 모질게 떨어졌다.

"됐네요! 얼른 올라가기나 해."

"힘들다며?"

금방이라도 울컥 당겨 업을 듯 찬우의 눈은 얼른 업히라고 다그쳤다. 찬우한텐 이래서 뭐든 투정을 하면 안 된다. 실은 그다지 힘들지 않은데…… 왠지 가기 싫어서 그런 건데. 이상하지? 이유없이 가기 싫다.

"애냐? 이 정도 힘들다고 업히게! 빨리 가기나 해. 다섯 시에 친구들 만나기로 했단 말이야."

규민은 새침하게 눈을 흘기고는 앞서 걸었다. 그 즈음 규민은 찬우에게 자꾸 짜증만 부리고 있었다. 그림도 잘 그려지지 않았고, 뭔가 답답하다. 일종의 슬럼프라고나 할까? 확 터뜨려 줄 무언가가 필요한데 그게 뭔지 모르겠다.

찬우가 달려와 어깨에 걸린 가방을 빼앗아 목에 건다. 옆구리에 끼고 있던 책도 어느새 찬우의 손에 들렸다. 가파른 계단의 맨 꼭대기에 올라 찬우는 걸음을 멈추었다. 계단 옆으로 좁은 골목이 보였다.

최재민. 그는 깡마른 체구에 키만 멀쑥하니 큰 남자였다. 거무스름한 턱을 스윽 만지는 손이 딱 그림쟁이의 손이다.

"인사해, 최재민! 이쪽은 이규민."

가볍게 인사를 건네는 눈이 짙은 외로움에 절어 있다. 좀 불쾌하다, 저런 눈. 규민은 창고 같은 좁은 방을 둘러보았다. 그 방의 가재도구란 달랑 간이침대가 전부다. 그리고 온 방을 가득 채워 그곳을 창고처럼 보이게 만드는 것은 바로 그림들이다. 발 디딜 틈도 없이 쌓여 있는 그림들.

"아, 이렇게도 표현을 하네?"

그림을 보는 순간 규민의 입에서 나온 소리였다. 그 방에 들어선 지 십 분도 안 되는 짧은 시간 만에 규민은 음영 짙은 그의 눈을 닮은 어둡고 탁한 빛깔의 그림들 속에 빠져 버렸다. 어두운 빛깔이 찬란해 보여, 들릴 듯 말 듯하는 규민의 목소리에는 감탄이 섞여 있었다.

슬럼프처럼 느리게 움직이던 피들이 화들짝 놀라 튀어 번졌다. 잠깐 현기증이 일었다. 귀도 레니의 베아트리체를 본 스탕달이 느꼈던 그 아우라의 현기증 같은……. 규민은 다시 중얼거렸다.

"그림이 아주……."

그리고는 말이 나오지 않았다. 아주…… 그래, 그냥 아주…… 였다.

"완전히 다른데 어딘가 닮았어, 두 사람 그림. 그러고 보니 이름도 닮았네? 규민이, 재민이. 하하."

하하 웃는 찬우의 눈이 한순간도 규민을 놓지 않고 따라다니는 것이 보인다. 내가 사랑하는 여자야, 라고 말하는 것처럼. 그림을 살피던 규민과 문득 눈이 마주친 재민이 설핏 웃었다. 웃는 모습이 그림이랑 닮았다.

그렇게 단 한 번 보았을 뿐인 재민의 그림 속에 흐르던 광기 어린 몽환과 순수는 규민의 뇌리에서 떠나지 않았다. 그래서 규민은 며칠 만에 혼자서 또다시 재민을 찾아갔다. 좁은 공간에 아무렇게나 쌓여 있던 그림들을 들여다보던 규민은 재민의 외로움에 젖은 영혼을 만나는 듯했다. 그림 그리는 재주 외에는 아무것도 가진 것이 없는 남자, 그래서 그림만 그리게 해주고 싶은 남자. 그것은 고독한 재민의 눈빛과 함께 밀물처럼 밀려들어 와 순식간에 규민의 모든 것을 휩쓸어 가버렸다. 그것은 인간의 의지로는 멈출 수가 없는 그런 것이었다.

오후로 접어들면서 갑자기 창이 어두워지고 투둑투둑 빗방울이 떨어지기 시작했다. 빗소리는 마치 재민의 음성처럼 느리고 축축하게 들렸다. 재민은 비를 유난히 좋아했었다. 그리고 비가 오는 날이면 전화를 걸어 'Ships in the night'을 들려주었다.

"좋지? 커피 마시러 오지 않을래?"

그것이 그가 규민에게 표현했던 유일한 마음이었다. 음악 들으며 커피 한 잔 나눠 마시는 외에는 그는 아무것도 주지 않았다. 때문에 규민은 사랑하는 내내 목말랐다.

밖은 어느새 밤처럼 어두워졌다. 두꺼운 먹구름이 가득 낀 하늘에서는 금방이라도 장대비가 쏟아질 것 같은데 비는 여전히 가늘고 느리게 투둑투둑 떨어졌다. 자동차들은 밤처럼 헤드라이트를

켜고 물안개가 가득 낀 도로를 조심없이 질주하고 있었다. 규민은
그 도로의 한가운데에서 옴짝달싹도 못하고 묶여 버린 어린아이
처럼 두려웠다. 한 발짝 잘못 내디디면 조심없이 달리는 저 차들
이 순식간에 달려와 그녀를 무너뜨리고 달아날 것만 같다. 도로에
피어오른 물안개가 바지를 흠뻑 적셔오는 느낌에 소름이 돋듯 온
몸이 서늘해졌다.

　어깨를 움츠리며 돌아서던 그녀의 눈에 병원 마당 앙상한 나무
아래의 낡은 의자에 누군가가 앉아 있는 것이 보였다. 투둑투둑
떨어지는 빗방울을 망연히 바라보며 앉아 있는 그 남자는…… 찬
우다. 앙상한 나뭇가지에서 툭 떨어져 낡은 의자에 아무렇게나 앉
았다가 바람이 불면 날아가 버릴 나뭇잎처럼 불안한 모습으로 앉
아 있었다. 규민은 돌아섰다. 그리고 얼른 윗도리를 찾아 걸치고
뛰어나갔다. 밖으로 나오니 빗줄기가 생각보다 굵다. 언제부터 앉
아 있었는지 찬우의 어깨는 축축이 젖어 있다. 그의 눈은 무엇을
응시하는지 아주 느리게 깜박이고 있었다.

　"찬우야."

　규민의 부름에 놀란 듯 바라보는 찬우의 긴 속눈썹 위로 빗방울
이 떨어져 이슬처럼 맺혔다. 그는 졸린 듯 망연한 눈으로 규민을
바라보았다.

　"왜 여기 이러고 있어? 들어가자."

　규민이 내미는 손을 찬우는 쉽게 잡지 못했다. 목울대가 한번
일렁이더니 찬우의 손이 힘겹게 올라왔다. 얼음처럼 차가운 찬우
의 손은 굳은 듯 딱딱했다. 규민의 손에 이끌려 들어온 찬우는 병

실의 따듯한 온기가 어색하게 느껴졌다. 여전히 고개를 푹 숙인 채 망연히 앉아 있는 찬우의 머리칼이 비에 젖어 이마에 달라붙어 있었다. 규민은 사물함을 뒤져 수건을 찾아들고 왔다. 그리고 찬우의 젖은 머리칼을 닦았다. 머리칼에 매달린 물방울들이 툭툭 떨어져 셔츠 속으로 숨어들었다. 셔츠 깃을 보니 그녀를 병원에 데리고 온 그날 이후 갈아입지도 않은 모양이다.

"……싫어."

고개 숙인 찬우에게서 새어나오는 목소리는 너무 작아서 잘 들리지 않았다.

"뭐?"

"내가 싫다고."

규민은 머리를 닦던 수건을 멈추고 찬우를 내려다보았다. 얼굴을 가득 덮고 있는 자괴감으로 그는 금방이라도 무너질 듯 보였다. 스스로 재민인 척 거짓된 행동을 하며 진실을 말하고 싶지 않았던 찬우의 마음을 규민은 잘 안다. 자신이 어떻게 찬우를 비난할 수 있겠는가?

무엇이든 감싸주고 이해해 주었던 찬우였기에 규민은 마음대로 투정을 부렸었다. 재민을 따라 죽겠다고 했다. 술을 마셨고, 미친 듯이 재민을 찾았었다. 그림을 놓아버렸고, 더 이상 그녀는 그녀가 아니었다. 그런 그녀를 찬우가 끌어안았다. 소중했던 사람들을 다 버리고 그는 규민만을 끌어안았다.

결혼하고도 규민의 투정은 멈추지 않았다. 지쳤을 것이다, 그는. 이제 그만! 하고 소리치고 싶을 때 그녀가 사고를 당한 것이리

라. 백치 같은 그녀의 기억 앞에 어느 누군들 진실하고 싶었을까? 널 이해해. 규민은 머리의 물기를 마저 닦고 비에 젖은 윗도리를 벗었다. 그리고 담요를 가져와 감싸주고 보온병에 든 따뜻한 물을 내밀었다.

"감기 걸리겠다. 너 목 부으면 고생하잖아."

찬우는 따뜻한 물이 담긴 컵을 아직도 얼음처럼 굳어 있는 손으로 감쌌다. 그리고 그 뜨거운 물을 한 모금 들이켰다. 얼었던 몸이 조금씩 풀리면서 숨통이 트이는 것 같았다. 그는 그제야 고개를 들어 규민을 바라보았다. 사흘 만에 보는 찬우의 바싹 마른 입술과 까칠한 수염이 규민의 마음을 슬프게 했다.

"의사는 뭐래? 다른 데는 이상없대?"

찬우는 걱정스러운 눈으로 규민을 살폈다.

"왜 이러고 다녀?"

규민은 거무스름한 찬우의 턱을 내려다보며 말했다.

"머리가 자꾸 아프다는 건 얘기했어?"

"저녁은?"

서로 엇갈린 얘기를 나누던 찬우는 지친 표정으로 웃었다. 그러고 보니 밥을 언제 먹었는지 생각이 나지 않았다.

"도시락 하나 사 올까? 나 배고픈데."

도시락을 사 오겠다며 일어서는 찬우를 앉히고 규민은 지갑을 챙겨 병실을 나왔다. 마음이 물에 젖은 솜처럼 축축하고 무거웠다. 찬우의 지친 웃음이 자꾸 눈앞을 가려 긴 복도길이 잘 보이지 않았다. 간호사실에 들러 어렵사리 전화번호를 얻은 규민은 전화를 걸어 도시락을 주문했다. 일층 로비에 내려가 한참을 기다려 배달되어 온 도시락을 받아 들고 급하게 올라왔다. 병실에 들어서니 찬우는 소파에 쪼그려 기댄 채 잠이 들어 있었다.

"찬우야. 찬우야."

어깨를 흔들어보았지만 찬우는 꼼짝도 하지 않았다. 이미 깊이 잠이 든 듯 숨소리가 깊고 고르게 들렸다. 며칠 잠도 제대로 자지 못한 모양이다. 규민은 담요를 가져와 덮어주고 찬우가 깊이 잠들 수 있도록 미등만 남겨둔 채 불을 껐다.

찬우에게 이성을 느꼈던 적이 있었던가? 생각해 보니 고등학교 다닐 때 잠깐 그런 적이 있었던 것 같다. 아침마다 대문 앞에서 기다리던 찬우에게 이제 기다리지 말라며 눈을 흘기고 모질게 대했던 그때. 실은 그녀는 아침마다 창을 내다보며 찬우가 기다리는지 확인을 했고 거울 앞에서 수십 번 옷을 매만지곤 했었다. 그러다 무슨 계기가 있었지? 아! 그래, 윤지수! 그 당돌하고 똘똘하던 친구가 어느 날 찬우에게 관심을 보였다. 규민을 찾아와 찬우와 친해질 수 있도록 도와달라는 부탁을 하며 편지를 내민 것이다.

"응, 그래. 내가 도와줄게……."

화들짝 놀라며 얼결에 한 대답에 발목이 잡혀 일 년 가까이를 지수에게 시달렸다. 그러면서 지수가 건네주는 편지를 몰래 읽은 적이 몇 번 있었다. 고등학생답지 않은 지수의 적극적인 사랑 고백의 편지들을 훔쳐 읽으며 규민은 무언지 모를 두려움이 생겼고, 마음은 점점 찬우에게 선을 긋고 있었다. '찬우는 언제까지나 친구다'라고. 그 생각은 대학에 가면서 완전히 굳어버렸다. 누구도 끼어들 틈 없이 언제나 함께 다녔지만 규민에게 찬우는 남녀간의 사랑과는 종류가 다른 깊은 우정, 그런 느낌이었다. 그가 아프면 나도 아팠던 그런 우정. 그리고 운명처럼 재민을 만난 것이다.

찬우는 좀처럼 깨어나지 않았다. 투둑거리던 빗줄기는 점점 굵어져 바람에 날려 창을 두드렸다. 그 소리가 재민이 제멋대로 두드려 대던 기타 소리처럼 들렸다. 끌려가듯 한 결혼이었지만 그 상대가 찬우가 아니었으면 절대 하지 않았을 것이다. 누군가에게 위로를 받고 싶었고, 이해도 받고 싶었다. 그 상대가 찬우라서 다행이라고도 생각했다. 찬우라면 그것이 가능할 것 같았다. 그는 나의 모든 것을 이해해 주었고, 언제나 내 편인 친구였으므로. 이 얼마나 어리석고 이기적인 생각이었던가?

결혼 일 년 반 만에 찬우는 피폐해질 대로 피폐해졌다. 사고로 기억을 잃은 규민 앞에서 재민의 흉내를 내며 재민인 척 사랑을 호소했다. 그런 행동을 하며 찬우가 겪었을 혼란과 자괴감이 규민을 괴롭혔다. 규민을 더욱 괴롭히는 것은 자신이 기억을 잃은 상황에서도 재민만은 놓지 않았다는 사실이다. 혼자 여행을 떠나기 직전, 규민은 자신이 어느 정도 재민에 대한 마음을 정리해 가고 있던 중으로 기억된다. 그 즈음에는 더 이상 찬우를 아프게 하고 싶지 않다는 생각을 많이 했었던 것 같다. 그러나 기억을 잃은 순간 규민은 재민의 흔적들만 기억했다. 무의식적으로도 떠올랐을 만큼 아직까지 재민이 그녀 속에 그토록 깊게 들어앉아 있었던 것일까? 반면 찬우의 존재는 그녀에게 그저 작기만 한 존재였던 것일까? 그것은 규민으로서도 감당하기 힘든 사실이다. 그것을 바라보아야 했던 찬우의 심정이 어땠을지 생각만 해도 끔찍하다.

아직도 나는 재민의 존재에 휘둘리고 있는 것일까? 그 질문에 규민은 어쩔 수 없이 고개가 끄덕여졌다. 그녀도 모르는 그녀의 속에서 재민은 여전히 그녀를 지배하고 있었던 모양이다.

규민은 침대 위에서 무릎을 끌어안고 찬우에게서 들려오는 낮은 숨소리를 들었다. 언제나 도덕적이고, 단정하고, 흔들림이 없던 찬우. 그는 지금 무너진 모래성처럼 소파에 널브러져 있다. 이 규민이라는 파도가 휩쓸어 버린 모래성. 내 소중한 친구, 찬우. 저 모래성이 파도에 휩쓸려 다 무너져 버리기 전에…… 나는 무엇을 해야 할까? 규민은 그 모래성을 오래오래 바라보았다.

새벽녘이 되어서야 찬우는 눈을 떴다. 머리도, 마음도, 몸도 무겁다. 한참 만에 찬우는 힘들게 몸을 움직여 일어나 앉았다.

"깼어?"

규민의 목소리에 놀라 돌아보니 그녀는 침대 위에 무릎을 세우고 앉아 있었다.

"내가 언제 잠들었지?"

찬우는 머리를 한번 흔들어보고 다시 규민에게 눈길을 돌렸다. 어두워서인지 규민의 몸은 유난히 작아 보였다. 어두움 덕분에 규민이 어떤 눈으로 자신을 보고 있는지 알 수 없어서 찬우는 다행이라는 생각을 했다. 혹시라도 그녀가 자신을 비난의 눈길로 보고 있다면 그것을 견딜 자신이 찬우에게는 없었다. 침대 위에는 규민이 누웠던 흔적이 없다.

"밤새 그러고 있었던 거야?"

"……응."

느리게 들려오는 규민의 대답 소리가 물기에 젖은 듯 축축하다.

"또 잠이 안 와?"

찬우는 걱정스러운 듯 규민에게 다가오기 위해 소파에서 일어났다. 그러나 다급하게 잡는 규민의 목소리에 더 이상 움직일 수가 없었다.

"오지 마!"

그 목소리에는 이미 울음이 섞여 있었다.

"가까이 오지 마. 그냥 거기서 들어."

규민이 무슨 말을 하려고 다가오지도 못하게 할까? 찬우의 눈은 어둠 속에서 두려운 듯 떨렸다. 짧은 침묵의 시간은 무겁게 흘렀다. 울음을 삼키려는 규민의 낮은 신음 소리도 들렸고, 찬우의 마른 목으로 꿀꺽 침 넘어가는 소리도 들렸다. 규민은 엷은 미등 아래에서도 뚜렷이 드러나는 찬우의 얼굴을 찬찬히 살피며 힘겹게 입을 열었다.

"우리, 잠깐만 떨어져 지내."

경직되는 찬우의 얼굴이 뚜렷이 보였다. 움직임을 멈추어 버린 눈동자도 느껴졌다. 찬우에게서는 숨소리조차 들리지 않았다. 찬우는 주먹을 쥐며 겨우 입술을 달싹였다.

"……싫어."

"감정만 앞세우지 말고 너와 나, 우릴 한번 봐. 이게 옳은지……."

규민의 목소리는 여전히 물기에 젖어 있었지만 단호하게 들렸다.

"너랑 비록 떠밀리듯 한 결혼이었지만 결혼하면서 재민이 잊고 싶었어. 널 사랑하며, 사랑받으며 행복하게 살고 싶었어. 널 정말 좋아하니까…… 그럴 수 있을 거라고 생각했어. 하지만 내 꼴을 좀 봐. 그렇게 아무 기억이 없었으면서도 재민이만은 느끼고 있었잖아."

찬우의 주먹 쥔 손등으로 눈물이 한 방울 툭 떨어져 내렸다. 그래, 규민은 자신에 대해서는 어떤 것도 기억해 내지 못했지만 재민만은 느끼고 있었지. 그것이 그를 재민이고 싶게 만든 이유였다.

"나도 이런 내가 두렵고 싫어. 나도 모를 내 속에 여전히 재민이가 살아 있다는 것이 두려워."

규민은 미등 아래에서 가늘게 떨리는 찬우의 어깨를 바라보며 계속 말을 이었다.

"네가 이대로 계속 내 곁에 있으면서 망가져 가는 모습 보고 싶지 않아. 사랑 같은 거, 그런 거 다 떠나서 네가 내게 얼마나 소중한 사람인지 너도 알잖아. 정말…… 널 잃고 싶지 않아."

규민은 볼을 타고 턱까지 흘러내려 온 눈물을 얼른 훔쳐 내었다.

"재민이…… 잊을 거야. 노력할 거야. 흐…… 나도 살아야지,

살 거야."

"규민아."

"언젠가 내가 널…… 네 사랑이 고파서 못 견딜 날이 오면 그때 우리 다시 시작해. 내 속에 재민이가 없을 때, 그래서 너한테 상처 주지 않을 자신이 생길 때…… 그런 날이 빨리 왔으면 좋겠어. 정말 그런 날이 빨리 왔으면 좋겠어. 그게 언제쯤일진 모르겠지만 그때도 네가 여전히 날 사랑해 줄까? 욕심인 줄 알지만 그러길 바라. 이기적이고 나쁜 여자라고 세상 사람들이 다 욕해도 그때, 너만은 나 버리지 마라."

자신이 찬우 곁에 머물며 얼마나 더 많은 상처들을 그에게 남길지는 불을 보듯 뻔하다. 재민일 잊겠다고 했지만 가슴이 의지를 따라와 줄 것인지 자신할 수도 없다. 규민은 가슴이 막혀서 더 이상 말을 이을 수도 없었고, 눈앞이 흐려서 찬우의 형체마저 보이지 않았다. 찬우는 침대 위에서 눈물을 참기 위해 몸을 떨고 있는 규민에게 다가왔다. 그리고 떨고 있는 작은 몸을 안았다.

너도, 나도, 재민이도 다 엉켜 버렸어. 그래서 잠시…… 길을 잃은 걸 거야. 그렇지?

처음부터 자신의 옆 자리는 규민의 것이라는 걸 한 번도 의심한 적이 없었다. 규민이 재민을 사랑한다고 할 때도 그 믿음은 변하지 않았다. 자신이었는지, 믿음이었는지, 고집이었는지…… 언젠가는 제자리로 돌아올 것이라는 것을 의심하지 않았다. 규민이 돌아오지 않으면 그 자리는 영원히 비어 있을 수밖에 없는 자리다. 지금도 그렇다. 잠시 헤어지자는 지금도 규민이 자신의 곁으로 돌

아오리라는 것을 조금도 의심하지 않는다. 그리고 자신의 옆 자리
는 영원히 규민의 자리일 수밖에 없다는 것도…….

규민은 찬우의 허리를 힘껏 안았다. 더 이상 그들 사이에 아무
것도 들어올 수 없도록 하고 싶었다. 그녀 속에서 부서져 빠져나
가는 재민의 그림자가 가슴에 숭숭 구멍을 뚫고 나가더라도 찬우
외에는 아무것도 그것을 채워줄 수 없기를 빌었다. 창으로 푸르른
새벽이 다가오고 있었다. 저 새벽빛이 그들을 다시 푸르게 만들어
줄 수 있을지 알 수 없지만, 그 끝을 지나 밝아오는 아침에는 규민
도, 찬우도 서로를 향한 빛난 눈만 가질 수 있기를 희망하며 그들
은 서로를 꼭 안은 채 소리없이 눈물을 흘렸다.

작은 옷 가방들과 그림도구들이 찬우의 손에 들려 들어오는 것
을 보고 정연희는 태산 같은 한숨을 내쉬었다. 규민을 찬우에게
보내며 이젠 아무 걱정 하지 않아도 될 거라고 생각했다. 이십 년
을 넘게 지켜보아 온 찬우의 마음을 잘 알기에 처음엔 힘들겠지만
규민이 곧 재민을 잊고 찬우와 행복하게 살 것이라고 생각했다.
그러나 결국 이런 식으로 다시 돌아온 규민이 원망스럽고, 보지
않아도 시커멓게 타서 말라 있을 찬우의 마음이 안타까웠다. 정연
희에게 규민은 내 자식이지만 내 마음대로 할 수도 없고, 이해할
수도 없던 자식이었다.

짐들을 모두 이층으로 올린 찬우는 거실로 내려와 넋을 놓은 듯
서 있는 정연희를 바라보았다. '규민이 저 주십시오. 제가 잘 돌보
겠습니다'라고 했을 때 반가움보다 찬우에 대한 걱정을 먼저 드러

내셨던 분이었다.

"미안하다, 찬우야."

정연희는 죄인 같은 마음으로 찬우를 바라보았다. 찬우가 만약 자신의 자식이었다면 그녀도 결코 규민과 같은 며느리를 보고 싶지 않았을 것이다. 찬우는 지쳐 보였지만 그녀를 위로하듯 편안한 웃음을 지어 보였다.

"규민이 잘 부탁드립니다. 잠깐만 돌봐주십시오."

"찬우야."

"걱정 마십시오. 규민이 금방 제 곁으로 올 겁니다."

정연희는 짐짓 밝은 목소리를 내는 찬우의 손을 꼭 잡았다.

"귀찮다고 굶고 다니지 말고 밥은 여기 와서 먹도록 해. 알았지?"

"네."

방에서 짐 정리를 하고 있던 규민이 배웅을 하려고 내려오자 찬우는 가볍게 목례를 하고 돌아섰다. 지난번 비가 겨울을 재촉한 듯 밖으로 나오니 이가 부딪칠 만큼 차가운 날씨였다. 찬우는 규민의 스웨터를 여며주었다.

"추워. 들어가."

"응."

규민은 고개를 끄덕이며 찬우의 얼굴을 살폈다. 그는 그다지 절망에 빠진 얼굴도 아니었고, 오히려 자신이 아는 평소의 찬우보다 훨씬 밝아 보였다. 잠깐 떨어져 있자는 규민의 제안을 찬우는 흔쾌히 받아들였다. 찬우가 재민의 흉내를 내었고, 그런 찬우에게서 재민을 느꼈던 일은 찬우에게는 물론 규민에게도 상처로 남았다는 것을 찬우도 잘 알고 있다. 규민은 찬우의 밝은 모습이 안심이 되면서도 또 한편으로는 걱정이 되었다. 쓰린 속내를 숨기기 위해 재민과 자신 앞에서 늘 웃음을 잃지 않던 찬우였다. 지금도 찬우의 심정은 아마 그런 것일 것이다. 그러나 잠깐의 헤어짐으로 찬우도, 자신도 더 튼튼해질 거라고 규민은 생각했다.

두 사람은 머뭇거렸다. 어떤 인사를 해야 하나? 잘 가…… 잘 있어…… 다시 만나…… 안녕…… 그런 인사? 아, 슬프다. 이런 느낌은. 얼굴이 따가울 정도로 차가운 날씨에 코끝이 찡했다. 규민은 몸을 웅크리며 농담처럼 중얼거렸다.

"정말 춥네. 너무 추워서 눈물이 날 것 같아."

그 소리에 찬우도 동의한다는 듯 피식 웃었다.

"몸조심해."

"응."

"약 잘 챙겨 먹고, 병원 가는 날은 정 기사 보낼게."

"그러지 마. 혼자 갈 수 있어."

혼자 갈 수 있어, 이 말이 또 둘 사이에 어색한 침묵을 가져왔다. 찬우는 규민과 눈이라도 부딪칠까 봐 자꾸 이리저리 골목을 살폈다. 규민의 눈을 봐버리면 자신의 바보 같은 마음을 들키지나 않을까, 그래서 정말 춥다고 눈물을 흘려버리지나 않을까 두려웠다.

구두 끝으로 바닥을 긁던 찬우는 한참 만에 얼굴을 들었다.

"갈게. 자주 올 거야."

그러면서 찬우는 웃었다. 그리고 얼굴을 따갑게 부딪쳐 되돌아가는 바람처럼 돌아섰다.

"잠깐만."

문득 부른 규민이 다가와 옷자락을 붙잡았다. 그리고 목 뒤쪽으로 손을 가져갔다.

"접혔어."

접혀진 양복 깃을 바로 하는 규민의 싸늘한 손가락이 목덜미를 스치자 얼어 있던 가슴에 쩡 금이 간다. 그 울림이 순식간에 얼굴까지 번져 올라와 버렸다. 성가시고 구차하다, 감정이란 게.

"됐다."

금 간 가슴이 흔들어 버린 얼굴을 보여주고 싶지 않아 찬우는 얼른 차에 올랐다. 그가 안전벨트를 매고, 시동을 걸고, 다시 고개를 돌려 미소를 지어줄 때까지 그녀는 눈을 떼지 않고 찬우를 지켜보았다. 밥 잘 챙겨 먹으라고, 수염 잘 깎고 다니라고 말하고 싶은데 입이 떨어지지 않았다. 그것은 이미 자신의 영역을 벗어나 버린 부탁 같다는 생각이 자꾸 든다. 아직은 서로를 벗어난 게 아닌데, 영원히 아닐 건데 왜 이런 생각이 드는 건지.

그녀는 찬우의 차가 골목에서 사라질 때까지 움직이지 않고 서 있었다. 찬우에게 상처를 주는 행동들을 보이지 않게 되어서 다행이라는 생각도 들었고, 이대로 영영 찬우를 잃어버리는 것은 아닐까 두렵기도 하다. 하지만 당분간은 아무 생각도 하지 않고 자신의 마음이 원하는 대로 살아볼 것이다. 과연 내가 원하는 것은 무엇인지, 재민을 정말 잊을 수 없는 것인지, 그리고 찬우를 진정으로 사랑할 수 있을지…… 천천히 그 답을 찾아볼 것이다. 골목 끝으로 자동차의 불빛마저 완전히 사라지는 것을 보고 규민은 돌아섰다.

7. 아직도 내 속에는
그의 그림자

눈을 떴을 때 세상은 아직 어둠이 짙게 깔려 있었다. 규민은 낯선 방 안을 잠깐 살폈다. 그리고 어둠에 눈이 익을 즈음 그곳이 친정 자신의 방이라는 것을 깨달았다. 마라톤 선수가 힘들게 달려갔던 먼 길을 포기하고 다시 원점으로 돌아와 버린 기분이 이런 걸까? 규민의 마음속에는 달렸던 그 길에 대한 안타까움과 이제 다시 시작할 길에 대한 희망, 두려움이 교차하고 있었다.

멍하니 누워 있던 규민은 더 이상 잠이 올 것 같지 않아 벌떡 일어났다. 시계를 보니 이제 겨우 네 시다. 규민은 발소리를 죽여 아래층으로 내려갔다. 너른 거실에는 바깥의 차가운 기운이 스며들어 와 휑하고 싸늘한 공기가 떠다녔다. 아버지가 호주로 파견 근무를 떠난 후 엄마 혼자 생활해 온 탓인지 집 안에는 사람의 온기가 느껴지지 않았다.

주방으로 간 규민은 엄마가 깨지 않도록 조심조심 커피를 한 잔 타 들고 올라왔다. 침대에 걸터앉아 커피를 마신다. 찬우는 잘 잤을까? 왠지 커피가 쓰다. 규민은 커피 잔을 내려놓고 방 안을 이리저리 살펴보았다. 방 안은 결혼 전 자신이 머물던 때와 조금도 변함이 없었다. 다만 벽에 걸어놓았던 에곤 쉴레의 그림이 보이지 않을 뿐이었다. 에곤 쉴레는 재민을 만나며 규민이 빠져들기 시작한 화가였는데 노골적이고 가학적인 그의 그림을 볼 때마다 엄마는 인상을 찌푸리곤 했었다. 엄마는 그 그림이 평소에 당신이 조금도 마음에 들어하지 않는 재민을 닮았다고 생각하고 있었다. 아마도 그래서 엄마가 치워 버린 모양이다.

규민은 윗도리를 걸치고 옆방으로 갔다. 그곳은 결혼하기 전까지 규민이 작업실로 쓰던 방이었다. 기억을 잃고 이 집에 왔을 때 그 방은 늘 잠겨 있었다. 엄마는 창고처럼 쓰는 방이라고 말했었고, 규민도 그다지 관심을 기울이지 않았었다. 방은 규민의 침실보다 두 배 정도의 크기였고 한쪽 벽을 차지하고 있는 장식장에는 그녀의 어린 시절 재능을 짐작케 하는 각종 대회에서의 상장과 트로피들이 잘 정리되어 있었다. 그리고 다른 쪽 벽은 그림들이 차지하고 있었다. 그림들은 벽에 걸려 있거나, 혹은 기대어져 있었는데 자신이 보관해 두었던 그림들보다 양이 눈에 띄게 줄어들어 있다. 그러나 무엇이 없어졌고, 무엇이 남았는지는 알 수가 없다. 기억이 돌아왔음에도 여전히 머리 속은 혼란스러웠고, 많은 기억들은 아직도 안개 속에 갇혀 있다. 그녀는 자신이 어떤 그림들을 그렸었는지 정확하게 떠오르지 않는다.

　그녀는 두려운 마음으로 그림들 곁으로 다가갔다. 그리고 가장 작아 보이는 액자 하나를 들어올렸다. 그것은 너무나 맑고 투명해 보이는 그림이었다. 열여덟, 열아홉 그 무렵에 그린 그림 같았다. 지나치게 맑고 투명하여 오래 보다 보면 재미없어지는 그림. 그리고 이것은 고등학교 졸업 작품으로 그린 그림이고, 또 이것은……

　그림을 하나하나 확인해 가는 규민의 눈은 점점 자신감이 넘치듯 반짝거렸다. 그때의 느낌들, 감정들, 격정들이 고스란히 그녀 속에서 되살아났다. 규민은 그렇게 한참을 그림들을 뒤졌다. 방 안의 그림들 속에는 자신이 수십 장 그렸던 재민의 모습들과 여러 곳에서 수집했던 재민의 그림들이 단 하나도 남아 있지 않았다. 아마도 병원에 있을 동안 엄마와 찬우가 없애 버린 모양이다. 재민의 흔적은 아무것도 없다. 다시는…… 어디에서도 재민을 볼 수는 없으리라. 그와 함께 그의 그림도 볼 수 없으리라. 언제나 그녀를 전율케 하던 그림들……. 그녀 속 재민의 그림자는 여전히 깊고도 무거운 것일까? 지금도 눈을 감으면 광채로 빛나던 그 눈이 번득이며 다가올 것 같다.

　규민은 연필을 들었다. 그리고 눈앞에 떠오른 그 얼굴이 금방이라도 사라질 것 같아 **빠른** 속도로 그려 나가기 시작했다. **빠르게** 움직이는 연필을 따라 재민의 얼굴이 점점 선명하게 드러나기 시작했다. 어느새 날이 새었는지 아침 햇살이 창으로 쏟아져 들어왔다. 규민은 무릎에 놓인 스케치북을 망연히 내려다보고 있었다.

그림 속 그 입이 퉁명스럽게 오지 마, 하고 말할 것 같다. 다시는 오지 마! 재민의 입에 버릇처럼 붙어 있던 그 말.

"재민아……."

널 사랑하는 내내 목말랐었어. 눈가에 맺혀 있던 눈물이 스케치북 위로 방울져 떨어졌다. 눈물은 재민의 얼굴 위로 스며들어 번졌다.

규민이 옆에 없다. 옆에…… 없다.

찬우는 텅 빈 옆 자리를 손으로 쓸어보다가 눈을 감아버렸다. 움직여 보려 했지만 몸이 솜뭉치 같아서 꼼짝할 수 없었다. 어젯밤, 그렇게 들어와 씻지도 않은 채 쓰러져 잠이 들어버린 모양이다.

규민은 다시 재민의 그림자를 끌어안은 채 살아갈 테지? 재민의 무엇이 규민을 그토록 빨아들였던 것일까? 그림? 그래, 그것이었을 것이다. 아무것도 가진 것이 없던 재민에게 신은 그림 그리는 재주를 주어 규민의 사랑을 받게 해주었다. 그러나 신은 자신에게는 재민이 가지지 못했던 부를 주면서 잔인하게도 규민을 죽도록 사랑할 재주만 준 것 같다.

찬우는 굳은 듯한 몸을 억지로 움직여 돌아누웠다. '끙' 하는 신음 소리가 자신도 모르게 새어나왔다. 모로 누운 등 뒤에서 허리를 감아오던 그 손도, 전화선을 타고 들려오던 '사랑해'라고 하던 그 목소리도 몸 밖으로 스멀스멀 기어나와 사라져 간다. 다…… 사라져 간다.

언제였더라, 그림자처럼 붙어 다니던 규민이 불편해지기 시작했던 나이가? 열일곱, 그때가 규민이 불편해지기 시작한 나이였던 것 같다. 한번 안아보고 싶었던 나이. 그러나 재민을 따라가겠다고 동맥을 그은 그녀를 찾아가 결혼하자는 말을 할 때까지 한 번도 '나 너 사랑해'란 말을 하지 못했다. 그저 그의 마음을 규민이 자연스럽게 알아버렸고, 규민은 '우린 친구야'라는 말로 못을 박아버렸었다. 친구란 그 말…… 정말 싫었다.

찬우는 책을 가방에 넣을 시간도 없이 챙겨 들고 미술학부 건물로 뛰었다.

드르륵!

급한 마음에 조심성없이 문을 열고 고개를 쑥 디밀었다.

"엄마!"

모델들과 학생들의 짧은 비명 소리를 듣고도 찬우는 쉬이 나갈 생각을 않고 학생들 사이에서 규민을 찾았다. 또 없다. 벌써 일주일 가까이 학교에서 규민을 만나지 못하고 있다. 두어 달 전부터 띄엄띄엄 자취를 감추던 규민이 이번엔 일주일 꼬박이다. 무슨 일일까? 아침에 만났을 때, 요즘 무엇이 그렇게 바쁘냐고 물었지만 배시시 웃음만 흘릴 뿐 대답을 해주지 않았다.

찬우는 계단을 내려오다 발에 걸리는 빈 깡통을 힘껏 차버렸다. 일거수일투족 서로 모르는 것이 없었는데 갑자기 규민에게 따돌림당하는 느낌이다.

재민이에게나 가볼까? 지난달, 엄마를 졸라 반찬을 가져다주고는 들여다보지 못했다. 방세를 벌기 위해 한 달 꼬박 일을 나가느라 그림을 그리지 못했다는 소리에 미국에서 잠깐 들어왔던 형에게 받은 거금의 비상금까지 톡 털어 쥐어주고 왔었다. 재민은 언제나 답답하면서도 안타까운 녀석이다.

돈이 얼마나 있나? 지갑을 꺼내어보니 간식거리 사 갈 정도는 된다. 돈을 확인하고 지갑을 넣으려던 찬우는 지갑 맨 안쪽에 비밀처럼 넣어둔 뭔가를 꺼내본다. 노란 개나리꽃 사이에서 활짝 웃고 있는 코팅된 규민의 사진이다. 개나리꽃보다 더 눈부신 규민. 찬우는 싱긋 미소를 짓고는 다시 보이지 않도록 사진을 집어넣었다. 규민이 알면 당장 내놓으라고 눈을 흘길 것이다. 요즘은 교내 커플들도 심심찮게 볼 수 있는데 규민도, 찬우도 그 흔한 미팅 한 번 제대로 하지 않고 대학을 마칠 것 같다.

자신이야 어차피 세상에서 여자는 오직 규민뿐이라고 생각하니 그렇다 치더라도 규민은 아예 그런 것에는 흥미조차 느끼지 못하는 것 같았다. 불행인지 다행인지 규민은 그림을 너무 사랑해서 남자를 돌아볼 마음이 아직은 없는 것 같다. 그래서 찬우는 기다리는 것이다. 규민이 언제쯤이면 그가 사랑한다는 걸 눈치 챌까? 적극적으로 다가설 수도 있지만 찬우는 그러고 싶지 않았다. 규민의 마음에 부담을 주고 싶지 않았고, 무엇보다 그림을 그리는 데 방해를 하고 싶지 않아서다. 그림에 완전히 눈을 뜨고 나면 사랑에도 눈을 뜰 것이고, 그때에 규민이 보는 남자는 자신뿐일 거라는 확신. 그것은 아주 오래된 믿음이다. 규민이 훌륭한 화가가 되어 자신의 꿈을 펼쳐 나가는 것을 지켜보고 싶다. 그리고 졸업을 하고 사회인이 되면 모든 뒷바라지도 자신이 하고 싶다. 그래서 졸업도 하기 전에 이미 돈을 벌기 위해 사업 구상을 하고, 시장조사를 하고 있는 것이다. 그 모습을 보고 규민은 찬우에게 돈 냄새를 맡는 재주가 있다며 피는 못 속인다고 가끔 놀린다. 아버지도 사업을 하셨고, 미국에 있는 형도 사업을 하고, 그리고 자신도 벌써 그 준비를 하고 있으니 하는 말이다. 그녀 때문에 선교사가 되고 싶었던 그의 꿈이 선회한 것을 아는지 모르는지.

통닭을 한 마리 튀기고, 캔 맥주도 넉넉히 사고, 과일도 샀다. 재민은 먹는 것이 부실해서 좀 걱정이다. 어떻게 된 녀석이 그림 그리는 것 외에는 자기 몸 건강에조차 관심이 없다.

벌써 여름이 오려는지 계단을 반쯤 오르자 땀이 송골송골 맺힌다. 돈을 벌면 이 녀석 화실부터 하나 마련해 줘야겠다.

"재민아! 재민……!"

마당으로 들어서며 재민을 부르던 찬우의 목소리가 뚝 끊겼다. 방문 앞에 눈에 익은 신발이 보인다. 그것은 자신이 생일 선물로 사준 규민의 신발이다. 왜 저게 여기 있지? 순간 머리 속이 경직된 듯 생각이 정지해 버렸다. 방 안에서 도란도란 들리던 말소리가 뚝 끊기더니 문이 열렸다.

"누구……? 어…… 찬우네?"

내다보며 미안한 듯 배시시 웃는 여자는 규민이다.

"왜……?"

네가 왜 여기 있느냐고 묻고 싶은데 말이 나오지 않는다.

"누구야, 규민아?"

재민은 고개도 내밀지 않은 채 낯설 만큼 밝은 목소리로 '누구야, 규민아?' 라고 했다. 자신이 아닌 다른 남자의 입에서 들리는 '규민' 이라는 이름은 먼 이국의 어느 땅에서 듣는 알아듣지 못할 말 같다.

"왜 그러고 있어? 들어와."

규민은 마치 그 방의 주인처럼 말했다. 재민은 방으로 들어서는 찬우를 망연한 눈으로 바라보았다. 감당하지 못할 만큼 흔들리는 찬우의 눈에 비해 재민의 눈은 지나치게 차분하다. 무슨 생각을 하는지 알 수조차 없다. 찬우의 턱은 입 안에서 꽉 깨물린 이들이 빠득 소리라도 내지를 듯 경직되어 떨렸다. 그 모습을 보고서야 재민은 찬우의 눈을 피했다.

"그림 구경 왔다가……."

변명처럼 들리는 규민의 목소리를 듣고서야 찬우는 그녀의 손에 들린 물걸레를 발견했다. 바닥을 닦던 중이었던 듯 손은 물기에 젖어 있고, 이마에는 땀까지 송골송골 맺혀 있다. 순간 찬우는 무섭도록 경직된 얼굴로 손을 잡아채었다.

"네가 왜 이걸 해?"

"그, 그냥. 바닥이 더러워서……."

"네가 왜 이런 걸 하냐고!"

갑작스런 찬우의 고함 소리에 규민도, 재민도 놀란 눈으로 찬우를 바라보았다.

"왜 소리는 지르고……."

규민의 말이 채 끝나기도 전에 찬우는 그녀의 손목을 거칠게 잡아당겼다. 얼결에 끌려 나온 규민이 신발을 신는 사이 찬우는 다시 손목을 울컥 당겼다.

"가!"

"왜 그래, 찬우야?"

이토록 무섭게 경직된 찬우의 얼굴은 난생처음이다. 그동안 찬우에게 얘기도 않고 살짝살짝 이곳을 다녀갔던 것은 미안해서였다. 찬우에게는 뭐든 숨김없이 다 말했었는데 갑자기 그에게 얘기하고 싶지 않은 일이 생겨 버렸다. 아무에게도 얘기하고 싶지 않은 생의 비밀 같은 그런 감정이 생겨 버린 것이다. 몇 번 찾아와 보았던 재민의 그림은 점점 그녀를 잠식해 들어왔고 종일 그것에서 헤어날 수 없었다. 눈을 감으면 그림과 재민이 떠올랐다. 날마다 보고 싶은 그것이 재민인지 재민의 그림인지 명확하지 않았다. 그리고 그것을 굳이 따지고 싶지 않을 만큼 보고 싶은 마음이 앞서서 언제나 이곳으로 달려오고 만다. 늘 함께 다니던 찬우에게는 미안했지만 왠지 말하고 싶지 않았다.

찬우는 규민의 손목을 아프도록 움켜잡고 그곳을 나왔다. 화가 나서 견딜 수가 없다. 규민의 손에 들려 있던 때 묻은 걸레가 구역질나도록 화가 난다. 울컥울컥 잡아당기는 찬우의 힘을 이기지 못하고 넘어질 듯 계단을 내려오던 규민이 손목을 뿌리치며 소리를 쳤다.

"도대체 왜 이러는데? 이유나 좀 알자!"

"왜 이러느냐고? 그걸 몰라서 물어?"

"그래, 몰라!"

잡혔던 손목을 매만지며 규민은 눈을 흘겼다. 찬우가 화를 내는 마음은 알겠는데 그래도 규민이 보기에는 좀 지나친 것 같다. 무안당한 듯 서 있을 재민도 걱정된다.

"사람 걱정되게 말도 없이 사라지더니 겨우 여기 와서 청소나 하고 있었어? 누가 너더러 그런 거 하랬어! 내가 널 여기 데려왔었던 건 재민이 그림을 보란 거였잖아! 특이하니까, 너와는 상반되는 그림을 그리니까 참고하라고. 그런데……."

"그런데 뭐!"

네가 무슨 상관이냐는 눈으로 쏘아보는 규민을 보니 찬우는 말문이 막혀 버렸다.

"이런 식으로 끌고 나와 버리면 재민이가 얼마나 무안하겠어! 내가 방 닦은 게 왜 너한테 야단맞을 일인지 모르겠어. 그림 보면서 보니까 방이 지저분하기에 청소 좀 한 게 뭐 잘못된 거야!"

뾰로통하게 쏘아보며 내뱉는 말을 듣고 있자니 자신이 과민반응을 보인 것 같아 무안해진다. 찬우의 얼굴이 조금 누그러지는 듯 보이자 규민은 기회를 놓치지 않고 혼자 다닌 것에 대한 사과 대신 오히려 큰 소리를 쳤다.

"혼자 다닌 건 미안하게 생각해. 그래도 그렇지, 꼭 이렇게 화를 내야겠어? 그리고 나도 가끔은 혼자 다니고 싶을 때가 있……."

말을 하던 규민이 갑자기 무엇이 생각난 듯 인상이 찡그려지기 시작했다.

"너 또 강의실 문 드르륵 열고 들여다봤어?"

"응."

무표정한 얼굴로 '응'이라고 대답하는 찬우의 얼굴 위로 기겁을 하며 소리를 질렀을 모델들과 친구들의 얼굴이 겹친다. 오늘은 두 명의 누드모델을 앞에 두고 그림을 그리는 날인데! 다들 얼마나 황당했을까?

"야!"

갑작스런 규민의 고함 소리에 놀란 찬우가 방금 전의 화는 다 어디로 가버린 얼굴로 규민의 눈치를 살폈다. 또 무슨 잘못을 저지른 모양이다.

"오늘 누드 그리는 날이란 말이야!"

그랬던가? 그러고 보니 문을 열었을 때 잠깐 모델들을 본 것도 같다. 그렇지만 그 모델이 옷을 입고 있었는지 벗고 있었는지 기억이 나지 않는다.

무덤덤한 찬우의 얼굴을 보며 규민은 어이가 없다. 어떻게 된 애가 다른 데에서는 깍듯한 예의를 지키면서 미술학부 건물에만 들어서면 생각없이 벌컥벌컥 문을 열어대는지 알 수가 없다. 그러니 백찬우 때문에 전 미술학부 건물에 자물쇠를 채워두자는 농담이 오가는 거다. 어쨌든 오늘도 예의없이 문을 벌컥 열어 자신을 찾았을 찬우 때문에 재민에게 오기 위해 몰래 빠져나온 것이 들통나 버렸다.

"어휴, 내가 못살아! 못살아!"

규민의 매운 손이 타박하듯 등을 두드려 대자 그제야 찬우의 얼굴에 안도의 빛이 돈다.

나 몰래 이곳을 드나들 정도면 재민의 그림이 꽤나 마음에 들었던가 보다. 그럴 줄 알았다. 두 사람 그림은 은근히 닮은 데가 있으니까 금방 마음에 들어할 줄 알았어. 서로에게 도움이 될 거야. 특히나 재민이 그림이 규민이에게 자극이 되었으면 좋겠다. 방 청소를 해준 건…… 그럴 수도 있지. 더러운 꼴을 그냥 두고 못 보는 규민의 성격으론 충분히 그럴 수 있어. 규민은 여전히 날마다의 일상처럼 내 곁에서 눈을 흘기고 이러다 또 까르르 넘어가며 놀려댈 테지? 아무것도 아니었어. 그렇지, 규민아?

아무것도 아닌 줄 알고, 아무것도 아닌 것처럼, 아무것도 아니라고 위안을 하며 날마다 재민의 그림을 보러 달려가는 규민과 함께 그도 날마다 재민에게 갔다. 졸업을 하고, 사업을 시작하면서 남은 돈 일부로 재민의 화실을 마련해 줄 때까지도 찬우는 규민의 감정을 알아차리지 못했다. 규민은 여전히 자신과 함께 다녔고, 거기에 재민이 가끔 끼었을 뿐 변한 것은 아무것도 없었다.

사업을 시작하면서 바빠지자 화실을 들여다볼 시간도 점점 줄어들었다. 가끔 들여다보는 화실에는 규민의 흔적들이 역력했다. 깔끔한 화실 안도, 꽉 찬 냉장고 속도 온통 규민의 흔적들이다. 뭐지? 라고 느꼈을 때 규민은 이미 찬우의 눈에서 멀어져 있었다. 그림에 동화되어 버린 규민과 재민을 멀찌감치 떨어져서 관람하는 느낌. 찬우는 순간 경악했다. 그것은 있을 수 없는 일이라고 생각했다. 규민과 자신은 처음부터 하나였고, 그것은 당연한 진리였다. 그 진리에 금이 가고 있는 것이다.

그걸 깨달을 무렵 규민의 그림에는 변화가 왔다. 말수도 줄어들었다. 진지한 얼굴로 무슨 일이냐고 묻는 찬우를 바라보는 그녀의 눈빛도 깊고 어두워졌다.

"정말 무슨 일이야, 규민아?"

"새삼스럽게 뭘 물어?"

수척해진 얼굴로 그녀는 그렇게 되물었다. 다 알면서 왜 묻느냐고. 그러나 찬우는 아무것도 모르겠다. 둔한 건지, 미련한 건지, 절대적인 믿음 때문인지 아무것도 모르겠다. 혼란스런 얼굴로 앉아 있는 찬우를 보며 규민은 마른 웃음을 설핏 웃었다.

"그런 눈으로 보지 마. 부끄럽잖아."

규민의 눈은 찬우에게 너에게 숨기고 싶은 부끄러운 감정을 가졌다고 말하듯 내리깔렸다. 그리고 여전히 이해할 수 없다는 표정으로 앉아 있는 찬우에게 말했다.

"네가 나 좋아하는 거 알아. 그냥 좋아하는 게 아니라 다른 어떤 감정이 조금 있다는 것도 알고. 그래서 이런 얘기 들으면 처음엔 충격받을 거란 생각도 들어. 사실 그것 때문에 망설였는데 네가 먼저 물어줘서 다행이야."

규민의 표정은 점점 밝아지고 얼굴은 확신에 차고 있었다.

"나 재민이 사랑해."

"안 돼, 규민아! 말도 안 돼!"

찬우는 자신도 모르게 소리를 쳤다. 이건 있을 수 없는 일이다. 규민이 나를 두고 어떻게 다른 남자를 사랑한다고 말할까? 찬우는 말문이 막혀서 고개만 흔들었다. 규민이 무슨 말을 하는지 알아듣지도 못하겠다. 감당할 수 없다는 듯 머리를 흔드는 찬우를 보며 규민은 다시 또박또박 말했다.

"이미 오래됐어. 생각해 보니 처음 보던 그날부터였던 것 같아."

처음 보던 그날부터 그의 그림은 자신을 사로잡았고, 그래서 규민은 재민에게서 운명을 느꼈다고 했다. 운명이라고? 운명은 그렇게 함부로 쓰는 말이 아니다. 그건 우리에게 해당되는 말이야!

"규민아, 우린……!"

"우린 친구야!"

찬우가 채 말을 꺼내기도 전에 먼저 튀어나온 규민의 말은 단호했다.

"넌 아닐지 몰라도 난 그래. 내게 있어 넌…… 영원히 친구일 뿐이야."

그 이상의 감정은 허락하지 않겠다는 듯 다시 한 번 단호하게 선을 그어버리는 규민의 표정은 냉정하기까지 하다. 노래진 찬우의 얼굴을 보며 규민은 일어났다. 마음은 아프지만 처음부터 이렇게 단호하게 선을 그어두는 것이 찬우에게도 자신에게도 좋을 것이란 생각이 들었다. 찬우가 자신에게서 느끼는 감정이 오랜 우정에서 비롯되었다는 것을 빨리 깨달아주기를 바랐다.

찬우는 아무것도 믿을 수 없었다. 꿈도, 희망도, 삶의 목표도 한순간에 정지해 버린 듯했다. 처음에는 자신이 무얼 잘못했는가를 생각했다. 규민에게 무얼 잘못했을까? 뭐가 마음에 들지 않았을까? 아무리 생각을 해도 이유를 찾을 수 없었다.

그는 규민이 잠깐 착각에 빠진 것이라고, 자신과의 오랜 기간에 잠깐 싫증이 난 것이라고 생각했다. 그 즈음 규민은 '그림이 답답하다' 는 말을 입에 달고 있었다. 아마도 그 탓이었을 거다. 뭔가 답답하던 것이 재민의 그림을 보는 순간 터진 것이고, 그것이 규민에게 혼란을 준 것이다. 언제나 그래 왔듯이 규민의 곁에서 그녀를 지켜주어야 할 사람은 자신뿐이라는 생각이 들었다. 잠깐의 혼란도 묵묵히 지켜줄 수 있는, 그것이 진정한 사랑일 것이다. 며칠 미칠 것 같았던 마음의 혼란을 찬우는 그렇게 다잡았다.

찬우는 자정이 가까운 시간에 규민의 집 대문을 두드렸다. 규민에게 재민을 사랑한다는 말을 들은 지 보름 만이었다. 둘의 암호처럼 되어 있는 규칙적인 대문 두드리는 소리에 마당의 등이 켜지고 탁탁탁 달려나오는 소리가 들린다. 대문이 벌컥 열리더니 울상이 된 규민이 불쑥 나왔다.

원망스런 눈으로 노려보는 규민의 눈을 보며 찬우는 착하게 웃는다.

"잘 있었어?"

규민은 겨우 보름 만에 보는 찬우의 얼굴이 꼭 십 년은 기다렸다 만나는 것만큼 반가웠다. 찬우에게 그렇게 단호한 말을 남기고 돌아 나온 뒤 너무나 마음이 아파서 아무것도 못하고 지냈다. 재민의 화실에 들르지 않은 것도 보름이 되어간다. 찬우가 자신을 친구가 아닌 다른 감정으로 생각하고 있다는 것을 느낀 것은 재민의 집에서 자신을 끌고 나오던 그날이었다. 자신은 정말 친구 이외엔 아무 감정이 없는데 찬우의 그런 반응은 당황스러웠다. 찬우는 세상 무엇과도 비교할 수 없는 친구였고, 그것은 사랑이라는

감정보다 더 고결한 것이라고 생각할 만큼 소중한 것이었다. 그
소중한 친구를 잃고 싶지 않았다. 찬우의 집 앞까지 갔다가 대문
을 두드리지 못한 채 돌아와 버린 것이 몇 번인지 모른다. 기쁠 때
도, 슬플 때도 언제나 함께였던 찬우, 그 찬우가 그녀 앞에서 착한
얼굴로 웃고 있다. 규민은 원망스런 얼굴로 다가와 작은 주먹으로
찬우의 가슴을 쳤다.

"보름이나 보이지도 않고…… 미안해서 혼났잖아."

그 한마디로 그녀가 그를 얼마나 기다려 왔는지 알 수 있었다.
규민은 늘 이렇게 그를 기다린다. 따갑게 쏘아붙이는 규민의 눈길
에서도 찬우는 늘 그것을 느껴왔었다. 반가움과 그리움이 담긴 따
듯한 눈을. 가슴을 탁탁 치는 그 작은 손을 찬우는 꼭 쥐었다.

"미안해."

널 속상하게 해서 미안하고, 기다리게 해서 미안하고, 이해해
주지 못해서 미안해. 넌 지금 잠깐 혼란에 빠진 거야, 그렇지? 네
가 다시 제자리로 돌아올 때까지 기다릴게. 언제까지나 널 지켜줄
게.

"뭐가 미안한데! 미안한 건 난데 왜 네가 미안하다 그래?"

"그냥…… 미안해."

언제나 착한 찬우, 내 친구 찬우. 규민은 눈물이 그렁한 눈으로
그의 목을 안았다.

"넌 내겐 세상에서 가장 소중한 친구야. 잃어버리고 싶지 않아.
너도 그렇게 지내줄 거지?"

찬우는 규민을 결코 잃어버리고 싶지 않다는 생각뿐 아무 말이

나오지 않았다.

　그렇게 바보처럼 한마디 말도 못하고 지켜만 보았다. 그녀에게서 눈을 돌릴 수도 없고, 발을 돌릴 수도 없어서 그냥 그림자처럼…… 바보처럼……. 그녀가 잠깐 혼란에 빠졌고, 언젠가는 다시 자신에게 돌아오리라는 막연한 믿음 하나만으로 단 한 번도 적극적이지 못한 채 지켜만 보았던 나는 바보였을까? 이렇게 지켜만 보고 있으면 언젠가 규민이 내게로 와줄까? 생각은 생각에 꼬리를 물고 일어났다. 머리 속은 복잡했지만 한 가지 분명한 것은 규민은 여전히 자신의 아내라는 사실과 그 자리를 규민 외에는 누구로도 채울 수 없으리라는 것이었다. 찬우는 정말 그녀만을 기다리는 등대가 되어 오래오래 규민을 기다리며 지켜보아 줄 힘이 자신에게 있을지 그것만이 걱정되었다.

　"도대체 며칠을 굶은 거야?"
　규민이 텅 빈 쌀자루를 들여다보며 한숨을 내쉬었다.
　"안 굶었어. 거기 봐, 라면 봉지가 수두룩하잖아."
　재민은 뒤도 돌아보지 않고 그림에 빠진 채 중얼거렸다. 그의 말대로 싱크대 안에는 빈 라면 봉지가 수두룩했고, 설거지 거리도 산더미처럼 쌓여 있었다. 규민은 광주에서 그룹 전시회를 열고 일주일 만에 올라오는 길에 이곳부터 들렀다. 보지 않아도 재민이 어떻게 지낼지 눈에 선했기 때문이다. 그림 그리는 일 외에 모든 것에 대해 불성실한 재민은 먹는 일에도 절대적으로 불성실한 사람이었다. 처음 재민의 자취집을 드나들기 시작했을 때는 도대체 이렇게 먹고 어떻게 생명을 유지할까 싶은 생각이 들 정도로 그의 생활은 엉망이었다. 종일 그림만 그리다가 배가 고프면 어쩔 수 없다는 듯 무언가를 입에 넣는 정도였다. 한 번은 밥이라도 앉혀주고 가려고 밥솥을 열었다가 분홍색 곰팡이가 꽃처럼 피어 있는 밥 위로 스멀스멀 기어다니는 바퀴벌레를 보고 기겁을 했던 적도 있었다. 그는 그런 생활을 삼 년째 영위하고 있었다.

재민의 부모님은 그가 어릴 적에 이혼을 하고 재민과 어린 여동생을 할머니께 맡기고는 소식을 끊어버렸다고 했다. 어릴 적부터 안 해본 일이 없다는 재민은 요즘도 가끔 노동판에 나가 벽돌을 나르며 용돈을 벌기도 했다. 그리고 아주 가끔이었지만 그림을 내다 팔기도 했는데 그런 날이면 어김없이 술을 마셨다. 술이 거나해지면 그는 할머니께 맡겨둔 어린 동생을 데리고 올 거라는 말을 잊지 않고 했다. 그 애는 재민이 화가로 성공해서 자신을 데려갈 날만을 손꼽아 기다린다고 했다.

"기다려라, 재영아! 이 오빠가 너 대학도 보내주고, 원하는 건 뭐든 다 하게 해줄게. 기다려! 조금만 기다리라고!"

"그만 마셔, 취했어."

"이규민…… 너 나한테 너무 잘해주지 마라. 그런 눈으로 보지 말라고. 네가 내 고통의 한 모퉁이라는 거 알아? 너 때문에 내가 괴롭다, 인마. 오지 마…… 다신 여기 오지 마."

헤어질 무렵이면 잊지 않고 하는 '오지 마'란 말은 그날도 빠지지 않았다. 내일이면 또 언제 그랬냐는 듯 '왔어?'라고 할 거면서.

술기운에 붉어진 그의 눈은 슬퍼 보였다. 내일 아침에 술이 깨어 눈을 뜨면 규민이 전시회에서 벌어들인 돈으로 사 온 물감들과 몰래 놓고 간 약간의 돈이 또다시 그를 슬프게 할 것이다. 그러나 그것은 이미 얼마 전부터 둘 사이에서 묵과되어 오고 있는 사실이었다. 취한 그를 다독여 재우고 돌아온 날 밤이면 규민은 밤새 잠을 이루지 못했다. 그의 그림을 알아주지 않는 세상이 원망스러웠고, 그의 가난이 슬펐다. 세상으로부터 단 한 번만 인정을 받게 되면 그의 재능은 꽃을 피울 것이다. 가끔씩 헐값에 내다 파는 그림들의 가격도 천정부지로 뛰어오를 것이다. 예술가에게 돈이란 필요악일 수 있다. 그러나 재민에게는 그것이 날개가 되어줄 것이다. 그가 날개를 달 때까지 잠깐만 내 꿈을 접어둘까? 재민과 재민의 그림을 위해서…….

그래서 결정한 것이 학원에서 아이들을 가르치는 일이었는데 주로 입시생들을 가르치는 곳이었기 때문에 생각보다 수입이 괜찮았다. 규민은 그렇게 벌어들인 돈의 대부분을 재민을 위해서 썼다. 그러나 그의 그림에서 언젠가는 터져 나올 희망을 보았기 때문에 자신의 선택이 후회스럽다거나 힘들다 생각한 적은 한 번도 없었다. 피곤도, 후회도 재민의 그림이 다 달래주었다. 재민이 가끔 섭섭하게 대하는 것도 그의 그림을 보고 있으면 견딜 만했다. 재민에게 그림이 생명 같은 것이라면 규민은 그 생명을 사랑했다. 규민에게 그림과 그는 하나였다.

친정집으로 온 그날부터 규민은 내내 작업실에만 틀어박혀 있었다. 그림을 그리는 것도 아니면서 도대체 나올 생각을 하지 않는 규민을 보며 정연희는 걱정이 되어 한 시간이 멀다 하고 계단을 오르락내리락했다. 재민이 떠난 직후, 규민이 두 번이나 동맥을 끊었을 때도 작업실에만 틀어박혀 있었기 때문이다.

"걱정하지 마, 엄마. 다시는 그런 어리석은 짓 안 해요."

규민의 다짐을 받고도 그녀는 여전히 불안한 마음으로 규민을 살폈다. 규민은 자신의 그림들을 하나하나 면밀히 살피고 있었다. 아직 완벽하게 돌아오지 않은 기억이 그림을 객관적으로 볼 수 있게 해주는 것인지 규민은 처음으로 자신의 그림을 멀찍이 떨어진 눈으로 관찰하고 있었다. 재민을 만나며 오 년 정도의 시간을 규민의 그림은 '최재민'이라는 이름에 묶여 있었다. 대학 다니며 잠깐 빛을 보았던 그림은 어느 순간부터인가 재민의 그림자에 숨어버렸다. 말하자면 제 빛을 잃어버린 그림이 되어버린 것이다. 어둠의 빛깔은 재민의 그림에서만 찬란하게 빛을 뿜었던 것인가? 규민은 무언가에 놀라듯 다른 그림들을 살피기 시작했다. 그림 아래에 새겨진 날짜들을 살펴보니 정확하게 오 년 전의 그림부터 어두워지는 색감을 띠기 시작했다. 그러나 그것은 단지 어설프게 흉내낸 빛깔에 불과했다. 재민의 그림에서 뿜어져 나오던 그 빛이 아니다.

규민은 허탈한 듯 의자에 털썩 주저앉았다. 이걸 왜 이제야 깨달았을까? 찬우가 그 점을 수십 번 지적하며 다그칠 때도 그 소리가 귀에 들어오지 않았다. 네가 그림에 대해서 뭘 아느냐고 쏘아붙였었다. 마치 마법에 걸린 사람처럼 그녀 속에는 오로지 재민과

재민의 그림밖에 없었다. 자신을 잃어버렸었다. 그리고 재민이 떠
난 지 삼 년, 그 기간 동안 규민은 완전히 그림에서 손을 놓아버렸
다. 반은 절망에 빠져 무너져 있었고, 나머지 반은 찬우와의 결혼
과 사고, 그리고 기억상실의 시간이 차지하고 있다. 그림을 놓아
버렸던 지난 삼 년 동안 감각은 무뎌졌고, 느낌은 완전히 죽어버
렸다. 이것이 그녀를 재민에게 더욱 매달리게 하는 요인이 아니었
을까 하는 생각이 문득 든다. 다시 그림을 그린다면 어쩌면 그에
게서 자유로워질지도 모르겠다. 문득 등대가 되어줄 테니 다시 그
림을 그리라던 찬우의 얼굴이 눈앞을 스쳐 갔다. 규민은 들고 있
던 그림을 꽉 움켜잡았다.

사무실로 들어서며 찬우는 전화기부터 들었다. 한 번, 두 번, 세
번…… 안 받는다. 다시 번호를 누르던 그의 손가락이 멈칫했다.
아, 규민이 우리 집에 없지! 일주일이 지나도 이건 도대체 적응이
안 된다. 아침에 전화를 했을 때 장모는 규민이 여전히 작업실에
만 틀어박혀 꼼짝을 않는다고 했다. 규민의 작업실에 배어 있는
그 물감 냄새들이 코끝에 확 풍긴다.

"찬우야아~"

사람들 앞에서는 뒤를 더 길게 늘이며 찬우를 부르던 규민의 목
소리도 들린다. 내 친구 찬우야! 규민이 친구 찬우야! 규민이 언제
나 신나게 소개하던 그 말, 찬우는 언제부턴가 친구란 말이 싫었다.

그림을 다시 그려보겠다고 마음먹었지만 막상 연필을 들고 앉으면 머리 속은 텅 빈 듯 아무 생각도 떠오르지 않았다. 토막토막 잘려 나간 기억들은 여전히 안개 속에 머물고 있었다. 특히 혼자 여행을 떠났다가 사고를 당했다는 그 부분에서는 기억이 완전히 막혀 있었다. 그것이 자꾸만 정신을 흩뜨려 놓아서 아무것에도 집중할 수가 없었다.

"엄마, 내가 사고 난 곳이 어디랬지?"

고개를 푹 숙이고 아침을 먹던 규민이 불쑥 물었다. 정연희는 반가운 듯 물을 가져다주며 의자에 앉았다. 무슨 얘기든 해야겠는데 말 한마디 하지 않는 규민의 눈치를 살피느라 식사 내내 힘이 들던 참이었다.

"제천. 근데 그건 갑자기 왜 물어?"

"……그냥."

왜 하필 제천이었을까? 제천은 그녀와는 전혀 상관이 없는 도시였다. 여행을 떠났다면 평소 좋아하던 동해안 쪽으로나 재민의 연고지가 있는 지리산 쪽, 혹은 재민의 혼령이 떠돌고 있을 원주 쪽이었을 텐데……. 제천에 갈 어떤 이유가 있었던 것 같은데 아무리 떠올리려고 해도 전혀 기억이 나지 않았다. 찬우는 알까? 찬우는 그렇게 간 뒤 일주일이 지나도록 연락이 없다. 화가 많이 난 것일까? 몸이 아픈 것일까? 규민은 갑자기 목이 탁 막혀서 밥이 넘어가지 않았다. 젓가락으로 밥알만 세던 규민이 힘겹게 입을 열었다.

"엄마, 찬우…….."

"일찍도 물어본다!"

정연희의 목소리에는 원망과 질책이 들어 있다.

"걱정하지 마라. 찬우 너 없이도 잘 지내고 있대."

"잘…… 지내고 있대?"

"그래, 매일 아침 전화해서 네 소식 확인하는 거 너 모르지?"

매일 아침? 매일 아침 그녀는 재민을 떠올렸다. 한 번도 피어보지 못한 재민의 그림을 떠올렸다. 그리고 그것들로부터 자유로워질 자신의 그림을 떠올렸다.

"푹푹 좀 떠먹어!"

밥알을 세듯 젓가락으로 긁어 올리는 규민을 보며 답답한 듯 숟가락을 내밀었다.

"왜 그랬을까?"

왜 그랬을까? 왜 재민이만 느꼈을까? 찬우도 많이 아팠는데, 그래서 사랑해 주고 싶었는데, 행복하고 싶었는데…… 재민이를 많이 잊었다고 생각했는데 기억을 잃은 동안 왜 찬우는 느끼지 못했을까?

"얼른 나갔으면 좋겠어."

"응?"

"재민이…… 얼른 내 맘에서 나갔으면 좋겠다고."

그래서 찬우가 아프지 않았으면 좋겠다.

정연희는 내밀던 숟가락을 떨어뜨리듯 내려 버렸다. 저놈의 고집! 도대체 누굴 닮아 한 번 가슴에 들인 사람을 저토록 빼내지 못하는지 모르겠다.

"넌 무슨 애가 그렇게 깔끔을 떠는지 모르겠다. 털고도 살고, 잊고도 살고, 가슴에 재어두고도 살고 그런 거지. 어떻게 마음을 싹싹 정리하고 다시 넣고 그렇게 살아? 살다 보면 잊어지고 다시 새로운 게 새록새록 생기기도 하고 그게 사람 마음이야. 시간이 약이란 말도 있잖아."

하지만 그녀의 말을 듣는지 마는지 규민은 여전히 밥알만 세고 앉아 있었다.

"아이들을 가르쳐? 학원에서?"

찬우는 어이없다는 듯 규민을 바라보았다. 방금 들은 말이 얼마 전까지 파리에 가는 꿈에 부풀어 있던 규민의 입에서 나온 말이라는 게 믿어지지 않는 듯 재차 물었다.

"그래, 그러기로 했어. 우리 학교 출신 선배가 운영하는 곳인데 꽤 유명해."

"파리는? 너 파리 가기로 했잖아."

"잠깐…… 그래, 아주 잠깐 미루는 것뿐이야. 언젠간 갈 거야."

"도대체 무슨 소린지 알 수가 없군. 왜 갑자기 말도 안 되는 소리를 하고 그래?"

다그쳐 묻는 찬우의 눈길을 피하는 규민의 얼굴이 어느새 울상이 되어 있었다. 찬우는 돌아서는 규민의 팔을 잡아당겼다. 강한 힘에 이끌려 돌려지는 규민의 눈에는 이미 눈물이 홍건히 번져 있다.

"무슨 일이야? 재민이하고 무슨 일 있었어?"

규민은 고개를 흔들며 다시 얼굴을 돌렸다.

"피하지 말고 똑바로 말해!"

"소리 지르지 마! 안 그래도 나도 충분히 화가 나고 있으니까! 화가 나서 미치겠어! 나한테 끔찍하게 화가 난단 말이야!"

찬우의 손을 뿌리치며 규민은 결국 눈물을 쏟고 말았다. 그 결정을 내리며 추호도 후회는 하지 않으리라 결심했었는데 찬우를 보는 순간 참았던 눈물이 터져 나오고 말았다. 그림을 업으로 삼아야겠다고 생각한 이후, 규민의 꿈은 언제나 파리에 있었다. 보자르든 아르데꼬든 언젠가 그곳에 가서 공부를 해보고 싶다는 소망은 규민을 살게 하는 힘이었다. 최재민, 그는 내게 어떤 존재일까? 힘들게 얻은 이 기회마저 접을 수밖에 없도록 만드는 그는 나의 희망일까, 독일까?

그녀가 없으면 재민은 물감을 사기 위해 한 달의 반 이상을 노동판에서 헤맬 것이고, 그렇게 그려진 그림들은 다시 그의 생계를 위해 헐값에 팔려 나갈 것이다. 그리고 팔아버린 그림을 생각하며 그는 다시 자학을 하듯 술을 마시겠지. 너무나 어리석고, 바보 같고, 절망스러운 남자다. 그래서 혼자 두고 떠날 수가 없었다.

단 한 번도 사랑한다고 말해주지 않는 남자를, 가끔은 자신을 정말 사랑하는지조차 알 수 없는 남자를 위해 이런 결정을 내리는 자신 또한 어리석고, 바보 같고, 절망스러운 여자다. 규민은 자신에게 너무도 화가 났다. 왜 떨치고 떠나지 못하는 것일까? 쪼그리고 앉아 울고 있는 규민을 내려다보던 찬우의 입에서 신음 같은 소리가 새어나왔다.

"최재민…… 이 새끼!"

주먹을 떨며 돌아서던 찬우는 규민의 단호한 목소리에 걸음을 옮길 수가 없었다.

"재민이 욕하지 마! 나 스스로 결정한 일이야."

"네가 이런 결정을 내리지 않도록 막았어야지!"

"재민인 아무것도 몰라. 말하지 마. 알면 힘들어할 거야."

"이 바보야!"

찬우는 규민의 어깨를 잡아 흔들며 소리쳤다. 지금 이 상황에서 재민이 힘들어할 것이 걱정되는가? 최재민의 무엇이 널 이렇게 만드는 거냐고, 어쩌다가 이토록 바보가 되어버렸느냐고 소리치고 싶었다. 총명하고 이기적이었던 너는 다 어디로 가버렸느냐고 소리치고 싶었다. 찬우는 끓어오르는 화를 억누르며 규민을 설득했다.

"규민아, 너를 위해서도, 재민일 위해서도 이건 옳지 않아. 재민이, 힘들겠지만 너 없이도 얼마든지 생활할 수 있어. 너에겐 이루어야 할 네 꿈이 있고, 재민이에겐 재민이의 꿈이 있는 거야."

"내 꿈을 포기하겠다는 게 아냐, 그냥 잠깐 미루겠다는 거지. 엄마, 아빠께도 말씀드렸지만 일 년이야. 재민이 곁에 일 년만 더 있다가 떠날 거야."

말은 저렇게 하지만 규민은 아마 일 년 후에도 떠나지 못할 것이다. 찬우는 가슴이 타버릴 듯 답답했다.

"규민아……."

찬우는 안타까움에 입술이 바싹 말라 버렸다. 규민은 그런 찬우의 모습이 고맙지만 성가시게 느껴졌다. 귀찮은 듯 딱딱하게 굳어지는 규민의 얼굴을 보며 찬우는 어떤 말로도 그녀의 마음을 움직이지 못하리라는 것을 직감했다. 찬우는 절망적인 한숨과 함께 혼잣말처럼 중얼거렸다.

"넌 이런 게 사랑이라고 생각하겠지? 재민일 위해서 네 모든 걸 희생하는 게 사랑이라고. 하지만 이건 구속일 뿐이야. 너의 희생으로 재민이가 지게 될 마음의 짐을 생각해 본 적 있어? 그것이 재민일 자유롭게 하지 못할 거야. 사랑은…… 사랑한다는 건 말이다, 규민아. 사랑하는 사람을 조금 떨어져서 지켜봐 주고 그 사람이 스스로 발전하도록 도와주는 것도 사랑이야. 재민인 점점 네게 의지만 하고 있어. 점점 의지해 오는 그것이 넌 사랑이 깊어지는 거라고 착각하고 있는 거야. 하지만 내가 보기에 너희 두 사람은 점점 서로의 우물속에 갇히고 있어. 네 그림을 한번 봐. 온통…… 온통 재민이 색으로 변했잖아!"

"……."

"난 네가 정말 행복하게 네 꿈을 이루어 나가길 바랐어. 조금씩, 조금씩 발전해 가는 널 보는 게 얼마나 행복한 일이었는지…… 넌 모르지? 너 스스로를 발전시켜 나가는 것도 재민일 위한 사랑의 방법일 수 있어. 규민아…… 이규민!"

찬우의 절박한 말들을 들으면서도 규민의 마음은 흔들리지 않았다. 이미 이 일로 엄마와 한바탕 전쟁을 치르고 난 뒤끝이라 지칠 대로 지친 규민은 어떤 말도 귀에 담으려 하지 않았다. 재민의 그림이 빛을 볼 수만 있다면 자신의 꿈이 한두 해 늦춰지는 것쯤은 상관없다 생각했다. 오늘은 그의 그림이 어떤 빛깔로 그녀를 맞아줄까 하는 생각으로 화실로 향하는 그녀의 발걸음은 언제나 바빴었다. 규민은 어느새 휴대폰을 꺼내어 전화를 걸고 있었다. 재민이 점심을 챙겨 먹었을까 걱정이 되었다.

'***-0208.'

8. 나,
왜 사랑해?

보름 만에 찬우가 왔다. 짧게 자른 머리가 어색한 듯 싱긋 웃으며 들어서는 찬우를 보자 순간 규민은 코끝이 시큰해졌다.

"머리 너무 짧다."

그러면서 규민은 찬우의 얼굴을 살폈다. 얼굴도 까칠하고 짧은 머리 탓인지 살도 빠진 듯하다.

"잘 지냈지?"

그 질문이 어이없다 생각하면서도 규민은 잘 지냈느냐고 물었다.

"……어."

"먹는 건?"

"그냥 뭐…… 파출부 부르고, 집에선 밥을 잘 안 먹으니까."

파출부? 찬우는 조미료 많이 들어간 음식은 먹지 못하는데, 깻잎 향을 좋아하는데. 지난번 산 그 셔츠는 세탁기에 넣으면 안 되는데……. 갑자기 이런 생각들이 머리 속을 떠다닌다. 참 어이없다.

"계속 그림만 그렸어?"

전화할 때마다 정연희는 규민이 작업실에 있다고 했었다. 재민과 재민의 그림에만 빠져 아무리 손을 뻗어도 돌아보지 않던 그때처럼 규민은 또다시 최재민에게 파묻혀 버린 것일까? 재민의 그림자는 독하고 질척한 술처럼 불쾌하다. 친구로서 그 녀석…… 참 좋아했었는데.

"재민이?"

재민이를 그렸느냐는 질문에 규민은 고개를 저었다.

"아니! 그냥 그림. 그리기도 하고, 보기도 하고……."

"규민아, 재민이 그림 없앤 거……."

"그 얘긴 하지 마. 누가 없앴든 다 이해해. 나였어도 그러고 싶었을 거야."

그러나 아무렇지 않은 듯 가벼운 웃음을 보이는 규민의 눈빛 너머에서 여전히 아련한 그리움이 이는 것을 느낄 수 있다. 그냥 저 그리움 속에서 살도록 놓아버릴까? 나…… 너 놓아버릴까, 규민아? 마음이 자꾸 후끈하고 어지럽게 일렁인다. 규민은 흔들리는 찬우의 눈을 보다 불쑥 물었다.

"나, 왜 사랑해?"

순진하도록 까만 눈이 찬우를 바라보고 있다. 왜?

"나 같으면 그만 싫어질 것 같은데……."

정말 싫다, 내 모습. 너 보는 것도 부끄럽고, 미안하고, 속도 상하고 그리고 아파. 바보 같아, 너도, 나도. 낮은 한숨과 함께 까만 눈을 거두며 규민은 뜨거운 커피를 후룩 마셨다. 재민에 대한 기억도 이렇게 가볍게 후룩 마셔 버리고 소화시키고 배출해 버릴 수 있는 거라면 좋았을 걸.

찬우도 규민을 따라 김이 모락모락 올라오는 커피를 물처럼 후룩 마셨다. 참 바보 같은 질문도 다 한다. 그것이 말로 설명이 되나? 그냥 물 같고, 바람 같고, 공기 같고 그런 건데.

"인간에게는 세상의 언어로는 표현할 수 없는 마음이 있어."

"세상의 언어로는 표현할 수 없는?"

"그래서 말로 할 수가 없는 그런 거."

규민은 고개를 들며 하…… 하고 숨을 토해내었다. 버겁다. 찬우의 사랑이 조금만 가벼웠으면 싶었다. 그러면 재민이 다 털지 않고도 다가갈 수 있을 것 같은데 찬우의 사랑이 너무 무겁고 버거워서 그럴 수가 없다. 찬우에게 기대고 싶은 마음에 결혼을 결정한 것이 얼마나 이기적이고 어리석은 행동이었던가? 다 안다고 생각했는데 실은 찬우를 조금도 알지 못했던 것 같다.

"가끔은 내가 바보 같단 생각도 들었는데…… 아, 널 사랑해서가 아니라 그 말을 못해서. 그런 말 한 번 못 꺼내는 내가 정말 바보 같단 생각을 하면서도 할 수가 없더라. 내 마음을 표현할 단어가 떠오르지 않았거든. 그냥…… 네가 저절로 알 것 같았어. 나도 저절로 알았으니까."

그러나 저절로 알기 전에 그녀는 재민을 먼저 보아버렸다. 하…… 하고 한숨을 토하며 천장만 바라보고 있는 규민의 손을 꼭 잡았다.

"규민아."

목소리만큼이나 살갗에 닿는 찬우의 손도 따듯하다.

"재민이 그리고 싶으면 마음껏 그려. 부르고 싶으면 부르고, 울고 싶으면 울고…… 궁금한 거 있으면 나한테 물어."

"찬우야……."

"네 가슴에 있는 재민이 다 꺼내봐. 우리 둘이서 다 꺼내보자. 그러면 어쩌면 그곳에 내가 들어갈 자리가 생길지도 모르잖아. 설사 생기지 않는다 하더라도 예전처럼…… 우리 예전에 정말 좋아했던 친구 사이라는 거 기억하지?"

찬우는 입 안의 살점을 깨물며 규민의 손을 꼭 잡았다. 친구란 말은 정말 싫은데. 꼭 잡아주는 찬우의 손을 느끼며 규민은 자신도 모르게 눈물이 흘러내렸다. 찬우는 늘 이런 식이다. 단 한 번도 원망하지 않았고, 비난하지도 않는다.

"울지 마."

찬우는 규민의 볼을 타고 흘러내리는 눈물을 손가락으로 닦아내었다. 이 눈물은 너 때문에 흘리는 눈물이라고 말하고 싶었지만 규민은 그 말을 할 수가 없다. 감히 그 말을 하기엔 찬우를 향한 자신의 감정이 너무나 작고 이기적이란 생각뿐이다. 규민은 감정을 추스르며 찬우에게 짐짓 밝은 표정을 지어 보였다.

"그림을 다시 그리려고 해."

"그래? 잘 생각했어."

"그림 보면서 며칠 생각해 봤는데…… 재민이 만나면서부터 내 그림이 멈추어 버렸던 것 같아. 네가 예전에 날 다그치며 화를 내었던 이유를 이제야 알겠어."

규민의 말을 들으며 찬우의 얼굴이 환하게 밝아졌다. 성급한 판단인지 모르겠지만 온통 재민에게 갇혀 있던 규민이 이제 세상 밖으로 한 걸음 걸어나오려 하고 있다는 생각이 들었다.

"필요한 거 있으면 언제든 얘기해. 내가 구해줄게. 그림이든 뭐든."

"응."

찬우와의 대화는 평화로웠다. 그림을 다시 그려보고 싶다는 어렴풋하던 생각은 어느새 뚜렷한 목표로 다가왔다. 재민에게서 자유로워질 수 있는 그녀 자신만의 그림, 그것이 찬우에게로 다가가는 길일지도 모른다는 생각이 들었다. 간간이 비치는 찬우의 웃는 모습은 그런 생각을 더욱 굳히게 만들었다. 얘기하는 동안 규민은 자신도 모르게 찬우의 손을 두 번이나 꼭 쥐었다.

이런저런 얘기를 나누는 사이 시간이 어느새 열두 시를 넘겨 버렸다. 찬우는 아쉬운 듯 자리에서 일어났다. 규민은 버릇처럼 그의 윗도리를 입혀주려다 멈칫 서버렸다. 그 모습을 보고 찬우가 피식 웃더니 장난스럽게 등을 내밀었다.

"입혀줘."

팔을 벌리고 선 찬우의 등이 너무나 넓어 보여서 규민은 한참을 바라보다가 옷을 입혀주었다. 기분이 좋은 듯 돌아서는 찬우의 얼굴이 천진스러워 보인다. 이런 작은 일 하나에도 너무나 행복해하는 찬우의 모습은 규민의 마음을 짠하게 했다. 대문을 나서던 찬우가 문득 돌아서며 말했다.

"이번 일요일에 우리 영화 보러 갈까?"

"영화?"

"응, 바람도 쐴 겸 예전처럼 오징어 사고, 팝콘 사 들고 영화 보러가자. 나 시간 많아. 잔소리할 마누라도 없고…… 이틈에 바람이나 피워야지."

그러면서 찬우는 하하 웃었다. 그 웃음소리가 매서운 바람에 섞여 귓불을 따갑게 했다.

"어떻게 된 날씨가 풀릴 생각을 안 하지? 정말 춥다. 꼭 내 마음 같네."

그러면서 찬우는 다시 쿡쿡 웃었다.

"바람피우기에 딱 좋은 진한 영화를 골라 볼 거니까 각오하고 나와."

규민은 찬우의 쿡쿡 웃는 웃음을 위로해 주고 싶었다. 잠깐만이 추위에 대항해 보고 싶었다. 그래서 농담처럼 가볍게 돌아서는 찬우를 불러 세웠다.

"찬우야……."

"왜?"

"한번…… 안아주고 가라."

규민의 눈동자는 갈 곳 없는 바람처럼 어색하게 흔들렸다. 멈칫해 있던 찬우가 천천히 다가와 웅크린 규민의 몸을 꼭 안고 등을 다독였다. 규민은 찬우의 가슴에 얼굴을 묻고 한숨을 내쉬었다. 한 번, 두 번…… 느리고 길게 내쉬었다. 찬우는 그 한숨이 규민의 가슴을 덮고 있을 두껍고 무거운 재민의 무게로 생각되었다. 고개를 움직여 그의 가슴에 이마를 잠깐 대어보던 규민이 고개를 들었다.

"가."

가볍게 말했다.

"응."

가볍게 대답했다. 이렇게 가벼워지자. 네 가슴에 기대는 거 너무 좋은데 무겁고 버거워서 오래 기대 있기가 미안해. 그러니까 가벼워져. 나 조금만 사랑해 줘. 미안하지 않게, 죄책감 느끼지 않게, 가볍게. 규민이 바람처럼 생긋 웃었다.

"나도 바람피워야지."

가볍게 생긋 웃으며 머뭇거리는 찬우의 등을 돌려 세우고 추워, 가, 라며 가볍게 민다.

그러나 함께 보자고 했던 진한 영화는 갑작스런 찬우의 출장으로 취소되어 버렸고, 규민도 다시 그림을 그리기 시작하면서 여러 가지로 바빠졌다. 가끔 길을 걷다 걸리는 돌멩이처럼 재민의 기억들이 툭툭 불거져 나왔지만 견딜 만했다.

"찬우여서 다행이야."

재민이 문득 툭 던진 말이다.

"무슨 말이야?"

그림 그리다 웬 뜬금없는 소린지 모르겠다. 아주 무더웠던 여름이었다. 뭐가 찬우여서 다행인지 알 수 없는 말을 하며 재민은 창을 활짝 열었다. 양쪽으로 활짝 열린 창으로 맞바람이 불자 여름은 어느새 저만큼 달아나 버린 듯했다.

"언덕이라 바람이 시원해."

그해 봄부터 재민은 찬우가 마련해 준 언덕 위의 그 화실로 옮겨와 작업에 몰두하고 있었다.

"근데 뭐가 찬우여서 다행이라는 거야?"

"내 친구."

재민은 창밖으로 얼굴을 내민 채 담배를 피워 물었다. 바람을 따라 화실 안으로 담뱃재들이 날벌레처럼 폴폴 날아들었다. 그래, 정말 다행이야. 찬우가 내 친구여서. 규민의 입가에 미소가 지어졌다.

"응, 정말 좋은 친구야. 찬우."

재민은 무슨 생각을 하는지 담배가 바람에 타 들어가 길게 재를 드리우는 것도 모르고 있었다. 그러다 마치 연기를 빨아들인 듯 길게 숨을 토하더니 손가락으로 담뱃재를 탁탁 털었다. 다시 재들이 화실 안으로 폴폴 날아들었다. 재민이 들릴 듯 말 듯 중얼거렸다.

"……오네."

"응?"

"찬우 오네."

찬우? 고개를 뻗어 내다보니 커다란 수박을 든 찬우가 언덕을 올라오고 있었다. 바쁘다더니? 어느새 화실 옆을 스쳐 언덕으로 달려 내려가는 규민의 모습이 보인다. 찬우의 걸음이 빨라지는 모습도 보인다. 집들에 가려 규민은 보이지 않고 탁탁탁 발소리만 들린다. 재민은 다시 혼자 타서 길어진 담뱃재를 툭툭 털었다.

바보 같다, 규민이……. 둘 다. 셋 다.

시간은 그녀가 잠들었던 시간들을 보상해 줄 마음이 없는 듯 빠르고 야멸차게 흘러갔다. 그 시간을 보내며 규민은 모종의 계획을 결심하고 있었다. 자신이 좀 더 자신일 수 있는 길, 재민으로부터 완벽하게 벗어난 자신의 그림을 되찾는 길을 모색하고 있었다. 언제부턴가 자신을 마법처럼 빨아들였던 것이 최재민이란 사람이 아니라 그의 그림이 아니었을까 하는 생각을 하기 시작했다. 자신의 마음에 들어온 순서도 그림이 먼저였고, 재민은 나중이었다. 이거다! 하는 정답은 딱히 없지만 무엇을 해야 할지 방법은 보였다. 먼저 그의 그림으로부터 자유로워지는 것이다. 그래서 떠올린 사람이 친구 하경선이다. 규민의 전화를 받고 경선은 한동안 말이 없었다.

"경선아 나라니까, 이규민."

[규, 규민아.]

더듬거리는 경선의 말을 듣고서야 규민은 그녀가 아직 자신이 기억이 돌아온 것을 모른다는 생각이 들었다. 처음 병원에서 깨어났을 때 병원을 찾아온 친구들이 낯선 눈으로 멀뚱멀뚱 쳐다보는 규민을 보고 당황하던 모습이 머리 속에 떠올랐다. 그리고 퇴원과 함께 한 번도 그들을 만나지 못했다. 나중에 들은 얘기지만 엄마가 규민의 생활이 안정될 때까지 만남을 자제해 달라고 부탁했었다고 했다. 그녀의 과거를 숨기기 위한 찬우와 엄마의 고육지책의 선택이었을 것이다. 만나자는 규민의 말에 경선은 점심시간에 회사 근처로 나오라고 했다. 경선은 찬우 다음으로 규민이 마음을 터놓는 친구다. 미술대학을 함께 다녔지만 그녀는 일찌감치 디자인 쪽으로 진로를 바꾸었고 지금은 모 기업 제품디자인실에서 일하고 있었다.

규민은 일찌감치 나와 식당 한 귀퉁이에 자리잡고 앉았다. 점심시간이 가까워진 거리에는 직장인들이 바쁜 걸음으로 식당을 찾아들고 있었다. 모두가 규민의 나이, 혹은 그 근처쯤으로 보였다. 그들을 보며 자신은 지금껏 제자리걸음만 하고 있었다는 생각이 든다. 규민은 짧은 기억상실에서 깨어난 것이 마치 오랜 잠에서 깨어난 듯한 느낌이 들었다. 경선은 생각보다 이른 시간에 환한 얼굴로 식당으로 들어섰다.

"규민아!"

금방 눈물이라도 퍽 쏟을 것 같은 경선의 얼굴을 보며 규민은 손을 내밀었다.

"미안해."

"괜찮아?"

손을 꼭 잡으며 다가와 앉는 경선의 표정은 여전히 믿어지지 않는다는 듯 규민을 살폈다.

"무슨 일인지 정신이 하나도 없다, 얘. 전화 끊고 바로 찬우한테 전화했더니 너 기억 돌아왔다고 하더라."

"아직 완벽하진 않아. 너도 어젯밤에야 겨우 떠올렸으니까."

"병원에서 너 멀뚱멀뚱 쳐다보던 거 봤을 땐 말문이 다 막힐 지경이었는데 정말 다행이다. 근데 아직 몸이 많이 안 좋은 거야? 찬우 말로는 너 몸이 좋지 않아 친정에 가 있다던데?"

"어? 응."

"이제 찬우 속 그만 썩이고 얼른 몸이나 나아. 전에 네가 했던 말도 있고 그래서 너희 둘 관계는 걱정하진 않지만……."

"전에 내가 했던 말?"

규민의 의아한 표정을 보며 경선은 코끝이 시큰해졌다. 너무나 총명했던 규민이 최재민의 이름 앞에서만은 왜 그토록 고집스러웠고, 사고가 막혔었는지 모르겠다. 모든 사람들이 규민을 말리던 그때 경선은 그것이 사랑이라서 규민으로서도 불가항력의 감정이라고 이해했었다. 자신의 꿈마저 포기하면서 재민을 놓고 싶지 않았던 것은 규민도 어쩔 수 없었던 감정이었다고. 찬우와 결혼하고 한동안 힘들어하던 규민이 경선을 찾아온 것은 규민이 어딘가로 떠나 소식이 끊기기 일주일 전이었다. 그때 점심을 먹고 차를 마시는 내내 규민은 찬우 얘기만 했었다.

"내가 그랬어?"

규민은 자신이 경선 앞에서 찬우 얘기만을 했었다는 것이 생소하게 느껴졌다.

"너무 미안하고 고맙다고, 그래서 재민이 잊어야겠다고 하더라. 찬우랑 정말 잘살아보고 싶다고."

그것은 규민의 기억에 전혀 없는 내용이었지만 어렴풋이 짐작은 갔다. 그때쯤 정말 찬우와 잘살아보고 싶은 감정이 새록새록 솟아나고 있었으니까.

"찬우는 너에 대한 마음이 확실한 애고, 그래서 네 마음만 잘 정리된다면 이제 더 이상 너희들 사이는 문제없을 거라고 생각했었어. 니들 둘, 이제 정말 행복해질 수 있을 거라고 생각했었는데 네가 갑자기 사라진 거야."

"기억이…… 안 나."

"전혀?"

"응."

규민의 난감한 얼굴을 보며 경선은 잡고 있는 손등을 토닥였다.

"이것만도 어디야? 차차 떠오르겠지."

그녀의 위로의 말을 들으며 규민은 설핏 웃었다. 기억이 돌아온 것이 좋은 건지 나쁜 건지 모르겠다. 식사를 마치고 규민은 한참을 망설이다 입을 열었다.

"실은 나 너한테 물어볼 게 있어서 만나자고 했어."

입은 떼고도 한동안 망설이던 규민은 경선이 다녀왔던 이탈리아 유학에 관해 조심스럽게 물었다. 경선의 놀란 얼굴이 눈앞으로 다가와 물었다.

"넌 파리 가고 싶어했잖아?"

"내가 원하는 곳은 나이 제한이 있어서 힘들어. 내년이면 내 나이 벌써 서른인데? 그리고 엄마, 아빠도 내 학비 대기엔 너무 늙으셨고. 아무래도 파리는 무리일 것 같아. 내가 원하던 학교가 아니라면 굳이 파리를 고집할 필요는 없다는 생각이 들어. 이탈리아 쪽도 예전부터 꽤 매력을 느끼고 있던 곳이고…… 어학연수까지 생각하면 적어도 사오 년은 잡아야겠지?"

"찬우는? 찬우랑은 의논이 된 거야?"

"……."

"설마 너희들 무슨 일 있는 건 아니지?"

경선의 놀란 얼굴을 보며 규민은 아무 할 말이 떠오르지 않았다. 무슨 일? 우리에게 무슨 일이 있었더라? 그래, 설명하기가 난감한 무슨 일이 있었지. 말짱한 얼굴로 부부생활을 하기가 힘들어져 버린…… 그런 일. 그러나 고개를 드는 규민의 얼굴엔 경선의 걱정과는 달리 모종의 희망이 담겨 있었다.

"잠깐…… 떨어져 있기로 했어. 찬우에게도, 내게도 그게 좋을 것 같아서. 혹시라도 찬우 만나면 유학 얘긴 꺼내지 마. 내가 말하고 싶으니까."

경선의 눈은 여전히 떨어져 있어야 할 이유를 궁금해했지만 규민은 더 이상 아무 말도 하지 않았다.

경선과 헤어진 규민은 서점에 들러 화보집을 몇 권 샀고, 예전에 단골로 다니던 화방에 들러 스케치용 연필을 몇 개 더 샀다. 값을 치르고 돌아서려는데 반가운 목소리가 들렸다.

"이 선생 아니오? 이게 얼마 만이오?"

"아! 아저씨!"

재민의 사정을 알고 규민이 올 때마다 싼값에 물건들을 듬뿍 안겨주던 고마운 주인 아저씨였다.

"삼 년은 된 것 같군? 어째 그리 뜸하셨수?"

"좀 바빴어요."

"좋은 일로 바빴으면 다행이고. 괴팍한 그림 그리던 그 젊은 선생도 잘 있지요?"

"……."

"언제 같이 한번 나와요. 밥이나 한 그릇 합시다."

"……네."

규민은 가볍게 목례를 하고 돌아 나왔다. 이렇게 재민의 그림자는 아직도 곳곳에서 규민을 따라다녔다. 그러나 이제 더 이상 그것이 규민을 절망 속으로 몰고 가지는 않았다. 조금씩, 조금씩 낙엽이 떨어지듯 그에 대한 기억들도 세월의 바람에 흔들려 떨어져 나갈 것이다. 떨어져 흙이 되고, 바람이 되어 새로운 싹을 틔울 것이다. 규민은 어깨를 펴고 걸었다. 버스 정거장을 두 정거장이나 그냥 지나치면서 규민은 호주머니 속의 핸드폰을 만지작거리고 있었다. 멀지 않은 곳에 찬우의 사무실이 있다.

"너무 미안하고 고맙다고, 그래서 재민이 잊어야겠다고 하더

라. 찬우랑 정말 잘살아보고 싶다고."

경선에게 그런 얘기를 했었다면 그때 자신은 이미 마음으로 재민을 정리하고 있었다는 기억이 정확한 모양이다. 그러나 찬우에게 미안하고 고마워서 재민을 잊으려 한다는 말이 자꾸만 그녀의 마음을 멈칫거리게 했다. 재민을 느끼며 찬우를 안았다는 그것이 씻지 못할 자책이 되어 여전히 그녀를 괴롭혔다. 기억을 잃은 순간 그녀가 무의식적으로 느꼈던 사람이 함께 잘살아보고 싶었던 찬우가 아니라 마음으로 정리하고 있었던 재민이었다는 사실이 그녀를 절망스럽게 했다. 규민은 더 이상 자신의 마음에게조차 자신이 없어져 버렸다. 찬우는 정말 평생을 그렇게 살 수 있을 거라고 생각했을까? 걷다가, 멈칫 섰다가 하기를 서너 번. 규민은 결국 집으로 향하는 버스에 오르고 말았다.

아침에 경선으로부터 전화를 받았을 때 그들이 약속한 장소가 사무실에서 그리 멀지 않은 곳이라는 것을 알고 어쩌면 규민이 연락을 해오지 않을까 은근히 기대를 했었나 보다. 점심시간이 지나고 다시 퇴근 무렵이 가까워올 때까지 찬우는 일이 손에 잡히지 않아 자꾸만 창가에 다가가 밖을 내다보았다. 그리고 그제야 찬우는 자신이 오후 내내 바지 속 휴대폰을 만지작거리고 있다는 것을 깨달았다.

'왜 그런 어리석은 짓을 했을까? 기억이 있든 없든 규민에게 나는 영원히 나일 수밖에 없는데, 아무리 몸부림을 쳐도 백찬우가 최재민이 될 수는 없다는 것을 왜 몰랐을까?

어리석고, 비겁하고, 나약했던 자신의 모습이 찬우는 역겹다. 잠깐 떨어져 있자고 했지만 어쩌면 규민은 영원히 자신을 받아들이지 못할지도 모른다는 생각이 들 때도 있다. 그럴 때면 두려움이 밀려와 오한이 들듯 온몸이 오싹했다. 눈이 오려는 듯 희뿌연 회색의 연무가 흘러 다니는 도시를 내려다보며 찬우는 주머니 속의 전화기만 움켜쥐고 있었다.

며칠 후, 규민은 오랜만에 모교에 들러 교수님을 뵈었다. 그녀를 유난히 아꼈던 차주현 교수는 이제 중견 서양화가로 완전히 자리를 굳히고 있었다. 규민이 파리행을 포기했을 때 부모님과 찬우 다음으로 그분이 격노했었던 기억이 난다.

"교수님."

"이 친구가 누구야?"

차주현은 콧등에 걸려 있던 안경을 벗어 던지며 규민에게 다가갔다. 십 년 교수 생활에 보석 같은 제자를 하나 얻었다고 좋아했더니 어느 날부턴가 서서히 그림에 자기 색을 잃어버려 안타까움을 남겼던 제자다.

"이 년 만인가? 중간에 결혼했다는 소식은 들었는데."

"삼 년이 되어가네요."

"어떻게 그렇게 순식간에 소식을 끊어버려, 이 친구야!"

차주현은 서운한 표정으로 규민의 손을 잡아 앉혔다. 재민의 사고 이후, 규민은 모든 사람들과 소식을 끊어버렸었다.

"죄송해요."

"그래, 그동안 어디서 뭘 했던 거야?"

"그냥……."

'그냥' 이라고 말하는 규민의 얼굴 위로 수많은 생각들이 스쳐 갔다. 차주현은 더 이상 꼬치꼬치 캐묻지 않았다. 규민은 자신이 삼 년 동안 그림을 전혀 그리지 않았었다는 사실과 다시 그림을 그려보고 싶은데 쉽게 용기가 나지 않는다는 말을 했다. 실은 규민이 차주현을 찾은 것은 자신을 유난히 아껴주었고 존경하는 은사를 만나 용기가 될 만한 격려의 말을 듣고 싶어서였다. 차주현은 그런 규민의 속내를 알아차린 듯 여전히 제자의 그림에 대한 식지 않은 애정을 표현했다. 그리고 찬우도 얘기했었고, 규민 스스로도 얼마 전에야 깨달은 사실을 다시 한 번 상기시켜 주었다.

"자네 그림은 자네만의 독특한 색채를 잃지 않았을 때가 제일 좋았었지. 자네 색채를 잃기 시작한 게 아마…… 그 친구 영향이 아니었던가?"

차주현은 이름은 기억이 나지 않지만 아주 독특하고 섬뜩한 그림을 그리던 어두운 표정의 젊은 화가를 기억하고 있었다. 자신이 판단하기에 그 젊은 친구는 그림이 세상의 인정을 받기 전까진 고단한 삶을 살 수밖에 없을 것 같은 그림쟁이였다. 지나친 천재성으로 세상에 쉬이 섞이지 못할 그림을 그리던 사람.

"……네."

규민은 그것을 인정한다는 듯 힘겹게 대답했다. 지난 몇 년간, 그것에 대해 찬우가 수십 번 다그쳤었지만 규민은 전혀 귀에 담지 않았었다. 어쩌면 그것은 반발심 같은 거였는지도 모르겠다. 사람들은 대부분 재민에 대해 그리고 그의 그림에 대해 곱지 않은 시선을 보냈었고, 규민은 언제나 그것이 화가 났다. 자신과 재민을 떨어뜨리기 위한 악의 어린 말들이라고 치부해 버렸었다.

교정을 걸어나오며 규민은 많은 생각을 했다. 재민을 사랑했던 것을 후회하는 것은 아니다. 그를 사랑한다고 믿었고, 그 사랑을 위해 그녀는 최선을 다했다. 다만 그를 위해 포기해 버렸던 자신의 많은 것들, 그것이 정말 옳은 선택이었을까 반문을 하게 된다.

그것이 옳은 사랑의 방법이었을까? 그림이 먼저였을까, 재민이 먼저였을까? 그런 질문에 대해서는 언제나 자신이 없고, 말문이 막혀 버린다. 차가운 바람이 옷깃을 파고들어 왔다. 앙상한 나무에 걸려 있던 눈들이 투둑 발 아래로 떨어졌다.

"네가 조금씩 발전해 가는 모습이 나를 행복하게 했어."

찬우의 목소리가 바람에 섞여 들려왔다. 순간 코끝이 찡하도록 차가운 바람이 몰아쳤다. 정말 눈물나도록 차가운 날들이다.

경선을 통해 부탁했던 이탈리아 유학 정보 책자가 도착했다.

[규민아, 네가 부탁한 일이라 해주긴 했지만 내가 잘하는 짓인지 모르겠다. 나중에 찬우에게 원망 듣는 건 아닌가 몰라.]

걱정스런 경선의 전화를 뒤로하고 얼른 봉투를 뜯어보았다. 그 속에는 현지의 방세를 비롯한 기본적인 물가와 시험 정보, 그리고 그곳 학원의 분위기까지 빼곡이 프린트되어 있었다. 경선이 이탈리아에 있는 후배로부터 입수한 정보를 정리한 모양이었다. 규민은 그것을 엄마가 볼 수 없도록 서랍 속에 깊숙이 넣어두고 집을 나섰다.

하루 종일 발품을 팔며 구석진 화랑들을 돌아다녔지만 어디에서도 재민의 그림은 찾을 수 없었다. 재민의 그림은 일반인들의 이목을 끌기에는 난해한 면이 많아서 소장을 하기 위해 사 간다는 것은 극히 드문 일이었다. 간혹 전문가들 사이에서 재민의 그림이 회자되며 떠돌기는 했었지만 화랑에 나가보면 재민의 그림들은 언제나 구석진 자리에 아무렇게나 걸려 있기 일쑤였다. 그래서 규민이 사 들인 그림들도 여러 점 되지만 그것은 이미 찬우와 엄마에 의해 없어져 버렸다. 규민은 자신이 지금에 와서 굳이 재민의 그림을 다시 찾는 이유를 딱히 뭐라 설명할 수가 없다. 그저 모든 것을 떠나서 한 사람의 미술인으로서 그의 그림에 대한 안타까움이라고 밖에는. 세상으로부터 단 한 번도 인정받지 못했지만 미술을 전공한 사람이라면 누구나 '언젠가는……' 이라는 꼬리표를 달아주었던 미완의 대기, 한순간의 불길 속에 소멸해 버린 그의 그림에 대한 안타까움 같은 것이었다. 또 한 가지 이유를 들자면 재민의 그림 수십 점이 재민도 모르는 사이에 바깥으로 빠져나갔다는 의혹 때문이었다. 그렇다면 아직도 재민의 그림 수십 점이 구석진 화랑의 모퉁이에서 먼지를 덮어쓴 채 누군가의 손길을 기다리고 있을 것이다. 정말 그렇다면 재민의 그림은 살아서도 외면받았고, 죽어서도 외면받고 있는 것이다. 그녀에게만은 언제나 최고였던 그림이었는데.

그의 그림이 이곳저곳으로 빠져나갔던 것은 재민의 여동생 재영에 의해 공공연히 저질러졌던 일이다. 고등학교를 마친 재영은 무작정 짐을 싸들고 상경했다. 더 이상 할머니 곁에서 끔찍하게 궁상맞은 생활을 하고 싶지 않다는 이유에서였다. 그러나 그녀가 잔뜩 부푼 마음으로 찾아온 재민은 그녀를 궁상맞은 생활에서 구해줄 처지가 되지 못했다. 여전히 이해 못할 그림들만 그려대는 오빠 곁에 있는 규민과 찬우만이 그녀에게는 오빠의 유일한 희망으로 보였을 것이다. 결국 재영은 두 달을 넘기지 못하고 찬우가 마련해 준 직장을 따라 조그만 방을 얻어 나갔다.

재영은 재민과는 다르게 생활력이 강한 아이여서 직장을 다니며 일 년 만에 야간 대학에도 진학했다. 자신을 닮지 않은 재영을 재민은 다행스럽게 생각하는 것 같았다. 가끔 반찬을 만들어 찾아오는 재영에게 재민은 돈 대신 그림을 한두 점 내주었다. 그것이 버릇이 된 것인지 어느 날부턴가 재영이 다녀간 날이면 그림들이 조금씩 없어졌다. 나중에 규민이 낌새를 채고 다그쳤지만 재영은 시치미를 떼었다. 더 답답한 것은 재민이 그것에 대해 굳이 따지려 하지 않는다는 것이었다. 자신이 동생에게 해줄 수 있는 것이 아무것도 없다는 자책감에서였다. 그렇게 빠져나간 그림이 수십 점이다. 그리고 나머지의 그림들은 재민의 몸과 함께 불길 속에서 사그라져 버렸다. 지금에 와서 생각하면 그렇게라도 빠져나갔기 때문에 그 그림들이 온전하게 보존된 것 같아 어쩌면 다행이란 생각도 든다.

사람들은 아무도 재민을 기억하지 못할 것이고, 그의 그림도 기억하지 못할 것이다. 그것이 규민을 안타깝게 했다. 한때 사랑했던, 그녀의 모든 것이었던, 그러나 지금은 잊으려 하는 최재민. 그의 분신 같은 그림 몇 점 정도는 자신의 힘으로 세상에 흔적으로 남겨주고 싶었다. 그것이 그를 떠나보내는 자신의 마지막 도리라고 생각했다.

　그렇게 하루 종일 돌아다녔지만 어떻게 된 일인지 재민의 그림들은 흔적조차 찾을 수 없었다. 어디로 팔려 나간 것일까? 누군가 계획적으로 구입해 간 것이라면 그게 누굴까? 누가 소장하고 있을까?

　지하도를 나오며 하늘을 보니 겨울의 짧은 해가 주홍빛의 나른한 얼굴로 빌딩 숲 사이로 숨어들고 있었다. 시간은 다섯 시를 가리키고 있었다. 다시 걸음을 옮기던 규민은 그곳이 낯설지 않다는 생각을 하며 고개를 들어 주위를 살폈다. 그곳은 찬우의 사무실과 그다지 멀지 않은 곳이었다. 온통 그림 생각에 빠져 걷느라 이곳까지 온 줄도 몰랐다. 집으로 가려면 이곳에서 버스를 타야 한다. 하지만 종일 돌아다닌 탓에 더 이상 걸음을 옮기지 못할 만큼 피곤했고, 텅 빈 속 탓인지 몸이 떨렸다. 버스가 정류장으로 막 들어서고 있었다. 그러나 규민은 버스에 오르지 않은 채 무작정 걸었다. 찬우의 사무실이 있는 빌딩을 지나 다시 한 정거장을 더 걸어가던 규민은 갑자기 돌아섰다.

　찬우를 보지 못한 지 보름이 되어간다. 아무리 바쁘다고 하더라도 잠깐 찾아올 수도 있을 텐데 찬우는 오지 않았다. 그동안 규민은 자주 휴대폰을 만지작거렸고, 창을 내다보았다. 이제 곧 봄이 오면 그녀는 떠날 테고, 어쩌면 아주 오랫동안 찬우를 보지 못할지도 모른다. 그러나 규민은 아직 찬우에게 유학 얘기를 꺼내지 못한 상태였다.

'유학을 간다고 하면 찬우는 뭐라고 할까? 나는…… 무슨 인사를 남길까?'

그녀의 마음은 아직까지 아무런 결론을 내리지 못했다. 찬우에게 그만 잊으라고 말할 용기도, 얼마가 될지 모를 긴 시간을 기다려 달라고 말할 뻔뻔함도 그녀에겐 없었다.

주홍빛으로 넘어가는 아련한 햇살 탓일까? 종일 돌아다닌 몸은 너무나도 피곤했고, 다리는 천근처럼 무거웠지만 집으로 가서 쉬어야겠다는 생각보다 찬우가 먼저 떠올랐다. 찬우의 따뜻한 눈이 그리웠다. 생각해 보니 언제나 그랬던 것 같다. 지치고 힘들 때면 늘 찬우가 먼저 보고 싶었던 이유는 뭘까? 그저 기대고 싶었던 나의 이기였을까? 그리움이었을까? 그러나 지금은 아무것도 깊이 생각하고 싶지 않다.

'그래, 그저 마음이 시키는 대로 살아보기로 했었지. 지금은 찬우가 보고 싶어. 내 마음이 찬우가 보고 싶다고 말해.'

규민의 발걸음은 점점 빨라지고 있었다.

"그건 아니죠, 김 사장님. 이런 식으로 자꾸 납기일을 넘기시면 제품이 아무리 좋더라도 우린 김 사장님과 더 이상 일을 할 수 없습니다. 이런 일은 무엇보다 신용이 우선이라는 거 아시죠?"

아직 추운 날씨인데도 셔츠를 반쯤은 둥둥 걷은 찬우의 한쪽 손가락에는 긴 재를 드리운 담배가 들려 있었다. 그는 전화를 하며 목소리가 높아질 때마다 담배를 입으로 가져갔다.

"좋습니다. 대신 이달 말은 절대 넘기시면 안 됩니다. 네, 그래요. 김 사장님만 믿겠습니다."

전화를 끊은 그는 다 타버린 담배를 마지막으로 달게 빨더니 한숨과 함께 연기를 길게 내뿜으며 재떨이에 아무렇게나 비벼 껐다. 넥타이는 삐뚤어져 있었고, 셔츠는 입은 지 며칠은 지난 듯 보였다. 저렇게 담배를 많이 피우는 찬우도 생소하고, 소매를 아무렇게나 둥둥 걷어 올린 찬우도 생소하고, 열정적인 모습으로 일에 빠져 있는 찬우의 모습은 더 더욱 생소하다. 찬우는 살피던 서류를 들고 자리에서 일어났다.

"장 부장님!"

소리 높여 장 부장을 부르며 돌아서던 찬우는 피곤한 얼굴로 미소를 띤 채 문 앞에 서 있는 규민을 보고 멈칫 서버렸다. 문이 열리며 장 부장이 들어왔지만 찬우는 그쪽으로는 눈길도 돌리지 않았다.

"부르셨습니까, 사장님?"

"아니…… 됐습니다. 나가보세요."

규민이 사무실로 들어섰을 때, 결혼할 때 보고 두 번째 보는 그녀의 얼굴을 장 부장이 알아보았던 것은 찬우의 책상 위에 늘 올려져 있던 사진 덕이었다. 오가며 보았던 그 얼굴이 찬우랑 참 닮았다는 생각을 늘 하고 있었다. 두 사람의 힘든 관계를 어렴풋이 짐작하고 있었기에 규민을 사장실로 안내하고 은근히 흥분해 있던 장 부장이 찬우의 부름에 놀라 들어온 길이었다. 찬우는 그를 부르고 나서야 규민을 발견한 모양이었다. 장 부장은 옆에 선 규민에게 미소를 지어 보이고 돌아나갔다. 찬우는 들고 있던 서류를 책상에 내려놓고 놀란 얼굴로 다가왔다.

"어쩐 일이야? 무슨 일 있어?"

"아니, 그냥 지나다……."

며칠 수염을 깎지 않은 듯 다가오는 그의 턱이 거무스름하다. 그것이 둥둥 걷어 올린 셔츠와 왠지 잘 어울린다는 생각을 하며 규민의 입가에 미소가 지어졌다.

"다른 사람 같아. 은근히 멋져."

규민은 찬우의 턱을 가리키며 농담처럼 말했다 찬우는 손으로 까칠한 턱을 쓰다듬으며 쑥스러운 듯 웃었다.

"아예 기르고 다닐까?"

거무스름한 턱 사이로 하얀 이를 드러내며 웃는 찬우의 얼굴이 천진스러워 보였다.

"어디 다녀오는 길이야?"

"응, 이곳저곳……."

"날씨도 추운데 전화하지 그랬어. 얼굴 봐, 무지 피곤해 보인다."

찬우는 추위에 떤 피곤한 규민의 얼굴을 안타까운 듯 내려다보았다.

"유자차 마실래?"

"응."

"잠깐만 앉아 있어."

그리고 찬우는 사무실 한쪽에 칸막이가 지어진 조그만 방으로 들어갔다. 금방 전기포트에서 물 끓는 소리가 들리고 딸각딸각 찻잔을 준비하는 소리도 들렸다. 사무실은 평소의 찬우를 생각하면 조금은 의외로 느껴질 만큼 어질러져 있다. 책상 위에 이리저리 널린 서류들과 재떨이에 수북이 쌓인 담배꽁초, 찬우의 구겨진 셔츠까지…… 평소의 그와는 어울리지 않는다. 찬우가 언제부터 저렇게 담배를 많이 피웠는지 모르겠다. 아이보리 색 커튼 사이 넓은 창으로 그가 가끔 사색에 젖어 내려다볼지도 모를 회색 빛 도시가 고독해 보였다.

칸막이 방에서 기분 좋은 콧노래 소리가 잠깐 흘러나오더니 찻잔을 든 찬우가 나왔다. 건네는 따끈한 유자차를 마시며 규민의 얼굴에 미소가 피어올랐다. 잠깐 들었던 찬우의 콧노래 소리가 그녀의 기분마저 좋게 만들었다. 한 정거장을 돌아서 걸어오길 참 잘했다.

"전화라도 하고 오지."

찬우는 수북이 쌓인 담배꽁초와 거무스름한 수염이 못내 마음에 걸리는 듯 다시 턱을 쓸어내렸다.

"은근히 멋지다니까."

농담 같은 규민의 말에 찬우의 얼굴이 붉어졌다. 찬우는 느닷없이 찾아온 규민이 반갑기도 하고, 당황스럽기도 했다. 어제 스위스에서 온 바이어와의 상담 후, 오랜만에 새벽까지 마셔댄 술이 아직 목젖에 걸려 내려가지 않은 상태였다. 그렇게 술을 마신 것이 규민의 영향이 전혀 없다고는 할 수 없지만 이런 일들이 규민에게 자신의 탓이라고 생각하게 하고 싶지 않다.

"일이 많이 바쁜가 봐? 내가 방해한 거 아냐?"

책상 위에 이리저리 흩어져 있는 서류들을 보며 규민이 물었다. 규민은 지금껏 한 번도 찬우가 하는 일에 대해 관심을 보인 적이 없었다. 아니, 관심이 없었다기보다 찬우가 하는 일이라서 걱정이 되지 않았다는 말이 옳을 것이다. 찬우는 무슨 일이든 막힘없이 잘했으니까.

"응, 요즘 와서 부쩍 바쁘네. 어제도 스위스에서 바이어가 와서 새벽까지 술 마셨어. 그래서 오늘은 일찍 퇴근하려고 생각하고 있었어."

일찍 퇴근하려 했다는 소리에 규민의 얼굴에 반가운 빛이 돌았다.

"나 지금 배고픈데……."

"그래? 그럼 나가자. 실은 나도 점심을 걸렀거든."

찬우는 반가운 듯 얼른 일어나 윗도리를 걸쳤다. 어제 과음 탓인지 속이 좋지 않아 종일 굶었더니 위장이 아우성을 치고 있었다. 찬우는 책상 위에 흩어진 서류들을 대충 긁어모아 치우고 규민을 데리고 나왔다.

"그만 퇴근들 하십시오. 오늘은 제가 먼저 갑니다."

오랜만에 보는 찬우의 밝은 얼굴을 보며 직원들이 규민에게 반가운 눈인사를 보냈다. 장 부장의 안내를 받으며 사장실로 들어가던 여자가 자신들의 사장의 와이프라는 사실을 다들 그제야 눈치 챈 모양이었다.

누구에게든 규민을 자신의 아내로 보여주는 것은 언제나 행복하다. 마치 세상 남자들 중 유일하게 여자를 차지한 남자처럼 자랑스럽고 두근거리기까지 한다. 그동안 한 번도 규민을 보여주지 않는다고 직원들의 성화가 이만저만이 아니었었다. 더구나 결혼을 하고도 집들이조차 하지 않았으니 은근히 두 사람 사이를 이상하게 생각하는 사람들도 있었다. 눈인사를 하는 직원들에게서 그런 느낌이 전해졌다. 규민은 가볍게 고개를 숙여 인사를 하고 찬우의 팔을 잡았다.

"가."

"어? 응."

밖은 어느새 어둠이 내리고 있었고, 하나둘 켜지는 불빛들은 색색의 얼음처럼 부서졌다. 찬우는 근사한 레스토랑을 찾아갈 여력이 없을 만큼 두 사람 모두 몹시 배가 고프다는 것을 알았다. 그는 눈을 찡긋하며 규민에게 손을 내밀었다. 규민은 호주머니에 찔러 넣었던 손을 찬우의 손바닥 위에 올려놓았다. 얼음 같은 바람 속에서도 찬우의 손은 따뜻하다. 손을 꼭 잡은 그들은 약속이나 한 것처럼 달리기 시작했다. 이대로 달려 어디든 음식점이 눈에 띄는 대로 뛰어들어 가는 것이다. 그것은 대학 다닐 때 뭘 먹을까로 티격태격하고 싶지 않아 찬우가 제안한 방법이었다.

"여기서부터 무조건 뛰는 거야. 그래서 첫 번째 보이는 음식점으로 들어가는 거야. 입에 안 맞는다고 안 먹고 그러기 없기다."

"좋아!"

규민의 손을 꼭 잡은 찬우는 교묘하게 규민의 입에 맞는 음식점이 있는 골목으로 뛰어들곤 했었다. 뭐든 입에 넣으면 녹아버리듯 맛있었던 때였다.

휙휙 스쳐 가는 네온사인이 주홍빛으로 반짝였다. 아무 걱정 없던 그때처럼 이대로 멈추지 않고 달리고 싶다. 아무도 없는 곳, 네 눈에 나만 보이는 곳으로……. 찬우는 규민의 빨간 얼굴을 돌아보며 하하 웃었다. 어둠이 막 내리는 거리를 손을 꼭 잡고 달리던 그들은 첫 번째로 눈에 띄는 정식집으로 뛰어들어 갔다.

"아줌마! 여기 밥 되죠?"

그 소리에 숨을 헐떡이던 규민이 까르르 넘어가듯 웃었다. 정식집에 들어와서 '밥 되죠?'라고 묻다니 정말 어지간히 밥이 그리웠던 모양이다.

10. 노을 같은
음악이 흐르고

종일 돌아다니느라 점심을 먹었는지 말았는지 기억이 없는 규민과 전날 먹은 술 탓에 쓰린 속을 끌어안고 담배 연기만 쏟아 내었던 찬우였다. 얼큰한 김치찌개 국물은 두 사람을 행복하게 했다. 콧잔등에 땀이 송골송골 맺히도록 얼큰한 국물로 배를 채우고 나니 조금 살 것 같았다. 휴지로 입을 닦으며 고개를 들던 찬우는 그제야 규민이 자신을 빤히 바라보고 있다는 것을 알았다. 그 눈은 애잔한 듯, 꾸짖는 듯, 슬픈 듯, 아무 의미 없는 듯…… 알 수 없는 눈빛이었다.

"왜?"

"배가 많이 고팠나 봐?"

"아니, 그게 아니라 실은 아침에 해장을 못했더니 종일 속이 타

들어가는 것 같았거든. 이제 좀 살 것 같네."

　규민은 싱긋 웃는 찬우의 얼굴이 서늘한 바람처럼 느껴졌다. 적당히 게걸스럽게 배를 채웠으니 이젠 우아하게 차를 마시자는 찬우의 말에 규민은 또다시 웃음을 터뜨렸다. 왜 이렇게 자꾸 웃음이 나는지 모르겠다. 마음은 솜털처럼 가벼웠고, 바람처럼 자꾸만 웃음이 난다. 좋다, 이런 가벼움.

　그의 말대로 우아하게 차를 마시기 위해 찬우가 데리고 들어간 곳은 그의 사무실이 있는 빌딩의 삼십오층 스카이라운지였다. 아늑한 분위기의 실내에는 중간중간 벽난로가 켜져 있었고 'She Was Too Good To Me'가 나른하게 흘러나오고 있었다. 때 묻은 트럼펫으로 부르는 노을 같은 쳇 베이커의 음악은 찬우의 얼굴 위에서 장작불의 그림자로 일렁거렸다. 그녀가 좋아했던 것, 사랑했던 것, 거부했던 것, 외면했던 것, 그녀의 피가 원하던 것, 마약처럼 그녀 생의 전부를 지배하던 것들이 눈송이처럼 떨어져 뜨거운 찻잔 속으로 녹아들었다. 가슴께에서 체기처럼 걸려 있던 그것들은 흘러나오는 음악과 아쉽도록 간간이 비치는 찬우의 미소와 함께 규민의 몸속에서 녹아내리고 있었다.

　"이곳에 사무실을 차리며 내가 목표로 삼았던 게 뭔 줄 알아?"

　"언젠가는 이 빌딩의 주인이 되겠다고 했잖아."

　작은 화분을 들고 개업식에 찾아온 규민과 재민에게 찬우가 했던 말이었다.

　"그랬지. 근데 이제 하나가 더 생겼어."

　일렁이는 장작 불빛이 들어앉은 찬우의 눈은 이슬이 맺힌 듯 흥분에 반짝였다. 찬우를 저토록 흥분하게 하는 목표가 무엇인지 규민은 알 수 없었다. 뭐냐고 묻는 규민의 눈을 보며 찬우는 고개를 흔들었다.

"지금은 말할 수 없어. 나중에 얘기해 줄게."

나중에…… 그때도 네가 내 곁에 있다면, 아마도 그럴 거라고 생각한다. 그러면 그때 너를 위해 펼쳐질 나의 꿈. 찬우는 아련한 눈으로 규민을 살폈다. 벽난로 가까이 앉은 규민의 볼은 잘 익은 사과처럼 발갛게 달아올라 있었다. 오늘의 규민은 스물둘, 빛나던 그 시절처럼 유난히 많이 웃는다. 그것은 마치 아슬하게 잡고 있던 무언가를 놓아버린 사람의 허탈한 웃음 같기도 하고, 아무 걱정 없는 어린 날의 웃음처럼 투명하고 평화로워 보이기도 했다. 이유가 무엇이든 규민의 웃음은 좋다.

"그때 기억나? 대학 입학하기 전에 우리 둘이 울릉도 갔었잖아."

"울릉도? 아, 맞다!"

그때 찬우는 뱃전에서 석양을 바라보며 하늘에서 금빛 안개가 물처럼 흘러내리는 것 같다고 말했었다. 그 짜고 비릿한 냄새들과 끈적끈적한 바람들.

"아주 오래오래 기억에 남는 여행이었어."

찬우는 아련한 눈으로 그때를 떠올렸다. 사동에서 남양의 사자 바위까지 규민의 손을 잡고 산을 넘었던 그때의 기억은 십 년이 넘은 지금도 고스란히 남아 있다. 두 시간을 넘게 걸었던 그 가파른 고갯길에서 규민은 몇 번이나 주저앉았고 그때마다 찬우는 손에 힘을 주며 잡아끌었다. 숨이 턱에 차고 정말 힘든 길이었지만 규민이 있어 힘든 줄을 몰랐었다.

"잊고 있었나 봐."

규민은 새삼스런 눈으로 찬우를 바라보았다. 정말 까맣게 잊고 살았다. 힘들었지만 오래오래 잊을 수 없을 거라 생각했던 여행이었는데 언제부턴가 잊어버렸다. 숨이 턱에 차 올라 몇 번이나 주저앉으면서도 찬우가 곁에 있어 힘든 줄을 몰랐던 그 가파른 길, 찬우만 곁에 있다면 어디든 두려움없이 갈 수 있을 것 같았던 그때의 느낌들. 왜 다 잊어버렸지?

고개를 갸웃하며 바라보던 규민이 뭔가를 떠올린 듯 얼굴에 야릇한 웃음이 번져 나갔다.

"아, 우리 첫키스!"

갑작스런 폭설로 발이 묶여 버린 날, 굵은 눈송이들이 바다로 떨어져 내리는 모습을 바라보며 그 아릿한 감상을 이기지 못한 채 차갑고 보드라운 찬우의 입술이 규민의 입술 위에 내려앉았다. 어떤 기교도 부리지 못한 채 그저 맞닿아만 있었던 찬우의 입술.

"경숙이도 찬우한테 다짐을 받겠지만 한 번 더 말한다. 아무 일 없이 돌아올 걸 믿으니까 둘이 같이 보내주는 거야. 알았어?"

둘이서만 2박 3일의 여행을 떠난다고 했을 때 규민과 찬우는 엄마들로부터 똑같은 다짐을 받아야 했다.

"엄만! 찬우하고 나 사이에 무슨 그런 걱정을 다 해?"

정말 찬우와 자신을 두고 왜 그런 걱정을 하는지 모르겠다. 찬우는 그저 친구일 뿐인데. 내가 세상에서 가장 믿는 친구.

찬우의 입술이 심하게 떨리는 것을 느끼며 규민은 얼른 떨어져
나왔다.
"하하하, 너 떠니? 그래 가지고 나중에 진짜 키스할 때는 어쩌
려고 그래?"
빨개진 얼굴로 규민을 바라보는 찬우의 눈은 흩날리는 눈발처
럼 흔들렸다.

"첫키스라 말하네? 그렇게 생각 안 할 줄 알았는데."
그에게는 심장이 터질 듯 떨렸던 입맞춤이었기에 농담을 하며
가볍게 돌아서던 규민이 얼마나 야속했었는지 모른다.
"결혼 전까지 키스라고는 그때뿐인데 그럼? 그때 너 정말 많이
떨었었는데…… 실은 나도 좀 떨리긴 했어."
"떨렸어?"
"어, 안 그런 척했지만 실은 떨렸어."
"첨이라서?"
찬우는 아니면 나여서? 라는 말을 덧붙이지 못했다. 그에게는
눈송이처럼 차가운 그 입술이 규민의 입술이어서 떨렸고, 가파른
고갯길을 손잡고 걸었던 사람이 규민이어서 행복했던 여행이었
다.
"그러고는 한 번도 해보지 못했네? 키스란 거. 결혼하고 첨이었
던 것 같아."

재민을 알고 지내는 오 년이란 긴 시간 동안 가끔 포옹을 하고, 손을 잡기도 했었지만 변변한 입맞춤 한번 하지 않았다는 것이 불가사의하다. 그를 바라보는 시간보다 그의 그림을 들여다보는 시간이 더 많아서였을까?

　얼마나 시간이 흘렀는지 'She Was Too Good To Me'가 다시 반복되어 흘러나왔고 두 사람의 몸도, 마음도 어느새 벽난로의 주홍빛 불빛에 노을처럼 물들어 있었다. 그냥 일어나기가 아쉬워 가볍게 마신 알코올의 기운이 속까지 붉게 물들였다.

　그렇게 오랫동안 얘기를 나누면서 두 사람의 얼굴에는 변화무쌍한 표정들이 스쳤지만 느낌은 내내 한 가지였다. 마음이 주홍빛 노을에 젖어 따뜻하고, 안온하고, 평화롭다는 것이었다. 이게 얼마 만에 느껴보는 평화인지, 그 평화가 주는 행복감에 찬우는 가끔 가슴이 울컥해지기도 했다. 고통에 대한 감각은 기쁨에 대한 감각보다 더 세밀한 표정들을 가지고 있는가 보다. 수십, 수만 가지의 느낌들과 감정들이 고통으로 뒤범벅되어 있던 마음에 어느덧 한줄기의 작고 고요한 개울물이 흘러들었다. 자정이 넘어 밖으로 나오니 놀랍게도 눈이 소복이 쌓여 있었다.

　"와!"

　"눈이다!"

　동시에 감탄사를 쏟아내며 두 사람은 소복이 쌓인 눈 위로 걸어 나왔다. 손을 벌리고 하늘을 올려다보니 솜덩이같이 굵은 눈들이 봄바람에 흩날리는 벚꽃처럼 날아 내렸다. 눈을 자주 깜박이지 않으면 그 하얀 솜덩이가 망막을 덮어버릴 것 같았다. 이렇게 쏟아져서…… 아무것도 보이지 않도록 쏟아져서 기억의 망막을 덮어버렸으면 좋겠다. 규민은 눈을 깜박이지 않으려 애를 썼다. 그러나 그 차고 알싸한 바람과 눈송이에 대항하여 버티기엔 인간의 망막은 너무 약한 구조를 가졌나 보다. 규민은 따가움을 참지 못하고 그만 눈을 감아버렸다. 따가운 동공을 쓰다듬듯 따듯한 물이 돌아 눈가로 배어나왔다. 찬우는 눈송이가 소리없이 떨어져 녹고 있는 규민의 손을 꼭 잡았다.

"얼음 같다."

그제야 규민은 눈을 뜨고 찬우를 바라보았다. 그는 하얀 눈이 쌓인 머리를 강아지처럼 장난스럽게 흔들며 눈을 털어내더니 규민의 얼굴로 손을 가져갔다. 그리고 규민의 속눈썹 끝에 매달린 물기를 손가락으로 닦아내었다.

"눈이 녹아서 매달렸어."

찬우의 손은 미세한 틈을 사이에 두고 규민의 언 살갗 위를 스쳐 갔다. 마치 정전기의 미묘한 당김 같은 온기가 느껴졌다. 순간 규민의 입가에 자신도 모를 미소가 지어졌다.

등줄기에 저릿한 냉기가 느껴진 것은 그때였다. 어느새 저만치 앞에서 장난스런 표정으로 뒷걸음질치고 있는 찬우를 보고서야 눈덩이 하나가 속옷을 타고 등줄기로 흘러들고 있다는 것을 느꼈다. 은근히 다가가 눈덩이를 찬우의 옷 속에 집어넣고 달아나던 것은 규민의 특기였다. 완벽한 복수를 했다는 듯 찬우는 주먹까지 불끈 쥐어 보이며 입 모양으로 '아자!' 라고 속삭이고는 달아나기 시작했다. 규민은 눈을 뭉쳐 획 던졌다. 금방 내려 뭉쳐지지 않은 눈들이 바람에 흩뿌려졌다. 희뿌연 그 속으로 달아나던 찬우가 넘어지는 모습이 보였다. 규민의 눈이 반짝이며 재미난 것을 발견한 듯 입가에 웃음이 지어지더니 찬우를 잡기 위해 달리기 시작했다.

그래…… 일곱 살 때도, 열일곱 살 때도, 그리고 스무 살 때도 눈이 오면 우리는 이렇게 달렸었다. 일곱 살 때는 그녀의 집요한 장난에 찬우는 두어 번 울음을 터뜨렸었고, 열일곱 살 때는 뾰족한 규민의 기분에 맞추느라 눈길에 수없이 넘어지고 뒹굴어 새파랗게 언 몸으로 축축한 옷자락을 떨고 서 있던 찬우가 기억난다. 그리고 스무 살, 그때도 우린 지금처럼 이렇게 눈길을 달렸었던 것 같다. 잊고 있었던 찬우의 발자국은 너무나 선명하게 규민의 기억 속에 남아 있었다.

집으로 오르는 약간 가파른 골목에도 눈이 쌓여 차가 오를 수 없었다. 찬우는 큰길가에 차를 세워두고 내려 규민의 손을 잡았다. 몇 번 미끈하며 몸이 기울었고 그때마다 찬우의 팔이 허리를 당겨 안았다. 집 앞에 도착하자 찬우는 허리를 감고 있던 손을 아쉬운 듯 풀며 규민을 내려다보았다. 갑작스럽게 사무실로 찾아온 그녀가 놀라웠고, 반가웠고, 행복했던 선물 같은 저녁이었다. 그는 규민의 얼굴 가까이로 다가와 장난스럽게 물었다.

"오늘 저녁이 어떠셨습니까, 규민 씨?"

따듯한 그의 입김이 귓불을 간질였다. 수북이 쌓여 있던 담배꽁초의 기억을 가진 하얀 입김이 규민의 눈앞에서 수채물감처럼 퍼져 무늬를 그리다 사그라졌다.

"훗, 재미있었어. 예전 생각도 많이 났고."

"예전 생각?"

잊고 있었던 찬우와의 추억들이 뚜렷한 형체로 다가왔던 저녁이었다. 규민은 초인종을 누르려다 말고 여전히 펑펑 내리고 있는 눈을 바라보았다.

"정말 눈 많이 온다. 우리 울릉도 갔을 때만큼 오는 것 같아."

회색 빛 하늘에서 날아 내린 눈들이 회색 빛 바다에 삼켜지던 모습이 막막하게 슬퍼 보여서 찬우의 가슴에 기대었었고, 어깨를 감싸주는 찬우의 따듯함이 좋아서 허리를 안았고 입까지 맞추게 되었던 그날.

"그때부터였어?"

담벼락에 기댄 규민이 찬우의 어깨에 내려앉은 눈을 털어내며 물었다.

"뭐?"

"날 사랑한다고 느낀 거 말이야. 그때 네 입술이 너무 떨려서 좀 당황했었거든."

"아니."

"아냐?"

담에 기대어 있던 등을 조금 떼며 규민의 궁금한 눈이 찬우의 눈앞으로 다가왔다. 규민이 찬우의 감정을 뚜렷이 느낀 것은 재민을 만나고 난 후였다. 참 둔하다, 그러고 보면.

"뚜렷하게 언제라고 말할 순 없지만 더 오래됐어."

"더 오래? 십 년도 훨씬 넘었네? 내가 많이 둔한 여잔가 봐?"

좀 더 일찍 알았더라면 좋았을 걸. 재민이 만나기 전에……. 규민은 얼음처럼 차가운 찬우의 볼을 쓰다듬었다. 엄지손가락으로 보랏빛 나는 그의 입술을 만져 보았다. 스스로에게 화도 나고 좀 속상하다.

"결혼 전까지 키스란 거, 너도 그게 처음이자 마지막이었지?"

"음."

참 재미없고 밍밍한 청춘들이다. 한번 정도 거칠었어도 괜찮았을 것을. 규민은 찬우의 얼굴을 조금 당겼다. 아무렇게나 흩날리는 눈송이들이 간간이 입술 위에 차갑게 내려앉았다. 머뭇거리던 찬우의 입술이 그녀의 입술을 덮어왔다.

찬우의 입술은 열아홉 그때처럼 떨렸다. 저릿하고 따듯하고 기분 좋은 두근거림. 알싸한 술 내음이 풍긴다. 규민이 아는 찬우의 맛, 그것이다. 입술을 뗀 찬우는 진지한 눈으로 물었다.

"싫어?"

그와의 키스가 싫었던 적은 한 번도 없다. 마음을 기대고 싶어 결혼했던 그때도, 기억을 잃었던 그때도. 늘 만족스럽고 좋았다. 입술이 떨어질 때면 지금처럼 늘 아쉬움이 남았다. 규민은 설핏 쑥스러운 미소를 지으며 대답했다.

"좋아."

찬우에게서 기분 좋은 웃음소리가 나직이 들렸다. 주먹으로 입을 가리고 헛기침을 하며 여전히 실실 웃고 있는 그의 모습은 마치 어린 소년 같다. 그 모습을 보던 규민의 입에서도 풋, 하고 웃음이 새어나왔다. 마치 첫키스의 그 느낌처럼 쑥스럽고 풋풋하다.

"근데 오늘 어디 다니느라고 점심도 굶고 다녔어?"

"어? 그냥…… 그림 구경 좀 하고 다녔어."

규민은 그제야 자신이 하루 종일 재민의 그림을 찾아 헤맸었다는 것을 떠올렸다.

"다음엔 전화해. 함께 가자."

"……응, 그래."

찬우에게 이제 유학 얘기를 꺼내야 하는데 규민은 좀처럼 입이 떨어지지 않는다. 뭐라고 해야 하나? 나, 유학 가. 그 다음 해야 할 말이 여전히 떠오르지 않았다. 몇 번 입을 달싹이던 규민은 엉뚱한 질문을 하고 말았다.

"내가 사고 난 곳이 제천이라고 했지? 거긴 왜 갔을까?"

갑작스런 규민의 질문에 찬우의 얼굴이 순식간에 굳어졌다.

"그, 글쎄. 넌 기억이 안 나?"

"응."

펑펑 쏟아지던 눈송이들이 어느새 보일 듯 말 듯 작아져 하나둘 나풀거렸다. 방금 전까지의 찬우의 표정은 너무 행복해 보였는데…… 괜한 질문을 했다. 잠깐 망설이던 찬우가 불편한 얼굴로 다시 입을 뗐다.

"실은 규민아, 우리 그날 심하게 다퉜었거든. 왜냐하면……."

"됐어. 사고 난 곳이 어디든 그게 뭐 중요하다고. 언젠가 다 기억나겠지."

규민은 자신의 쓸데없는 질문으로 찬우의 기분이 순식간에 가라앉아 버린 것이 속상했다. 다시 무슨 말인가를 하려던 찬우는 규민의 속상한 듯한 표정을 보고 입을 다물어 버렸다.

"그래. 그만 들어가."

어깨를 툭 치며 돌아서는 찬우의 옷자락을 규민은 무의식적으로 붙들었다.

"잠깐 들어갔다 가지? 엄마가 보고 싶어하던데."

아직은 헤어지고 싶지 않다고, 조금만 더 얘기 나누다 가라고 말하고 싶은 입에서 엄마의 핑계가 튀어나왔다.

"그냥 갈게. 어제 잠을 못 잤더니 피곤해."

찬우는 규민의 손을 가만 떼어내었다. 지금의 행복한 이 기분을 고스란히 가지고 돌아가 잠자리에 들고 싶었다. 규민의 집에 들어가면 규민이 그리다 만 재민의 모습이 집 안 어딘가에 있을 테고, 다시 그 녀석의 그림자에 기분이 상해 돌아서고 싶지 않았다.

"그, 그래. 그럼 가서 쉬어."

"들어가."

찬우는 가볍게 웃어주고 돌아서 내리막길을 뛰어내려 갔다. 펑펑 쏟아지던 눈은 어느새 그치고 차가운 바람이 몰아쳤다. 저렇게 뛰다가 넘어지지 않을까 생각이 들어 규민은 '뛰지 마, 찬우야아~!' 라고 소리치고 싶었다. 찬우는 잠깐 돌아서서 손을 흔들어주고는 몸을 웅크리며 뛰어내려 가 차에 올랐다.

집으로 들어온 규민은 욕조에 뜨거운 물을 받아 오랫동안 들어앉아 있었다. 몸은 나른했지만 정신은 투명하게 맑았다. 뜨거운 물에 온몸을 풀어헤치듯 담그고 눈을 감으니 노을처럼 나른했던 'She Was Too Good To Me' 가 귓가에 은은하게 들려오는 듯하다. 오랜만에 너무 많이 웃었던 것 같다. 그렇게 큰 소리로 웃은

적이 언제 또 있었는지 기억이 가물가물했다. 규민은 언뜻 자신이 예전에 얼마나 잘 웃던 사람이었는가를 떠올렸다.

아버지는 늘 '봄 햇살 같은 우리 규민이'라고 부르셨다. 봄 햇살 같았던 이규민을 겨울 언덕처럼 만들어 버린 것이 무엇이었을까? 그것은 '최재민'이란 존재였다. 어둡고 말이 없었던 그의 곁에서 목마른 사랑을 했던 그 몇 년이 자신을 그렇게 만들었다는 생각이 들었다. 지금에 와서 그것을 후회한다거나 그를 원망한다는 것은 아니다. 다만, 그것이 이제야 인정이 된다는 것이다. 재민과 함께 있을 때에 비해 찬우와 함께 있을 때면 자신은 언제나 자랑스럽고 잘난 사람으로 느껴졌다는 생각도 났다. 자신만만하고, 도도하고, 이기적이었다.

가운을 걸치고 타월로 머리를 감싸고 나오던 규민의 눈이 탁자에 놓인 스케치북의 그리다 만 재민의 얼굴에 머물렀다. 가끔 자신을 난감한 눈으로 바라보던 저 얼굴. 함께 있으면서도 언제나 목이 마르던 저 눈빛.

규민은 다가가 스케치북을 들어보았다. 도대체 무슨 생각을 하는지 알 수 없는 눈이다. 재민의 눈은 언제나 그랬다. 한참 들여다보고 있으려니 또다시 감기의 징후처럼 목이 마르고 코끝이 매웠다. 그의 죽음이 그렇게 갑작스럽지만 않았었어도 이렇게 힘든 길을 걸어오진 않았을 것이다. 너무나 갑작스러워 인정하기 힘들었고, 받아들이기도 힘들었고, 놓아버리기도 힘들었었는지 모르겠다. 그러나 이젠 그를 놓아야 할 것 같다. 우린 이승과 저승으로 갈라졌으므로 더 이상 같은 방향으로 걸어갈 수는 없다. 규민은 그림을 제자리에 내려놓고 입술을 꼭 깨물며 돌아섰다.

거울에 비친 그녀의 얼굴은 오랜만에 맑아 보였다. 뜨거운 물에 부푼 분홍색 입술이 선명하다. 규민은 그 입술을 손으로 더듬었다. 찬우의 입술이 스쳤던 그 느낌이 되살아나며 가슴이 두근거렸다. 아주 묘한 감정이다. 그녀는 입술을 매만지며 너무 오랫동안 찬우를 잊고 살았던 것 같아, 라고 중얼거렸다. 가방에서 휴대폰을 꺼내어 만지작거리던 규민은 찬우가 이제쯤 도착해서 씻고 있을지도 모른다는 생각을 하며 전화를 했다. 욕실에 들어가 버린 그가 받지 못할지도 모를 전화지만 그냥 걸고 싶었다. 그냥 걸었다가 끊어버릴 전화다. 한 번, 두 번, 세 번. 신호음이 세 번 울리고 끊으려던 찰나에 찬우의 음성이 들렸다.

[여보세요?]

"나야. 잘 들어갔나 하고……."

[응. 잘 들어왔어.]

무슨 말인가를 하고 싶은데 그게 뭔지 모르겠다. 머뭇거리던 규민은 결국 아무 말도 못한 채 잘 자라는 인사말을 건네고 말았다.

"……그래, 그럼 자."

[잠깐, 규민아. 너 그때 혼자 여행 떠났던 거 말인데…….]

"그건 됐다니까? 됐어. 별로 궁금하지도 않은데 뭘. 푹 자. 오늘 너무 즐거웠고, 고마웠어. 또 불쑥 찾아가도 괜찮지?"

[그럼! 언제든지 와. 내가 늘 기다린다는 거 알면서 그래.]

찬우가 늘 그녀를 기다려 왔다는 걸 규민은 알지 못했다. 아니, 의식하지 않았다는 말이 옳을 것이다. 그냥 찬우는 언제든 손만

뻗으면 닿을 곳에 있는 오래된 정겨운 물건 같은 느낌이었다. 새로 산 물건에 빠져 오랫동안 돌아보지 않아도 보채지도 않고 늘 그 모양 그대로 그 자리를 지키고 있는 정겨운 물건 같은 것. 그래서 그것이 얼마나 기다리는지, 외로운지, 지쳐 있는지 규민은 알지 못했다.

"그래, 그럴 게. 잘 자."

[잘 자.]

찬우는 수화기를 내리고 씻으러 가려던 것을 잊고 팔베개를 하고 다시 침대에 벌렁 누워버렸다. 네온사인에 반짝이며 흩날리던 눈발과 봄 햇살처럼 환하게 웃던 규민의 얼굴이 눈앞을 스쳐 갔다. 예전의 밝고 빛나던 그 웃음을 되찾은 듯 오늘 규민의 모습은 새하얀 눈발처럼 빛이 났다. 열아홉 그때처럼 떨리는 마음으로 입술을 떼었을 때 규민의 눈은 약간 흥분으로 일렁거렸다. 그리고 좋아, 라고 했다. 좋아, 라고. 그 말이 떠오르자 기분이 좋아진 찬우의 입가에 설핏 미소가 지어졌다. 왜 좀 더 적극적이지 못했을까? 한 번쯤 거칠게 이끌었어도 좋았을 것. 규민에 대해서 언제나 조심스럽기만 했던 자신의 마음이 조금 후회가 된다.

규민의 기억은 여전히 완전하지 않은 듯했다. 스카이라운지에서 규민은 예전에 해주었을 때는 심드렁하게 듣던 찬우의 얘기들을 기억에 전혀 없는 새로운 얘기를 듣듯 눈을 반짝이며 들었다. 그리고 실종될 무렵의 기억은 아직 전혀 생각나지 않는 모양이다. 그토록 치열하게 싸우고도 고집을 꺾지 못한 채 기어코 떠났던 제천행을 기억 못하는 것을 보면……

"가지 마!"

"싫어, 갈 거야! 내 눈으로 확인해야겠어."

찬우는 매몰차게 돌아서는 규민의 손을 거칠게 낚아챘다.

"너 이거 병이야. 뭐든 재민이 하고 연관짓는 거 병이라고!"

눈앞에 다가온 찬우의 얼굴은 화를 이기지 못한 채 떨리고 있었지만 규민은 찬우의 손을 뿌리치듯 털어내고 다시 가방을 챙기며 중얼거렸다.

"병이라고? 그래, 나도 내가 병적이란 거 알아. 하지만 이번엔 아냐. 너도 그 조각상을 봤어야 했어. 재민인 인물을 그릴 때 언제나 눈을 그리지 않았었어. 그 조각상에도 눈이 없었어. 그건 분명 재민이 솜씨였어."

"눈이 없는 조각은 누구나 만들 수 있는 거잖아!"

"비록 일그러지고 볼품없는 모습이었지만…… 그 조각은 날 닮았었어."

그녀의 눈은 주인을 알 수 없는 그 조각이 다시 떠오르는 듯 아련해졌다. 요즘은 재민이 얘기도 하지 않았고, 자주 웃었고, 가끔은 그를 따뜻하게 안아 다독여 주기도 하던 규민이었다. 그러나 며칠 전 영산갤러리에 다녀온 후 그녀는 이성을 잃고 있었다. 밤새 한숨도 자지 않고 싸우고도 아침을 맞자마자 규민은 다시 가겠다고 짐을 싸고 있는 것이다.

정말 미쳐 버리겠다. 재민이! 재민이! 재민이! 최재민! 온통 우리 생활을 엉망으로 만들고 있는 그 이름.

"그 녀석은 죽었어! 이미 이 년 전에 죽었다고!"

여행가방을 들고 방을 나서는 규민의 등에 대고 찬우는 소리쳤다. 돌리던 문고리를 멈칫하며 규민의 어깨가 가늘게 떨렸다.

"……그래, 죽었어. 알아. 근데도 확인을 하고 싶어. 확인하고, 확인하고, 또 확인하고 싶어. 그래서 완벽하게 인정을 하고 싶어서 그래. 이번에 확인하고 나면 아마 다시는 이러지 않을 거야. 그 조각 만든 사람이 제천에 산대."

미안한 마음으로 돌아보니 찬우는 침대 끝에 걸터앉아 절망적으로 고개를 숙이고 있었다. 그러나 규민은 그 절망을 돌아보아 줄 마음의 여유가 없었다. 얼른 제천으로 달려가서 그 조각의 주인을 찾고 싶은 마음뿐이었다. 찬우가 조금만 더 기다려 주길, 이것이 재민에 대한 자신의 마지막 미련이길 바랄 뿐이다.

"미안해, 갔다 올게."

말도 안 된다 생각하면서도 규민이 보았다는 그 조각을 보고 싶어 찾아갔었던 영산갤러리에는 이미 그것이 없었다. 작가의 이름도 밝혀지지 않았고, 작가가 모르는 사이에 잠시 나왔던 작품이라 금방 회수해 갔다는 말뿐이었다. 그렇게 떠난 후 규민은 돌아오지 않았다.

정말 그 조각의 주인이 재민이었을까? 그럴 리가 없다. 무섭도록 타오르던 그 불길 속에서 미소 짓던 재민을 자신의 눈으로 직접 확인하지 않았던가? 그러나 재민의 시체는 찾지 못했다. 재영이 외에 특별한 연고자가 없었다는 것과 소방차가 쉽게 접근할 수 없도록 만들어졌던 골목으로 인해 입장이 곤란해진 담당기관과 관계자들의 무언의 합의로 쇠기둥까지 녹아내린 그날의 화재는 제대로 된 조사도 하지 않은 채 서둘러 마무리되어 버렸다. 규민이 가장 분노하는 부분이 바로 그것이기도 했다.

그렇다고 이제 와서 그의 죽음을 의심하는 것은 아니다. 불덩어리가 되어 무너져 내린 건물이 완전히 재가 될 때까지 직접 눈으로 다 보았던 찬우였다. 그런데도 최재민이란 존재는 그 이름만으로도 이규민을 흔들어놓을 수 있는 존재였기에 두려움이 무섭도록 가슴을 조여왔다. 규민이 제발 실망한 얼굴로 돌아오기를 기다렸다. 하루가 지나고, 이틀이 지나고, 일주일이 지나도 규민은 돌아오지 않았다. 열흘 만에 규민을 찾아 나섰지만 찾을 방법이 없었다. 제천 바닥을 이 잡듯이 뒤지다 결국 실종 신고를 내었다. 그리고 찬우는 회사마저 출근하지 않은 채 전국의 병원을 뒤지고 다녔었다.

규민은 한 달 만에 제천의 조그만 병원에서 무연고 환자로 발견되었다. 당시 경찰은 규민이 신분을 증명할 어떠한 단서도 갖고 있지 않은 채 제천의 작은 외곽도로에서 사고를 당한 채 발견되었다고 했다. 그래서 경찰은 뺑소니라는 단정을 내렸다. 사고 당일이 집을 떠난 지 보름 만인데 그 보름 동안 그녀는 어디에 있었을까?

11. 미안해

테라스 아래 어렴풋이 파도 소리가 들리는 이곳은 제주도의 그 예뻤던 호텔 같다.

"원치 않으면 그냥 자자."

널 사랑하지 못해서 미안하다고, 노력해 보겠노라고, 기다려 달라고 가슴에 안겨 우는 규민의 등을 다독이며 찬우는 입술을 깨물었다. 이것은 이미 각오했던 일이다. 금방 모든 걸 다 잊어버리길 바라진 않는다. 그녀가 아픔을 이기고 천천히 다가오길 바란다.

"내게 기대. 내가 도와줄게, 규민아."

그래, 기댈게. 그냥 기댈게. 규민은 찬우의 입술에 자신의 입술을 대어보았다. 촉촉한 찬우의 입술이 머뭇거리다 규민을 받아들였다. 조금 어색하지만 그의 입술은 따듯하고, 잠들어 있는 감각을 자극하는 듯 가슴이 저리기도 했다. 의외로 떨린다. 아주아주 오래전에도 이런 적이 있었던 것 같다. 따듯한 입술과 떨렸던 기억.

머뭇거리던 찬우의 입술은 점점 뜨거워져 규민의 허리를 꺾을 듯 당겨 안으며 입속을 파고들었다. 그의 갈망, 긴긴 기다림, 스스로도 주체하지 못하는 사랑이 혀끝으로 전해졌다. 규민은 찬우의 목을 안았다. 그의 부드러운 머리칼을 쓰다듬었다.

'정말 좋아해, 찬우야. 천천히 널 사랑할 거니까 이런 마음으로 네게 안기는 거 조금만 미안해할래.'

"안아줘."

그 소리와 함께 몸이 휘청 기울었다. 테라스 아래에서 파도 소리가 무너지고 점점이 박힌 별들이 눈앞으로 쏟아져 내렸다. 번쩍 안아 침대에 누이는 찬우의 눈은 조심스러움과 흥분이 교차했다.

"사랑한다, 규민아."

찬우는 조심스럽게 규민의 몸을 덮어왔다. 처음이지만 아주 익숙한 느낌이다. 두려울 거라 생각했는데, 어색할지도 모른다고 생각했는데 이상하게 찬우의 모든 것은—난생처음 보는 그의 알몸까지—익숙하다. 처음부터 내 것이었던 것처럼.

찬우를 안으려는 순간 화면이 바뀐다.

『찬우야! 찬우야, 어디 있어!』

안개가 온 세상을 뒤덮었다. 규민은 한 치 앞도 보이지 않는 안개 속을 걷고 있었다. 두렵다. 찬우가 없으면 나는 늘 두려웠다. 듣기 힘든 오케스트라의 불협화음처럼 불안하다. 안개 속에서 뜨거운 손 하나가 허리를 감아 당겼다. 누구지? 이 손은 너무 익숙하다. 그 손은 그녀의 몸 어디쯤이 여리고 민감한지, 유리처럼 투명한지, 얇은 막 어디에 뜨거운 피가 꿈틀거리는지를 다 알고 있는 듯 부드럽게 몸속을 유영하여 들어왔다. 손가락이 스쳐 가는 길을 따라 불에 댄 듯 뜨겁고 붉은 꽃들이 피어올랐다. 얼굴을 보려 했지만 짙은 안개에 가린 얼굴은 좀처럼 형체를 드러내지 않았다. 목덜미를 타고 오르는 그의 입술에서 끈적한 타액이 묻어났다. 규민은 주체할 수 없는 흥분을 느끼며 그 남자의 머리칼을 움켜잡았다. 이 익숙한 느낌, 규민은 그가 찬우라는 것을 직감했다. 호흡이 점점 가빠지고 있었다.

어느새 두 사람은 침대 위에 엉켜 서로의 몸을 탐닉하고 있었다. 그의 단단한 가슴과 부드러운 머릿결, 그리고 가끔씩 귓가에 속삭이는 알아들을 수 없는 말들까지 그녀를 자극했다. 규민은 그에게 더 가까이 다가가기 위해 팔을 허우적거렸다.

『안아줘…… 꼭 안아줘…….』

그 무언의 말을 알아들은 듯 그는 더욱 깊이 그녀 속으로 파고들어 왔다. 가는 비가 내리듯 슬프도록 조용하게 스며들던 그의 몸은 점점 거칠어져 바람이 불고, 비가 내리고, 급기야 폭풍우처럼 거침없이 밀고 들어왔다. 규민은 흔들리는 그의 몸을 놓치지 않으려 매달리듯 목을 끌어안았다. 불덩이처럼 뜨거워진 몸은 스스로의 열기를 이기지 못하고 신음 소리를 터뜨렸다.

『하!』

『내가 누군지 알아?』

『알아.』

『내가 누구야?』

『…….』

『누구야!』

『찬우! 넌 찬우잖아.』

『난 재민이야.』

순식간에 얼음처럼 차가운 바람이 몰아쳤다. 따듯하던 살결이 백지장처럼 하얗고 차갑게 식어갔다.

『아니야…… 아니야!』

규민은 얼음처럼 식어버린 그의 몸을 만지며 고개를 흔들었다. 절정으로 치닫던 그녀의 몸은 아직도 열기를 잊지 못한 채 뜨겁게 헐떡이고 있었다. 규민은 애원하는 눈으로 그 남자를 안으려고 팔을 허우적거렸다.

『추워, 안아줘. 안아줘, 찬우야.』

그러나 그녀의 깊은 곳에 잠겨 있던 그의 남성마저 어느새 차갑게 식어 빠져나가고 있었다.

『안 돼! 가지 마! 가지 마!』

"찬우야! 찬우……!"

눈앞은 온통 암흑의 세상이었다. 아직 다 깨어나지 않아 가물거리는 의식 가운데에도 방 안을 떠도는 공기는 익숙한 느낌이었다. 규민은 다시 눈을 질끈 감았다가 떴다. 그곳은 제주도의 호텔도 아니었고, 한 치 앞을 볼 수 없던 안개 속도 아니었고, 뜨거운 열기로 후끈거리던 침대 위도 아닌 친정에 있는 자신의 작은 방이었다. 꿈이다! 그녀는 낙엽처럼 마른 입술을 달싹여 꿈속에서 불렀던 그 이름을 나직이 중얼거려 보았다.

"찬우야……."

꿈에서 느꼈던 후끈한 열기가 몸속 깊은 곳에서 들 불처럼 일었다. 아직 가슴이 두근거렸고 길게 토해내는 숨결에서는 뜨거움이 고스란히 쏟아져 나왔다. 규민은 양팔로 어깨를 감싸고 몸을 웅크리며 돌아누웠다. 왜 이런 꿈을 꾸었을까? 규민은 여전히 두근거리는 가슴 위에 손을 가져갔다. 손바닥으로 전해지는 심장의 울림에는 터질 듯한 열기로 찬우를 안았던 꿈속에서의 흥분이 고스란히 남아 있었다. 머리에서도 가슴에서도 불꽃이 일었던 꿈이다. 온몸의 신경들이 오그라들듯 저렸다. 규민은 다시 한 번 두 손으로 어깨를 감싸 안았다. 뜨겁던 찬우의 입술이 등줄기를 스멀스멀 기어 내려왔다. 그 입술은 허리 근처에서 방향을 바꾸어 배를 거쳐 올라와 가슴으로 파고들었다. 그 뜨거움이 눈시울을 달구었다. 참을 수 없는 눈물 한줄기가 귓전으로 떨어졌다.

"흑……."

스물아홉 농염한 여자의 몸은 느닷없이 꿈속으로 찾아온 자신의 남편의 몸을 미칠 듯이 그리워하고 있었다.

머리끝까지 올린 이불 속은 규민의 숨결이 뱉어내는 열기로 후끈했다. 백지장처럼 하얗고 차갑게 식어가던 찬우의 싸늘함이 그녀의 몸으로 옮겨온 듯 온몸이 오한이 들어 떨렸다. 이마를 만져보니 손바닥에 땀이 흥건히 배어나왔고, 약간의 열이 느껴졌다.

몸이 탈이 난 모양이다.

규민은 밤새 끙끙 앓으며 뒤척였다. 머리는 깨어질 듯 아팠고, 화르륵 낙엽처럼 타오르던 몸이 늘어지면서 몸을 쥐어짜는 듯 땀이 쏟아지기를 반복했다. 한바탕 땀이 쏟아지고 나면 참을 수 없는 졸음이 쏟아졌다. 규민은 달고 혼곤한 잠 속에서 다시 찬우를 만났다. 그는 먼발치에서 슬픈 눈으로 규민을 바라보았다. '찬우야!' 라고 불렀지만 듣지 못한 것인지 그는 다가오지 않았다. 규민이 한 걸음씩 다가갈 때마다 찬우는 그만큼의 거리를 물러났다. 규민은 그에게 다가가기 위해 달렸다. 그러나 다리는 천근처럼 무거웠고, 온몸은 찢어지는 듯한 통증으로 움직일 수가 없었다. 팔을 허우적거리다 답답함을 견디지 못하고 그녀가 울음을 터뜨렸다.

『난 아파서 움직일 수가 없어. 네가 와. 네가 내 곁으로 와, 찬우야!』

그러나 찬우는 꼼짝도 않은 채 그녀를 바라보고만 있었다. 찬우는 다가오면 아플 것을 두려워하는 거라고 규민은 생각했다. 그녀 곁에 머무는 것이 그에겐 늘 상처였을 테니까. 규민은 안타까운 마음으로 찬우를 바라보았다. 많이 상처 입고, 지친 모습이다.

이규민! 너 참 많이도 칭얼댔구나! 스스로에게 중얼거리며 규민은 눈을 감아버렸다. 다시 고통스런 열기가 그녀의 몸을 덮쳐왔다.

"엄마……."

바싹 마른 입술로 엄마를 불러보았지만 그 소리는 자신의 귀에

조차 제대로 들리지 않았다. 참 많이도 칭얼댔어, 규민은 다시 작은 소리로 중얼거렸다. 불덩어리 같던 열이 떨어지며 쏟아지는 땀과 함께 규민은 다시 혼곤한 잠 속으로 빠져들었다.

정연희는 아침 식탁을 차려 놓고 올라왔다가 끙끙 앓는 소리를 듣고 놀라 이불을 젖혔다. 규민의 머리는 불덩어리 같았고, 아무리 흔들어도 눈을 뜨지 않았다.

"규민아! 애, 규민아!"

"나 괜찮으니까 흔들지 마, 엄마."

규민은 머리 속이 흔들려 견딜 수 없다는 듯 엄마의 손을 밀어내었다. 몸의 열기는 여전했지만 아침이 되자 정신은 한층 맑아졌다. 밤새 그녀를 괴롭혔던 혼란스러운 꿈은 아주 오래전 일처럼 아득하게 느껴졌다. 묵직한 무언가를 내려놓은 듯 마음이 홀가분하고 평화로웠다.

"아프면 아프다고 말을 하든지 해야지 무슨 애가 미련한 곰 새끼마냥 혼자 끙끙 앓고 그러니? 속상해서 정말."

정연희는 규민의 이마를 만지며 속상한 듯 중얼거렸다. 이래저래 곪을 대로 곪은 마음에 규민이 단단히 병이라도 나는 건 아닌가 싶어서 마음이 아리다.

"애, 일어나. 병원 가자."

"엄마, 나 좀 가만 놔둬. 자고 일어나면 괜찮아질 거야."

그러나 그 말은 도저히 몸을 움직일 수조차 없어서 하는 소리였다. 정말 손가락조차 움직일 수 없을 만큼 온몸이 부서지듯이 아팠다. 정연희는 무어라고 말을 걸어보다가 급히 밖으로 나갔다.

규민이 다시 눈을 떴을 땐 의사가 다녀가고 팔에는 링거 바늘이 꽂혀 있었다. 링거병에서 툭툭 떨어져 내리는 약물을 보다가 규민은 또다시 잠이 들었다.

규민이 다시 눈을 뜬 것은 밖에서 들리는 귀에 익은 목소리 때문이었다. 무슨 말을 하는지 정확히 알아들을 수는 없었지만 그것은 분명 찬우의 목소리였다. 몇 시쯤일까? 시계를 보기 위해 방을 둘러보던 규민의 눈에 탁자 위에 놓인 스케치북이 보였다. 어젯밤 씻고 들어오다 잠깐 보았던 재민의 얼굴이 그려진 스케치북이다. 규민은 그것을 치우기 위해 억지로 몸을 일으켰다. 그 그림을 찬우에게 보여주고 싶지 않았다. 침대 아래로 발을 내려놓는 순간 현기증으로 몸이 잠깐 휘청거렸다. 팔목에 꽂힌 주사 바늘 때문에 탁자까지 손이 닿지 않았다. 링거병을 내려 들고 다시 탁자로 다가간 규민이 막 스케치북을 들고 돌아서려는 순간 소리도 없이 문이 열리며 찬우가 불쑥 들어왔다. 방으로 들어서는 찬우의 눈에 가장 먼저 띈 것은 규민이 들고 있던 스케치북이었다. 서늘한 눈으로 자신을 노려보는 듯한 재민의 얼굴이 그려진 스케치북. 순간 찬우의 얼굴이 얼음처럼 굳었지만 짐짓 아무렇지 않은 듯 다가왔다.

"좀 괜찮아?"

규민은 자신도 모르게 스케치북을 등 뒤로 숨겼다.

"어? 응."

마치 잘못을 하다 들켜 버린 아이처럼 규민은 어쩔 줄 모르고 난감한 눈으로 찬우를 바라보았다. 무슨 말로든 변명을 하고 싶었지만 입이 떨어지지 않았다. 규민은 자신의 모습이 우습고 서글퍼졌다. 이런 모습이 오히려 찬우를 슬프게 만들 것 같았다. 그녀는 뒤로 숨겼던 스케치북을 바르게 덮어 다시 탁자 위에 밀쳐 놓았다. 이 방 안에 그것을 마땅히 둘 만한 곳이 그곳밖에 없다는 게 원망스러웠다.

오전 내내 바빴던 찬우는 점심 무렵이 되어서야 버릇처럼 규민의 집에 전화를 걸었다. 규민이 아파서 일어나지도 못하고 있다는 말에 막 배달되어 온 도시락을 펴보지도 않은 채 이곳으로 달려왔다. 이층 계단을 올라오며 정 여사에게 조금 전 의사가 다녀가고, 링거 주사를 맞고 잠이 들었다는 소리를 듣고 조심스럽게 방으로 들어선 길이었다. 링거 바늘을 꽂은 채 스케치북을 꽉 움켜쥔 규민의 손은 놓을 수 없는 어떤 것에 대한 강한 집착이 느껴졌다. 저렇게 하얗게 마른 입술로, 흔들리는 몸으로 규민은 재민을 들여다보고 있었던 모양이다. 스케치북을 등 뒤로 숨기는 규민의 행동이 찬우에게는 낯설고 어색하게 보였다. 규민이 자신에게 미안함을 느끼는 것인지는 모르겠지만 굳이 저러지 않아도 좋을 것을, 자신 앞에서 당당하게 재민을 그리워하던 모습이 차라리 견디기 쉬웠다. 난처한 표정으로 스케치북을 감추는 모습에서 찬우는 자신이 꼭 이방인이 된 기분이 들었다.

규민을 부축해 침대에 뉘인 찬우는 탁자 옆에 놓인 의자를 가져왔다.

"어제 눈 맞은 게 잘못이었나 봐. 내가 잠시 깜박했어."

잠시 행복에 젖어 규민의 몸을 생각하지 않은 것이 후회되었다.

그렇게 많은 눈을 맞은 것은 스무 살 경 이후 처음이었던 것 같다. 마치 다시는 찾아오지 않을 행운처럼 느껴졌던 시간이라서 더 더욱 즐겼는지도 모르겠다. 찬우는 침대에서 서너 뼘쯤 떨어진 자리에 의자를 놓고 앉았다. 그 거리는 규민의 손을 편하게 잡을 수도 없는 거리였고, 규민이 손을 뻗어도 찬우에게 쉬이 닿을 수 없는 거리였다. 찬우는 이것이 규민에게 적당하고 편안한 거리일 거라고 생각했다.

"밤새 많이 아팠나 보다. 힘이 하나도 없어 보여."

"응, 엄마를 부를 힘도 없었어."

규민은 찬우의 얼굴을 살피며 마른 입술로 설핏 웃었다. 어제저녁 내내 그들을 감싸고 있던 노을빛 아련함은 여전히 규민의 마음에 남아 있었다. 그의 눈이 얼굴을 스칠 때마다 가슴이 조금 두근거렸고 마음이 아팠다. 찬우는 점심시간이 훌쩍 지나도록 얘기를 나누다가 갔다. 그는 규민의 이마를 잠깐 짚어보았을 뿐 더 이상 가까이 다가앉지 않았다. 규민은 어젯밤의 꿈을 보는 듯했다. 한 걸음 다가가면 그 거리만큼 멀어지던 찬우의 하얗고 차가운 모습이 두려운 형상으로 떠올랐다.

찬우가 다녀가고 규민은 사흘을 더 앓았다. 낮에는 종일 자다 말다 하면서 찬우와 재민, 그리고 자신을 생각했다. 재민을 생각하면 지금도 마음이 아프다. 그러나 그것은 예전처럼 그립고 목마른 아픔이 아니었다. 피어보지 못한 그의 그림에 대한 안타까움과 짧고 우울했던 그의 삶에 대해 느끼는 인간적 아픔이 더 컸다. 이틀이 지나도 기다리던 찬우의 전화는 없었다. 어쩌면 엄마에게 전화를 했을지도 모른다고 규민은 생각했다. 아마 그랬을 것이다. 종일 침대에 누워 뒤척이며 찬우 생각을 했다. 마음속에 차곡차곡 쌓여 있던 찬우의 그림자들이 어느덧 뚜렷한 형체로 다가왔다.

　예민하던 시기에 윤지수의 편지 심부름을 하며 규민은 스스로 친구라는 틀 속에 찬우를 가두어 버렸던 것 같다. 찬우가 화를 내며 자신이 보는 앞에서 지수의 편지를 찢어버릴 때도 규민은 찬우가 편지의 내용이 부끄럽고 민망해서 그런 거라고 생각했다. 지수가 유학을 떠났을 때는 섭섭하면 따라가라고 은근히 놀리기까지 했다. 그리고 대학에 들어가서는 찬우와 정말 잘 어울릴 것 같은 예쁘고 착한 친구를 두어 명 소개시켜 주기도 했었다. 며칠 만에 만나 어땠느냐고 물으면 찬우는 그저 피식 웃을 뿐이었다.

　"좋았다는 거야? 싫었다는 거야?"

　"앞으로 그런 쓸데없는 짓은 하지 마. 관심없으니까."

　"어휴! 답답하긴. 왜 관심없어, 왜? 남자가 여자에게 관심 갖는 건 당연한 건데 넌 아무래도 이상해. 이상한 구석이 있는 녀석이라고. 그러니까 여자 친구 하나 못 사귀지."

　규민의 핀잔을 들으면서도 찬우는 그저 피식 웃을 뿐이었다.

　"답답해 죽는 줄 알았다니까. 한 시간 동안 들은 말이라고는 안녕하세요, 안녕히 가세요. 딱 이 두 마디뿐이었다니까. 아무리 잘생겨도 그런 남자는 싫어."

　찬우를 만난 친구들의 공통된 말이었다. 찬우가 얼마나 재미있는 사람인데 저런 말들을 할까? 규민은 친구들이 의아하기까지 했다. 결국 두어 번의 미팅 주선이 실패로 돌아가고 찬우는 내내 혼자였다. 그것은 규민도 마찬가지였다. 그렇게 내내 혼자였기 때문에 둘은 내내 함께 다녔다. 기억 속의 찬우는 규민에게 언제나 흑백의 배경이었다. 너무 오랫동안 눈에 익어버려 흥미를 잃은 그림, 그러나 그 배경이 없으면 자신은 언제나 미완성 그림처럼 불안하게 느껴졌다.

장 부장에게 전화가 걸려온 것은 찬우가 다녀간 후 사 일이 지나서였다. 자정이 넘은 시간에 걸려온 전화였기 때문에 규민의 놀라움은 컸다.

[늦은 시간에 죄송합니다, 사모님. 여기 아파트 앞인데 잠깐 와주셔야 할 것 같습니다.]

"무슨 일이에요, 장 부장님? 그이한테 무슨 일이라도 생긴 건가요?"

[아, 아뇨! 놀라실 건 없고요. 사장님이 술이 많이 취하셨는데 열쇠를 어디 두셨는지 찾을 수가 없어서요. 잠깐 오셔서…….]

장 부장의 말이 채 끝나기도 전에 규민은 수화기를 내려놓고 일어섰다. 입은 옷 그대로 코트만 꺼내어 걸친 채 지갑을 들고 계단을 뛰어내려 왔다.

"엄마, 나 잠깐 나갔다 올게요."

"얘, 이 늦은 시간에 어디 가? 규민아!"

"나 찬우한테 가, 엄마. 걱정하지 말고 먼저 주무세요."

택시를 타고 가는 내내 조급한 마음이 먼저 아파트로 달렸다. 얼마나 마셨기에 열쇠를 잃어버렸을까? 장 부장은 현관 앞에서 새파랗게 질린 얼굴로 찬우를 업고 서 있었다. 장 부장의 어깨 위로 늘어져 덜렁거리는 찬우의 손을 보며 규민은 얼른 지갑 속에 든 열쇠를 꺼내어 문을 열었다.

"독한 술을 너무 급하게 마신 것 같습니다. 죄송합니다, 제가 말렸어야 했는데……."

늘어진 찬우를 침대에 누이고 나오며 장 부장은 난감한 마음으로 규민의 얼굴을 살폈다. 이유는 모르겠지만 두 사람이 떨어져 지내는 것 같은데 자신이 괜한 전화를 한 것은 아닌가 하는 생각이 들었다. 그러나 규민의 코트 아래로 보이는 추리닝 바지를 보며 한편으로는 잘했다는 생각도 든다.

"수고하셨습니다, 장 부장님. 고마워요."

가볍게 목례를 하고 나가려던 장 부장이 다시 돌아섰다.

"저, 사장님 저렇게 취하신 거 사흘째입니다. 속이 말이 아닐 텐데……."

"네, 고마워요."

장 부장을 보내고 규민은 급하게 침실로 들어갔다. 찬우의 몸은 아무렇게나 구겨 던져 놓은 종이처럼 널브러져 있다. 규민은 다가가 어깨를 흔들어보았다.

"찬우야, 찬우야."

꼼짝도 않은 채 깊은 숨을 내쉬는 찬우에게서 독한 알코올 냄새가 풍겨 올라왔다. 망연히 내려다보던 규민은 찬우의 몸을 힘겹게 뒤척여 윗도리를 벗겼다. 그날, 재민의 얼굴이 그려진 스케치북을 보던 찬우의 쓸쓸한 얼굴이 술에 취해 잠든 얼굴에서도 고스란히 느껴지는 것 같다. 술을 마셔도 취하도록 마시는 일은 좀처럼 없는 찬우인데 사흘째란다.

"미안해."

눈앞이 흐려졌다. 아무렇게나 걸려 있는 넥타이를 풀며 규민은 중얼거렸다. 양말을 벗기며, 발을 닦으며, 꽉 조인 혁대를 풀어주며 규민은 중얼거렸다.

"정말 미안해."

규민은 찬우의 손을 닦다가 얼굴을 묻었다. 상처 주고 싶지 않아서 잠시 떨어져 있자고 했지만 이미 그에게 줄 상처는 모두 주어버린 듯하다.

"나 같으면 벌써 도망갔겠다."

찬우의 손을 꼭 잡으며 새어나오는 그 소리는 스스로에게 몹시 화가 난 목소리였다. 서늘한 방 공기에 등줄기가 따가웠다. 다시 머리가 지끈거리며 아팠다. 아직 다 낫지 않은 몸살이 다시금 몸 속에서 스멀스멀 기지개를 켜는 느낌이 들었다. 오한에 몸이 떨렸다. 규민은 보일러를 올리고 찬우의 곁에 몸을 뉘었다. 몸을 오그리며 그의 가슴에 얼굴을 기댔다.

"바보, 화라도 좀 내지."

얼굴이 자꾸 후끈거리고 눈앞이 흐려졌다.

[찬우야, 여기 소낙비인데 나올래? 아니다. 나와, 백찬우!]

제법 호기있게 소리치는 규민은 이미 혀가 꼬인 목소리였다. 아직 열 시도 되지 않았는데 도대체 언제부터 마신 걸까? 찬우는 만

류하는 엄마의 손을 뿌리치고 달려나왔다.

규민은 소낙비의 구석진 자리에서 독한 술을 앞에 두고 앉아 있었다. 찬우가 들어서자 안면이 있는 주인이 다가와 규민이 있는 곳을 알려주며 벌써 세 시간째라고 말했다. 긴 머리칼은 탁자에 닿아 있었고, 손에 들린 술잔은 금방이라도 떨어질 듯 흔들렸다. 다가간 찬우는 입술을 깨물며 술잔을 빼앗았다.

"일어나."

흠칫 놀라며 고개를 든 규민은 초점 잃은 눈으로 웃음을 흘렸다.

"어! 찬우 왔네? 우리 찬우 왔네? 일루 앉아."

규민은 옆 자리를 툭툭 치며 찬우의 손을 잡아끌었다. 올 줄 알았다. 전화만 하면 네가 이렇게 금방 달려올 줄 알았어. 재민이 견딜 수 없이 그리워 이곳까지 왔지만 맨정신으로는 화실이 있던 그 언덕에 올라갈 수 없었다. 술을 마시면 술기운에 의지해 올라갈 수 있을까 생각했지만 눈앞이 몽롱한 순간에도 올라갈 용기가 생기지 않았다. 찬우가 있으면 가능할 것 같다. 찬우가 옆에 있으면 올라갈 수 있을 것 같았다. 찬우는 잡아당기는 규민의 손을 뿌리치고 다가가 강제로 일으켰다.

"일어나, 집에 가자."

규민은 휘청이며 일어나 중얼거렸다.

"집에 안 가. 찬우야, 우리…… 거기 가자. 거기……."

"거기 어디?"

"거기…… 재민이한테…… 우리들 화실, 거기 가. 화실에 가자."

그 소리는 규민이 일주일 내내 찬우에게 조르던 소리다. 화실이 있던 그 언덕으로 올라가자고. 그러나 이제 그곳에는 아무것도 없다. 타고 남은 재조차 없이 깨끗하다. 그리고 이미 새로운 건물이 들어서고 있었다.

그해 겨울에 그들 곁을 떠난 재민은 계절이 흘러 다시 가을이 짙어지도록 질기게 그들을 괴롭히고 있었다. 조금 나아진 듯하던 규민은 가을로 접어들면서 다시 재민의 그림자에 갇혀 산다.

술값을 치른 찬우는 규민을 부축해 나왔다. 차에 태우고 벨트를 매는 동안에도 규민의 주절거림은 멈추지 않았다.

"거기 가…… 나 혼잔 무서워. 무서워서 올라갈 수가 없어."

"한숨 자."

"거기 가자, 찬우야."

"알았어, 알았으니까 우선 자."

차가 움직인 지 일 분도 지나지 않아 규민은 조용해졌다. 자정이 다가오는 시간인데도 도시는 대낮처럼 밝다. 화실로 올라가는 골목을 지나 찬우는 차를 몰았다. 그는 다시는 그 언덕에 올라가고 싶은 마음도 없고 눈길조차 주고 싶지 않다. 차가 흔들릴 때마다 규민의 고개는 아래로 툭툭 떨어졌다. 찬우는 목을 밀고 올라오는 울컥한 덩어리를 밀어 넣으려 안간힘을 썼다. 규민을 세상 어떤 여자보다 행복하게 만들어주고 싶었다. 그녀를 행복하게 해줄 사람은 오직 자신뿐이라고, 그래서 재민에게 빠져드는 그녀를 보면서도 언젠가는 자신에게로 돌아오리라 믿었었다. 그런 어리석음이 규민을 이렇게 만든 것 같아 견딜 수가 없다.

왜 좀 더 적극적이지 못했을까? 가지 말라고, 널 사랑한다고 말 한마디 하지 않았을까? 그저 규민이 마음 아플까 봐 그것만 신경 썼었다. 강제로 끌고서라도 재민에게서 도망쳤었어야 옳았다. 네가 가야 할 길은 그쪽이 아니라고 끌고 나왔어야 옳았다. 모든 것이 다 자신 탓만 같다. 눈앞이 자꾸만 흐려져 운전을 할 수가 없다.

찬우는 골목 아래에 차를 울컥 세우고 운전대에 얼굴을 묻었다. 안간힘을 쓰며 밀어 넣었던 울음 덩어리가 결국 터져 버렸다. 주체할 수 없는 눈물이 쏟아졌다. 더 이상 규민을 이대로 둘 수가 없을 것 같다. 결혼을 해버리자. 강제로라도 결혼을 해버리자. 최재민의 흔적 따위! 좋아, 그것도 끌어안고 살아주마. 찬우는 주먹으로 입을 가리고 꺽꺽 올라오는 울음을 밀어 넣었다.

규민은 이미 잠이 깨어 있었다. 그녀는 어둠 속에서 후둑 떨어지는 찬우의 눈물을 보았다. 피가 터지도록 주먹을 움켜쥔 채 울음을 밀어 넣는 찬우의 모습을 지켜보았다. 그의 등에 업혀 제 방 침대에 뉘어질 때까지 눈을 뜰 수 없었다. 찬우에게 무슨 짓을 하는 건지 모르겠다. 날마다 이러지 말아야지 결심을 하면서도 견딜 수 없어지면 또다시 찬우를 찾고 만다. 이젠 정말…… 정말 이러지 말아야지. 그냥 혼자 아프고 말아야지. 나 때문에 찬우가 우는 건…… 정말 싫다.

두 번째 자살을 기도하기 전날의 일이다. 자신이 그렇게 칭얼대며 아픔을 치유하는 동안 그것이 찬우의 가슴으로 고스란히 옮겨 갔다는 것을 몰랐다. 참 많이도 칭얼거렸다, 이규민!

뜨거운 술기운을 품은 찬우의 숨소리가 가슴을 파고들었다. 규민은 그의 가슴에 조심스럽게 이마를 기댔다.

'미안해…… 정말 미안해.'

타는 듯한 갈증에 찬우는 눈을 떴다. 그리고 자신의 가슴에 기대어 누군가 잠들어 있다는 것을 알아차린 순간 화들짝 놀라며 그 사람을 밀어내었다. 끔찍하게 들이부었던 술이 실수를 부른 건지도 모른다는 생각에서였다. 그러다가 그곳이 자신의 침대 위라는 것을 알아차리고 조심스럽게 옆에 누운 사람의 얼굴을 살폈다. 어둠 속에서 뚜렷이 드러나는 얼굴의 윤곽을 살피던 찬우는 자신의 눈을 의심하며 고개를 흔들었다. 손을 모으고 웅크린 채 잠이 들어 있는 그녀는 규민이다.

그날, 규민은 몸을 가누기 힘들 것같이 하얗게 질린 얼굴로 스케치북을 움켜잡고 있었다. 마치 그리움을 이기지 못해 몸살이 난 사람같이 보였다. 규민이 여전히 그럴 거라는 걸 알았으면서도 눈앞에서 보아버린 그 모습은 찬우를 절망의 감정으로 끌고 가는 듯했다. 전날 밤 스카이라운지에서의 행복했던 느낌들은 그저 혼자만의 환상이었을 뿐이다. 조심스럽게 다가왔던 그 입술도 그저 눈이 준 감상이었을 뿐이다. 언제까지나 기다리겠다던 자신의 말들이 규민에게는 그저 흩어져 버릴 공명처럼 들렸을 것이다. 재민인 척 거짓 행동을 하며 그녀를 안았던 자신을 규민이 얼마나 끔찍해할지 생각만 해도 진저리가 쳐졌다.

머리가 지끈 아파온다. 얼마나 마셨는지 기억에도 없다. 술이 들어갈수록 의식이 몽롱해졌다. 그렇게 몽롱해져서 하나씩, 하나씩 잊어갔으면 좋겠다고 생각했다. 규민의 얼굴도, 웃음도, 규민을 향한 마음들도 하나하나 다 잊어갔으면 좋겠다고 생각했다. 희미하게 흐려져서 드디어는 자신의 머리에서 완전히 지워졌으면 좋겠다. 지울 수 있는 거라면 이제 그만 지우고 싶었다. 그만 자유로워지고 싶었다. 그런 생각을 하다니…… 지친 건지도 모른다. 규민에게보다 스스로의 감정에 더 지친 것 같다. 어둠 속에서 규민의 얼굴을 응시하던 찬우는 깊은 한숨을 내쉬며 다시 누워버렸다. 여전히 재민을 잊을 수 없는데 목마른 아이처럼 곁에 버티고 서 있는 자신을 보는 것이 그녀로서는 괴로울 것이다.

잊어보자. 외면도 해보고, 멀리 떨어져 지내보기도 하고, 전화도 하지 말고, 생각도 하지 말고……. 찬우는 물기가 번지는 눈을 깜박였다. 바보 같다. 보는 사람도 없는데 눈물 정도 번지게 그냥 두어버리지. 꿈인 듯 자신의 곁에 누워 있는 규민을 바라보며 찬우는 잊어보자고, 그녀와 자신을 위해 이제 그만 천천히 그녀를 놓아주자고 다짐을 한다.

규민이 눈을 떴을 때 옆 자리는 텅 비어 있었다. 언제 나갔는지 온기가 느껴지지 않는다. 머리는 여전히 무거웠다. 규민은 겨우 몸을 일으켜 밖으로 나왔다. 부엌은 사람이 산 흔적이 전혀 없었다. 깔끔하게 말라 있는 싱크대 주위를 살피던 규민은 냉장고를 열어보았다. 그 안은 엄마가 보낸 반찬통 몇 개뿐 텅 비었다. 흔한 과일 하나 보이지 않는다. 도우미 아주머니가 온다더니 그것도 아닌 모양이다. 냉동실을 다 뒤져도 변변한 국거리 하나 없다. 그가 그렇게 좋아하던 커피마저 똑 떨어진 싱크대. 가스 밸브는 잠가놓은 지 오래인 듯 옅은 먼지마저 내려앉아 있다.

회의 중인지 찬우는 전화를 받지 않았다. 규민은 세탁기에 아무렇게나 들어 있는 빨래들을 함께 세탁할 수 없는 것만 골라내고 세탁기를 돌렸다. 그리고 청소기를 돌리고, 다시 물걸레질을 했다. 한 시간쯤 지나 찬우에게서 전화가 왔다.

[회의 중이었어.]

"그럴 줄 알았어. 몸은 괜찮아? 아침에 나 깨우지?"

[괜찮아. 좀 전에 정 기사 보냈으니까 그 차 타고 집으로 가.]

따듯하지만 다소 사무적인, 그래서 많이 피곤한 모양이라고 생각했다.

"하루쯤 쉬면 안 되나?"

걱정스런 규민의 목소리에 찬우는 말이 없었다. 다른 사람과 대화를 나누는 듯 알아들을 수 없는 말들이 멀찍이서 들렸다. 그리고 한참 만에 다시 찬우의 음성이 들렸다.

[바빠.]

간단한 답이지만 왠지 그 말을 하기 위해 수많은 말들을 삼켜버린 듯한 묵직하고 탁한 음성이었다.

[집으로 가서 얼른 병원 가. 아직 열이 많이 나던데.]

그러고 보니 전화 받는 동안에도 눈앞이 잠깐 아찔해질 만큼 현기증이 났다. 매스껍고 진땀이 쏟아졌다.

"그래, 그래야겠어. 아, 열쇠는 찾았어?"

[차 안에 떨어뜨렸어. 장 부장이 나 챙기느라 그건 잊었나 봐.]

"찬우야, 술…….."

그때 벨이 울렸다.

"잠깐."

문을 여니 어느새 정 기사가 현관 앞에 서 있었다. 전화를 하기 훨씬 전에 이미 집으로 보낸 모양이었다. 규민은 정 기사에게 잠깐 기다리라 하고 다시 수화기를 들었다.

[뚜…….]

끊겼다. 정말 많이 바쁜가 봐. 규민은 코트를 걸치며 전화기를 슬며시 바라보다가 신발을 신었다.

규민이 완전히 몸을 털고 일어난 것은 그러고도 일주일이 지나서였다. 일주일 만에 아래층으로 내려와 죽이 아닌 밥을 들고 앉은 규민은 엄마가 의아해할 정도로 공기밥 한 그릇을 눈 깜짝할 사이에 비우고 더 달라고 했다.

"오랜만에 먹는 밥이라 그런지 맛있네?"

무심코 내뱉은 말이었지만 정말 입 안에 무언가를 넣으면 저절로 녹아버릴 만큼 입맛이 당겼다.

"얘, 찬우 어디 갔니?"

밥그릇을 내려놓으며 엄마가 하는 말이다. 밥을 한 숟갈 푹 퍼올리던 규민이 동그란 눈으로 바라보았다.

"전화…… 없었어?"

"그날, 너 잘 왔는지 묻는 전화를 하고는 영 소식이 없네?"

그날, 친정으로 돌아온 후 규민은 다시 앓아누웠고, 찬우는 찾아오지 않았다. 규민이 두어 번 전화를 했지만 한 번은 바빠서 제대로 통화를 하지 못했고, 한 번은 제법 긴 시간을 얘기했었다. 찬우는 사업이 많이 바쁘다는 얘기와 그래서 찾아가지 못해 미안하다고 했다. 그래도 매일 아침 집으로 전화를 하는 줄 알았는데 아니었던 모양이다.

"아프지 마. 너 아픈 거 정말 싫다."

아직 귓가에 남아 있는 그 말을 떠올리며 규민은 푹 퍼 올린 밥을 입 안으로 밀어 넣었다.

"바쁜가 봐."

오랜만에 작업실에 들어온 규민은 커피를 한 잔 들고 멀찍이 앉아 자신의 그림들을 살폈다. 한 걸음 물러나 바라보는 자신의 그림은 어느 순간 멈추어 버린 듯 전혀 발전하지 않았다는 느낌이 다시금 든다. 목으로 넘어가는 뜨거운 커피 기운을 느끼며 규민은 그림에 대해 한층 목마름이 커져 버린 자신을 발견했다. 자신이 느꼈던 것, 표현하고 싶은 것, 그려보고 싶었던 것들, 이루고 싶은 꿈이 뚜렷한 형체로 눈앞에 다가오는 것 같았다. 그리고 흑백의 배경 같았던 찬우의 모습도 천천히 다가오고 있음을 느낀다.

너무 오랫동안 찬우를 잊고 살았어. 그냥 나 같아서, 찬우는 그냥 나였으니까. 어떻게 보면 말도 안 되는 논리지만…… 그랬었다.

찬우에 대한 감정은 이성 간의 사랑이란 감정과는 다른 거라고 생각했었다. 재민에 대한 감정과는 또 다른, 그런 것과 비교하기 싫은 어떤 것……. 그게 무엇인진 모르겠지만 누구에게 침범당하고 싶지도 않았고, 다 보여 버리고 싶지도 않았고, 함부로 표현하고 싶지도 않았던 그런 것이었다. 그것이 사랑이었다면 자신은 세상에서 가장 어리석은 방법의 사랑을 한 것이다. 재민이 아닌 재민의 그림에 빠져 버린 그때처럼. 갑자기 찬우가 보고 싶어졌다. 하고 싶은 말들이 머리 속에 잔뜩 쌓였는데 무슨 말부터 꺼내야 할지 모르겠다. 규민은 무작정 전화를 걸었다.

[어, 규민아.]

찬우의 목소리는 조금 들떠 있다.

"바빠?"

[아니, 지금은 괜찮아.]

조금 전까지도 아주 바빴다는 얘기다. 찬우의 사업은 잘되어가고 있는 것 같다. 대학을 마치고 아무 경험도 없이 사업을 한다고 했을 때부터 잘할 것이라고 믿었다. 무슨 일이든 열심히, 최선을 다하는 찬우니까.

[몸은 좀 어때?]

"많이 나았어. 이제 좀 살 만해."

[다행이다. 이젠 아프지 마라.]

"내가 아프니까 싫어?"

[싫지, 그럼.]

어린애 같은 질문을 듣고 대답을 하며 규민은 혼자 웃음을 흘렸다. 나도 너 아픈 거 싫은데……. 보고 싶다, 찬우.

"저기, 찬우야. 오늘…… 아니, 주말에 시간있어?"

[……]

"없어?"

[아니, 있어. 왜?]

"같이 그림 보러 가자고."

[알았어.]

뒷말에 '규민아'가 없다. 알았어, 규민아. 그게 찬우의 말버릇
인데 오늘은 모든 말들이 짤막짤막하다. 피곤한가?

12. 그해 겨울 카메라타에서

열 시쯤 찬우가 가벼운 옷차림으로 찾아왔다. 피곤한 얼굴일 거라 생각했는데 의외로 표정이 밝았다. 규민은 옷도 화사했고, 화장도 화사했다. 재민이 떠난 후 처음으로 보는 화사한 모습이다. 곧 봄이 올 것처럼.

"예쁘다."

찬우의 입가에 행복한 웃음이 지어졌다. 정말 예쁘다, 이렇게 화사한 모습. 갖고 싶은 인형처럼. 찬우는 바지 주머니 속에서 주먹을 꽉 쥐었다.

"엄마도 오늘 친구 모임이 있어서 늦을 거야. 천천히 와, 알았어?"

밀어내듯 등을 다독이는 엄마를 뒤로하고 차에 올랐다.

"운정화랑으로 갈 거야."

규민이 놀란 눈으로 바라보았지만 찬우는 앞만 주시하고 있었다. 운정화랑, 그곳은 재민의 사부 철암 선생님이 계시는 곳이다. 삼십대 중반만 넘어도 주목받아야 할 신진작가의 대열에서 밀려나는 연령 차별주의의 화단에서 오십이 넘은 늦은 나이에 등단해 화려한 스포트라이트를 받았던 분이다. 그림 작업이 고통이 되어서는 안 된다는 사고를 가지신 분과 그림 그리는 것이 고통과 고뇌의 표출이었던 재민은 물과 기름처럼 엇갈렸다. 결국 재민이 견디지 못하고 그분 곁을 떠나 버렸던 것이다. 재민의 그림을 너무나 아껴주셨던 분, 그곳에 가면 아마도 지난번에 찾지 못했던 재민의 그림들이 한두 점은 있을 것이다.

난감한 표정으로 앉아 있던 규민은 입술을 오므렸다.

"다른 곳으로 가."

라고 말했다.

"얼마 전에 젊은 작가 그룹전이 열려서 볼만한 그림들이 꽤 있을 거야. 난 괜찮으니까 오랜만에 선생님도 뵙고 그곳으로 가자."

"다른 곳으로 가."

규민의 대답은 단호했다. 자신의 본연의 그림을 찾고자 한 이상 이제 재민의 그림은 떨쳐 버려야 할 회색 빛 과거의 회상일 뿐이다. 떨쳐 낸다는 거, 쉽진 않겠지만 충분히 아팠다. 어린애 같은 칭얼거림은 지금까지만으로도 충분하다. 규민은 단호한 눈으로 찬우를 돌아보았다. 오늘은 찬우를 보고 싶어서 만든 시간이다. 아무것에도 방해받고 싶지 않다.

"다른 곳으로 가."

신호등에 걸렸을 때 다시 한 번 규민의 단호한 목소리가 들렸다. 신호등이 빨간 불에서 주황, 그리고 다시 초록불로 바뀌는 순간 찬우는 직진을 하지 않고 좌회전 깜빡이를 켰다. 규민이 자신에게 무언가 할 말이 있다는 것이 느껴졌다.

"그럼 그냥 교외로 나가자."

실은 그도 규민에게 해줄 말이 있었다. 이제는 규민을 그만 편하게 지켜보겠다는 지금의 생각을 지킬 수 있을지는 모르겠지만 얘기는 해주고 싶었다. 자신 때문에 규민이 더 이상 부담스러워하지 않았으면 좋겠다. 규민이 자신 몰래 숨어서 재민을 그리워하는 것은 정말 견딜 수 없다. 내가 자꾸 초라해져, 들릴 듯 말 듯 중얼거리며 액셀러레이터를 밟았다. 그답지 않게 운전이 거칠다.

주말이라 차가 좀 밀렸고 자유로를 따라 달리다 보니 어느새 파주였다. 헤이리 아트 벨리 표지판을 발견하고서야 찬우는 헤이리 마을까지 와버렸다는 것을 깨달았다. 제길! 왜 하필 이곳이야! 라고 스스로에게 화를 내기도 전에 전방에 카메라타가 보였다. 의식하고 온 것은 분명 아닌데 어느새 그들은 재민과의 추억이 짙게 배인 곳으로 깊숙이 들어와 버린 것이다. 재민은 부르주아가 되고 싶은 유일한 순간은 바로 이곳 헤이리에 올 때라고 말했었다.

아차 하며 돌아보니 규민도 난감한 눈으로 전방의 카메라타를 노려보고 있었다. 끌려가는 영혼을 이를 악물고 붙들고 있는 듯, 앙다문 턱은 경직까지 된 듯하다. 그 순간 찬우는 자신의 내면에 깊숙이 들어앉은 오래된 분노가 꿈틀거리는 것을 느꼈다. 그는 심술궂은 아이처럼 차를 울컥 세웠다. 그리고 마치 작정하고 이곳으로 온 사람처럼 아무렇지도 않음을 가장한 얼굴로 말했다.

"내리자."

다시 아까처럼 다른 데로 가자는 말을 할 상황이 아니었다. 찬우는 이미 차에서 내려 규민이 내리기를 기다리고 있었다. 어쩔 수 없이 차에서 내렸다.

나무 무늬 콘크리트 외벽의 그저 네모난 사각 박스, 휑하니 높게 뻥 뚫린 천장과 간간이 들어오는 빛과 조용한 음악 소리를 담은 박스 같은 카메라타는 여전하다. 찬우는 버릇처럼 규민의 손을 꼭 잡고 안으로 들어갔다.

대형 스피커가 숨겨진 벽에서 슈베르트의 죽음과 소녀가 흘러나오고 있었다. 찬우는 규민의 손을 이끌고 안쪽 깊숙이 들어갔다. 뮤직 박스 안에서 LP판을 닦던 이곳의 주인이 슬쩍 내다보았다. 그는 찬우와 규민을 알아보지 못하는 듯했다.

다행인지 불행인지 그 자리는 비어 있다. 재민과 규민이 머리를 맞대고 한 장의 그림을 완성했던 그 자리, 찬우와 규민이 머리를 맞대고 낄낄거리며 음악을 신청하던 그 자리. 찬우는 그 자리에 털썩 앉았다.

다시 스피커가 숨겨진 벽에서 사티의 그노시엔이 흘러나오고, 그리운 선율인 제스로툴의 엘레지도 흘러나올 동안 규민은 그림자처럼 앉아 있었다.

화재가 나기 이십여 일 전 그날, 재민의 붓끝에는 좀처럼 보기 힘든 가벼운 생동감이 흘렀다. 그의 그림 위에 규민의 장난스런 색 입힘이 이어졌다. 재민이 그만두라고 몇 번이나 붓을 빼앗았지만 규민의 장난은 멈추지 않았다. 부조화의 조화처럼 전혀 어울리지 않을 것 같은 두 사람의 색감들이 종이 위에서 새로운 색으로 창조되어 어우러졌다.

"찬우야, 너도 해봐!"

내가 무슨 그림을 그린다고, 중얼거리며 찬우는 규민이 내미는 붓을 밀쳤다. 붓 두 개가 하나가 된 듯, 두 사람의 감각이 하나로 연결된 듯 그림은 어느새 완벽한 조화를 이루며 완성되어 갔다. 그림 속에 빠져 버린 두 사람 옆에서 찬우는 이방인이었다. 부스 안에서 이들을 지켜보던 주인이 음악을 걸어놓고 잠깐 나왔다. 그리고 그는 방금 그린 그림을 카메라타에 기증하지 않겠느냐고 했다. 그러자 재민은 별 거리낌 없이 입장료 대신 그림을 주겠다고 했다. 그리고 대번에 그림 아래에 자신의 이름을 휘갈겼다. 재민이 휘갈긴 이름 앞에 규민은 다시 이렇게 적었다.

〈이규민과 최재민의 영원한 사랑을 위해…….〉

그리고 그 아래에 다시 이렇게 적었다.

〈이규민과 백찬우의 영원한 우정을 위해…….〉
〈우리 셋, 카메라타를 다녀가다.〉

찬우는 탁자에 놓인 종이 위에 연필로 마태수난곡 39번 '우리를 불쌍히 여기소서'를 신청곡으로 적어 부스 안에 밀어 넣었다. 그리고 빵과 커피를 들고 와 규민에게 내밀었다.

"배고프지 않아?"

그의 얼굴은 다소 들떠 있다. 그는 손으로 빵을 뜯어먹으며 한 뼘쯤 떠 있는 불안을 숨기려는 듯 어린아이처럼 두리번거렸다.

"그때 왔을 땐 아직 공사 중이라 좀 어수선했었는데 오늘은 정말 분위기 좋다."

그의 말처럼 카메라타의 분위기는 조용하고 정갈하고 편안하여 음의 진폭이 심장과 마음으로 깊게 느껴졌다. 규민은 순간 이곳이 왠지 찬우를 많이 닮은 분위기라는 생각이 든다. 음의 진폭이 심장과 마음으로 깊게 느껴지는, 그것처럼 깊게 느껴지는 찬우. 무엇을 찾는지 휘 둘러보던 찬우의 몸이 경직되고 있는 것이 보였다. 규민은 그의 눈이 멈추어진 자신의 뒤편 벽을 돌아보았다. 밋밋하도록 텅 빈 벽 레몬 빛 전등이 비추는 자리에 걸려 있는 그림 하나가 눈에 띈다.

"아직 있네?"

중얼거리는 찬우의 목소리가 들렸다. 그는 조금 전 이곳에 들어올 때와 같은 표정으로 벌떡 일어나 그림 가까이 다가갔다. 밖에서 들어오는 햇빛이 차단된 벽면에서 레몬 빛 불빛이 보여주는 그림은 신비롭고 오묘한 느낌을 전해주는 듯하다. 규민의 색감이 덧칠된 그림 속에서 재민의 눈이 불쑥 튀어나올 것 같다. 찬우는 자신도 모르게 뒤로 움찔 물러났다.

멀리서도 찬우의 입술이 실룩거리는 것이 보였다. 잔뜩 힘이 들어간 턱이 떨리는 것이 보인다. 그림을 노려보는 그의 눈은 금방이라도 주먹을 날릴 태세였다. 찬우의 저런 모습은 난생처음이다. 마치 성난 아이 같다. 스피커가 숨겨진 벽에서 정갈하고 비통한 마태수난곡이 흘러나왔다.

『아, 나의 하느님이여.
나의 눈물로 보아 불쌍히 여기소서!
당신 앞에서 애통하게 우는 나의 마음과 눈동자를
주여, 보시옵소서. 불쌍히 여기소서!』

망설이던 규민은 찬우에게 다가가 조심스럽게 손을 잡았다.

"자리로 가."

손을 끌었지만 찬우는 심술난 아이처럼 꼼짝도 하지 않았다. 그는 규민의 손을 힘주어 꼭 잡았다가 놓았다. 그리고 평소의 찬우를 느끼게 하는 차분히 가라앉은 목소리로 중얼거렸다.

"이 녀석의 그림은 언제 봐도 꿈틀거려. 아, 정답이…… 여기 있었네?"

그리고는 규민을 잠깐 돌아보더니 자리로 돌아갔다. 규민은 그제야 그림을 올려다보았다. 그곳에 낙인처럼 적혀 있는 글씨가 있다.

〈이규민과 최재민의 영원한 사랑을 위해…….〉

〈이규민과 백찬우의 영원한 우정을 위해…….〉

〈우리 셋, 카메라타를 다녀가다.〉

꿈틀거리는 재민의 그림에 덧칠된 규민의 붓 자국들이 낙인처럼, 장난스럽게 써 내려간 그 글씨가 깨뜨릴 수 없는 진리처럼 그들의 추억의 장소에 깊숙이, 깊숙이 박혀 있다. 그러나 지금 규민의 눈에 깊숙이 박혀 버린 것은 그 글씨가 아니라 아이처럼 성이 난 찬우의 모습이다. 정답은 이게 아니야, 규민은 그림 속의 글씨를 바라보며 중얼거렸다.

찬우는 '불쌍히 여기소서'를 부르는 캐서린 페리어의 비통한 음성처럼 앉아 있었다. 한 번도 저런 모습 보이지 않았는데, 그러나 실은 찬우의 마음은 언제나 저런 모습이었을 것이다. 규민은 힘겹게 침을 삼키고 찬우에게 다가가 어깨를 잡았다.

"그만 나가자."

바이올린 선율은 비천한 여인의 기도 소리처럼 애절하게 울려 퍼졌다.

"아직……."

아직 이 음악이 끝나지 않았다는 찬우의 말이 채 나오기도 전에 규민은 찬우의 옷자락을 잡아끌었다. 이 비통한 음악 앞에 찬우를 두고 싶지 않다. 회한의 눈물 같은 저 바이올린 소리를 듣고 싶지 않다.

"그만 나가. 나 배고파."

밥을 푹 퍼서 꾸역꾸역 입으로 밀어 넣는 규민은 바라보며 찬우는 울컥 치솟았던 아이 같은 심술이 미안했다. 규민을 놓아주자고 마음먹는 순간 그동안의 세월이 억울했었나 보다. 놓아버리기엔 너무 억울한 세월, 잊는다는 것이 불가능할 것 같은 규민과의 그 긴긴 시간들을 놓으려는 자신에게 좀 화가 나기도 했다. 사실은 잘 견딜 수 있을지 아무 자신이 없다. 저 밥을 꾸역꾸역 밀어 넣는 것은 재민에 대한 그리움일 것이다. 자신의 존재가 규민으로 하여금 저토록 힘들게 꾸역꾸역 밥을 밀어 넣게 만들고 있는 것이다. 이제 그만! 찬우는 자신에게 소리치듯 규민의 손을 꼭 잡았다. 이제 그만 편하게 그리워하라고 말해주고 싶었다. 규민은 공기밥 한 그릇을 순식간에 비우고 물 컵을 소리나게 내려놓았다.

"아, 이제 좀 살 것 같다. 아깐 배고파서 혼났어."

그리고 아직도 밥을 반도 먹지 않은 채 자신의 손을 꼭 잡고 있는 찬우를 말똥한 눈으로 바라보았다.

"맛없어? 난 반찬들이 꽤 입에 맞는데? 얼른 먹어. 얼른 먹고 이왕 여기까지 온 김에 그림도 보고, 도자기 구경도 하고 그러자."

밝고 가볍게, 반짝반짝. 규민은 지금 그렇다. 스물둘 그때처럼 찬우의 눈앞에서 반짝였다. 재민과의 오 년이 잠깐의 꿈처럼 다 거짓말만 같다. 그래, 오늘 하루만 다 거짓말이었던 것처럼 지내볼까? 규민은 찬우 앞으로 반찬을 밀어주며 다시 얼른 먹으라고 말했다. 찬우는 밥을 푹 퍼서 입으로 꾸역꾸역 밀어 넣었다.

그들은 오후 내내 그림과 도자기에 흠뻑 젖어 헤이리를 걸어다녔다. 스물두 살 그때처럼 어깨를 맞대고 손을 잡고, 가끔은 여기 가자 저기 가자 실랑이도 하면서 걷는 동안 행복은 저만치 다가온 봄처럼 눈앞에서 아른거렸다.

돌아오는 길에 근사한 레스토랑에 들러 저녁까지 먹고 나니 시간이 열 시가 다 되었다.

"아, 피곤하다."

규민은 종아리를 주무르며 피곤하다고 했다. 그러나 목소리는 생기에 넘쳐 있는 듯하다.

"다리 아파?"

"어, 조금. 너무 오랜만에 걸어서 그런가 봐. 그래도 아주 좋았어. 다음에 또 가자."

다음에 또 갈 기회가 있을까? 찬우는 집이 가까워질수록 표정이 굳어졌다. 규민에게 얘기해야 할 시간이 다가오고 있다. 멀리 규민의 집으로 올라가는 오르막이 보이자 차를 갓길에 세웠다. 규민은 차를 세우고 앞만 응시하고 있는 찬우의 옆얼굴을 바라보았다. 언제나 묵직하고 든든하던 찬우가 카메라타에서 아이처럼 성이 나 있던 모습은 다른 어떤 모습보다 마음을 아프게 했다. 그 긴 세월을 함께 보내며 싫은 소리 한 번 하지 않았고, 인상 한 번 찡그리지 않았던 찬우다. 그러기 위해서 얼마나 무서운 참을성이 필요했었는지 규민은 다 알 수가 없다. 다만 보통 인간의 의지로는 힘들었을 거라는 것만 알 뿐, 이제야 그것이 보이고 느껴지는 자신이 얼마나 어리석은 여자인지 그것만 알 뿐.

"규민아."

"찬우야."

동시에 서로의 이름을 부르며 마주 보다 찬우는 피식 웃고 만다. 참 닮았다, 우리. 이십 년을 넘도록 너만 바라보는 나나, 삼 년이 넘도록 죽은 녀석을 잊지 못해 몸살을 앓는 너나. 이놈의 고집은 참 많이도 닮았다.

"먼저 말해."

그의 입에서 무슨 말이 나올지 짐작도 못한 채 규민은 찬우에게 먼저 말하라고 했다. 잠깐 망설이던 찬우는 단단한 결심을 한 사람처럼 규민의 얼굴을 똑바로 바라보았다.

"우리 알고 지낸 지가 벌써 이십오 년 됐어. 참 오래됐다."

"정말, 참 오래됐다."

"친구란 생각이 들기 시작한 건 이십 년쯤 됐어."

"난 더 일찍 그런 생각 했었는데."

"그리고 널 여자로 느끼기 시작한 건 십삼 년쯤 됐어."

"……"

"사랑한다는 생각이 들기 시작한 건 대학 들어갔을 때부터였으니까…… 십 년쯤 됐나 봐."

찬우가 간직한 세월은 길다.

"참 기네."

찬우는 혼잣말처럼 중얼거렸다. 그 중얼거림이 너무나 쓸쓸하게 들려서 규민은 자신도 모르게 목 언저리가 서늘해졌다. 찬우는 규민의 얼굴을 잠깐 보다가 이내 창 쪽으로 고개를 돌려 버렸다. 규민에게, 그리고 자신에게 이제 그만 자유를 주고 싶다.

"근데 그 세월 중에서 내게 가장 행복했던 시기는 널 친구로 생각했던 그때였던 것 같다."

규민은 찬우의 말을 이해하기 위해 한참을 생각해야 했다. 머리로는 인식되는 그 말의 의미가 가슴으로는 여전히 인식이 되지 않았다.

"왜…… 그런 말을 해?"

가로등 불빛이 차 안을 비추었지만 찬우의 얼굴은 그 빛이 미치지 못하는 어둠 속에 있어서 그의 표정을 볼 수 없었다. 그래서 규민은 그의 진심이 무엇인지 알 수 없었다.

정말 받아들이기 싫고 인정하기 힘든 사실이었지만 입으로 뱉어버리고 나니 차라리 홀가분하다. 그래서 어쩌면 스스로 내린 이 결정을 받아들이기가 생각보다는 힘들지 않을 거라는 생각도 든다. 생각이 정리되자 마음이 한결 편안해졌다. 그는 규민을 바라보며 설핏 웃었다.

"아까 카메라타에서 보았던 그 그림 아래에 적혀 있던 글씨 있잖아, 네가 예전에 적었던 거. 우리 사이의 정답은 바로 그거 같다는 생각이 들어."

가로등에 비친 규민의 주홍빛 얼굴에 불안이 일렁거리는 것을 느끼며 찬우는 말을 이었다.

"내 감정에 앞서서 그동안 널 너무 힘들게 한 것 같다. 이젠 나 때문에 억지로 재민이 잊으려고 애쓰지 않아도 돼. 숨어서 몰래 그리워하지도 마. 나한테 부담 갖지 말고 너 편한 대로 해, 네 마음이 원하는 대로. 난 네게 자유를 주는 거야. 이제 우리 그만 서

로에게 자유로워지자. 널 놓는다는 거 힘들겠지만…… 해볼게. 내
게 가장 행복했던 그때처럼 너랑 지내는 시간들이 이제 그만 행복
했으면 좋겠다.”

찬우의 입가에 지친 웃음이 피어났다. 그녀의 입에서 '안 돼' 라
는 말이 들릴 듯 말 듯 새어나왔다.

“찬우야, 아냐. 안 돼!”

규민은 고개를 흔들었다. 그것은 정답이 아니라고 말을 하고 싶
은데 무엇이 막혀 버린 듯 목에서는 '안 돼' 라는 말만 자꾸 새어
나왔다.

규민은 무엇을 부정하고 싶은 것일까? 그 그림에 적혀 있던 글
씨가 숨길 수 없는 진실이라는 것은 너도 알고 나도 안다. 불빛에
비친 규민의 얼굴은 오늘따라 더 여려 보인다. 자신이 떠나 버리
고 나면 금방이라도 흔적없이 사그라져 버릴 꽃처럼.

세상에서 사람들의 시선을 받는 꽃은 많지 않을 것이다. 대부분
의 꽃은 자신의 슬픔 속에서 일순간 꽃을 피웠다 사라져 간다. 운
명처럼 백찬우의 시선을 무섭도록 사로잡았던 이규민이라는 꽃도
이제 그의 슬픔 속에서 사라져 갈 것이다.

도대체 이것이 어떻게 가능하단 말인가! 머리 속의 결정을 따라
가지 못하는 마음이 스스로에게 소리를 쳤다. 한 번도 규민이 없
는 삶을 상상해 본 적이 없다. 그런데 지금 자신은 그 삶을 살고자
하는 것이다. 가능할까? 찬우는 막막한 눈으로 규민을 바라보았
다. 그녀 외에는 어떤 여자도 눈에 담아보지 않았다. 순간 울컥한
덩어리가 밀려올라 와 눈시울이 뜨거워졌다. 찬우는 눈을 깜박이

며 얼른 고개를 돌려 버렸다. 순간 규민의 다급한 목소리가 들렸다.

"찬우야, 잠깐!"

규민은 그의 옷자락을 당겼다.

"잠깐만 나 좀 봐."

돌아보는 찬우의 눈은 지쳤다. 그를 보며 나 같으면 벌써 버렸겠다고 중얼거렸던 술 취한 그날의 모습처럼 몸도, 마음도 지쳐 버린 듯하다. 지친 그에게 어떤 방법으로 자신의 마음을 설명해야 할지 모르겠다. 네가 그립다고 말해 버리기엔 찬우의 상처가 너무 큰 것 같다. 그래도 그냥 해버리고 싶다. 그녀의 가장 솔직한 마음은 바로 그것이니까. 아, 참 이기적인 여자다, 난.

"실은 오늘 그림 보고 싶어서 너 만나자고 한 거 아니었어."

"그럼?"

"보고 싶었어. 우린 일주일이나 보지 못했고, 그래서 네가 너무 그리웠어."

보고 싶다? 그립다? 찬우는 규민이 자신에게 들려주는 그 말이 너무 생소해서 쉽게 가슴에 다가오지 않는다. 그렇게 듣고 싶었던 그 말이 너무나 생소하고 낯선 언어라는 것이 화를 돋우었다.

"내가 왜…… 그리워?"

찬우의 얼굴은 성난 아이처럼 일그러졌다. 그녀가 그리워하는 남자는 오직 한 사람, 최재민뿐이다. 죽을 듯이 몸살을 앓으면서도 움켜쥐고 놓지 못했던 스케치북의 그 얼굴! 규민은 일그러지는 찬우의 얼굴을 보자 아무 말도 못한 채 고개를 떨어뜨려 버렸다.

"내가 왜 그립냐고! 네가 그립고 보고 싶은 사람은 언제나 재민이뿐이잖아!"

찬우는 규민의 팔목을 당기며 소리쳤다. 그 힘에 울컥 당겨진 규민의 얼굴이 코앞으로 다가왔다. 찬우의 눈은 규민에게서 무언가를 찾으려는 듯 번득였다. 거친 숨소리가 규민의 대답을 종용했다.

"앓는 내내 너만 생각났어. 네 꿈만 꿨어. 네가 나인 듯…… 아팠어."

"난 언제나…… 네가 나인 듯 아팠어."

"네가 내게서 멀어지는 꿈을 꾸게 될까 봐 잠을 잘 수 없었어."

"재민이 그림을 들고 있었잖아."

그는 아이처럼 심술궂게 중얼거렸다.

"치우던 중이었어. 잠결에 네 목소리를 들었거든. 전날 밤에 그곳에 두었던 건데 네게 보이고 싶지 않았어. 너 마음 상할까 봐, 그게 싫었어."

찬우는 혼란스러운 듯 눈길을 한곳에 두지 못했다. 자신만 생각하고, 자신의 꿈을 꾸고, 마음 상하는 것이 싫었다는 규민. 이걸 어떻게 해석할까? 난 그만 자유롭고 싶어서 널 놓으려고 하는데. 제기랄! 찬우는 규민의 한마디에 순식간에 날뛰어대는 자신의 가슴에 대고 욕지기를 내뱉었다. 규민은 찡그러진 찬우의 얼굴을 보며 용기를 내어 말했다.

"함께 있으면 즐겁고, 네가 옆에 없으면 늘 불안했었는데 어쩌면 그건 내가 몰랐던 사랑이 아니었을까…… 생각해. 옆에 있는 게 너무나 당연해서 옆에 있다는 걸 느끼지 못했던 것처럼 말이야. 그러니까 우리…… 다시 시작하면 안 돼? 내가 너무 늦은 거야?"

그러나 찬우에게서는 아무 말이 들리지 않았다. 그의 거친 숨소리만 들렸다. 정말 너무 늦은 걸까? 불안한 눈으로 찬우를 올려다보았다. 그의 눈은 몹시 화가 난 듯 핏발이 서 있었다. 그러나 규민은 그것이 찬우의 눈시울이 붉어진 탓이란 걸 금세 알아차렸다. 이렇게 언제나 그녀에게는 제대로 된 화 한번 내지 못하는 여린 찬우다. 죽을 결심을 하고 내린 결정조차 그녀의 한마디에 순식간에 무너져 버린다. 규민의 한마디에 그는 다시 자유를 반납한 이규민의 수형인이 되어버린 것이다.

"나 무지 이기적인 여자지? 나쁜 여자야, 그치?"

규민은 찬우의 눈에서 흐를 듯 말 듯 고여 있는 눈물을 건드려 닦아내었다.

"그래, 너 이기적인 여자야. 나쁜 여자야."

안간힘으로 참고 있는 눈물을 기어이 건드리고 마는 규민의 손가락이 원망스럽다. 규민은 찬우의 머리를 당겨 안았다. 난 나쁜 여자고, 넌 바보 같은 남자야. 이규민 앞에서는 언제나 바보가 되어버리는 찬우. 규민은 아이처럼 기대어 오는 찬우를 꼭 안았다. 찬우는 가늘게 몸을 떨었다. 그러다 무슨 생각이 난 듯 번쩍 고개를 들더니 휴대폰을 꺼내었다.

"장모님, 규민이 저랑 있을 겁니다. 걱정 마시고 주무세요. 아뇨, 열나는 거 아닙니다. 네."

오늘 밤, 이대로 규민을 보내고 싶지 않다. 찬우는 폴더를 내리며 동의를 구하듯 물었다.

"그래 줄 거지?"

"응."

"그래. 그럼, 우리 집으로 가자."

'우리 집'이라고 말하는 찬우의 입가에 가늘게 경련이 일었다.

집으로 들어서자마자 찬우는 규민을 울컥 안았다. 길이 끝난 것 같던 순간에 다시 새 길이 자신 앞에 펼쳐졌다. 이번엔 좀 더 편하고 희망찬 길이 될 것 같아 용기가 불끈 생긴다. 아직은 완벽하진 않겠지만 언젠가는 재민의 그림자도 그들의 곁을 완전히 떠날 것이다. 이젠 규민이와 둘이서 정말 행복하게 살아보고 싶다.

찬우는 팔에 힘을 주어 다시 한 번 꼭 껴안아주고는 몸을 뗐다.

"피곤하지? 우선 좀 씻자."

찬우의 목소리는 다소 흥분되어 있다. 그가 욕실로 들어가는 것을 보며 규민은 소파에 털썩 앉았다. 정말 피곤하다. 너무 많이 걸었고, 눈으로는 그림을 보고 도자기를 구경했지만 신경은 온통 찬우를 향해 있었다. 종일 찬우는 건드리면 깨져 버릴 유리병처럼 투명하고 날카로워져 있었다. 잘못 건드려 깨져서 누구에게든 상처를 남길까 봐 두려웠다. 찬우에게도, 자신에게도 다시는 상처를 내고 싶지 않았다. 긴장이 풀리며 소파에 앉자마자 눈이 저절로 감겼다.

꿈을 꾸는 듯 순간적으로 몸이 붕 뜨는 것을 느끼며 규민은 무거운 눈을 떴다. 찬우가 그녀의 몸을 안고 있었다.

"씻자."

"응."

다시 눈이 스르르 감겼다. 구름 위를 걷는 듯 몸이 몇 번 흔들리고 욕실 문이 열리고 나서야 규민은 완전히 잠이 깼다. 그제야 찬우가 씻자고 했던 말이 생각났다. 그녀는 몸을 뒤척여 찬우의 팔에서 내렸다.

"혼자 씻을래."

"같이 씻어."

"싫어."

"왜?"

"갈아입을 옷도 없고……."

"내 옷 입으면 되잖아."

"부끄러워."

"괜찮아."

찬우는 싱긋 웃으며 다시 규민을 번쩍 안더니 김이 자욱이 서린 욕실로 들어갔다.

헤이리에 다녀오며 함께 그들의 집으로 간 후, 규민은 처음엔 텅 빈 냉장고 속이 속상했고, 한가득 들어 있는 세탁기 속 찬우의 빨래들도 속상했고, 밤이면 까칠해진 찬우의 볼이 속상했다. 찬우가 간직하고 있던 오래된 앨범을 보며 깔깔 웃다가, 그 앨범 속에 가득 찬 찬우와 자신의 지울 수 없는 추억들과 사랑들을 보며 다시 아, 널 너무 오랫동안 잊고 있었어, 라고 중얼거리기도 했다.

너무 오랫동안 함께 있어서 그저 그가 자신인 듯, 자신이 그인 듯 스며들어 버려서 그 존재를 인식하지 못했던 거라고 스스로를 위안했다. 그리고 사흘 만에 다시 이 집으로 돌아와야겠다는 생각을 했다.

"미국?"
집으로 돌아가기 위해 짐을 챙기던 규민은 점심시간에 찾아온 찬우의 갑작스런 미국행 얘기에 난감한 표정을 지었다. 규민은 얼른 찬우 곁으로 돌아가고 싶어 오전 내내 들떠 있던 터라 약간 실망스러웠다.

"응, 엄마가 좀 편찮으신가 봐."
"많이 편찮으셔?"
규민은 자신도 가봐야 하는 게 아닌가 하는 생각이 들었다.
"아니, 형 말로는 심하지 않다는데. 그래도 엄마 본 지도 오래되었고, 이왕 전화 온 김에 한번 가보려고."
"아."
"아무래도 일주일은 걸릴 것 같으니까 나 미국 다녀온 다음에 짐 옮기자."
미국, 그의 가족들이 있는 곳. 그녀가 아니었다면 지금쯤 찬우도 그곳에서 살고 있을 것이다. 규민은 찬우의 어머니 한경숙을 생각하다가 자신도 모르게 모골이 송연해졌다. 결혼식장에서 보았던 그녀의 차가운 눈빛을 아직도 잊을 수 없다. 너무나 좋아했던 분이었기에 그 차가움이 더 크게 다가왔는지 모르겠다.

"나쁜 기집애, 네가 어떻게 이럴 수가 있어? 네가 눈곱만큼이라도 찬우를 생각했다면 이런 결정을 내리진 않았을 거야."

신부 대기실로 잠깐 찾아온 찬우의 어머니 한경숙은 다짜고짜 규민을 향해 이런 말들을 쏟아 부었다. 곁에 있던 정연희가 한경숙의 팔을 잡고 밖으로 나가려고 했지만 그녀는 그 손을 뿌리쳤다.

"연희, 너와의 인연도 여기서 끝내야겠다. 사십 년 우정을 이런 식으로 앙갚음하는구나."

"경숙아."

"내 이름 부르지 마! 규민이보다 네가 더 괘씸하니까. 네가 조금이라도 양심이 있었다면 찬우를 말렸어야 했어. 죽은 남자 못 잊어 따라 죽겠다는 딸자식을 책임져 주겠다고 하는 사윗감이 나타났으니 넌 얼씨구나 하고 받아들였겠지? 더구나 규민이라면 죽고 못사는 찬우였으니 말이야?"

한경숙의 말을 들으며 규민은 들고 있던 부케를 떨어뜨릴 뻔했다. 그녀가 이토록 반대하는 줄은 정말 몰랐다. 부모님과 찬우에 의해 정신없이 진행되었던 결혼이었고, 규민이 한경숙을 만나보려 했지만 찬우가 기회를 주지 않았었다.

"엄마, 미국 형네 갔어. 아마 결혼식 당일에나 오실걸? 뭐, 특별히 준비할 것도 없어서 내가 미리 오시지 말라고 연락드렸어."

"그래도 결혼 전에 아줌마를 한번 뵙는 게 예의 같은데?"

"뭐, 우리가 한두 해 알고 지낸 사이야, 그런 예의 찾게?"

"그건 그렇지만 왠지 아줌마가 날 달가워하지 않을 것 같아서 그래. 입장을 바꾸어 생각해 보면……."

"그런 생각 하지 마. 엄마도 흡족해하셔. 우리 엄마가 널 얼마나 예뻐하시는데 그런 말을 해?"

그래서 얘기가 다 끝난 줄 알았다. 규민은 부케를 움켜쥐며 입술을 깨물었다.

"아줌마가 이렇게 반대하시는 줄 몰랐어요."

"그러니? 그럼 이제 알았으니 지금이라도 물러줄래?"

한경숙의 차가운 얼굴을 올려다보는 규민의 눈동자가 가늘게 떨렸다. 규민의 입에서 금방이라도 '네' 라는 대답이 나올 것 같아 정연희는 어쩔 줄 모르고 서 있었다. 규민은 한경숙의 차가운 눈을 오래 바라볼 수 없어 고개를 숙여 버렸다. 그녀의 마음이 어떨지 다 이해가 되었다.

"왜 대답을 못하니?"

파르르 떨리는 부케를 보며 한경숙이 다시 다그쳤다. 규민이 뭔가 결심을 한 듯 고개를 드는 순간 찬우의 화난 목소리가 들렸다.

"왜 이러세요? 이러실 거면 오시지 말라고 했잖아요!"

성큼성큼 걸어온 찬우가 규민의 손을 잡아 일으켰다.

"가자, 우리 순서야."

"찬우야."

규민이 머뭇거리며 손을 빼보려 했지만 찬우는 강한 힘으로 규민의 손을 움켜잡았다.

"아무 생각 하지 마."

찬우는 규민의 손을 꼭 잡은 채 식장으로 성큼성큼 걸어 들어갔다. 결혼식이 진행되는 내내 한경숙은 돌덩이 같은 얼굴로 혼주의 자리를 지키고 있다가 식을 마치자마자 그녀는 식장을 떠나 버렸고, 그 후 한 번도 만나지 못했다.

가족과의 사이가 그렇게 벌어지면서까지 자신을 선택할 수밖에 없었던 찬우의 마음을 그 당시에는 감히 다 짐작하지 못했다. 규민에게만은 언제나 절대적이었던 찬우였기에 어쩌면 당연하게 받아들였는지도 모르겠다. 어머니를 그렇게 보내고 그동안 찬우가 얼마나 괴로웠을지 이제야 짐작이 된다. 미안해. 규민은 공항으로 떠나는 찬우에게 그렇게 말했다.

"너무 미안해서 미안하다는 말도 잘 못하겠어."

"그런 말 하지 마."

그런 말 하지 말라며 착하게 웃는 찬우를 살피다가 규민은 그의 까칠한 볼을 쓰다듬었다. 자신의 마음이 아직 재민을 완벽하게 버리지 못한 것 같아 미안하다. 그런데도 이런 말을 해도 될까?

"짧은 기간이지만 보고 싶을 거야. 고맙고…… 사랑해."

찬우는 자신의 입술을 부드럽게 스치는 규민의 입술을 느끼며 미친 듯이 웃고 싶었다. 규민이 사랑한다고 말했다. 미친놈처럼 꽥꽥 소리라도 지르고 싶었다. 헤이리에서 돌아온 그날부터 규민은 한마디로 자신을 미치도록 행복하게 만들어주고 있었다. 그렇게 미치도록 행복한 마음을 안고 찬우는 미국행 비행기에 올랐다.

13. 네게로 가는 먼 길

찬우는 LA에 도착하자마자 전화를 걸어왔다. 그리고 형인 민우의 집에 도착해서 다시 전화를 걸어 어쩌면 예정보다 귀국이 늦어질지도 모른다고 했다.

[엄마 건강이 생각보다 좋지 않아. 특별히 나쁜 곳은 없는데…….]

찬우는 그러잖아도 자신과의 결혼 때문에 은근히 죄책감을 가지고 있는 규민에게 어머니의 무기력증이 스트레스 때문이라고 말할 수가 없었다.

[되도록이면 빨리 갈게.]

"서둘러 오려고 노력하지 마. 어머님 건강이 우선이지. 어머님이 너 얼마나 예뻐하시는데…….."

아마도 사랑하는 막내아들을 보지 못해 생긴 마음병일 것이다. 규민의 목소리가 어두워지자 찬우는 짐짓 목소리를 높였다.

[뭐야? 서둘러 오지 말라니! 섭섭하잖아! 하나도 안 보고 싶은 모양이군?]

"보고 싶어."

[또.]

"응?"

[보고 싶단 말 말고 또 없냐고?]

"고마워."

[그것 말고 다른 말.]

찬우는 떠나올 때 들었던 그 말을 다시 듣고 싶다. 목마른 아이처럼 듣고 또 듣고 싶다.

"사랑해."

찬우에게서 기분 좋은 웃음소리가 들렸다. 그 웃음소리에 담긴 행복이 규민에게도 건너오는 듯하다. 수화기를 내리며 규민은 이제 정말 재민을 잊어야겠다고 생각한다. 조금의 미련도 남기지 말고 깨끗하게.

저녁 내내 작업실을 정리하고 나니 그동안 집에 와서 그렸던 재민의 모습이 담긴 스케치북이 두 권이나 되었다. 규민은 저녁도 굶은 채 그것을 들여다보고 있었다. 그가 마른 얼굴에 설핏 지어주는 미소만으로도 참 좋았던 그때가 아득하게 느껴졌다. 생각해 보니 그를 사랑하는 동안 둘만의 행복했던 기억이 별로 없다. 함께 본 것으로 기억되는 영화는 찬우와 함께 세 사람이 보았고,

여행도 찬우와 함께한 세 사람의 여행이었다. 셋이 있으면 언제나 웃고 떠들었던 것은 찬우와 규민이었고, 재민은 멀찍이 떨어져 그림을 그리면서 두 사람을 지켜보았었다. 답답해진 규민이 달려가 손을 잡아끌어야 겨우 다가와 앉던 재민이었다. 재민은 챙겨주지 않으면 아무것도 할 줄 모를 것 같은 불안한 남자였다. 그에 비해 찬우는 뭐든 믿음직스러웠고, 완벽했다. 그래서 규민의 모든 신경은 재민에게 집중되어 있었던 건지도 모른다.

찬우가 떠난 지 일주일이 지났다. 오늘 아침 그는 이삼 일쯤 더 머물다 오겠다는 전화를 했다. 규민은 찬우가 돌아오기 전에 손에 들고 있는 그림들을 다 없앨 생각이다. 마음에 티끌을 남긴 채 찬우를 맞이하고 싶지 않다. 지금의 그녀에게 가장 보고 싶은 남자는 찬우고, 안고 싶은 남자도 찬우고, 아픈 남자도 찬우다.

아침을 하기 위해 부엌으로 가던 정연희는 정원에서 피어오르는 작은 연기를 보고 놀라서 밖을 내다보았다. 마른 잔디 위에 쪼그리고 앉은 규민이 무언가를 태우고 있었다.

규민은 붉은 혀를 날름거리며 재민의 얼굴을 삼켜가는 작은 불길을 멍하니 내려다보았다. 재민의 얼굴은 마르고 막막한 미소만을 남긴 채 한 장씩 불길 속으로 사그라졌다.

저 불길 속으로 사그라지듯 내 가슴에서도 사그라져라. 그가 사랑했던 그림, 불우한 그의 인생, 그리고 그와 그의 그림을 사랑했던 그녀도, 찬우도. 그때의 그들은 모두 사그라지기를 바란다. 그래서 다시는 그로 인해 아플 일도, 슬플 일도 없기를 바란다. 마지막 그림을 불 속으로 넣으며 규민의 눈에 눈물이 고였다. 잘 가라.

그 불길이 마지막 몸부림을 하다 완전히 사그라지고 작은 바람이 불어와 재들을 쓸어갈 때까지 규민은 꼼짝도 않고 쪼그리고 앉아 지켜보았다. 그다지 마음도 아프지 않고 담담하다.

참 가벼워, 사랑이란. 중얼거리며 자신에게 조소를 보냈다. 재민을 따라가겠다고 저질렀던 그 일들이 한낱 해프닝처럼 가볍고 어리석게 느껴진다. 그 끔찍했던 절망감을 이토록 가볍게 만들어준 것이 시간인지, 찬우인지, 아니면 찬우를 향해가는 그녀의 마음인지 알 수 없다.

조심스레 다가온 정연희는 규민의 어깨를 꼭 잡아주었다.

"잘했다."

아침을 먹고 난 규민은 오늘 안으로 돌아올 생각으로 엄마에게 말도 하지 않은 채 집을 나섰다. 마지막으로 그에게 가보고 싶다. 설명할 길 없는 감정으로 빨려들었던 최재민이란 남자, 그를 마지막 보낸 곳. 그 산에 올라 그에게 안녕을 고하고 싶다. 이번이 정말 그녀의 생에서 재민을 떠올리는 마지막 시간이 될 것이다. 내일이나 모레쯤 찬우가 올 것이다. 찬우가 오기 전, 혼자만의 짧은 여행이라는 가벼운 마음으로 집을 나섰다.

이른 아침 터미널은 한산했다. 자판기에서 커피를 한 잔 뽑아 마신 규민은 막 떠나려는 원주행 버스에 몸을 실었다. 뼛조각 하나 찾을 수 없었던 그 화재. 규민과 찬우가 재조사를 요구하며 경찰서를 쫓아다녔지만 그들은 조용히 덮기에 급급했다. 도대체 대한민국에 경찰이 존재하느냐고, 법이란 게 존재하느냐고 절규했지만 아무 소용이 없었다. 자신들의 안위를 지키기에 급급했던 권

력자들 앞에 이름없고 가난한 화가의 죽음은 스쳐 가는 바람만도 못한 것이었다. 각종 페인트를 비롯한 인화물질이 워낙 많았던 관계로 쇠기둥까지 녹아내린 엄청난 화재였다. 재민이 남기고 간 것은 검은 잿더미뿐이었다. 그 재를 들고 찬우와 함께 치악산으로 갔었다.

규민은 자신이 어쩌면 치악산에 오르지 않을지도 모른다는 생각을 하며 눈을 감았다. 그 언저리쯤에서 서성거리다가 돌아올지도 모른다. 하루라도 일정을 앞당겨 오늘 밤쯤 찬우가 돌아왔으면 좋겠다는 생각이 든다. 너무 이른 아침에 깨어서인지 규민은 쏟아지는 졸음을 이기지 못하고 스르르 눈을 감았다.

그는 모자를 눌러쓰고 얼굴을 보여주지 않았다. 규민이 그의 얼굴을 보려고 고개를 숙여 들여다보았지만 푹 눌러쓴 모자 아래로 얼굴을 감싼 붕대만 보일 뿐이었다.

"동생이 쓸데없는 짓을 했군요. 그 녀석의 버릇이죠."

그는 그 조각이 바깥으로 새어나간 것에 대해, 그래서 누군가 그 조각을 보고 찾아왔다는 것에 대해 조금 화가 난 듯했다.

"그 조각 말인가요? 절 많이 사랑하던 친구가 있었어요. 헉…… 그 친구 얼굴을 만들어보고 싶었는데 보시다시피 제 손이 이 꼴이라서요. 헉, 헉…… 참 바보 같은 여자였어요. 답답하도록 바보였는데 혼자 똑똑한 척하는 그런 여자였죠."

그는 잠깐 나누는 얘기에도 호흡이 가쁜지 가슴을 움켜잡고 숨을 헐떡였다. 처음에 약간 꺼리던 것과는 다르게 그는 한번 입을 떼자 얘기를 멈추지 않았다.

"헉…… 또 한 친구가 있었어요. 그 녀석은 그 여자보다 더 바보였어요. 헉, 헉…… 두 바보와 전 늘 함께 다녔어요. 도저히 헉…… 틈이 보이지 않는 바보들 사이에 제가 낀 거죠. 헉, 헉……."

그의 정상적이지 않은 목소리에서는 쉴 새 없이 쇳소리가 들렸다.

"그 여잔 처음부터 헉…… 그 녀석의 여자였는데…… 그게 다 보였는데 난 헉…… 그 여자를 떠날 용기가 없었어요. 날마다 그 여자가 먼저 날 버리기만 바랐어요. 헉, 헉, 헉…… 그 여자가 사랑이라고 착각하는 동정이 헉…… 정말 헉…… 싫었지만……. 헉, 헉."

감정이 격해지는 듯 숨을 헐떡이던 그는 갑자기 자지러지듯 기침을 하기 시작했다. 그리고 검은 가래 덩어리를 휴지 가득 뱉어내더니 다시 말을 이었다.

"이 가래, 유독가스 때문이래요. 헉, 헉…… 내 물감들, 내 그림들에서 나온 유독가스 때문이라니 헉…… 우습지 않나요? 내가 그린 그림에 내가 질식하다니. 헉, 헉…… 그럴지도 모른다는 생각이 들어요. 내 그림이 헉…… 어쩌면 그녀에게는, 그녀 인생에는 헉…… 유독가스 같은 것이 아니었을까? 헉, 헉…… 그런 생각을 해요."

그는 잠깐 얘기를 멈추고 오래오래 생각에 잠겨 있었다. 자신의 그림이 그녀에게 유독가스였다는 말의 진실을 스스로에게 각인시키려는 듯 보였다.

"흐…… 흐흐…… 그렇지만 난…… 헉…… 유독가스 같은 내 그림을 그 불덩이 속에 던져 두고 혼자 나올 수가 없었어요."

또다시 자지러질 듯한 기침 소리와 함께 모자가 툭 떨어지며 모자 속 그 남자의 모습이 드러났다.

눈과 입을 제외한 모든 얼굴에 하얀 붕대가 감긴 한 남자.

드러나 있는 눈마저 눈동자의 초점을 잃어버린 한 남자.

그러나 누구인지 단번에 알 것 같은 그 남자!

버스가 급정거를 하며 몸이 앞으로 고꾸라질 듯 휘청거렸다.

"헉!"

놀라 눈을 뜬 규민의 귀에 운전수의 화난 목소리가 들렸다.

"누구 신세 망칠 일 있나! 아, 빨리 지나가요, 할머니! 쯧."

운전수가 창으로 고개를 내민 채 소리를 지르고 있었다. 잠시 후, 버스는 다시 움직이기 시작했다.

'아, 그 남자……!'

규민은 용수철에 튕기듯 일어나 앞으로 달려갔다.

"아저씨! 차 좀 세워주세요!"

"무슨 일이세요? 여긴 세우는 곳이 아닙니다."

"빨리 좀 세워줘요!"

규민의 찢어질 듯한 절규 소리에 그는 급브레이크를 밟았다. 문이 미처 다 열리기도 전에 규민은 버스에서 뛰어내려 달렸다. 반대 방향에서 차가 달려오고 있다는 것도 의식 못하는 듯 도로를 가로질러 건넜다. 그리고 달리고 있는 아무 차에나 손을 흔들며 미친 여자처럼 세워달라고 소리를 쳤다.

며칠 더 자리보전을 할 것 같던 어머니가 쉽게 일어나 앉자 찬우는 그날로 비행기에 올랐다. 예정대로라면 하루의 여유가 더 있었지만 잠시라도 지체하고 싶지 않아 예매한 시간을 앞당겼다. 얼른 달려가 규민과 함께 자신들의 보금자리로 돌아가고 싶었다. 이제부터 그들의 새 삶이 시작되는 것이다. 규민을 사랑하며, 사랑받으며 눈뜨는 그 아침들은 찬란할 것이다. 긴 비행 시간 내내 들뜬 마음으로 한숨도 잠을 이루지 못했다. 아! 비행기가 왜 이렇게 느리지? 중얼거리며 혼자서 피식 웃음을 흘렸다.

찬우는 공항을 나오자마자 곧바로 택시를 잡아타고 규민에게로 향했다. 시간은 이미 자정이 가까워 오고 있었다. 늦은 시간인데도 정원의 등들이 환하게 켜져 있었다. 이상하다 생각을 하면서 초인종을 누르자 기다리고 있었던 듯 누군지 확인도 하지 않은 채 대문이 벌컥 열렸다.

"규민이니?"

불쑥 내미는 장모의 얼굴이 노랗게 질려 있다.

아침에 나간 규민이 아직도 돌아오지 않고 있다. 정연희의 말에 찬우는 잠깐 머리가 쩡 깨어지는 느낌이 들었다. 새벽 한 시 이십 분, 아직 그다지 늦은 시간이 아니다. 아니, 지금의 규민에게는 너무 늦은 시간이다. 그녀는 아직 완벽하지 않다. 제기랄! 찬우는 숨을 훅 내뱉으며 머리를 쓸어 넘겼다.

"어디 간단 말 없었습니까?"

"없었어. 실은 어제 종일 작업실을 정리하더니······."

정연희는 하던 말을 잠깐 멈추고 찬우의 얼굴을 살피다가 다시 입을 열었다.

"그동안 그린 재민이 얼굴을 다 모아서 들고 밤새 앉아 있었어. 막상 정리하려니 저도 섭섭했겠지. 아침에 밥하려고 나오다 보니 저기 잔디에 쪼그리고 앉아 그걸 태우고 있더라."

"태워요?"

규민의 마음 정리가 생각보다 빠르다는 생각이 들었다. 그에게 사랑한다는 말을 해주었지만 재민의 그림자가 그들 곁에 한동안 은 더 머물 거라 각오했었는데.

"그리고 아침 먹을 때까지도 아무 말이 없었는데 잠깐 나갔다 온 사이에 온다 간다 말도 없이 나가고 없는 거야. 무슨 일인지 전 화도 꺼져 있고······. 설마 무슨 나쁜 일 있는 건 아니겠지?"

찬우는 정연희의 걱정스런 눈을 제대로 보지 못했다. 지난번의 갑작스런 실종과 사고가 떠오르며 순간적으로 그녀도 자신과 같 은 걱정을 했을 것이다. 찬우는 짐짓 아무렇지도 않은 목소리로 대답했다.

"아무 일 없을 겁니다. 친구들을 만나고 있는지도 모르고······."

그러나 사고 후 규민은 친구들과의 만남이 거의 없었다.

"아니면 어디선가 그림을 보고 있는지도······."

이 시간까지 문을 열어두는 화랑이 있나?

"아니면······."

무언가 핑계를 찾아보던 찬우는 결국 얼굴을 감싸고 긴 한숨을 내쉬었다. 미국에서 출발할 때 아무 데도 가지 말라고 전화라도 하고 올 걸 그랬다. 그는 혹시나 하는 마음에 전화기를 꺼내어 규민의 휴대폰 번호를 눌러보았다. 장모의 말대로 기계음만 울린다. 아무 대책 없이 시간은 자꾸 흘러 두 시가 넘었다. 시간이 흐를수록 찬우는 불안으로 입 안이 바짝 말랐다. 정연희가 다시 대문 앞에 나가보겠다고 내려간 후 방 안을 서성이던 찬우는 다시 휴대폰을 꺼내어 전화번호를 찾았다. 다행히 경선의 전화번호는 지워지지 않은 채 남아 있었다. 깊이 잠든 모양인지 경선은 오랫동안 전화를 받지 않았다. 폴더를 내렸던 찬우는 다시 전화를 걸었다. 한참 만에 잠에 취한 경선의 목소리가 들렸다.

[여보세요.]

"경선아, 나 찬우야."

[찬우? 이 시간에 무슨 일이야? 규민이한테 무슨 일 있어?]

경선은 순식간에 잠이 달아나 버린 듯 화들짝 놀란 목소리로 물었다.

"아니. 무슨 일이 있는 건 아닌데 규민이가 아직 안 들어와서 말이야. 너 혹시 뭐 아는 거 없나 해서."

[글쎄…….]

"무슨 얘기 못 들었어? 어디 가고 싶다거나 뭐가 보고 싶다거나 그런 얘기 들은 적 없어?"

[아니. 그때 서류 보내며 통화하고는 쭉 연락없었어.]

"서류? 무슨 서류?"

[어? 응. 규민이가 아직 얘기 안 한 모양이구나. 저기 그게 말이

지, 찬우야……]

경선은 잠깐 망설이다가 다시 입을 열었다.

[규민이가 직접 얘기한다고 너한테 말하지 말라고 했는데 내가 먼저 말해도 될까 몰라?]

"말해."

[규민이…… 유학 가려나 봐, 찬우야.]

무슨……? 찬우의 입술이 소리없이 움직였다. 아무 말 없었는데? 내가 돌아오면 함께 집으로 돌아가기 위해 싸놓은 가방이 침대 곁에 나란히 줄을 서 있는데 무슨……? 찬우는 이미 서류까지 보냈다는 경선의 말에 그녀가 뭔가 오해를 하고 있다고 생각했다.

"규민이 예전부터 파리 가고 싶어했잖아. 그러잖아도 몸 좀 나아지면 내가 보내주려고 생각 중이었어."

[규민인 이태리로 갈 생각이던데?]

"이태리?"

"이탈리아로 가고 싶어, 언제든. 내 그림도 프랑스 쪽보다는 이탈리아 쪽이 어울리고. 음악도 그래, 샹송을 들으면 앙증맞긴 하지만 난 가끔 구역질이 나거든. 아, 그렇다고 프랑스 문화를 비하하겠다는 뜻은 아니야. 그저 나하고는 너무나 맞지 않는다는 거지. 이태리는 태양도, 음악도 구릿빛이잖아. 듣고 있으면 누구든 끌어안고 죽어버리고 싶은 음악들도 많고."

왜 그 순간 오랫동안 잊고 있었던 재민의 음성이 귓가를 스쳤을까? 이탈리아라……? 규민이 이탈리아로 유학을 가고자 한다고? 찬우는 짧은 순간 가슴과 머리가 분리되는 느낌이 들었다. 그 둘이 각각 무슨 생각을 하는지 자신도 종잡을 수 없었다.

[아마 학비 때문…….]

멀리서 경선의 목소리가 들렸지만 찬우는 다 듣지 않은 채 폴더를 내려 버렸다. 그리고 그는 화장대 서랍을 거칠게 뒤지기 시작했다. 서랍을 통째로 빼내어 와르르 쏟아 부었다. 규민의 방에서 아무것도 찾을 수가 없자 작업실로 갔다. 가지런히 정리되어 세워져 있는 그림들을 이리저리 뒤집는 찬우의 눈은 이성을 잃은 사람처럼 번득였다. 대문 앞에 나갔던 정연희가 들어오며 무슨 일인지 물었지만 그 말조차 듣지 못한 듯했다. 작업실을 완전 뒤집듯 헝클어놓은 찬우는 드디어 사물함 깊은 곳에서 두툼한 서류 봉투를 찾아내었다. 그는 떨리는 손으로 봉투 속의 서류들을 꺼내어보았다.

이탈리아 여행 정보 책자와 그곳의 방세와 교통비를 비롯한 기본 생활비 내역을 빼곡히 정리한 서류들이 쏟아져 나왔다. 그리고 카라라, 페루자, 피렌체의 국립 미술원을 소개한 소책자와 그곳 학원 분위기를 정리한 서류들도 있었다. 그것들에는 굵은 펜으로 그어가며 특별히 동그라미를 쳐놓은 부분도 있다. 그리고 졸업증명서를 비롯한 각종 구비 서류들 사이에 대사관에 제출할 입학 원서가 들어 있다. 그 서류들은 금방이라도 떠날 사람처럼 완벽하고 꼼꼼하게 정리되어 있었다.

서류를 움켜쥔 찬우의 손이 떨렸다. 나중에 말하려고 했겠지?

스스로에게 던지는 질문에 그는 고개를 끄덕였다. '그림 공부를 하는 데는 이탈리아도 괜찮아'라고 생각하며 다시 머리를 조금 끄덕였다.

"나중에 내가 이탈리아 보내줄게. 아니다, 함께 가! 나중에 잘되면 아예 우리 그림 터전을 그쪽으로 옮기는 것도 괜찮겠어. 최재민! 한번 해보자, 응!"

국전을 준비하는 재민에게 용기를 주기 위해 주먹을 불끈 쥐어 보이며 소리치던 규민의 목소리가 귀에 쟁쟁하다.

원주로 가는 버스에서 얕은 꿈과 함께 그동안 떠오르지 않던 사고 근처의 기억들이 순식간에 떠올랐다. 그리고 그 기억 속에는 충격적인 모습의 한 남자가 있었다. 일그러지고 허물어져 외형을 알아볼 수 없을 지경이어서 그가 들려주는 얘기를 듣고서야 겨우 그가 누구인지 알아보았던 남자.

규민은 기억을 더듬어 제천 외곽의 제일성당을 다시 찾았다. 십개월 전, 그 조각상의 주인이 제천의 어느 성당에 있다는 정보만 가지고 제천 시내의 성당들을 뒤지다 열흘 만에 시외 지역의 조그만 이 성당을 찾아왔었다. 제일성당의 뒤편으로 가면 성요셉요양원이 있는데 그곳에서 그 조각의 주인을 만났었다.

모자를 푹 눌러쓴 채 얼굴을 보여주지 않는 그 남자는 자신을 찾아온 낯선 여자를 그다지 달가워하지 않는 듯 보였다.

"안드레아입니다."

그는 붕대로 감긴 손을 내밀어 악수를 청했다. 조각을 만들었다고는 상상이 되지 않을 만큼 움직임이 힘들어 보이던 손이었다.

"진짜 이름이 뭔가요?"

규민의 질문을 듣지 못한 듯 그는 버릇처럼 모자를 꾹꾹 눌렀다.

"들리지 않습니다. 청력은 물론 시력도 완전히 잃었습니다. 저렇게 숨을 쉬고 있는 것만으로도 우린 모두 기적이라고 생각하고 있습니다."

규민이 말한 '당신이 만든 특이한 조각상을 보고 찾아왔습니다' 란 글을 마리아 수녀가 다시 그의 손바닥에 적어주었다. 그는 조각이 바깥으로 새어나간 경위에 대해서 조금 화가 난 듯했다. 게다가 낯선 사람을 몹시 경계하는 듯 고개조차 들지 않았다. 규민이 다시 '그 조각상이 참 마음에 들었어요' 라고 말하자 마리아 수녀가 그 말을 그의 손바닥에 적어주었다. 그제야 그는 조금씩 입을 떼기 시작했다. 처음에 띄엄띄엄 얘기하던 그는 그러나 시간이 지날수록 그 조각에 대해서는 누구에게든 얘기하고 싶었다는 듯 거침없이 자신의 얘기를 들려주었다. 그가 들려주는 얘기를 듣고서야 그 사람이 최재민임을 짐작할 수 있을 정도로 재민에게는 남아 있는 것이 아무것도 없었다.

제일성당은 성당으로서의 기능보다 요양원의 환자들을 간호하는 수녀들이 머무는 기숙의 역할이 더 큰 성당이었다. 들어서니 수녀 몇 분이 청소를 하고 있었다.

"저……."

인기척에 고개를 돌리는 수녀들 사이에서 낯설지 않은 얼굴이 보인다. 그녀도 규민과 눈이 마주치자 금방 알아보았는지 반가운 표정으로 다가왔다.

"저를 기억하시겠습니까?"

"혹시 전에 안드레아님 찾아오신 분이 아니십니까?"

마리아 수녀는 놀란 얼굴로 규민의 손을 꼭 잡았다. 처음 그녀에게서 성당을 찾아온 이유를 들었을 때 마리아는 이 년 전에 그곳으로 긴급 후송되어 왔던 환자를 떠올렸다. 끔찍하게 타버린 몸으로 당장이라도 명줄을 놓을 것 같았으나 기적적으로 살아났던 그 환자를 찾는 모양이었다. 마리아 수녀가 안내한 요양원으로 가서 그 환자를 만나고 온 후 종일 식음을 전폐하고 통곡을 하던 여자는 다시 오겠다는 말을 남긴 채 떠난 후 두 번 다시 찾아오지 않았었다. 그녀가 다시 찾아오지 않는 것이 다행이다 싶기도 하고, 조금 서운한 마음도 들었던 묘한 느낌의 방문자였다.

규민은 지난번 왔을 때 사흘 밤을 보냈던 마리아 수녀의 방에 다시 들어섰다. 그때나 지금이나 조금도 변함이 없는 검소한 방이다. 마리아 수녀는 규민에게 찻잔을 내밀었다.

"다시 오시겠다고 하셔서 혹시나 하고 기다렸습니다."

"피치 못할 사정이 있었습니다."

그 말을 하는 규민의 얼굴에는 수많은 그림들이 한꺼번에 지나가는 듯 혼란스러움과 함께 두려움이 깔려 있다.

재민이 이곳으로 긴급 후송되어 온 후 하루하루 죽음의 문을 두드리듯 아슬아슬한 날들을 보내며 '안드레아'란 세례명을 받고 마음의 안정을 찾는 동안 수족처럼 그를 돌보아온 사람은 마리아 수녀였다. 삼 년 가까이 그를 돌보는 동안 그가 그렇게 많은 말을 한 것은 규민이 찾아왔을 때가 처음이자 마지막이었다. 그는 마치 누군가가 자신에게 그 얘기를 물어주기를 바라기라도 했던 사람처럼 보였다. 마리아 수녀와 동생인 재영 외에는 누구와도 만나려 하지 않던 그가 조각상을 보고 찾아왔다는 한마디에 선뜻 그녀를 만나겠다고 한 것부터가 의외였다. 그날 마리아 수녀는 규민의 곁에서 처음으로 그의 과거 얘기를 들으며 어렴풋이 두 사람의 관계를 짐작했다. 규민이 떠난 후 그는 딱 한 번 규민이 어떻게 생겼는지에 대해 물었다. 마리아 수녀는 잠깐 망설이다가 재민의 손바닥에 자신이 본 모습과는 아주 다른 여자의 모습을 적어주었다. 그것이 그를 위해 옳은 일일 것 같아서였다.

규민은 차가 다 식을 때까지 한 모금도 마시지 못한 채 찻잔만 만지작거리고 있었다. 아직도 눈앞에 선명하게 기억나는 그의 모습이 두렵기만 했다. 그것을 다시 확인해야 한다는 것이 무서웠다. 그가 재민이라는 사실조차 무섭다. 그녀는 좀처럼 말이 나오지 않아 힘겹게 침을 삼키고 고개를 들었다.

"그는…… 잘 있나요?"

그 말을 하는 규민의 입가에 작은 경련이 일었다. 그때도 그는 언제든 최악의 상황에 이를 수 있는 응급환자라고 했었다. 마리아 수녀는 오랫동안 대답을 하지 않았다. 그녀는 안타까운 눈으로 규민을 바라보았다. 사실 그녀는 규민이 다시는 찾아오지 않기를 바라고 있었다. 그만큼 재민의 몸은 날로 절망으로 치닫고 있었다. 마리아 수녀는 하느님이 이 아픈 연인을 왜 자신에게 보내셨을까 생각하다가 담담한 어조로 말했다.

"안드레아님은 지금 의식이 없습니다."

"무슨……?"

"지난번 이규민 씨가 만나셨을 때는 안드레아님의 상태가 가장 좋을 때였습니다. 간간이 돌아오던 의식을 완전히 놓은 지 한 달 가까이 됩니다. 이제 그분은 하느님 곁으로 갈 준비를 하고 계십니다."

이미 삼 년 전에 그의 형체가 그녀 곁을 떠났었고, 이제는 마음까지 떠나보냈는데 그는 이제야 하느님 곁으로 갈 준비를 한다고 한다.

"……네."

규민은 '네'라고 했다. '안 돼!'라고 눈물을 쏟는 대신 담담한 목소리로 '네'라고 했다. 이 놀라운 사실을 간단히 수긍하듯 '네, 그렇습니까. 안타깝군요. 하느님의 뜻이니 어쩔 수 없죠'라고 말하듯 고개를 끄덕끄덕 했다. 십 개월 전의 모습과는 너무나 대조적이다. 마리아 수녀는 그녀가 마치 다른 사람처럼 느껴진다.

"그냥 돌아가시지요."

마리아 수녀는 규민에게 진심으로 말했다. 육 개월 만에 연락이 닿아 찾아온 동생을 붙들고 자신의 생존을 영원히 비밀로 해달라던 안드레아의 절규를 그녀는 잊을 수 없었다. 그는 자신의 모습을 이 여자에게 보이고 싶지 않았을 것이다. 그리고 지금의 이 여자는 너무나 담담하다. 의식을 잃는 순간까지 이 여자가 세상의 전부였던 안드레아에게 그녀는 동정 외에는 아무것도 줄 것이 없는 여자처럼 보인다.

그러나 규민은 여전히 표정없는 얼굴로 '보겠습니다' 라고 말했다. 원주행 버스에서 기억이 돌아왔을 때, 그녀는 이런저런 생각 없이 단숨에 이곳으로 달려왔다. 그를 보기 위해, 그의 살아 있음을 확인하기 위해. 자신을 지배했던 남자 최재민이 아니라 자신이 빨려들었던 화가 최재민을 확인하고 싶었다. 마리아 수녀의 얼굴을 보며 규민은 조금 더 단호한 목소리로 그 말을 되풀이했다.

"보겠습니다."

어쩔 수 없다는 듯 규민을 데리고 나온 마리아 수녀는 요양원 앞까지 와서 재민의 병실을 알려주었다.

"안드레아님이 계신 곳은 2609호실입니다. 전 저녁 미사를 봐야 하기 때문에 먼저 가봐야겠습니다. 잠은 제 방에 오셔서 주무세요."

그리고 가늘게 떨리는 규민의 눈동자를 살피다가 돌아섰다. 마리아 수녀는 규민이 안드레아의 병실에 쉽게 들어가지 못하리라는 생각이 들었다. 그녀는 아마 오랜 시간을 망설일 것이다. 어쩌면 안드레아를 만나지 못한 채 떠날지도 모른다는 생각도 들었다. 어떤 선택을 하든 그것은 그녀의 몫이다.

요양원에 들어선 규민은 조용한 로비를 휘 둘러보았다. 로비는 차가운 냉기에 휩싸여 있다. 규민은 떨리는 자신의 몸이 냉기 탓인지 두려움 탓인지 알 수가 없었다.

'최재민' 그는 스스로에게만 불같았던 사람이다. 안에서 타오른 열기를 밖으로는 단 한 자락도 보여주지 않았던, 그래서 규민에게는 언제나 차갑고 목마르던 사람이다. 재민의 깊은 속에는 무엇이 있을까? 무엇이 재민으로 하여금 저토록 처절한 그림을 그리게 하는 것일까?

재민이 그녀의 모든 것이듯, 그녀도 한 번만 재민의 모든 것이 되어보고 싶다는 열망을 품었었다. 그리고 그 열망은 규민에게 유학을 포기시키게 만들었다. 느닷없는 화재로 재민이 떠나고 규민은 그가 없는 세상에서 더 이상 자신의 목마름을 채워줄 것은 아무것도 없다고 생각했었다. 그녀는 삶의 가치를 잃어버렸다. 이대로 목말라 죽느니 하루라도 빨리 재민을 따라가고 싶었다. 그 목마름이 그녀로 하여금 두 번이나 동맥을 끊게 만들었다.

그런 재민이 살아 있다. 몇 걸음만 걸으면 닿을 수 있는 곳에서 숨을 쉬고 있다. 몸속의 피들이 희망으로 들끓었다. 절망으로 무너졌다. '그는 살아 있다!' 라는 희망을 안고 도망치고 싶었다. 언제든 달려가면 숨을 수 있는 곳으로, 세상 누구보다 그녀를 포근히 감싸줄 수 있는 찬우에게로. 그러나 찬우에게 이대로 도망친다면 자신은 또다시 곱은 손톱을 세우고 찬우의 여린 속을 쓰리게 파헤칠 것이 불을 보듯 뻔하다. 다시는 찬우를 상처 입히는 짓은 하고 싶지 않다. 그의 상처는 이미 그녀에게도 상처다.

주고 싶은 것이 너무 많은 찬우, 그러나 아무것도 주지 못했던 찬우, 다독여 주어야 할 상처가 너무 많은 나의 찬우. 찬우가 돌아오면 함께 집으로 가기 위해 싸놓은 가방들이 침대 옆에 쪼르르 놓여 있다. 돌아가면 텅 비어 있던 냉장고 속도 꽉꽉 채우고, 아무렇게나 구겨져 있던 그의 셔츠도 주름을 쫙쫙 펴 다림질해 입히고, 까칠한 그의 볼도 윤기가 흐르게 만들어주어야지 생각했었다. 찬우와 함께해 온 모든 것은 특별했다. 그것을 잠시 잊고 있었을 뿐, 아주 오래전부터 그는 그녀에게 특별한 존재였다. 그와 손잡고 가야 할 아주 오래전부터 있었던 길, 그러나 너무나 멀리멀리 돌아와 버린 길. 이제야 그 길을 되짚어 가려고 한다. 두 번 다시 길을 잃고 싶지 않다.

규민은 천천히 걸음을 옮겼다. 피하고 싶지 않다. 여기서 도망쳐 버리면 자신은 영원히 재민의 그림자에서 벗어나지 못할지도 모르고, 그렇게 되면 찬우 곁으로도 갈 수 없을 것이다. 떨리는 몸을 데우기 위해 휴게실로 가 자판기에서 커피를 한 잔 빼 마신 규민은 드디어 결심한 듯 자리에서 일어났다. 그리고 이층 복도 끝, 2609호실을 향해 걸음을 떼었다.

14. 진실과 거짓말

그날 밤을 꼬박 새운 찬우는 아침이 되어서도 여전히 서류를 움켜쥔 채 규민의 작업실에 앉아 있었다. 눈 속에서 모래알들이 굴러다니는 듯 따끔거렸다. 이토록 완벽한 준비를 해놓고 왜 말하지 않았을까? 왜 프랑스가 아니고 이탈리아일까? 왜…… 어디로 사라졌을까?

수많은 의문 속에 자신도 모르는 사이 찬우의 가슴에서는 비릿한 핏물이 고이고 있었다. 결코 돌이킬 수 없는 상처처럼 깊이 패인 배신감이 그를 삼켰다. 언젠가는 그 비린내를 견디지 못하고 토하고 말 핏물들이 자신 속에 고이고 있다는 것을 그는 몰랐다.

〈엄마, 여기 제천인데 급한 일이 좀 생겼어. 며칠 있다 올라갈 테니까

걱정하지 마. 찬우에게도 그렇게 전해줘. 며칠만 있다가 꼭 올라간다
고.〉

　규민의 문자가 온 것은 그날 아침 열 시가 넘은 시간이었다. 정
연희가 들고 와 보여주는 휴대폰의 액정에 꼭꼭 찍힌 문자들 중
'제천'이란 글씨가 유난히 눈에 띈다. 십 개월 전, 규민이 조각의
주인을 찾아 떠났던 곳도 제천이다.
　제천, 그 조각, 그리고 재민. 무언가 그림이 그려진다. 희미하게
지워져 있던 규민의 기억이 선명해진 것이다. 그리고 그 선명해진
기억 속에 십 개월 전 제천으로 떠나 사고가 나기 보름 전까지의
규민의 행적들이 들어 있을 것이다. 규민은 다시 재민의 그림자를
쫓아간 것일까? 어쩌면 그럴지도 모른다는 생각이 들자 찬우의 얼
굴이 일그러지기 시작했다. 규민에게 다시 전화를 걸었지만 여전
히 기계음만 들린다. 문자를 보내자마자 전화기를 꺼버린 모양이
다. 찬우의 입술이 슬쩍 비틀어졌다. 전화를 받고 싶지 않은 모양
이군! 규민이 전화를 받고 싶지 않을 상황이란 어떤 것일까 생각
했다. 누구에게도 방해받고 싶지 않은 상황이란? 그 조각의 주인
이 정말 재민일까? 그러나 찬우는 금방 고개를 흔들어 버렸다. 그
럴 리가 없다. 화실이 무너져 내리는 모습을 두 눈으로 똑똑히 지
켜보았지 않은가? 그 끔찍한 광경이 떠올라 그는 잠깐 진저리를
쳤다.
　자신에게 보고 싶고, 그립고, 고맙고, 사랑한다는 말을 하면서
규민은 유학 준비를 했다. 그것도 그녀가 그토록 원하던 파리가

아니라 재민이 꿈꾸던 이탈리아로. 집으로 돌아갈 가방을 싸면서 자신이 없는 사이 규민은 다시 재민의 그림자를 찾아 헤맨다. 너만 생각하고, 네 꿈만 꿨다며 자신을 붙들던 그녀가 여전히 재민의 그림자를 찾아 헤맨다.

찬우의 마음은 거미줄처럼 엉켰다. 규민의 진심이 무엇인지 알 수가 없다. 재민을 그리워하려면 자유로워지라고 하지 않았던가! 샤워기에서 쏟아지는 물을 맞으며 찬우는 주먹으로 타일을 쳤다. 누구에겐지 모를 분노가 치솟았다.

정연희에게 문자를 남긴 뒤 규민은 더 이상 연락이 없었다. 사흘째 접어들면서 찬우는 규민을 찾아나서야겠다고 생각했다. 그녀는 제천 어디쯤에 있을 것이다. 회사에 출근하자마자 간단한 일처리를 장 부장에게 부탁하고 서류들을 챙겼다. 급한 일들은 그곳에 내려가서 규민을 찾는 짬짬이 할 참이었다. 제천 바닥을 이 잡듯이 뒤져서라도 규민을 반드시 찾을 것이다. 서류를 챙겨 넣는 찬우의 눈은 새끼 잃은 짐승의 눈처럼 불안하게 흔들렸다. 서류 가방을 닫고 윗도리를 챙겨 입고 있는데 갑자기 바깥에서 소란스러운 실랑이 소리가 들렸다.

"백찬우 사장님 계시죠?"

"그렇게 막 들어가시면 안 됩니다. 사장님과 약속이 되셨나요?"

"비켜주십시오. 서울 경찰청에서 나왔습니다."

이어 문이 벌컥 열리고 건장한 사내 두 명이 불쑥 들어왔다. 주먹 패처럼 보이는 몸집에 날카로운 눈을 가진 사내들이다.

"무슨 일이시죠? 미스 서, 누구야?"

찬우는 의아한 눈으로 그들을 살피며 소리를 쳤다. 그러자 앞에 선 젊은 남자가 지갑을 꺼내어 신분증을 들어 보였다.

"서울 지방 경찰청 강력계 주명진입니다. 백찬우 씨, 당신을 최재민 살인미수 및 방화혐의 용의자로 긴급 체포합니다."

찬우가 무슨 말을 하기도 전에 그들은 재빠르게 팔을 꺾어 돌려 수갑을 채웠다.

"도대체 무슨 말인지 모르겠군요. 왜 이러십니까?"

찬우는 그 손을 뿌리치려 버둥거리며 소리쳤다.

"하고 싶은 말 있으면 서에 가서 하시죠. 끌고 가!"

거칠게 당기는 사내에 의해 찬우의 몸이 울컥 앞으로 기울었다. 사장실에서 끌려 나오는 찬우를 보고 놀란 직원들이 우르르 몰려 왔다.

"뭐 하시는 겁니까? 무슨 일입니까, 사장님!"

놀란 직원들 사이에서 찬우는 침착하게 장 부장을 찾았다.

"별일 아닙니다. 장 부장님, 직원들 단속 잘하고 당분간 회사 부탁합니다. 별일 아니니까 금방 나올 겁니다."

말이 채 끝나기도 전에 그들은 다시 찬우를 거칠게 당겼다. 사색이 되어 웅성거리는 직원들을 뒤로하고 찬우는 착잡한 얼굴로 끌려 나갔다.

간단한 신상 확인을 끝내고 곧바로 취조실로 들어가자 찬우는 당황했다. 책상 위에 수북이 쌓인 서류들과 매서운 눈으로 바라보는 형사를 보자 자신이 쉽게 빠져나오기 힘든 고약한 일에 휘말려 버렸음을 그제야 깨달았다.

최재민의 화실 화재 사건 재조사 요구 진정서와 함께 고발장이 접수된 것은 사흘 전이었고, 백찬우의 도주 우려가 제기되면서 피의자 출두 요구서 발부를 생략한 채 체포영장이 먼저 발부되었다. 삼 년 전의 사건 기록을 살피던 주명진은 자신도 모르게 혀를 찼다.

　최재민의 작업실은 소방차의 접근이 불가능한 좁은 골목의 언덕 끝에 위치해 있었다. 골목은 가팔랐고, 집들은 처마를 부대끼며 닥지닥지 붙어 있는 오래된 골목이었다. 일 년에 한두 번 있던 소방점검은 거의 형식에 불과했을 것이다. 불이 나자 그동안 구청의 안이한 대처에 불만이 많았던 주민들은 소방도로의 확보와 소방점검 및 화재예방을 위한 대책 마련, 그리고 주택 수리비 지원을 요구했다. 그러나 확대될 것 같았던 그 일은 해당 소방서장의 경질만으로 서둘러 마무리되어 버렸다. 그리고 사건의 말미에는 놀랍게도 '시체조차 수습 못한 엄청난 화재였다'라는 짧은 기록만 남아 있었다. 도대체 시체를 수습 못한 채 어떻게 사건이 마무리된 것일까?

　최재민의 기록을 살펴보니 부모는 이혼과 함께 연락 두절된 상태였고, 할머니는 육 개월 전 사망, 그리고 유일한 혈육인 여동생은 그때 겨우 스무 살이었다. 야간 대학생으로 기록되어 있는 것으로 보아 당시 그녀의 삶도 이 사건에 매달릴 여력이 없을 만큼 녹록치 않았을 것이다. 그렇게 한 가난한 화가를 삼킨 화재는 세상이 물질의 힘과 비례한 것처럼 아무런 반항도 하지 못한 채 가난하고, 간편하게 마무리되어 버렸다.

주명진은 읽던 서류를 책상 위로 툭 던지고 의자를 당겨 앉았다.

"2003년 1월 25일. 백찬우 씨의 행적부터 다시 더듬어봅시다. 백찬우 씨는 그날 이규민 씨로부터 최재민 씨의 저녁을 챙겨달라는 메시지를 세 통 받았습니다. 맞습니까?"

"네."

"그전에도 이런 일이 있었습니까?"

"가끔 있었습니다. 규민이가 바쁠 때는 늘 제가 챙겼습니다."

"최재민 씨가 혼자서 식사를 챙겨 먹지 못할 만큼 불편한 곳이 있었습니까?"

"아뇨. 규민이가 그러길 원했으니까요. 재민인 배가 고프면 아무 때나 챙겨 먹고 그렇지 않을 땐 때가 되어도 굶어버리곤 했습니다. 그는 매사가 그런 식이었어요. 게다가 규민인 어떤 것도 재민이의 그림을 방해하는 걸 원치 않았어요. 식사를 챙기는 시간마저…… 그것이 그림에 방해되는 일이라면 자신이 해결해 주려 했습니다."

"흠, 대단한 정성이었군요. 좋습니다. 백찬우 씨가 회사에서 출발한 시각은 오후 여섯 시경이었죠?"

"퇴근 시간이었으니 아마 그쯤 되었을 겁니다."

"화실에 도착한 시간은 몇 시였죠?"

"초밥을 사고 중간에 내려 군고구마와 귤을 샀습니다. 아, 포장마차에 들러 우동 국물도 샀으니까 적어도 한 시간 이상은 걸렸을 겁니다."

"우동 국물까지? 정성이 대단하시군요. 이규민의 부탁이었지만 최재민의 저녁을 챙기는 것이 싫지 않았었나 보군요?"

"싫고 좋고를 떠나서 당연한 거 아닌가요? 그 추운 날씨에 국물 없이 초밥만 먹긴 힘들지 않겠습니까? 그리고…… 그는 내겐 소중한 친구였습니다."

대답을 하는 찬우의 얼굴이 조금 찡그러지자 주명진은 얼른 사과를 하고 화제를 바꾸었다.

"아, 죄송합니다. 본질을 벗어난 질문을 한 것 같군요. 한 시간 이상 걸렸으니 일곱 시 정도에 도착했습니다. 맞습니까?"

"아마 그럴 겁니다."

찬우는 주명진의 손에 들린 삼 년 전 사건 기록부를 바라보며 그때와 똑같은 질문과 대답에 조금씩 화가 나고 있었다. 이미 삼 년이 지난 일이라 찬우가 시간까지 기억하기란 불가능한 일이었다. 재민이 떠나고 삼 년간, 규민이 재민을 잊지 못해 스스로 목숨을 끊고 싶을 만큼 고통 속에 살아왔다면 자신은 재민을 잊기 위해 처절하게 싸웠다. 자신의 인생에서 더 이상 그를 떠올리고 싶지 않았다. 주명진은 서류들을 살피며 질문을 계속했다.

"일곱 시경 그곳에 도착해서 최재민의 작업을 방해하고 싶지 않아 백찬우 씨는 직접 열쇠로 문을 열고 들어갔다고 했습니다. 여기까지는 이미 진술하신 부분과 일치하는군요."

주명진은 들고 있던 서류를 내리고 문득 찬우를 노려보았다. 찬우의 얼굴에는 전혀 위축된 모습이 보이지 않았다.

"접수된 고발장에 의하면 그날, 백찬우 씨가 최재민의 화실에

도착했을 때 그곳에는 최재민 외에 한 명의 여성이 있었습니다. 바로 이 고발장에 증인으로 나선 최재민의 누드모델이었죠. '문을 열고 들어가 보니 재민이는 혼자 그림에 빠져 있었습니다' 삼 년 전에는 이 부분을 이렇게 위증을 했군요?"

주명진의 날카로운 눈이 날아들자 찬우는 난감한 얼굴이 되어 책상 위의 서류들을 내려다보았다. 그때는 그 여자에 대해서 정말 이지 말하고 싶지 않았다. 이성을 잃은 규민이 그 얘기를 감당해 낼 수 있을지 자신할 수 없었다. 재민과 자신 외에는 아무도 몰랐 으면 했던 그 이야기.

"그 모델의 존재를 왜 숨겼죠? 이렇게 완벽한 증인이 되어 나타 날 줄을 몰랐던 건가요?"

찬우는 쉽게 입이 떨어지지 않는 듯 한동안 입술만 달싹이다가 아주 천천히 입을 열었다.

"그냥…… 그 화재와는 아무 연관이 없는 여자였기에 말하고 싶지 않았습니다."

"연관이 있고 없고는 경찰이 판단하는 것이지 당신이 판단하는 것이 아니야! 그 여자가 당신 외에 유일한 증인이었으니 사건의 열쇠를 쥔 인물일 수도 있었는데 말이야!"

주명진의 의미심장한 말을 들으며 찬우의 눈은 점점 아래로 떨 어졌다. 약간 흥분했던 주명진은 다시 마음을 가라앉히고 처음과 같은 어조로 취조를 계속했다.

"갑자기 들어선 당신은 다짜고짜 최재민에게 주먹을 휘둘렀습 니다. 수차례 주먹을 날리며 죽여 버리겠다는 말을 여러 번 반복

했군요. 맞습니까?"

그랬었다. 정말 죽여 버리고 싶을 만큼 화가 났었으니까.

"……네."

"이유가 뭐였죠? 화실에 들어서기 전 이미 최재민을 죽일 계획을 세우고 있었던 겁니까?"

"아닙니다! 그때 전 화가 많이 났었습니다. 재민이가, 재민이가 그 여자의 몸을 쓰다듬고 있었습니다. 그전에도 모델을 섰던 여자와 한번 불미스러운 일이 있었기 때문에 순간적으로 화가 치밀었습니다."

"그 여자의 말로는 낡은 창고의 천장에서 그을음이 어깨 위로 떨어져서 최재민이 그것을 치워주고 있었다더군요."

순간 찬우의 얼굴이 움찔했다. 자신이 창고에 들어섰을 때 본 그림자는 분명 재민의 손이 여자의 어깨를 거쳐 몸을 쓰다듬어 내리고 있었다.

"근데 화가들이 모델들과 그런 관계를 유지한다는 게 쉽게 이해되지 않는군요. 소문이 나면 화가로서는 치명적일 텐데요?"

"재민이는 경제적인 이유 때문에 전문 누드모델을 쓰지 않았습니다. 거리에 나가서 여자를 샀죠. 그러니까 몸을 파는 직업여성 말입니다."

그 말을 하는 찬우의 얼굴에 노여움이 스쳤다.

재민은 가끔 누드화를 그렸는데 그때마다 싼 값으로 거리의 여자를 샀다. 머리에 색색의 물을 들이고 껌을 질겅이는 여자들은 재민의 앞에서 부끄러움도 없이 다리를 벌리고 앉아 신기한 돈벌이를 즐기곤 했다. 결코 예술로 보이지 않았던 그녀들의 외설적인 포즈들을 예술로 포장하는 재민, 찬우는 그것이 늘 마음에 들지 않았었다. 재민은 누드화를 그릴 때는 꼭 규민이 없는 시간을 피해서 그렸기 때문에 규민이 그것을 아는지에 대해서는 찬우도 알 수 없었다.

화재가 나기 한 달 전쯤이었을 것이다. 찬우는 함께 술이나 마실 생각으로 재민의 화실을 찾았다. 그리고 그날, 낡은 침대 위에서 천박한 여자와 한 덩어리가 되어 있는 재민을 보고 말았다. 그것은 찬우의 마음에 재민에 대해 한 가닥 남아 있던 연민의 마음마저 완전히 사라지게 만들어 버렸다. 자신을 위해 모든 것을 희생하고 있는 규민을 두고 어떻게 이런 짓을 할 수 있을까? 찬우로서는 죽었다 깨어나도 용납할 수 없는 일이었다.

갑자기 찬우가 들어서자 여자는 부끄러움도 없이 짜증을 내며 옷을 찾아 입고 비틀거리는 걸음으로 나가 버렸다. 재민은 몸을 가누지 못할 만큼 술에 취해 있는 상태였다. 그는 몸을 흐느적거리며 찬우를 보고 웃기까지 했다.

"이 새끼! 어떻게 이럴 수 있어!"

분노한 찬우의 주먹에도 재민은 아무 반항을 하지 못했다. 그는 자신이 무슨 일 때문에 찬우에게 맞고 있는지도 모르는 듯했다. 휘두르던 주먹을 멈추고 멱살을 놓자 재민은 퉁퉁 부은 얼굴로 침대에 쓰러져 잠이 들어버렸다. 찬우는 거친 숨을 헐떡이며 잠이 든 재민의 얼굴을 망연히 내려다보았다. 잠든 재민의 얼굴은 금방 눈이 내려 아무도 밟은 흔적이 없는 말간 얼굴, 백치 같은 모습이었다. 찬우는 그의 백치 같은 순수를 자신이 얼마나 좋아했었던가를 생각했다. 그 백치 같은 순수가 이제는 죄악처럼 보였다.

아무것도 모르는 척 그림에만 빠져서 규민을 갉아먹는 누에. 세상에서 가장 순결한 척, 고결한 척하는 그 벌레의 송장이 얼마나 악취를 풍기며 썩어가는지 아무도 모를 것이다. 그는 질투와 분노가 이글거리는 눈으로 재민을 내려다보았다. 네가 너무 싫어, 중얼거리는 찬우의 눈에 서글픔이 배어나왔다. 못 견디도록 미운데 볼 때마다 마음이 안타까운 알 수 없는 녀석이다.

그제야 찬우는 탁자 아래에 뒹굴고 있는 맥주병을 발견했다. 겨우 맥주 한 병으로 저렇게 몸을 가누지 못할 만큼 취하진 않는다. 얼른 맥주병을 들어보니 짐작대로 맥주병 주둥이에 나오다 만 하얀 가루가 말라붙어 있었다. 환각제다! 찬우는 하얗게 질린 얼굴로 재민의 화실을 뒤지기 시작했다. 화실을 완전히 들어 엎을 만큼 뒤졌지만 그가 약을 하고 있다는 어떠한 증거도 찾지 못했다. 새벽녘이 되자 재민에게서 인기척이 느껴졌다. 얼굴을 찡그리며 몇 번 뒤척이던 재민이 힘겹게 눈을 떴다. 그리고 자신을 내려다보고 있는 찬우를 몽롱한 눈으로 바라보았다.

"무슨…… 일이지?"

이 시간에 찬우가 그곳에 있다는 것과 자신의 몸이 욱신거린다는 것, 그리고 눈앞이 왜 이렇게 흐리고 몽롱한지에 대해 그는 물었다. 찬우는 재민의 멱살을 잡아 일으켰다.

"그건 내가 묻고 싶은 말이다. 그 여자와 무슨 짓을 한 거야!"

찬우가 멱살을 집어 흔들자 그제야 재민은 조금 정신이 드는 듯했다. 그리고 이내 얼굴이 하얗게 질렸다.

"내가 그 여자와 무슨 짓을 했지? 어디까지 간 거야?"

재민은 순간적으로 눈앞에서 흔들리던 여자의 나체가 스쳐 감을 느꼈다.

막 잠자리에 들려고 할 시간에 오후 내내 모델을 섰던 여자가 지갑을 놓고 갔다며 다시 찾아와서 맥주병을 내밀었다.

"빈손으로 오기 뭐해서요. 선생님 술 좋아하실 것 같은데요?"

그 여자는 말릴 사이도 없이 싱크대로 가서 컵을 가져오더니 맥주를 넘치도록 부어 재민에게 내밀었다.

"한 잔 하세요. 시원해요."

그리고 남은 맥주를 병째로 들고 꿀꺽꿀꺽 마셨다. 그녀는 난감한 얼굴로 쳐다보는 재민을 재밌다는 듯 바라보며 생글생글 웃었다.

"선생님, 나이가 어떻게 되세요? 나보다 어릴 것 같은데?"

"스물일곱이요."

"어머! 나랑 동갑이네? 근데 엄청 순진하시다. 호호호."

재민은 여자를 얼른 내보내고 싶어서 내밀고 있는 맥주잔을 받아 단숨에 마셔 버렸다.

"됐죠? 이제 얼른 마시고 가세요."

"그러죠."

여자는 야릇한 웃음을 흘리며 재민을 바라보았다. 그리고 재민의 손에 들린 잔을 받아 치우고 옷을 입는 듯 보였다. 잠깐 사이 속이 화끈거리더니 순식간에 눈앞이 안개가 낀 듯 흐려졌다. 재민은 머리를 흔들어보았다. 나간 줄 알았던 여자가 눈앞에서 옷을 홀렁홀렁 벗고 있었다. '난 지금 그림을 그리지 않을 거예요'라고 말하려 했지만 혀가 말을 듣지 않았다. 눈앞은 점점 흐려져 몽롱했고 몸이 어딘가를 떠다니는 듯 흔들리며 기분이 좋아졌다. 당장 연필을 들고 스케치를 하고 싶을 만큼 아름다운 나신의 여자가 가슴을 흔들며 다가왔다. 다가온 여자는 놀랍게도 규민이었다.

"재민아."

규민이 웃으며 다가와 그의 셔츠를 벗겼다. 생글생글 웃는 그 얼굴이 재민의 기분을 더욱 좋게 만들었다. 재빠르게 셔츠를 벗겨낸 그녀는 탄탄한 그의 가슴에 입을 맞추더니 재민의 얼굴을 당겨 안았다. 물컹하게 출렁이는 가슴골에서 살 냄새가 풍겼다. 그것은 기억에도 가물한 엄마의 살 냄새였다. 재민의 의식은 아련한 꿈속을 헤매는 것 같았다. 너무나 안아보고 싶었지만 한 번도 자신있게 손을 뻗어보지 못한 규민이 그리운 엄마의 냄새를 풍기며 그를 안아주는 것이었다. 재민의 가슴은 순식간에 화끈 달아올랐다. 그는 굶주린 아이처럼 그녀의 가슴을 파고들었다.

"맥주에…… 약이 들어 있었군."

재민의 얼굴은 고통으로 일그러지며 자괴감에 빠졌다. 그는 두 손으로 머리를 감싸고 고개를 떨구었다. 그러나 찬우의 눈에는 그 모습마저 나약하고, 비열하게 보였다. 눈곱만큼이라도 규민을 생각했다면 그런 유혹쯤은 견뎌낼 수 있어야 하는 거 아냐? 이건 네 의지의 부족이고, 네 사랑의 부족이라고 소리쳤다. 재민은 아무 대꾸도 하지 않은 채 여전히 고개를 숙이고 있었다. 찬우의 흥분이 어느 정도 가라앉을 즈음 재민은 우울하고 메마른 목소리로 중얼거렸다.

"규민이에겐 말하지 마라. 부탁이다."

"내일 규민일 만나겠어."

"제발 부탁이다. 실수였어, 너도 알잖아."

"실수였다고? 아주 간단하군. 규민이가 아는 게 그렇게 두려웠다면 애초에 그런 실수 따윈 하지 말았어야지!"

찬우는 분을 이기지 못하고 소리를 질렀다. 규민을 향한 결벽에 가까운 찬우의 감정을 재민은 서글픈 눈으로 바라보았다.

"알잖아, 이 사실을 알면 규민이가 어떻게 나올지."

그 말에 찬우는 할 말을 잃었다. 이 사실을 알면 규민은 말없이 나가서 전문 누드모델을 사서 데리고 들어올 것이다. 그리고 그 돈을 충당하기 위해 시간을 쪼개어 또 다른 학원에 일자리를 찾을 것이다. 찬우는 눈을 감아버렸다. 가슴속에서 터져 나오는 괴성을 깨물어 삼켰다.

그의 마음이 어쩔 수 없는 규민과 규민의 마음이 어쩔 수 없는 재민과 그리고 재민의 마음이 어쩔 수 없는 그림이 한데 엉켜서 어느 것도 떼어낼 수 없는 한 덩어리가 되어 숨통을 조여왔다. 그것들이 언젠가는 괴물처럼 그들 세 사람을 집어삼켜 버리지 않을까 하는 두려움이 밀려왔다. 그 셋 중에서 가장 이성적인 사람은 그래도 자신이라고 찬우는 생각했다. 가장 이성적인 판단을 해야할 사람도 자신이었다. 그리고 결국 자신이 입을 다물 수밖에 없는 일이란 걸 처절하게 깨달았다. 어떤 것도 재민에 대한 규민의마음을 흔들지 못할 것이다.

창이 희뿌옇게 밝아올 즈음 찬우는 의자에 걸쳐 놓았던 윗도리를 들고 일어났다.

"다시 한 번 이런 일이 있을 때에는 내 손에 죽을 줄 알아."

여전히 죄인처럼 고개를 숙인 재민을 노려보며 그 말을 던지고돌아서던 찬우는 조소 어린 한 마디를 더했다.

"모델이 필요하면 언제든 내게 말해. 건전한 모델로 조달해 줄테니까."

그리고 뒤도 돌아보지 않고 나와 버렸다. 그 녀석의 자존심 따위 구겨지든 말든.

주명진은 찬우의 얼굴에 스치는 노여움을 놓치지 않았다.

"그래서 모델들과의 그런 관계를 의심해서 최재민을 죽일 결심을 한 건가요? 당신이 사랑하는 이규민의 마음을 상하게 해서?"

찬우는 가치없는 그 물음이 난감하다. 이상하게 강력하게 부인하며 대항하고 싶은 마음이 생기지 않는다. 그래서인지 대답하는목소리도 조용하고 담담하다.

"그곳에서 나와 술을 한잔하고 다시 가보니 화실은 이미 불길에 휩싸여 있었습니다."

"술을 한잔하고 와서 불을 질렀을 수도 있죠."

"이미 삼 년 전에 저에 대한 조사는 끝났지 않았습니까? 제가 술을 마셨던 '소낙비'의 주인도 제가 있었던 시간을 증언해 주지 않았던가요?"

"그렇군. 오후 아홉 시경 화실에서 나간 당신은 큰길로 나와 한참을 걸어 '소낙비'에 들어가서 혼자 술을 마셨어. 그 바는 세 사람이 자주 들렀던 곳이라 주인과는 이미 안면이 있던 사이였군. 흠, 가까운 곳을 두고 굳이 그곳까지 간 것은 알리바이를 남기기 위해서였던 것이 아닌가요?"

주명진은 찬우를 범인으로 확신한 듯 몰아세웠다.

"글쎄 아니라니까요! '소낙비'는 워낙 자주 가던 곳이라 버릇이 되어 들어간 것뿐입니다. 제가 도착했을 때 화실은 이미 불길에 휩싸여 있었습니다. 전 재민이를 구하기 위해 불 속으로 뛰어들었지만 불길이 너무 강해서 아무것도 할 수 없었어요. 아무것도 할 수 없었다구요!"

아무것도 할 수 없었던 자신에 대한 자괴감에 소리를 치던 찬우는 감정이 격해지는 듯 더 이상 아무 말도 하지 못했다. 그 불길 속에서 희미하게 웃고 있던 재민의 얼굴이 아직도 선명하게 떠올랐다. 찬우의 모습을 조용하게 지켜보고 있던 주명진은 다시 의미심장한 얼굴을 가까이 가져왔다.

"그런데 말이야, 당신의 그 완벽한 범죄 속에 죽었어야 할 최재민이 살아 있다 이 말이지."

그의 눈은 뱀처럼 가늘어져 이해 못할 말을 찬우에게 들려주었다.

"……무슨?"

"말 그대로, 최재민은 제천의 성요셉요양원에 버젓이 살아 있어. 이 고발장 보이지? 지난 삼 년간 최재민의 생존을 유일하게 알고 있었던 그 동생이 진정서와 함께 작성한 거야. 이래도 발뺌을 할 건가?"

찬우는 눈앞으로 다가온 고발장을 멍하니 바라보았다. 아니, 그가 실제로 보는 것은 아무것도 없었다. 재민이 살아서 제천에 있다. 삼 년 전 커다란 회오리를 남기고 그들 곁을 떠났던 재민이, 규민이 두 번이나 동맥을 그으며 따라가려 했던 그 재민이 버젓이 살아 있다. 타오르는 불길 속에서 알 수 없는 미소를 지어 보이며 사라졌던 재민이. 찬우의 얼굴이 엉망으로 일그러졌다. 기쁨인지 분노인지 모를 덩어리가 목구멍을 밀고 올라왔다.

살아 있었구나! 살아 있었어! 웃는 건지 우는 건지 모를 찬우의 묘한 표정을 보며 주명진은 알 수 없는 감정에 사로잡혔다. 꽤나 흥미로운 사건이 될 것 같군, 중얼거리며 취조실을 나왔다.

혼자 남겨진 찬우는 한참 만에 마음이 가라앉자 생각이 한곳으로 집중되기 시작했다. 규민이! 그래, 규민이 제천에 있다고 했다. 그제야 머리 속에서 안개같이 희미하던 그림이 선명히 그려졌다. 규민은 지금 재민과 함께 있는 것이다! 누구에게도 방해받지 않기 위해 전화마저 꺼버리고 따라 죽어버리고 싶을 만큼 사랑했던 재민과 눈물의 재회를 하고 있을까? 아니, 그녀는 이미 십 개월 전에 재민을 만났던 것은 아닐까? 그러다 우연한 사고로 기억을 잃었고 그래서 기억을 잃고도 그토록 진하게 재민을 인식하고 있었던 건지도 모른다. 찬우는 피가 터지도록 입술을 깨물었다. 규민의 머리에서 순식간에 까맣게 지워져 가는 자신의 모습이 보였다.

〈찬우야, 나 오늘 무지 바빠서 그러는데 네가 재민이한테 좀 가봐줄래? 부탁해.〉

규민이 똑같은 내용의 메시지를 세 번이나 남겼다. 방학이 막바지라 규민은 종일 학생들에게 시달리고 있는 모양이었다. 찬우는 보던 서류를 덮고 서둘러 사무실을 나왔다. 재민은 또다시 식사 시간도 잊고 그림에 몰두해 있을 것이다. 그는 한 번 그림에 빠져버리면 다른 것들은 아예 잊어버리기 일쑤였다. 심지어 식사 시간까지 잊을 정도였다. 국전 준비하면서 그 버릇은 더 심해졌다. 완벽하게 그림에 빠져 있는 모습, 그것은 규민이 미치도록 좋아하는 그 녀석의 모습이기도 하다. 찬우의 입술이 잘근 씹혔다.

그해 겨울은 변변한 눈 한 번 내리지 않고 막바지로 치닫고 있었다. 그날은 1월이 끝나가면서 마지막 발악처럼 종일 건조하고 매서운 바람이 몰아쳤다.

찬우는 일식집에 들러 주문해 두었던 초밥을 찾아 차에 올랐다. 유난히 초밥을 좋아하는 재민은 그 음식을 먹는 데 계절을 가리지 않았다. 큰 골목에 차를 세워두고 내린 찬우는 몸을 웅크리며 걸음을 재촉했다. 정말 매서운 추위다. 아무래도 따뜻한 국물이 있어야 할 것 같아 포장마차에 들러 뜨거운 우동 국물을 한 그릇 사서 포장해 넣고, 다시 길거리 리어카에서 군고구마를 사고 귤을 샀다. 좁은 골목을 지나 가파른 언덕을 오르니 제법 넓은 공터 옆에 재민의 화실이 나왔다. 그것은 오래된 허름한 창고를 개조해 만든 화실이었는데 그가 그림을 그릴 수 있도록 찬우가 마련해 준 공간이었다.

화실의 작은 창으로 불빛이 새어나오고 있었다. 문을 두드리려던 찬우는 호주머니에서 열쇠를 꺼내었다. 한창 그림에 몰두해 있을 재민을 방해하고 싶지 않아서였다. 규민이 싫어할 테니까. 국전 출품을 앞두고 재민은 그림에 대한 집중이 최대치에 올라 있었다. 규민도 한 달 앞으로 다가온 이번 국전에 거는 기대가 대단했다. 그만큼 재민의 그림이 무르익었다고 스스로 판단하는 모양이었다.

화실은 온통 그림으로 쌓여 있어서 입구에서는 내부가 잘 보이지 않았다. 화실 안은 쥐 죽은 듯이 조용했고 아무렇게나 벽에 기대어놓은 그림들이 불빛 아래에서 긴 그림자를 드리웠다. 어디 간 것일까?

"재민아, 재민……!"

재민을 부르며 들어서던 찬우는 굳은 듯 그 자리에 서버렸다. 기대어놓은 그림들 뒤편 벽에 긴 생머리를 늘어뜨린 여자의 나신이 일렁일렁 비쳤고, 그 나신의 어깨를 쓸어 내려가는 재민의 손그림자도 비쳤다. 재민의 손가락은 여자의 나신 위를 느린 달팽이처럼 스멀스멀 기어 내려오고 있었다.

몸속에서 피가 거꾸로 치솟는 것 같았다. 머리 속은 차가운 쇳덩이처럼 굳어버렸다. 단단하게 뭉쳐진 힘줄들이 주먹으로 몰렸다. 인기척에 고개를 돌리던 여자가 놀란 듯 가슴을 가리며 짧은 비명을 질렀지만 찬우에게는 그 소리도 들리지 않았다. 여자의 놀란 얼굴을 보고 돌아선 재민이 머뭇거리며 다가오는 것이 보였다.

"어쩐 일이야?"

어쩐 일이야? 어쩐 일이냐고? 찬우는 아무것도 보이지 않았다. 분노로 끓어오른 몸은 사시나무처럼 떨렸다. 그는 다가오는 재민을 향해 순식간에 주먹을 날렸다. 재민의 몸은 벽에 산더미처럼 기대어놓은 그림들 사이로 날아가 떨어졌다. 부서지고 찢어진 그림들이 와르르 쏟아져 내렸다. 뒤에 서 있던 나신의 여자가 비명을 지르며 급하게 옷을 찾아 입고 있었다. 찬우는 쓰러진 재민의 멱살을 잡아 일으켰다.

"다시 한 번 이따위 짓 하면 내 손에 죽을 거라고 했을 텐데!"

난로의 뜨거운 열기가 전해진 찬우의 얼굴은 분노와 어우러져 붉게 물들어 있었다. 재민은 멱살을 잡아 흔드는 찬우의 손을 떨쳐내었다.

"왜 이래? 오해야!"

"오해? 오해라고? 내 눈에 걸린 것만도 벌써 두 번째다. 네가 어떻게 이럴 수 있어!"

"아니라고 했잖아. 찬우야, 내 말 좀 들어봐. 실은……."

그러나 찬우는 이어지는 재민의 말을 듣지 않은 채 다시 주먹을 날렸다.

"죽여 버리겠어!"

겁먹은 여자가 소리치며 주먹을 휘두르는 찬우의 뒤를 지나 밖으로 뛰어나갔다. 재민은 다시 찬우의 팔을 잡으며 소리쳤다.

"내 말 좀 들어봐!"

그러나 찬우는 아무런 말도 듣고 싶지 않았다. 어떤 변명도 그날의 찬우에게는 통하지 않았다.

네 녀석 때문에…… 네 녀석을 위해 규민이 어떤 결정을 내렸는지 안다면 변명 따윈 하지 않겠지. 그 어렵다던 파리 아르데꼬의 입학 통지서를 받고도 규민은 결국 떠나지 못했다. 네 녀석 때문에! 그림 외에는 아무것도 할 줄 아는 것이 없는 너 때문에!

재민의 몸은 수십 번 자신의 그림 위로 날아가 떨어졌다. 찬우는 자신의 분노가 어디에서 기인한 것인지도 알지 못한 채 재민을 향해 주먹을 날렸다. 어제, 파리행을 포기하겠다는 규민의 말을 들었을 때부터 이미 울고 있던 주먹이었다. 그것은 분명한 규민의 선택이었지만 찬우에게는 모든 것이 재민의 탓으로 생각되었다. 재민만 없었다면 규민이 저렇게 늦은 밤까지 학원에서 아이들에게 시달릴 이유도 없었고, 꿈을 접을 이유도 없었다. 재민의 그림을 보고 한눈에 반했던 자신이 원망스럽다. 바쁘다는 규민을 기어코 끌고 가 재민의 그림을 보여주었던 그날의 자신이 죽고 싶도록 원망스럽다.

너만 만나지 않았다면 규민의 인생이 저렇게 구겨지지도 않았을 테고, 내 사랑이 이렇게 빗나가지도 않았을 것이다. 모든 것이 최재민, 네 탓이야! 너란 녀석 정말…… 죽여 버리고 싶다. 사라져 버렸으면 좋겠어!

찬우가 입을 다물어 버린 것은 주명진이 두 시간쯤 지나 다시 들어왔을 때부터였다. 최재민의 생존 소식을 들으며 묘한 표정을 지어 보이던 모습이 아직도 깊은 인상으로 뇌리에 남아 있는 주명진으로서는 찬우의 갑작스런 태도가 더욱 수상스러웠다.

"백찬우 씨?"

"……."

"이런 식으로 입을 다물고 있으면 당신에게 불리합니다. 당신이 삼 년 전에 위증을 했다는 것이 얼마나 큰 약점인지 아십니까?"

찬우는 고개를 돌린 채 아무 대답이 없었다.

찬우의 침묵이 이틀째로 접어들면서 주명진의 목소리는 점점 높아지고 있었다. 답답해서 소리라도 지르려는데 문이 열리며 이 형사의 목소리가 들렸다.

"주 형사, 점심 먹어야지?"

머리만 빼꼼 내밀고 들여다보던 그는 지친 듯 의자에 기댄 주명진을 보자 슬그머니 안으로 들어왔다.

"뭐야? 아직도 입을 열지 않은 거야?"

날카로워 보이는 주명진에 비해 그는 조금 둔해 보이는 몸에 걸걸한 목소리를 가졌다. 가까이 다가와 찬우를 바라보던 그는 책상 위에 놓인 조서를 살피며 중얼거렸다.

"백찬우, 최재민, 이규민. 아주 묘한 관계군? 오랜 친구 사이인 이규민에게 최재민을 소개시켜 준 사람은 백찬우 당신이었네? 흠,

이규민은 최재민을 사랑했고, 백찬우는 이규민을 사랑했다. 그것 때문에 평소에 최재민에게 불만이 많았겠군? 불이 나던 날, 당신은 최재민을 찾아갔고, 두 사람은 다툼이 있었어. 그리고 그곳을 나와 술을 마신 후 최재민을 죽일 결심을 한 당신은 다시 그곳으로 가서 불을 질렀어. 이 정도는 아주 간단한 추리지. 그리고 당신의 완벽한 범죄 속에 최재민은 죽었어."

이 형사는 잠깐 사이를 두고 찬우의 얼굴을 살폈다. 그러나 찬우의 표정에서는 아무것도 읽을 수 없었다.

"최재민이 죽은 지 일 년 반 만에 이규민과 결혼을 했군. 흠, 여기까진 당신 계획대로 딱딱 들어맞아 갔군?"

다시 조서를 쭈르륵 훑어 내려가던 이 형사의 눈이 재미난 것을 발견한 듯 반짝였다.

"흠, 이규민이 드디어 제천에 나타나셨네? 이규민이 최재민의 생존을 알고 당신을 떠난 건가?"

그제야 찬우는 고개를 들고 이 형사를 바라보았다.

"규민이가…… 재민이와 함께 있나요?"

만 하루 만에 찬우가 입을 열었다. 바싹 마른 입술로 그는 두 사람이 함께 있느냐고 물었다. 마치 그것이 그에게는 절대절명의 궁금증이었던 것처럼 간절한 눈빛이었다. 주명진은 그 눈에 대고 '네'라는 대답이 쉽게 나오지 않아 안타까운 눈으로 찬우를 바라보았다.

"친구를 죽이고서라도 차지하고 싶을 만큼 대단한 여자였던가요, 이규민 씨가?"

그 말을 듣는 찬우의 눈은 모닥불이 사그라지듯 힘을 잃고 아래로 툭 떨어졌다.

"……함께 있군요."

순간 이 형사는 들고 있던 조서를 던지며 짜증스럽게 소리를 질렀다.

"이거 완전 치정극 아냐? 주 형사, 얼른 사건 정리해서 검찰로 넘겨 버려! 어휴, 난 이런 새끼들 보면 언제나 밥맛이라니까. 여자 하나 차지하기 위해서 친구도 뭐도 필요없고!"

이 형사는 기분 나쁜 듯 머리를 쓸어 넘기며 밥이나 먹으러 가자는 말을 남기고 나가 버렸다. 찬우는 다시 창 쪽으로 고개를 돌렸다. 봄이 오려는지 창 너머 공기가 나른해 보인다. 주명진은 왠지 모르게 찬우에게 짠한 마음이 생겨 머뭇거리다가 이 형사를 따라 나갔다. 이상하게 백찬우의 눈을 보고 있으면 마음이 짠해진다. 그가 범인이든 아니든 세 사람 사이에 미묘하게 흘렀던 감정 사이에서 백찬우가 겪었을 정신적 갈등이 이해되었다. 이규민이란 여자, 어떻게 생겼을까? 저만치 앞에 배를 내밀고 휘적휘적 걷고 있는 이 형사가 보이자 그는 걸음을 재촉했다.

그들이 나가고 나자 방 안은 순식간에 정적이 흘렀다. 텅 빈 방에 마른 공기만이 먼지를 안고 떠다녔다. 커튼 사이로 들어온 햇살이 긴 먼지 띠를 만들며 일렁이고 있었다.

"보고 싶었어. 우린 일주일이나 보지 못했고, 그래서 네가 너무 그리웠어."

"앓는 내내 너만 생각났어. 네 꿈만 꿨어. 네가 나인 듯…… 아 팠어."

"우리, 다시 시작하면 안 돼? 내가 너무 늦은 거야?"

"짧은 시간이지만 보고 싶을 거야. 고맙고…… 사랑해."

다…… 거짓말 같다, 규민의 말들.

15. 삼 년 전 그들에게 무슨 일이 있었을까?

지난번 기억이 있어서인지 재민의 모습을 보는 것이 규민에게 그다지 충격을 주지는 않았다. 온갖 기계에 몸을 맡긴 채 자신의 의지는 아무것도 남아 있지 않은 무력한 한 남자가 침대 위에 누워 있었다. 이 사람이 자신이 그토록 목말라 하고 그리워했던 그 사람이 맞을까 생각하며 잠시 눈앞이 흐려졌지만 눈물이 나지는 않았다. 아직 마음속에서 재민이 실감이 나지 않거나 자신도 모르는 사이 그에 대한 감정이 놀랍도록 희석되어 버렸거나 둘 중의 하나일 것이다.

온통 붕대로 감겨 있던 얼굴이 기계 사이로 드러나 있었다. 흉터투성이의 얼굴이었지만 각진 턱과 오뚝한 콧날은 그의 모습을 고스란히 간직하고 있었다. 꽉 다물어진 입에서는 금방이라도 무

슨 말인가 튀어나올 것 같았다. 담요 사이로 삐죽 빠져나온 손에
는 아직도 붕대가 감겨 있었다. 한 시간 동안 그곳에 있으면서 규
민의 목에서는 어떤 소리도 새어나오지 않았다. 통곡 같은 깊은
울음이 터질 줄 알았다. 가슴에 쌓여 있던 눈물이 봇물처럼 터져
나올 줄 알았다. 그를 안고 발버둥이라도 칠 줄 알았다. 그러나 규
민은 아무것도 하지 않았다. 그저 아픈 마음으로 그를 망연히 내
려다볼 뿐이었다. 규민은 스스로도 자신의 행동이 의아했다. 그의
부재를 견디지 못해 두 번이나 동맥을 그었던 것이 먼 전생의 기
억처럼 생각되었다.

  한 시간 만에 그곳을 나오면서 결국 재민의 손조차 잡아보지 않
았다. 성당으로 돌아오니 저녁 미사에 참석한다던 마리아 수녀가
평소에는 보기 힘든 편안한 차림으로 규민을 기다리고 있었다. 그
녀는 규민의 말간 눈을 유심히 바라보았다. 처음 보았을 때도 느
꼈지만 규민은 지난번 와서 펑펑 울던 때와는 확실히 다른 여자
같았다.

  "안드레아님은 보셨어요?"

  "네."

  규민은 자신이 보고 온 사람이 최재민과는 아무 상관 없는 안드
레아란 사람이었던 듯 담담하게 대답했다. 마리아는 물어보고 싶
은 말이 많았지만 모두가 쓸데없는 일 같아서 그냥 일어났다.

  "그래요, 그럼 쉬세요. 내일 가실 건가요?"

  규민은 쉽게 대답이 나오지 않았다. 그에게 아무 말도 해주지
못했다. 그를 들여다보는 내내 말문이 막혀 버렸는지 아무 말도

떠오르지 않았었다. 이대로 떠나 버리면 아마 다시는 이곳을 찾지 않을 것이다, 영원히. 한때 자신의 전부라고 생각했던 그 남자를 영원히 잊는 것이다.

"아뇨, 며칠 머무르고 싶은데 신세 좀 져도 될까요?"

"그럼요! 얼마든지."

마리아 수녀는 반가움에 얼굴이 환해졌다.

다음날 아침, 밤새 한잠도 이루지 못한 규민은 무거운 몸으로 마리아 수녀를 따라 다시 요양원으로 갔다.

"그 몸으로 어떻게 백 미터가 넘는 성당까지 기어왔는지는 아직도 의문입니다. 아마 아무도 모르는 안드레아님만의 절박함이 있었으리라고 짐작합니다. 안드레아님이 해오름성당에 도착해 타대오 신부님께 한 첫마디는 살려달라는 말이 아니라 숨겨달라는 말이었다더군요. 병원으로 옮겨져 치료를 받으면서도 안드레아님이 필사적으로 숨길 원하셨기 때문에 결국 외상 환자를 전문으로 돌보는 이곳 성요셉요양원으로 옮겨오신 겁니다."

절박하게 숨고 싶었던 그의 마음을 알 듯도 하다. 그녀에게 짐이 되고 싶지 않았을 것이다. 물론 찬우에게도.

"그동안 놀라운 의지로 잘 버텨주셨는데 안드레아님이 많이 지치신 모양입니다. 그날 웃으며 잠이 드셨는데 더 이상 눈을 뜨지 않으시네요."

재민을 내려다보는 마리아 수녀의 눈가에 이슬이 맺혔다. 그동안 자신이 돌보아온 수많은 환자들 중에 최재민은 유독 기억에 남을 것 같다. 마리아 수녀는 규민을 돌아보았다. 조금 지친 듯 망연한 눈으로 재민을 내려다보는 그녀의 눈에는 인간적 안타까움만이 묻어날 뿐이었다. 저 남자의 어설펐던 사랑을 이 여자는 알고 있을까? 마리아는 몇 번 입을 달싹이다가 결국 아무 말도 못한 채 돌아섰다.

"저 먼저 나가겠습니다. 다른 병실을 둘러봐야 하거든요."

가볍게 목례를 하고 나가던 마리아 수녀는 문득 돌아서서 아련한 눈으로 규민을 바라보았다. 그리고 규민이 쉽게 흔들리고 무너질 덜 자란 아이 같은 눈을 가진 것은 아닐까 살폈다. 간혹, 어른들 중에도 그런 눈을 가진 사람들을 많이 보아왔으니까. 그러나 규민의 눈빛은 성숙한 어른의 모습을 갖추고 있었다. 이미 많은 것이 그녀를 스쳐 간 듯 냉정하고 총명해 보였다.

"왜요? 무슨 하실 말씀이라도……."

"네, 이규민 씨께 꼭 해드리고 싶은 말이 있었습니다."

한 걸음 다가온 마리아 수녀는 따뜻한 시선으로 규민을 살피며 말을 이었다.

"이곳에 계시는 내내 안드레아님은 행복하셨습니다. 몸은 고통스러웠지만 마음만은 누구보다 평화로우셨어요. 지금껏 살아오면서 이렇게 평온하고 행복했던 적은 없었다고 하시더군요. 이렇게 가슴 가득 사랑을 담고 살아온 기억도 없다고 하셨습니다. 아무 생각 없이, 걱정없이 오직 그녀만을 마음껏 사랑할 수 있는 이 짧은 시간을 허락해 주신 하느님께 감사드린다고 말씀하셨습니다."

규민은 그녀의 말을 이해할 수가 없었다.

"지난번 오셨을 때 어렴풋이 짐작은 했었지만 안드레아님이 그토록 사랑하시는 분이 어떤 분일까 몹시 궁금했었거든요. 다시 뵙게 되어 반갑습니다, 이규민 씨."

규민은 잠시 그녀가 무슨 말을 하는 것일까 생각했다. 마리아 수녀가 남기고 간 말은 규민으로서는 쉽게 이해되지 않는 말들이었다. 재민은 그림을 그리는 순간을 가장 행복해하는 사람이었다. 예전에도 그림을 빼버린 재민은 언제나 행복과는 아주 먼 나라에 사는 사람처럼 생각되었다. 더 이상 볼 수도 없고 그릴 수도 없는 이 끔찍한 육체적 고통 속에서 그가 행복을 느꼈다는 것은 납득이 가지 않았다. 그는 고통 속에서 절규했었어야 옳았다. 그림을 그릴 수 있도록 내 눈을 돌려달라고, 손을 돌려달라고 신을 저주하고 울부짖어야 옳지 않은가? 그것이 훨씬 더 최재민다운 모습이지 않은가? 아무 생각 없이, 걱정없이 오직 그녀만을 마음껏 사랑할 수 있는 이 짧은 시간을 허락해 주신 하느님께 감사드린다라니! 그것이 자신을 그토록 목마르게 하던 재민의 입에서 나온 말이라고는 믿어지지 않았다.

'너한텐 그림뿐이었잖아?'

그러나 대답을 해주어야 할 재민은 일그러진 얼굴로 굳게 입을 다문 채 영원처럼 잠이 들어버렸다. 규민은 용기를 내어 조금 더 가까이 다가갔다.

"언젠가 도대체 내가 할 줄 아는 게 뭘까 생각해 봤는데 그게 그림이더라. 그래서 폐인처럼 틀어박혀 그림만 그리다가 또 생각했지. 내가 하지 말아야 할 게 뭘까? 내 인생을 가장 갉아먹는 게 뭘까? 근데 그게 바로 그림인 거야. 웃기지?"

간간이 보이던 그의 웃음이 아주 길었던 날이었다. 창으로 들어온 햇살은 낮게 드리웠고 오랜만에 재민의 밝은 얼굴을 본 날이기도 했다. 그날처럼 병실의 창으로 아침 햇살이 낮게 드리워졌고, 재민의 얼굴은 평화로워 보였다. 일그러진 흉터 사이로 간간이 웃던 그 얼굴의 흔적이 남아 있었다. 그림을 그릴 수 없는 상황에 이르러서야 그는 규민에게 사랑을 느낀 걸까? 그러나 그림이 빠져나가 버린 그의 모습은 규민에게는 그저 허깨비처럼 보일 뿐이다. 결국 규민은 허깨비 같은 재민을 망연히 내려다보다가 병실을 나오고 말았다.

병실에는 환자를 간호하는 수녀들 외에 들여다보는 사람이 없었다. 규민은 병실 앞 의자에 앉아 휴대폰을 꺼내었다. 내일이나 모레쯤 찬우가 돌아올 것이다. 그에게 이 사실을 어떻게 전할까? 그것이 걱정되었다. 십 개월 전 이곳에 왔다가 돌아가던 날도 이 걱정을 했던 것 같다. 찬우에게 어떻게 전할까? 어떻게 받아들일까? 잘 견뎌낼까? 규민은 꺼두었던 휴대폰을 켰다. 폴더를 올리고 엄마에게 문자를 보냈다.

〈엄마, 여기 제천인데 급한 일이 좀 생겼어요. 며칠 있다 올라갈 테니까 걱정하지 마. 찬우에게도 그렇게 전해줘. 며칠만 있다가 꼭 올라간다고.〉

그것이 마지막이었든 듯 배터리가 다 떨어진 휴대폰의 액정이 까맣게 변했다. 규민은 오전 내내 병실 앞에 앉아 있었다. 자신이 왜 재민을 찾아왔는지, 왜 이곳에 앉아 있는지 그 의미마저 모호했다. 그녀는 곧 찬우에게 돌아갈 것이고, 그리고 언젠가는 유학을 떠날 것이다. 올 봄으로 계획했던 유학은 찬우와 좀 더 시간을 보낸 후에 떠나기로 생각을 굳혔다. 그 계획 속에 재민의 존재는 없었다. 그러나 또다시 그녀의 인생에 복병처럼 나타난 재민을 어떻게 받아들여야 할지 난감했다.

　"어이, 주 형사. 그 자식 입 열었어?"
　이 형사가 자판기에서 커피를 뽑고 있는 주명진에게 다가왔다.
　"아뇨, 아직."
　"참나, 웃기는 놈일세. 아니, 왜 입을 열지 않는 거야? 입을 다물면 다물수록 저한테 불리하다는 걸 뻔히 알 텐데 말이야?"
　이 형사는 주명진이 건네주는 뜨거운 커피를 숭늉처럼 후룩후룩 마시고는 종이컵을 구겨 쓰레기통으로 던지며 그답지 않은 나긋나긋한 목소리로 물었다.
　"주 형사, 사랑이 뭘까?"
　"글쎄요."
　"정말로 그게 눈물의 씨앗이거나 얄미운 나비라면 말이야, 나는 차라리 사랑 따윈 안 하고 싶다."
　불룩 나온 배를 쓰다듬으며 차라리 사랑 따윈 안 하고 싶다고 말하는 이 형사의 모습에 주명진은 재밌다는 듯 싱긋 웃었다.

"내가 말이야, 어찌나 바빴는지 우리 마누라를 딱 한 번 보고 결혼 날짜를 잡았지 않겠어. 밤새도록 잠복근무하고 졸면서 식장에 들어갔는데 아이구야, 세상에! 내가 살다 살다 그렇게 못생긴 여자는 난생처음 봤단 말이지. 돌아서 나가 버리고 싶었지만 호랑이 같은 우리 아버지가 딱 버티고 앉아 계시는데 무서워서 나갈 수가 있어야지. 그래, 내가 뭐 마누라 얼굴 볼 시간이나 제대로 있는 놈이더냐. 허구한 날 야근에 잠복근무에 어쩌다 집에 들어가 봐야 쓰러져 잠이나 자다 나올 텐데 그래도 엉덩이 하나는 펀펀하니 캄캄한 데서 안는 맛이야 이 도령 안 부럽겠다 싶더라고."

"그래서 정말 이 도령 안 부럽게 사시잖아요."

"그러니까 말이지. 사람의 맘이란 게 참으로 요상한 것이 그렇게 못나 보이던 여자가 결혼을 하고 나니 점점 예뻐 보이는 거야. 애 새끼 하나 낳을 때마다 얼굴에 새록새록 꽃이 피는 것이 나만 보면 헤벌쭉 벌어지는 그 큰 입까지 예뻐 보인단 말이지. 어디 가서 두들겨 봐도 우리 마누라 엉덩짝만한 것은 없더라고. 사랑이란 게 뭐 별거겠어. 서로에게 욕심내지 않고, 있는 그대로 받아들이고 서로 아끼고 토닥토닥 사는 그게 사랑이지. 너 없으면 죽는다고 입에 거품 물고 덤비는 그런 건 사랑이 아니야. 욕심이고, 집착이지. 그렇지 않아?"

"글쎄요."

주명진은 남은 커피를 단숨에 들이키고 자리에서 일어났다. 빨리 마무리 짓고 주말에 낚시나 가자는 이 형사의 말을 뒤로하고 다시 취조실로 들어갔다. 백찬우는 책상에 엎드린 채 잠이 들어 있었다. 사흘째 접어들면서 백찬우는 조금씩 지쳐 가고 있었다. 이 형사의 말대로 이대로 조서를 꾸며 검찰로 넘겨도 될 만큼 사건은 싱겁게 마무리가 될 것 같았다. '소낙비'에서 최재민의 화실까지 보통 걸음으로 걸었을 때 걸리는 시간은 이십오 분, 그러나 그가 범행을 계획하고 뛰었다면 칠팔 분 안에 충분히 도착할 수 있는 거리다. 백찬우가 불길에 휩싸인 화실을 뛰어나오더라는 그 모델의 증언은 그가 범인이라는 결정적인 단서였다. 게다가 그는 자신에게 가장 불리한 위증까지 했다. 그러나 주명진은 여전히 마음 한쪽이 찜찜했다. 아마도 백찬우의 태도 때문일 것이다. 그는 취조한 지 세 시간 만에 입을 다물어 버렸다. 어떤 긍정도, 부정도 하지 않고 있는 것이다. 그것은 사실상 백기를 든 것이나 마찬가지였다. 그는 마치 남의 일을 구경하듯 자신을 위한 어떠한 변호도 하지 않았다.

한 시간여를 기다린 후에야 찬우는 잠이 깼다. 그의 모습은 초췌해질 대로 초췌해졌지만 눈빛은 선량하다. 그러나 주명진은 얼른 고개를 흔들어 버렸다. 경찰 생활 십여 년 동안 저런 선량한 눈을 얼마나 많이 보았던가.

"백찬우 씨, 취미가 뭐죠?"

뜬금없는 주명진의 질문에 한참을 생각해 보았지만 찬우는 자신의 취미가 무엇이었는지 떠오르지 않았다.

"없습니다."

주명진은 갑자기 가슴이 답답해졌다.

"이규민 씨와는 언제부터 알고 지낸 사이인가요?"

"어릴 적부터요. 아주 어릴 적."

"그 관계가 지금까지 이어진 건가요? 중간에 떨어져 지낸 적은 없나요?"

"없습니다, 한 번도."

"최재민 씨는 백찬우 씨가 이규민 씨께 소개시켜 준 것으로 아는데요, 맞나요?"

"……네."

대학 입학하던 해 그 추웠던 겨울, 낡은 외투를 걸치고 길거리에서 초상화를 그려주던 재민을 만났다. 지나는 사람도 별로 없는 자리를 한 달이 넘도록 지키고 앉아 있던 순박한 눈동자의 소년이었다. 안타까운 마음에 형과 누나를 끌고 가 앉히고 자신도 그려달라고 했다. 그렇게 재민과 친구가 되었다. 당시만 해도 재민은 규민이 알지 못했던 자신만의 친구였다. 찬우는 그 친구의 순수한 영혼을 사랑했다. 그의 열정을 아꼈고, 그래서 어떤 식으로든 그에게 도움을 주고 싶었다. 재민의 그림을 보여주기 위해 규민의 손을 끌고 갔던 그날을 생각하며 찬우의 눈가에 가늘게 경련이 일었다.

주명진은 그 모습을 보며 내일쯤 제천으로 가보아야겠다고 생각했다. 아무래도 보강 수사를 더 해봐야 할 것 같다.

예정대로라면 찬우는 이미 돌아왔을 것이다. 메시지만 남긴 채 갑작스럽게 사라져 버린 그녀 때문에 많이 놀랐을 것이다. 찬우는 마음이 여린 사람이다. 이 일이 찬우의 마음에 최소한의 상처만 남긴 채 잘 넘어갔으면 좋겠다는 생각을 하며 규민은 자신이 참 모진 여자란 생각이 든다. 참 이기적이고, 모질어. 배터리도 없는 휴대폰을 만지작거리며 중얼거렸다. 스스로의 감정에 복받쳐서 찬우에게 그토록 상처를 입힐 때는 언제고 또 지금은 찬우가 걱정되어 시체 같은 재민이 눈에 들어오지 않는다. 이렇게 멍청한 모습으로 병실 앞에 앉아 있는 자신의 모습이 답답하다.

내일쯤 올라가야겠다 생각하며 잠이 든 그날 새벽, 급하게 문을 두드리는 소리에 규민은 잠을 깼다. 새벽 다섯 시였다.

"안드레아님이 위독하시답니다."

자주 있어왔던 일인 듯 마리아 수녀는 그다지 당황하는 기색이 없었다. 규민이 옷을 입고 나오자 그녀는 재빠르게 요양원 쪽으로 걸음을 옮겼다. 새벽인데도 요양원은 사람들로 북적였다. 한 무리의 검은 옷을 입은 사람들이 낮은 소리로 울거나 혹은 기도를 하며 규민의 옆을 스쳐 갔다. 아마도 사랑하는 누군가가 그들의 곁을 떠난 모양이었다. 2609호실에는 불이 환하게 켜져 있었고 이미 의사와 수녀들이 재민을 둘러싸고 있었다.

재민에게서 들리는 거친 쇳소리는 그를 태운 불길처럼 병실을 달구었다. 간간이 긴장된 의사의 말도 들렸다. 재민의 몸을 붙들고 있던 젊은 수녀 한 사람이 다급하게 뛰어나가더니 이름을 알 수 없는 기계 하나를 밀고 들어왔다. 그리고 재민의 목에 연결된 호스를 뽑아 다시 고쳐 끼우면서 기계를 교체했다. 그런 일들이 한 시간 가까이 계속되었다. 수녀 한 사람이 잠깐 손을 놓자 한순간 재민의 몸이 부르르 떨리는 것이 보였다. 그것은 재민의 거부처럼 보였다. 규민은 재민의 몸을 붙들고 있는 그들에게 그만두라고 소리치고 싶었다.

창이 희뿌옇게 밝아올 즈음 재민의 거친 숨소리는 조금씩 잦아들었다. 그리고 다시 침묵 같은 평온이 찾아왔다. 젊은 의사가 이마에 맺힌 땀을 닦으며 다가왔다.

"주무시는데 전화드려서 죄송합니다, 수녀님. 새벽엔 정말 위급했거든요."

"아닙니다. 전화 잘 주셨습니다."

마리아 수녀에게 가볍게 인사를 건넨 그는 몇 번 안면이 있는 규민에게 마치 그녀가 재민의 유일한 보호자라고 생각하는 듯 재민의 상태를 설명했다.

"앞으로 이런 일이 더 자주 일어날 겁니다. 오늘은 이 정도로 넘어갔지만 항상 마음의 준비는 하십시오. 병실 비우지 마시구요."

마음의 준비? 내가 할 마음의 준비는 무엇일까? 이미 삼 년 전에 죽도록 사랑했던 남자를 떠나보내며 죽을 만큼 아팠다. 규민은 지금 또다시 자신에게 다가오는 이 아픔은 그때의 아픔과는 종류가 다르다는 것을 알고 있다. 이것을 무엇이라고 설명할까? 조금은 객관적인 아픔이라고 하면 답이 될까?

그들이 나가고 나자 마리아 수녀가 문득 규민을 바라보았다. 마리아 수녀의 얼굴에서 조금은 슬퍼 보이고, 또 조금은 허탈해 보이는 그런 종류의 회의가 느껴졌다.

"이규민 씨도 느끼셨죠?"

"네?"

"안드레아님은 이제 그만 자유롭기를 원하세요. 전 그렇게 느껴져요."

"그래도 최선의 노력은 해봐야죠."

규민은 자신의 마음과는 다른 말을 하고 있었다.

"아뇨, 지금 우리가 하는 노력은 어쩌면 우리 자신을 위한 것인지도 모릅니다. 남은 우리들을 위로하는 행위 말입니다."

마리아 수녀의 말뜻을 규민은 알 것 같았다. 어쩌면 지금까지 자신의 행동들도 그의 죽음에 대한 진정한 슬픔과 애도가 아니라 스스로 생채기를 내어 재민의 부재를 위로받고자 했던 것은 아니었을까?

"제가 삼 년여 동안 겪어본 안드레아님은 세상 누구보다도 자유로운 영혼을 가지신 분이셨어요. 그것이 세상의 눈엔 일탈로 보이기도 했었을 겁니다. 어쩌면 안드레아님의 자유는 누구에게도 이해받지 못한 자유가 아니었을까요? 그를 탄생시킨 창조주에게 조차도 말입니다. 훗, 아무래도 하느님께서 저를 잘못 선택하신 것 같죠?"

마리아 수녀는 성직자로서 자신의 말이 옳고 그름을 따지고 싶지 않았다. 최재민이라는 한 인간이 가졌던 절대적 자유에 대한 추구와 고뇌를 이해해 주고 싶었다. 규민은 마리아 수녀의 말을 다 이해할 수는 없었지만 그 뜻을 조금은 알 것 같았다. 마리아 수녀는 규민에게 다시 들어가 잠을 잘 것을 권했지만 규민은 고개를 흔들며 재민의 곁에 의자를 당겨 앉았다. 재민은 다시 죽은 듯 잠이 들어버렸지만 부르르 떨며 보여주던 그의 거부의 몸짓이 선명하게 눈앞을 스쳤다. 마리아 수녀의 말처럼 재민은 결코 무엇에도 구속받기를 원치 않는 사람이었다. 그래서 규민의 사랑조차 부담스러워했던 사람이다. 영원히 생명을 놓으려는 이 순간에도 그가 원하는 것은 바로 그것일 거라고 규민은 생각했다.

"사람들은 규칙적이지 않은 것을 불편해하지. 자신들이 규정해놓은 틀을 벗어난 것에게는 언제든 '아니다'라고 쉽게 말해 버려. 실제로 그들에겐 아니니까. 불편하고, 눈에 거슬리고, 자꾸 속을 긁어대거든. 그래서 가장 간단한 방법으로 외면을 해버리는 거야. 나는 내 그림이 바로 그렇다고 생각해. 불편하고, 눈에 거슬리고, 속을 긁어대는 거. 하지만 난 세상의 네모난 그 규범들이 구역질 나게 싫거든. 그 틀 속에 들어서는 순간 내 그림의 생명은 끝나고 말 거야. 그러니까 내 그림을 너희들의 규칙적인 세상 속으로 들여놓으려고 애쓰지 마."

국전을 준비하며 그가 했던 말이었다. 규민의 눈에 비친 모든 불규칙적인 그의 생활 방식도 결국 그만의 자유에서 나온 것이었다. 사람들의 눈에는 그저 이상하고 난해해 보였던 그의 그림들, 그 속에 담긴 불규칙적인 선들, 아무도 예상치 못한 배색들, 거꾸로 자라던 그 나무들, 눈이 없던 사람의 형상들.

그의 그림이 표현했던 것은 그만이 가진 간절한 구원과도 같은 먼 바다였다. 그 심연의 부동하지 않는 고대의 물처럼 순수한, 이 세상에는 없는 그 추상의 자유들, 입으로 말하면 퇴색해 버리는 비 실제의 희열, 아직도 인간의 내면에 아슬한 구원처럼 남아 있는 마지막 희망, 그 전설들이었다. 그래서 그의 그림은 규민을 잠식했고, 소유해 버렸고, 구속시켜 버렸다. 규민에게 그의 그림은 위대했다. 누가 지금의 저들처럼 그의 자유를 억압했던가? 그것은 바로 그림 외엔 아무것도 의미가 없는 그에게 무언가 의미가 되고자 했었던 그녀 자신이었다는 것을 창으로 쏟아져 들어오는 태초의 햇살 같은 아침을 맞으며 규민은 뼈저리게 느끼고 있었다.

오전에 재민에게 한 번 더 위기가 찾아왔다. 뜨거운 열에 녹아내린 식도와 기도로 인해 수시로 찾아온다는 호흡 곤란과 함께 맥박의 수치가 무섭게 떨어졌다. 그러나 이번에도 기계들은 재민을 놓아주지 않았다. 그 후로도 두 번이나 더 위기가 찾아왔고 결국 규민은 오늘 떠나겠다는 결심을 접고 말았다. 그 후로도 며칠 동안 재민은 규민의 발목을 붙잡듯 죽음의 문턱으로 달렸다 돌아오기를 반복했다. 오 일이 지나도록 집에 전화도 하지 못했다. 찬우나 엄마가 걱정할 것이라는 생각은 들었지만 막상 전화를 걸려고 해도 무슨 말을 해야 할지 막막하여 전화를 걸 수가 없었다. 낮에는 종일 규민이 재민의 곁을 지켰고, 자정이 넘자 다른 환자들을 돌보며 잠깐씩 들여다보던 마리아 수녀가 교대해 주었다. 성당으로 돌아오자마자 규민은 침대 위에 쓰러졌다. 찬우가 보고 싶었다. 지칠 대로 지쳐 버린 몸도, 마음도 찬우에게 기대고 싶었다.

병실의 창으로 다시 어제처럼 태초의 햇살 같은 아침이 밝아오고 있었다. 규민은 새벽같이 그곳으로 와서 아침을 맞고 있었다. 용기를 내어 잡아보는 재민의 손은 미끌미끌하고 이상한 감촉이 느껴졌다. 그러나 인간적인 감성이라고는 남아 있지 않을 것 같은 그 손에서 어느새 손끝을 타고 따듯한 온기가 전해졌다. 그는 이렇게 살아 있었다. 그제야 규민은 살아 있음이 인간에게 주는 위로가 무엇인지 알 것 같았다. 마음으로 한줄기 물길이 흘러들었다. 잊고 있었던, 잊으려 했던, 잊어야만 했던 그 감정들. 그러나 더 이상 격정적이지 못한 채 조용히 흘러드는 물길. 그녀는 어색하게 잡고 있던 손을 꼭 잡았다.

"재민아……."

자신의 입에서 '재민아'란 말이 나오는 순간 몸도, 마음도 다시 격정 속으로 치달아 버리지 않을까 두려웠는데 스스로도 놀랄 만큼 그녀의 목소리는 나직하고 차분했다.

"왜 혼자 아팠니? 나도 있고, 찬우도 있었는데."

어느새 그녀의 깊은 마음속에도 격정적인 슬픔보다는 따듯하고 애틋함이 더 크게 자리잡고 있었다. 규민은 다시 용기를 내어 흉터투성이의 얼굴을 손으로 만져 보았다.

"네가 이곳에서 행복했었다고 하니 다행이야. 마리아 수녀님이 널 돌봐주신 것도 다행이고, 어제보다 오늘 더 나빠지지 않은 것도 다행이지? 그리고 무엇보다 이렇게 살아 있어주어서 고맙고…… 다행이야."

규민은 일그러진 재민의 손에 얼굴을 묻었다. 이곳에 다시 내려온 지 일주일 만에 눈물이 쏟아졌다. 그러나 그것은 사랑이 슬퍼 몸부림을 치며 흘리는 눈물이 아니었다. 미칠 듯이 가슴이 아파서 흘리는 눈물도 아니었다. 한때 그를 알았던, 사랑했던 여자로서

지극히 인간적인 아픔만이 그녀를 울게 하고 있었다.

"규민 언니?"

고개를 들어보니 재영이 놀란 얼굴로 서 있었다. 삼 년 만에 보는 재영은 몰라볼 만큼 세련되고 성숙해 있었다. 재민을 닮아 외로움이 잔뜩 깃들어 있지만 재기가 넘치는 그녀의 눈은 여전히 빛이 났다. 재영은 규민이 요양원에 있는 것에 대해 약간 당황한 표정이었다. 병실 밖 의자에 앉아 얘기를 나누는 동안에도 재영은 예민한 눈으로 규민을 살폈다.

"어떻게 알고 왔어?"

"내가 십 개월쯤 전에 이곳을 다녀갔다는 거 몰랐구나? 그때 영산갤러리에 잠깐 나왔던 조각품을 보고 무작정 찾아왔었어."

"근데 난 왜 몰랐을까?"

"잠깐 다녀갔으니까. 사람들은 내가 누군지도 몰랐고…… 물론 재민이도 몰랐었어."

"그랬었구나."

"혼자 힘들었을 텐데 왜……."

그러나 규민은 '연락을 하지 그랬니?' 라는 뒷말을 잇지 못했다.

"그래, 힘들었어. 도망쳐 버리고 싶을 만큼 힘들었어. 처음엔 오빠의 끔찍한 모습을 보면서 차라리 불 속에서 죽어버리지 이 꼴로 왜 살아 나왔느냐고 몹쓸 말도 했었어. 근데…… 나중엔 고맙더라. 이렇게라도 살아 있어주어서, 내가 오빠한테 조금이라도 미안한 마음 털 수 있는 기회를 주는 것 같아서 고맙더라."

재영은 그 힘들었던 순간들을 한꺼번에 다 쏟아내기가 버거운 듯 잠깐 사이를 두고 짧은 한숨을 쉬었다.

"오빠 소식 듣고 언니한테 가장 먼저 연락하고 싶었지만 그럴 수 없었어. 오빠의 상태는 너무나 절망적이었고, 오빠가 누구에게도 연락하는 걸 원치 않았으니까. 특히 찬우 오빠와 언니에게는."

재영은 '특히 찬우 오빠와 언니에게는'이라는 말을 강조했다. 두 사람에게 결단코 짐이 되고 싶지 않았던 재민의 마음을 그들이 알기나 할지.

"그래도 난 언니만은 오빠의 생존을 꼭 알았으면 했었어. 오빠가 언니만을 생각하고 있다는 걸 알았거든. 그래서 언니가 자주 들르던 영산갤러리에 그 조각을 전해줬던 거야."

"그럼 네가 일부러 그 조각을 흘렸던 거니? 내가 보도록 하기 위해?"

"그래. 언니라면 우리 오빠 작품을 한눈에 알아볼 테니까."

그래, 재영의 말대로 규민은 그 조각의 주인이 재민이라는 것을 한눈에 알아보았다.

"근데 언니의 결혼 소식을 그때서야 들은 거야. 놀란 나는 그 조각을 들고 도망쳐 내려왔어. 해서는 안 될 일을 저질러 버린 죄인처럼……. 훗, 지금 생각해 보면 그럴 필요가 전혀 없었는데 말이지."

재영의 얼굴은 무언가에 단단히 화가 난 듯했고, 목소리에서는 약간의 빈정거림까지 느껴졌다.

"찬우 오빠랑 결혼했다는 얘기 들었어."

"어…… 응."

"좀 놀랐어. 우리 오빠를 잊지 못해 두 번이나 자살기도를 했던 사람치곤 너무 빠른 결혼 소식이라서 말이야. 그래도 그때는 두 사람이 행복하기를 빌었었어."

"그땐 그것이 내게 최선이었으니까. 찬우에겐 정말 미안하지만 날 위해 했던 결혼이었어. 지금도 그 부분이 찬우에게 가장 미안해."

재영은 찬우의 이름을 말하는 부분에서 규민의 눈빛이 따듯하게 젖어드는 것을 발견했다. 순간 재영의 눈가에 가늘게 경련이 일었다. 그리고 재영은 규민이 이해할 수 없는 말을 했다.

"모든 것이 계획적이었어."

"뭐라고?"

규민은 재영의 말이 이해되지 않아 되물었다.

"처음부터 계획적이었다고. 찬우 오빠가 날 위해 직장을 구해주고 방을 구해주고 한 것부터 우리 오빠에게서 날 떼어놓기 위한 계획이었어. 혼자 있어야 처리하기에 용이할 테니까."

규민은 재영의 말을 하나도 알아들을 수 없었다. 재영을 위해 직장을 구해주고, 방을 얻어주고, 그리고 아무도 몰래 학비까지 마련해 주었던 찬우에게 하는 말치고는 너무나 듣기가 거북했다.

"무슨 말인지 모르겠어. 무슨 섭섭한 일이 있었는지 모르겠지만 넌 찬우에게 그런 말 하면 안 되잖아."

"그래, 내가 찬우 오빠의 고마움을 잊어선 안 되지. 근데 언니도 사실을 다 알면 그런 말은 못할걸?"

재영의 얼굴에 감당할 수 없는 분노가 가득 차 있다는 것이 느껴졌다. 규민은 이유도 알지 못한 채 두려움이 먼저 밀려왔다.

"무슨…… 말이야?"

재영은 주먹을 두어 번 꼭 쥐더니 고개를 들었다.

"언니……."

그러나 그녀의 입에 떨어지기 전에 낯선 목소리가 먼저 들렸다.

"여기가 최재민 씨 병실 맞습니까?"

약간 마른 체구에 큰 키를 가진 남자였다. 그는 의자에 앉은 두 여자를 살피다가 규민의 얼굴에 눈을 멈추었다. 왠지 백찬우와 닮은 느낌을 가진 여자다.

"혹시 이규민 씨 되십니까?"

"그런데요, 누구시죠?"

"서울 지방 경찰청에서 나왔습니다. 잠깐 얘기 좀 나눌 수 있을까요?"

신분증을 보여주며 자신을 주명진이라고 소개한 그 남자는 규민을 휴게실로 이끌었다. 햇살이 길게 뻗어 들어온 휴게실은 아련한 봄이 피어난 듯 주홍빛으로 따뜻했다.

"무슨 일이시죠? 경찰청에서 왜 절 찾아오신 거죠?"

의아한 눈으로 묻고 있는 규민을 보며 주명진은 쉽게 입이 떨어지지 않았다. 이 여자는 백찬우의 소식을 어떻게 받아들일까? 최재민을 위해 자신의 꿈을 접었고, 그의 사고 후에는 자살까지 기도했던 여자라고 들었다. 그리고 현재는 남편이 그 사건의 범인으로 지목되어 조사를 받고 있다. 주명진은 갑자기 머리가 지끈 아파왔다. 다른 사람을 보냈어도 될 일을 굳이 자신이 이곳까지 내려온 것이 은근히 후회까지 되었다.

"삼 년 전에 일어났던 최재민 씨 화실의 화재 사건과 관련하여 조사할 것이 있어 찾아왔습니다."

당시 재조사해 줄 것을 그토록 애원하며 뛰어다녔지만 모두 묵살했던 그들이 왜 갑자기 지금에 와서 재조사를 한다는 것인지 규민은 이해할 수 없었다. 규민의 눈에 비친 그 의문의 뜻을 읽은 듯 주명진이 재빠르게 말을 이었다.

"진정서와 함께 고발장이 접수되었거든요. 그 사건과 관련하여 새로운 증인이 나타났습니다."

당시의 증인은 찬우밖에 없었다. 화실은 좁은 골목이 끝나는 곳, 산꼭대기 무허가 건물이었기 때문에 사람의 왕래도 거의 없었던 곳이다. 찬우가 혼자서 발을 동동 구르며 울부짖었다는 것을 규민은 너무나 잘 알고 있다. 당시 찬우가 수십 번이나 경찰서를 들락거리며 조사를 받을 동안 규민도 늘 함께 따라다녔으니까.

"화재 당시 그곳에는 찬우 한 사람밖에 없었어요. 그리고 당신들이 죽은 것으로 결론 내렸던 최재민 씨가 이렇게 멀쩡히 살아 있는데 조사를 해야 한다면 당시 사건을 맡았던 경찰들이 조사를 받아야 하는 것 아닙니까?"

규민은 화가 난 듯 말했다. 그들이 무슨 이유로 다시 조사를 하는 것인지는 모르겠지만 그때 경찰서를 들락거리며 외면당했던 일을 생각하면 아직도 화가 치민다.

"우리는 그 화재를 방화로 추정하고 있습니다."

"무슨?"

"최재민의 살인미수 및 방화혐의로 백찬우 씨가 조사를 받고 있습니다."

순간 규민의 눈이 자신의 그림 속 포플린 치마를 입은 여자처럼 정지해 버렸다. 그러나 이내 이 먼 곳까지 찾아온 당신이 참 안됐다는 표정으로 주명진을 향해 어이없는 웃음을 지어 보였다.

"뭔가 착오가 있으신 모양이네요."

태평스러워 보이기까지 한 이규민의 표정이 깊고 깊은 물속에 침잠해 버린 백찬우의 얼굴과 대비되어 주명진은 자신도 모르게 화가 날 것 같았다.

"백찬우 씨가 조사를 받은 지 이미 삼 일이 넘었습니다."

딱딱하게 굳은 주명진의 얼굴을 보며 그제야 규민은 사태의 심각성을 파악한 듯 입가에 흐르던 웃음을 거두었다.

"무슨 말씀이신지…… 자세히 설명해 주세요."

"말씀드린 대로입니다. 백찬우 씨가 최재민 살인미수 및 방화혐의로 경찰의 조사를 받고 있습니다."

"아니에요. 찬우는…… 제 남편은 그럴 사람이 아니에요."

믿을 수 없다는 얼굴로 고개를 흔드는 규민의 눈을 보고서야 주명진은 자신이 너무 메마르게 말했다는 생각이 들었다. 백찬우를 취조하며 그의 사랑이 너무 답답하고 안타까웠기 때문에 은연중에 이규민이라는 여자에 대해서 반감이 있었던 모양이다. 주명진은 자신이 왜 이곳에 왔는지를 상기하며 다시 입을 열었다.

"그날 이규민 씨가 백찬우 씨를 그곳으로 보냈죠?"

그러나 규민은 주명진의 말이 귀에 들어오지 않았다. 이 사람이 무언가를 잘못 알고 찾아왔다는 생각뿐이었다. '방화, 살인미수' 그런 말 따위는 감히 찬우와 어울릴 단어가 아니었다. 무슨 잘못된 정보를 가지고 이 사람이 이곳까지 그녀를 찾아왔는지 모르겠지만 이런 말도 안 되는 소리를 지껄이고 있는 그의 얼굴에 침이라도 뱉어주고 싶을 만큼 어이가 없었다.

"무슨 오해가 있는지 모르겠지만 제 남편은 그 사건에 대해 이미 삼 년 전에 충분히 조사를 받았고, 그 일과는 아무 상관이 없다는 것이 밝혀졌습니다. 자세히 알아보지도 않고 그런 말을 하는 건 무고죄가 아닌가요? 남편이 조사를 받고 있다는 그 말조차 믿을 수 없군요. 당신, 경찰이 맞긴 맞나요?"

그제야 주명진은 지금까지 자신이 한 말을 규민이 전혀 귀에 넣지 않고 있었다는 것을 알았다. 이런 식으로는 대화를 할 수가 없다. 얘기를 나누기 전에 먼저 이규민에게 자신의 말이 사실임을 주지시킬 필요가 있었다.

"이규민 씨."

주명진이 부르는 소리를 듣지도 않은 채 규민은 전화기를 꺼내었다. 번호를 누르는 그녀의 손이 몹시 떨리고 있었다. 신호가 잘 가지 않자 규민은 전화기를 두드리다가 충전이 되지 않았다는 것을 그제야 깨달은 듯 신경질적으로 폴더를 내렸다. 그러자 주명진이 주머니에서 자신의 휴대폰을 꺼내어 규민의 앞으로 밀어주며 말했다.

"백찬우 씨 회사로 전화를 해보시죠. 지금쯤 압수 수색이 시작되었을 겁니다."

그러나 규민은 전화기만 노려볼 뿐 집어 들지 못했다. 믿을 수 없지만, 정말 있을 수 없는 일이지만 찬우가 경찰의 조사를 받고 있다는 말은 사실인 모양이었다. 불안하게 흔들리던 규민의 눈이 안정이 되는 것이 느껴지자 주명진은 다시 입을 열었다.

"새로운 증인이 나타났습니다. 삼 년 전, 백찬우 씨는 그날 화실에서는 최재민 혼자 그림을 그리고 있었다고 진술했지만 그곳에는 또 한 사람이 더 있었더군요. 모델을 서고 있던 여성이었습니다. 백찬우 씨는 그 부분을 위증했습니다."

찬우는 삼 년 전, 그녀에게도 분명히 재민이 혼자 그림을 그리고 있더라고 말했었다. 당시 전혀 그림자도 비치지 않던 그 모델이 어디에 있다가 지금에서야, 무슨 이유로 나타난 것일까? 그리고 찬우는 왜 위증을 하면서까지 그 여자의 존재를 숨겼던 것일까? 혼란스러움이 규민의 마음을 흔들었다. 아무 말도 못한 채 멍하니 전화기만 내려다보고 있는 규민을 보며 주명진은 메모장을 꺼내어 본격적인 질문을 하기 시작했다.

"평소 백찬우와 최재민, 두 사람의 사이가 나빴습니까? 이규민 씨를 사이에 두고 다툼이 있었다거나……."

"아뇨."

규민이 아는 한 찬우는 재민과 재민의 그림을 아꼈다. 그리고 재민의 최고의 후원자이기도 했다.

"최재민 씨가 사창가의 창녀들을 자신의 누드모델로 세웠다는 것은 알고 있었습니까?"

"네."

규민은 담담하게 대답했다. 경제적 이유를 떠나서 재민은 누드의 진실은 그곳에 있다고 생각하는 사람이었다. 그는 그녀들의 벗은 몸을 예술이나 가식이 아닌 치열한 삶의 누드라고 표현했었다.

"그 과정에서 최재민 씨와 모델들과의 사이에서 불미한 일이 있었다는 것도 알고 있었습니까?"

순간 규민의 몸이 움찔했지만 이내 차분히 가라앉았다.

"아뇨."

"백찬우 씨의 말로는 그전에도 그런 일이 한 번 있었고, 그리고 사건 당일에도 그 일로 두 사람 사이에 엄청난 다툼이 있었더군요."

"전혀…… 모르는 일입니다."

재민이 모델들과 불미스러운 일을 저질렀다는 말은 믿어지지 않는다. 하지만 그 일로 찬우와 다툼까지 있었다면 전혀 아니라고 할 수도 없는 일인 것 같다. 사실이라면 찬우의 감정으로는 용납하지 못할 일이었을 것이다. 찬우는 그녀에 대해서 언제나 절대적인 사람이므로. 규민은 입술을 잘근 깨물었다.

"조사 결과 그것이 직접적인 원인이 되어 방화로 이어졌다고 추정하고 있습니다."

순간 규민이 내내 숙이고 있던 고개를 번쩍 들며 소리를 쳤다.

"아니에요, 찬우는 그러지 않았습니다!"

너무나도 확고한 그녀의 외침에 주명진은 잠시 규민을 응시했다. 취조 과정 중 이규민의 얘기를 하는 부분에서 처음과는 다르게 시간이 지날수록 허탈하게 풀려 버린 백찬우의 눈에 비해 이 여자의 눈은 너무도 확신에 차서 반짝인다. 주명진은 어쩌면 자신이 이것을 바라고 이곳까지 직접 내려온 것인지도 모른다는 생각이 들었다. 법을 집행해야 하는 경찰이 객관적 판단을 무시하고 감상에 이끌려 사건을 바라보는 것을 가장 경계해야 한다는 것을 잘 알면서도 백찬우에게 애잔한 마음이 자꾸 생기는 것을 부인할 수 없다.

"이규민 씨가 아무리 부인하고 싶어도 본인이 저렇게 입을 다물고 있는 이상 그것은 공허한 메아리일 뿐입니다."

"……?"

"현재 백찬우 씨는 전혀 취조에 협조를 하지 않고 있습니다. 자신이 절대적으로 불리한 입장인데도 전혀 입을 열지 않고 있습니다."

"왜요? 왜죠?"

"글쎄요."

규민은 무언가에 얻어맞은 듯 혼란에 빠져 버렸다. 찬우의 위증과 모델들과 재민의 믿을 수 없는 불미스러운 관계, 그리고 침묵하고 있다는 찬우.

"평소 이 사건과 관련해 남편 분과 특별히 나눈 얘기는 없었습니까?"

"아뇨, 전혀."

그것은 찬우에게도, 규민에게도 너무나 큰 상처를 남긴 화재였기에 서로를 위해 피하던 이야기였다. 찬우가 왜 입을 다물고 있는지 규민으로서는 도무지 짐작이 가지 않는다. 새파랗게 질린 듯 앉아 있는 규민을 바라보던 주명진은 답답한 듯 한숨을 내쉬며 일어났다.

"곧 검찰로 넘어갈 겁니다. 그러면 머지않아 재판도 시작될 것이고…… 하긴 백찬우 씨가 저렇게 입을 열지 않는 한 그 재판마저 무의미해 보입니다만."

한 걸음 내디디던 주명진이 다시 돌아섰다.

"백찬우 씨는 변호사마저 선임하지 않고 있습니다."

주명진은 그런 말을 전하는 자신이 답답해졌다. 도대체 이 여자에게 어떤 행동을 바라고 이런 말을 전하는지 모르겠다. 재판이 시작되면 검찰이나 변호사나 어느 쪽에서든 이규민을 증인으로 채택할 것은 분명한 사실이었다. 과연 이규민은 어느 쪽을 위해, 누구를 위해 변호할 수 있을까? 주명진은 숨 막힐 듯한 상황에 혼자 놓여진 규민을 보고 있기가 두려워져서 도망치듯 빠른 걸음으로 그곳을 빠져나오고 말았다.

가슴속에서 한줄기 바람이 일었다. 규민은 '훅' 하고 불덩이 같은 숨을 뱉어내었다. 주명진의 말을 간단하게 정리해 보자면 찬우가 재민을 죽이려고 불을 질렀다는 뜻인데 규민의 머리에서는 그것이 여전히 정리가 되지 않았다. 순간적으로 머리도, 가슴도 정지해 버린 듯 아무 생각이 떠오르지 않았다. 마른 바람이 불어와 먼지를 뿌리고 가듯 눈앞이 흐리고 따가웠다. 꿈이라면 누가 좀 깨워주었으면 좋겠다.

한 무리의 사람들이 우르르 몰려왔다 나가고, 부서져 들어오던 햇살이 흐리게 퍼지는 것으로 보아 이미 시간은 오후로 접어든 모양이다. 그러나 아무도 깨워주는 이 없는 규민은 몇 시간째 미동도 없이 그림자처럼 앉아 있었다.

문득 김이 모락모락 피어오르는 커피 잔이 눈앞으로 불쑥 들어왔다. 고개를 들어보니 재영이 서늘한 눈으로 규민을 바라보고 있었다. 그녀는 이미 모든 것을 아는 눈치였다. 뜨거운 커피를 한 모금 마시고 나니 조금 정신이 드는 것 같았다.

"재영아, 넌 이미 다 아는 것 같은데…… 내가 이해할 수 있도록 설명 좀 해줄래?"

"이해 못할 거 뭐 있어? 한국어를 모르는 것도 아니고. 그 사람 말 액면 그대로 받아들여. 삼 년 전의 화재는 우리 오빠를 죽이기 위해 찬우 오빠가 저지른 방화였다는 그 말이잖아."

재영은 규민의 옆에 털썩 앉으며 차갑고 퉁명스런 목소리로 말했다.

"넌 그게 말이 된다고 생각해? 찬우는 절대 그럴 사람이 아니잖아!"

"글쎄, 그럴까? 그건 알 수 없는 일이지. 천 길 물속은 알아도 한 길 사람 속은 모른다는 옛말도 있잖아."

규민을 빤히 바라보며 말을 하는 재영의 눈은 차가움만이 가득차서 조금의 다정함도 느껴지지 않았다.

"설마, 재영이 너……!"

"그래, 그 진정서 내가 접수시킨 거야."

"혹시 재민이가 무슨 말을 했던 거니?"

"아니, 우리 오빠가 그런 말을 할 사람이야? 만날 당하고도 입

삼 년 전 그들에게 무슨 일이 있었을까? 311

도 뻥긋 못하는 등신인데."

재영의 얼굴은 격해진 감정으로 붉어졌고, 말투는 거칠었다. 도대체 재민이 무얼 당하고 살았다는 건지 알 수 없다. 찬우도, 자신도 언제나 재민에게 최선을 다했고, 희생도 했다.

"오빠가 완전히 정신을 놓아버린 후 난 오빠 그림을 찾으려고 서울 시내의 갤러리들을 뒤지고 다녔었어. 오빠 그림은 그날의 화재로 한순간에 다 사라져 버렸지만 언니도 알다시피 내가 철없이 빼돌린 그림이 꽤 되었었거든. 그림을 찾아나서면서 그때의 내 철없는 행동들이 오히려 고맙게까지 느껴지더라. 그것들이 오빠가 이 세상에 존재했었다는 유일한 흔적들이 되어줄 테니까. 그런데 어떻게 된 일인지 구석진 자리에 천덕꾸러기처럼 먼지나 뒤집어쓰고 있을 것 같던 오빠 그림들이 하나도 보이지 않는 거야. 내가 자주 내다 팔았던 화랑에 가서 물었더니 그곳 주인 늙은이는 우리 오빠 그림들이 언제 팔려나갔는지조차 기억을 못했어. 아무도 찾지 않는 그림이라 아주 헐값에 팔렸거나 다른 그림에 묻어나갔거나 그랬을 거라고만 하더군. 서울과 여기를 오르락내리락하며 한동안 찾았지만 결국 단 한 점도 찾지 못했어."

어느 곳에서도 재민의 그림을 찾을 수 없었던 것은 규민도 마찬가지였다.

"이번에 찾지 못하면 그만 포기해야겠다고 생각하며 지난달 말에 다시 올라갔었지. 마지막이란 생각으로 한 번 더 돌아보던 중에 드디어 오빠 그림을 하나 찾았어."

재영은 약간 상기된 표정으로 커피를 마저 마시고 다시 규민을 바라보았다.

"그날, 마지막으로 생각하고 들어간 맥 갤러리에서조차 오빠 그림이 없다는 것을 확인하고 나오는데 어떤 여자가 그림을 팔러 들어오더군. 전혀 그림과는 상관없어 보이는 천박하고 어려 보이는 여자였어. 그 여자가 펼쳐 보이는 그림을 보는 순간 난 그게 오빠 그림이라는 걸 단번에 알아보았어. 우연도 그런 우연이 있을까 싶을 정도로, 무슨 영화의 한 장면처럼 말이야."

재영은 그 여자를 만났던 그때를 다시 떠올렸다. 놀라운 사실을 알아버렸던 슬픈 날이기도 했다.

그 여자가 펼쳐 보이는 그림을 보는 순간 재영은 자신의 눈을 의심했다. 그것은 그녀가 그토록 찾아 헤맸어도 그림자조차 볼 수 없었던 재민의 그림이었다. 주인이 들여다보기도 전에 그림은 이미 재영의 손에 들려 있었다. 떨리는 손으로 집어 든 그림의 아랫부분에는 휘갈긴 재민의 사인이 선명했다.

"이 그림이 어디서 났죠?"

그 여자는 빼앗다시피 그림을 집어 들고 묻는 재영을 두려운 눈으로 바라보다가 순간적으로 몸을 돌려 가게를 뛰어나가 버렸다.

"아저씨, 이 그림 잠깐만 맡아주세요."

생각할 겨를도 없이 재영은 그 여자를 쫓아 나갔다. 가게를 나오니 저만치 앞서 달리는 여자가 보였다. 저 여자가 왜 도망을 치는지 알 수는 없지만 재민에 관한 한 무엇이든 작은 것이라도 놓치고 싶지 않았기에 재영은 그 여자를 따라 뛰었다.

"잠깐만요! 물어볼 말이 있어요. 잠깐이면 돼요!"

그러나 그 여자는 힐끔힐끔 돌아보면서 도망을 쳤다. 한참 달리던 그 여자는 숨이 가쁜 듯 가슴을 움켜잡더니 골목으로 숨어들었다. 재영이 그 골목으로 뛰어들었을 때 그 여자는 자지러지는 기침을 쏟아내며 재영이 알아듣지 못할 말을 했다.

"잘못했어요. 제가 잘못했어요. 전 그냥 무서워서 가만있었을 뿐입니다. 너무 무서워서 숨어버렸어요. 흑흑흑."

여자의 말을 의아하게 듣고 있던 재영은 그녀의 손목을 낚아챘다. 그 여자의 행동으로 보아 자신이 모르는 무슨 일인가가 재민에게 있었던 것이 분명했다. 여자의 손목을 꼭 쥔 채 근처 찻집으로 들어간 재영은 그녀가 달아나지 못하도록 팔목을 움켜잡은 채 입을 열었다.

"전 아까 댁이 팔려고 하던 그 그림을 그린 사람의 동생입니다. 먼저 우리 오빠 그림이 왜 댁의 손에 있었는지 그것부터 말씀해 주실 수 있습니까?"

여자는 고개를 푹 숙인 채 손목을 빼려고 몇 번 시도해 보다가 포기한 듯 더 이상 움직이지 않았다.

"나이가 몇이에요?"

"스물…… 한 살요."

스물한 살이라고 말하는 여자의 머리는 짙은 갈색으로 물들여져 있었고, 스물한 살의 다른 여자애들처럼 평범해 보이지는 않았다.

"다시 한 번 물을게요. 우리 오빠 그림을 어떻게 해서 가지게 되었죠?"

"……."

"예전에 구입한 건가요? 아니면 혹시…… 우리 오빠의 누드모델을 섰던 적이 있나요?"

그 여자가 입고 있는 옷이라든지 분홍색 손톱을 보며 혹시 그럴지도 모른다는 생각이 들었다. 여자는 잠깐 재영을 살피다가 다시 고개를 떨어뜨렸다.

"도망치지 않을 테니까 이 손목 좀 놔주세요."

재영은 여자의 손목을 놓아주었지만 여전히 경계를 풀지 않았다. 여자는 손목이 아팠던지 한참을 주무르더니 고개를 들어 배시시 웃었다.

"선생님이랑 많이 닮으셨어요."

"그래요?"

드디어 여자가 입을 열 모양이었다.

그녀는 중학교 졸업과 동시에 집을 나와 이 년 가까이 술집을 전전했다고 했다. 그날도 전날 먹은 술로 만신창이가 된 속을 끌어안고 잠이 들어 있었는데 대낮부터 두들겨 깨운 마담이 그녀에게 손님을 받으라고 말했다.

"언니, 나 지금 죽겠단 말이야! 오늘 새벽의 그 늙은이가 어찌나 못살게 구는지 걸음도 못 걷겠다고!"

짜증을 내며 끌려간 곳에 얌전하게 생긴 남자가 기다리고 있었다. 멀쩡하게 생긴 젊은 남자가 대낮부터 술집 여자를 찾는 것이 한심해서 곁눈으로 살피고 있었는데 그 남자의 입에서 나오는 말은 의외였다.

"서너 시간 정도 포즈를 잡고 서 계시기만 하면 됩니다. 돈은 많이 못 드려요."

뱀처럼 징그럽게 몸을 타오르지 않고도 돈을 준다니 별 이상한 사람도 다 있다 생각하며 흔쾌히 허락했다.

"그래서 삼 일 동안 모델을 섰었는데 선생님은 정말 좋은 분이셨어요. 둘째 날은 돈이 없다고 미안해하시기에 제가 장난으로 '그럼 그림 하나 주세요' 했더니 정말 선뜻 내어주시더라구요. 그래서 제가 그 그림을 가지고 있었던 겁니다."

여자는 재민을 추억하는 내내 얼굴이 어두웠다.

"근데 아까 왜 절 보고 도망쳤죠? 그리고 잘못했다는 소리는 뭐고, 무서웠다는 말은 또 무슨 뜻이었는지 말해줄 수 있어요?"

여자는 다시 고개를 숙인 채 입을 다물어 버렸다. 재영은 탁자 위에 놓인 여자의 손을 움켜잡았다.

"말씀해 주세요. 제가 우리 오빠한테 잘못한 게 너무 많아요. 우리 오빠가 영원히 떠나 버리기 전에 뭐든 해주고 싶고, 더 알고 싶고 그래서 그렇습니다."

그 소리에 여자가 동그란 눈으로 재영을 쳐다보았다.

"돌아가셨잖아요! 그때 불이 나서……."

"살아 있어요."

그 소리에 여자는 경악하며 손으로 입을 가렸다.

"불타는 화실에서 뛰어나온 사람은 그 남자뿐이었는데?"

"화장실 창으로 빠져나왔는……. 잠깐! 방금 뭐라고 그랬어요? 화실에서 뛰어나온 남자요? 그럼 현장에 계셨단 말인가요?"

경찰 조사에서 분명 찬우는 현장에는 혼자뿐이었다고 했다. 재영의 질문에 여자는 허둥대며 물을 마시다가 컵을 넘어뜨렸다. 분명히 뭔가가 있다! 재영은 잡고 있던 여자의 손을 힘껏 다잡아 얼굴을 가까이 가져갔다.

"말해줘요. 우리 오빠 죽지 않았어요, 살아 있다구요! 시체처럼 누워서 죽을 날만 기다리고 있어요. 제발 말해줘요!"

재영의 간절한 목소리에 여자의 눈동자가 심하게 흔들렸다.

"그러니까 전…… 무서웠어요. 제가 본 사실이 정말인지 아닌지도 모르겠고……."

여자의 말은 분명히 그날 무슨 일이 있었다는 뜻이었다. 재영은 침을 꿀꺽 삼키며 여자의 말을 기다렸다. 그 여자는 고개를 숙인 채 입술만 깨물고 있다가 드디어 결심한 듯 고개를 들었다.

"그날은 제가 약속 시간보다 두 시간이나 늦게 갔기 때문에 어두워질 때까지 모델을 서야 했어요. 선생님께서 어제 돈을 주지 못해서 미안하다며 돈도 미리 주셨고, 그래서 움직이지도 못하고 똑같은 자세로 두 시간 넘게 버티는 것이 힘들었지만 기분이 아주 좋은 날이었어요. 그림을 거의 마무리할 즈음에 갑자기 제 어깨에 그을음이 떨어졌어요. 그래서 천장을 보니 몹시 낡은 창고더군요. 참으려고 했는데 너무 가려워서 움찔거렸더니 선생님께서 가만있으라고 화를 내셨어요. 정말 좋은 분이었는데 그림 그릴 때는 조금 무서웠거든요. 그래서 '어깨에 그을음이 떨어졌어요' 했더니 다가오셔서 직접 그걸 치워주셨죠. 바로 그때 그 남자가 들어온 거예요."

"그 남자라면?"

"불타는 화실에서 뛰어나오던 남자요."

그것은 여자가 있었다는 부분을 빼고는 삼 년 전 조사에서 다 밝혀진 얘기였다. 찬우는 재민을 구하기 위해 화실로 뛰어들었다가 불길이 너무 강해 다시 뛰어나왔다고 했다. 그런데 찬우는 이 여자 얘기를 왜 빼버렸을까?

"그 남자는 무슨 일인지 들어서자마자 다짜고짜 죽여 버리겠다고 소리치면서 선생님께 주먹을 휘둘렀어요."

재영은 그녀의 말을 이해할 수 없었다. 찬우가 재민을 때릴 이유는 아무것도 없었다. 그들은 규민을 사이에 두고도 의심스러울 만큼 사이가 좋은 친구였다.

"그냥 무작정요?"

"그 사람이 뭐라고 소리를 질렀지만 전 그때 나체 상태였고 그래서 옷을 껴입느라 잘 듣지 못했습니다. 그냥 '죽여 버리겠어!' 라는 말만 되풀이했던 것 같아요. 그 사람 눈을 보니 정말 죽일 것처럼 무서워서 전 도망쳤어요."

그 후 그녀는 술집에 도착해서야 화실에 지갑을 놓고 온 사실을 알았다고 했다. 그 지갑 속에는 그날 재민에게 받은 모델료 외에도 엄마 병원비로 쓸 돈이 들어 있었다는 것이다. 그녀가 다시 버스를 타고 돌아가 화실에 도착했을 때, 화실은 이미 불길에 휩싸여 있었고 찬우가 그 속에서 뛰어나왔다고 했다.

"전 너무나 두려웠어요. 그래서 사람들이 몰려 올라오는 소리를 듣고 뒷골목으로 도망쳐 내려왔습니다. 선생님 돌아가신 건 다음날 뉴스 보고 알았어요. 난로가 과열되어 불이 났다는 소리를 듣고 아닌데…… 하는 생각이 들었지만 그냥 입 다물고 있을 수밖에 없었습니다. 제가 그 말을 해버리면 경찰서를 들락거려야 할 것이고, 만약 그렇게 되면 오빠가…… 아시죠? 우리 같은 애들 이리저리 팔아먹는 포주요. 제가 경찰서에 들락거리다 보면 자기들에게 피해가 갈까 봐서 그 포주 오빠가 절 가만두지 않을 거거든요. 그 사람은 사람을 죽여도 새도 모르게 매장해 버리고도 남을 인간이었어요. 그래서 나설 수가 없었어요. 한동안 잠도 못 자고 살았습니다. 선생님이 꿈속에 나타나 절 원망할 것 같았어요. 늘 죄책감에 시달렸습니다."

거기까지 말한 재영의 눈엔 분노에 찬 눈물이 흘러내렸다.
"찬우 오빠가 맘속으로 우리 오빠를 미워하고 있다는 것은 알았지만 설마 그 정도일 줄은 몰랐어."
"찬우는 재민이 미워하지 않았어! 싸웠다면 아마 무슨 이유가 있었을 거야. 그리고 찬우가 불을 지르는 걸 그 여자가 직접 봤대?"
"싸운 게 아니라 일방적으로 때렸다잖아! 그리고 꼭 눈으로 봐야 믿어? 지금까지 얘기만으로도 진정서와 고발장을 작성하는 데는 아무 문제 없었어! 찬우 오빠가 지은 죄가 없다면 왜 그때 그 모델 얘기는 한 마디도 하지 않았을까? 그런 생각은 안 해봤어? 그리고 찬우 오빠가 우리 오빠를 미워하지 않았다고? 흥, 찬우 오빠가 언니 앞에서는 언제나 완벽한 행동만 하니까 몰랐겠지. 사실은 찬우 오빠가 우리 오빠를 정신적으로 얼마나 괴롭혔는지 언니는 몰라. 다 낡은 창고 하나 구해주면서 온갖 생색은 다 내었고, 마치 오빠 그림을 자기가 이끌어가는 듯 참견까지 했었지."

"찬우가 언제 생색을 내었다고? 너 정말 단단한 오해를 하고 있구나. 그 창고, 찬우 사업 시작할 때 형님과 누나한테 도움받은 돈으로 마련한 것이었어. 그 창고 마련해 주고 찬우가 얼마나 좋아했는지 알아? 그리고 찬우가 그림에 대해 가끔 조언을 했던 건 그만큼 재민이 그림을 아꼈기 때문이야. 넌 잘 모르겠지만 찬우의 그림에 대한 안목은 웬만한 화가들을 능가해."

자신이 아는 한 찬우는 재민의 그림을 아꼈고, 재민의 처지를 안타까워했다.

"오빠 그림을 아꼈던 게 아니라 오빠 그림에 빠져 버린 언니 때문에 어쩔 수 없이 관심을 보였던 거겠지."

"찬우의 진심을 그런 식으로 매도하지 마!"

규민의 목소리가 조금 격해지자 재영은 원망스러운 눈으로 규민을 바라보았다.

"언닌 몰라, 찬우 오빠의 존재가 우리 오빠에게 얼마나 무거웠었는지. 화실을 마련해 주고, 후원금을 대주고, 내 뒤까지 돌봐주면서 찬우 오빤 우리 오빠를 옭아맸어. 오빠가 조금이라도 언니에게 다가갈라치면 찬우 오빠의 눈이 얼마나 무섭게 변했었는지 알아? 불행하게도 찬우 오빠가 발을 빼버리면 우리 오빤 당장 길바닥에 나 앉아야 할 형편이었고, 그것보다 더 불행했던 건 우리 오빠가 찬우 오빠를 너무나 좋아했다는 거야. 그래서 언니를 사랑하면서도 다가가지 못했어. 오빤 언니에게 아무것도 해줄 수 없었지만 찬우 오빠 뭐든 다 해줄 수 있었으니까 감히 욕심을 내지 못한 거지. 우리 오빠 그림 그리는 것 외엔 아무 능력이 없었으니까."

"난 재민이에게 다른 능력을 원하지 않았어."

"그랬겠지. 언니가 좋아했던 건 우리 오빠 그림뿐이었으니까. 그래도 오빠 잠깐만이라도 언니 곁에 머물고 싶어했었어. 아주 조금만, 언젠가 언니는 찬우 오빠에게 갈 사람이니까 아주 조금만. 우리 오빠 마음은 그거였는데 찬우 오빠 아니었던가 봐. 죽여 버리고 싶을 만큼 오빠가 언니 곁에 머무는 걸 못 견뎌했어. 그래서 결국 그런 짓까지 저지른 거야."

재민의 얘기를 듣는 내내 규민은 고개를 흔들었다. 작은 소리로 그건 너희들의 자격지심이야, 라고 말했다.

"재영아, 네가 뭔가 오해하고 있는 거야. 찬우가 절대 그럴 사람이 아니란 건 너도 알잖아."

지금 규민에겐 찬우가 방화와 살인미수로 경찰의 조사를 받고 있고, 그가 입을 다물고 있다는 사실만 인식되었다. 재영이 들려주는 재민의 진실 따위는 귀에조차 들어오지 않았다. 규민은 재민을 사랑한다고 입버릇처럼 말했지만 재민에게 규민은 언제나 찬우와 함께 존재하던 사람이었다. 두 사람 사이에서 늘 이방인처럼 빙빙 돌던 재민의 모습을 얼마나 많이 보았던가? 재영은 다시 한번 소외감과 함께 분노까지 일었다.

"그럴 사람인지 아닌지는 경찰 조사에서 밝혀지겠지. 홋, 그러고 보니까 언니도 참 많이 변했다. 난 언니가 이 사실을 알면 분노까지는 아니더라도 최소한 찬우 오빠를 두둔하지만은 않을 거라고 생각했는데……. 하긴 결혼까지 했으니 당연하겠지. 게다가 우리 오빠 오늘 죽을지 내일 죽을지 모르는 시체 같은 사람이니까. 오빠 따라가겠다고 동맥 끊어 병원에 입원했단 소리 듣고 언니가 정말 안됐어서 이젠 우리 오빠 그만 잊고 새 삶을 살기를 빌기도 했었고, 찬우 오빠랑 결혼했다는 소식 듣고는 마음은 아팠지만 두 사람 정말 행복하게 살길 바라기도 했었어. 근데 이제 보니 전혀 그럴 필요 없었네?"

"재영아."

"결국 불쌍한 건 우리 오빠뿐이네?"

재영은 규민에게 원망스런 눈빛을 던지며 일어났다. 한때 규민은 자신의 오빠를 사랑한다고 믿었던 여자였고, 찬우는 재영에게는 세상에서 유일하게 따뜻했던 사람이었다. 그런 그들과의 인연이 이런 식으로 꼬여 버린 것이 끔찍하게 화가 나고 서글펐다.

"나도…… 나도 처음엔 믿고 싶지 않았어. 그 여자가 잘못 알고 있는 거라고 생각했어. 그러나 덮어두기엔 우리 오빠 삶이 너무 가련하잖아? 모든 것은 법이 밝혀주겠지."

모든 것은 법이? 그러나 법이 밝히지 못하는 진실도 있는 법이다. 찬우가 저렇게 입을 다물고 있는 한 법은 어떤 진실도 완벽하게 밝혀내지는 못할 것이다. 찬우는 왜 입을 다물어 버린 것일까? 저들이 의심하는 것이 사실일까? 순간 규민은 놀라듯 고개를 흔들었다. 찬우는 아니다. 세상 누가 뭐라고 해도 찬우는 그런 일을 저지를 사람이 아니라고 생각한다. 찬우가 아냐, 작은 목소리가 한숨처럼 새어나왔다.

도대체 무엇이 잘못된 것일까? 어디서부터 잘못되어 버린 것일까? 세상에서 가장 좋아했던 두 남자가 자신 앞에서 허물어진 모습에 규민은 넋을 놓은 채 앉아 있었다.

이제 어떻게 할 것인가? 머리 속이 하얗지만 그 질문에 대한 답은 이미 나와 있다. 그녀는 찬우에게로 갈 것이다. '방화, 살인미수' 이런 어이없는 말들 앞에 입을 다물어 버렸다는 찬우. 찬우는 지쳐 있다. 그것도 아주 많이. 지난번 헤이리에 다녀오며 규민은 그것을 뼈저리게 느꼈었다. 이제 그만 그녀에게서 자유롭고 싶다던 찬우를 붙잡은 것은 자신의 이기였다. 뒤늦게 깨달아 버린 찬우의 존재, 찬우의 무게를 혼자 다 감당해 낼 자신이 없었다. 이제부터라도 사랑해 주면 되리라. 마음의 상처도, 섭섭함도 사랑으로 다 치유해 주리라 생각했었다. 그러나 아무것도 해주지 못한 채 찬우는 또다시 씻지 못할 상처 속에 갇혀 버렸다.

규민은 조용히 일어나 휴게실을 나왔다. 그리고 2609호실로 고개를 잠깐 돌렸다. 재영은 재민의 삶이 가련하다고 했었다. 그러나 난…… 미안해, 난 지금 네가 전혀 다가오지 않아.

재민의 병실을 바라보며 눈을 두어 번 깜박이다가 힘겹게 침을 꿀꺽 삼켰다. 눈이 따가웠지만 앞이 흐려지지는 않았다. 규민은 돌아섰다. 성당으로 돌아온 그녀는 마리아 수녀에게 짧은 메모를 남기고 가방을 챙겨 나왔다. 큰길까지 걸어나오는 오솔길에는 봄을 재촉하는 빗방울이 후둑후둑 떨어지고 있었다.

16. 닫혀 버린 문

계속되는 찬우의 침묵에 경찰도 지친 듯 오늘은 찬우를 데려다 놓기만 하고 종일 취조실에는 아무도 들어오지 않았다. 오래간만에 자유 같은 고요가 흐른다. 찬우는 그 고요 속에서 허망하게 풀어져 버린 마음을 끌어 모아보려고 안간힘을 쓰고 있었다. 왜, 무엇이 이토록 허탈해져 버린 것인지 모르겠다. 그들이 묻는 말에 대답할 의욕도 없었고, 가치도 느끼지 못하겠다.

이 사람들은 정말 그가 재민을 죽이기 위해 화실에 불을 질렀다고 생각하는 모양이다. 찬우는 입가에 피식 쓴웃음을 지었다. 마음대로 생각하라지. 그는 의자에 기대며 졸린 듯 눈을 감았다.

제천에서 올라오자마자 바로 경찰서로 찾아갔지만 시간이 늦었다는 이유로 찬우를 만나볼 수 없었다. 찬우는 도주의 가능성이 있는 범죄자로 분류되어 구속 수사를 받고 있었다.

　다음날, 찬우는 아침부터 조사를 받고 있는 중이었고 규민은 복도 의자에 꼿꼿이 앉아 자세를 흩뜨리지 않으려 노력하고 있었다. 그것은 안개처럼 스며들어 오는 두려움에 저항하기 위한 방법이기도 했다. 찬우가 지금 범죄자로 조사를 받고 있다는 것도, 곧 검찰로 넘어가고 재판을 받을 것이라는 것도 그다지 두렵지 않았다. 규민에게는 찬우가 절대로 그들이 생각하는 범죄자가 아니라는 확신이 있었고, 어떤 노력을 해서라도 그 진실은 밝혀낼 각오가 되어 있었기 때문이다. 다만 두려운 것은 찬우가 입을 다물어 버린 그 이유였다. 무엇 때문에 입을 다물어 버린 건지 알 수가 없다. 시간은 이미 점심시간을 넘겨 두 시가 가까워 오고 있었다. 규민은 꼬박 네 시간을 기다려서 찬우를 만날 수 있었다. 요양원에 찾아왔을 때부터 왠지 찬우에게 우호적으로 보였던 주명진의 배려로 취조실에서 직접 찬우를 만나는 것이 허락되었다.

　규민은 취조실 문 앞에서 한참을 망설이다 문고리를 돌렸다. 취조실은 가운데에 책상이 놓여 있었고 소파와 간이침대가 있는 원룸형 방이었다. 찬우는 의자 깊숙이 몸을 묻은 채 고개를 수그리고 있었다. 지친 절망이 그의 몸을 짓누르고 있는 것 같았다. 규민은 선뜻 걸음을 옮겨 다가갈 수 없었다. 마른침을 꿀꺽 삼키며 힘겹게 입술을 움직였다.

　"······찬우야."

　그러나 그 소리는 너무나 작아서 자신의 귀에도 겨우 들릴 정도였다. 찬우는 여전히 고개를 들지 않았다. 한 걸음 더 다가가 살펴

보니 그에게서 고른 숨소리가 들려왔다. 잠이 든 모양이었다. 이 상황에서…… 저렇게 불편한 의자에 앉아서 어떻게 잠이 올까 의아했다. 규민은 숨죽여 찬우를 바라보았다. 그를 깨우고 싶지 않았지만 그녀에게 허락된 시간은 너무나 짧다.

"찬우야."

이번에는 목소리가 조금 더 컸지만 찬우는 여전히 잠에서 깨지 않았다. 규민이 어깨를 짚으려는 순간 찬우가 움찔하며 고개를 들었다. 아직 꿈결 속을 헤매는 듯 그는 희미하고 나른한 눈으로 규민을 바라보았다. 그 희미하고 나른한 눈을 보며 규민은 찬우가 눈앞에 보이는 여자가 그녀라는 것을 아직 의식하지 못하고 있다고 생각했다. 그러나 찬우는 너무나 또렷하게 규민을 인식하고 있었다. 걱정스러운 듯, 그러나 다소간의 슬픔이 깃든 눈으로, 그녀 특유의 애잔한 낯빛으로, 어쩌면 측은할지도 모를 마음으로 자신을 내려다보고 있는 규민이 보였다. 찬우는 설핏 미소를 지었다.

"왔어?"

마치 미국에서 돌아와 공항에서 다시 만난 듯 가벼운 목소리로 '왔어?' 라고 했다. 순간 규민은 찬우에게서 낯선 바람이 분다는 것을 느꼈다. 아주 가볍고, 평화롭고, 보송한 바람이었다. 초췌한 그의 얼굴에서도 그것이 느껴졌다. 이 암담한 상황과는 너무나 동떨어진 그의 평화로움이 규민을 멈칫거리게 만들었다.

"앉아."

찬우는 난감하게 서 있는 규민에게 앞에 놓인 의자를 가리키며 앉으라고 했다. 규민은 어색하게 엉덩이를 걸치며 찬우의 얼굴을 살폈다. 그제야 거무스름한 턱과 까칠한 얼굴이 눈에 들어왔다. 잠을 거의 이루지 못한 듯 눈은 충혈되어 있었고, 눈꺼풀이 간간이 무겁게 움직였다.

"어제 왔는데…… 면회가 안 되더라."

규민의 노란 얼굴을 바라보던 찬우의 이마가 살짝 찡그려졌다.

"오지 말지 그랬어."

건조하고 가벼운 음성이었다. 미성을 그대로 간직한 소년처럼 세월의 이끼가 자라지 않은 아무 감정이 없는 목소리였다. 왠지 낯선 느낌에 규민은 쉽게 입이 떨어지지 않았다.

"어제 주명진이라는 사람이 찾아왔었어. 그 사람이 하는 말이 너무 말도 안 되는 소리라서 좀 정신이 없어. 난…… 아무것도 믿지 않아. 그리고 지금 이 상황도 받아들일 수가 없고. 그래서 얼른 모든 걸 제자리로 되돌려야겠는데…… 그 사람 말이 네가 진술을 거부하고 있다고 하더라. 네가 입을 다물어 버리면 그것이 힘들어지잖아. 왜 입을 다물고 있어?"

규민의 차분한 얘기를 들으며 찬우는 그저 멍하니 앉아 있었다. 규민이 진정으로 제자리로 되돌리고 싶어하는 것이 무엇인지 알 수 없었다. 자신의 결백인지 재민의 부활인지…….

"피곤해 보여. 집으로 가."

"찬우야."

그러나 찬우는 다시 눈을 감아버렸다. 그리고 처음 들어왔을 때의 모습처럼 의자 깊숙이 몸을 묻으며 중얼거렸다.

"이상하게 이 의자에만 앉으면 왜 이렇게 잠이 쏟아지는지 모르겠어. 밤엔 정말 잠이 안 오거든. 잠을 자야 할 시간에 잠을 못 자는 것도 형벌 같아. 눈을 감고 있기가 너무 지겨워서 말이야."

"그때, 그 모델 얘기는 왜 숨겼어? 말 못할 무슨 이유가 있었던 거야?"

"……."

"재민이와 모델들 사이에 불미스러운 일이 있었다던데…… 그 것 때문이었어?"

그 소리에 찬우는 감았던 눈을 다시 떴다. 그 일은 그때도 규민에게 말하고 싶지 않았고, 지금도 말하고 싶지 않다.

"불미스러운 일…… 없었어."

"그래, 나도 재민이가 그랬다고 생각지는 않아. 그래도 네가 말을 못한 이유가 있었을 거 아냐? 혹시…… 나 때문이었니? 내가 오해할까 봐?"

"……."

"재민이가 밤거리의 여자들을 그리고 있다는 건 나도 다 알고 있었던 사실이었는데?"

규민이 뭘 다 알고 있었다고 하는지 모르겠다. 하긴 규민이 재민에 대해 모르는 일이 뭐가 있겠는가? 이십오 년 친구인 자신의 식성은 몰라도 재민의 식성은 한 달 만에 다 꿰고 음식을 사 날랐던 그녀였는데 뭘 모르겠는가? 허망하게 풀려져 버린 마음들이 혼란스럽게 떠돌았다. 재민을 만나 그동안 흘리지 못한 눈물이라도 쏟은 것일까? 규민의 눈은 충혈되어 붉다.

순간 찬우는 자신도 모르게 울컥 화가 치밀었다. 앓는 내내 그의 꿈만 꾸고, 그만 생각했다던 규민은…… 다시 시작해 보자던 규민은…… 잠깐 떨어지면서도 보고 싶고 그리울 거라던 규민은…… 그에게 고맙고, 그를 사랑한다던 규민은 재민의 기억이 떠오른 순간 연기처럼 사라져 버렸다. 아무것도 필요없다는 듯 연락도 없었고, 전화도 꺼버렸다. 재민을 만나는 순간 자신이 미국에서 돌아왔다는 것도 까맣게 잊어버렸을 것이다. 규민은 언제나 그랬으니까.

그녀가 해주었던 거짓말들은 치명적이었다. 규민은 찬우를 하늘 꼭대기까지 데리고 올라갔다가 놓아버렸다. 찬우는 지금 추락하고 있다. 떨어지는 그 끝이 어딘지는 알 수 없다. 추락하는 순간, 그는 이십여 년간 소중히 간직했던 자신만의 규민을 잃어버린 것 같아 슬펐다. 차라리 아무 말 하지 말지. 그랬으면 이렇게 슬프지는 않았을 텐데……. 찬우는 고개를 돌리며 퉁명스럽게 대답했다.

"그냥 말하고 싶지 않았어."

"왜?"

"……"

찬우는 대답하기 귀찮다는 듯 팔짱을 끼고 다시 눈을 감아버렸다. 규민은 그가 도대체 왜 입을 다물어 버리는지 알 길이 없었다.

눈을 감고도 몇 번이나 입을 달싹이던 찬우는 한참 만에 힘겹게 입술을 움직였다.

"재민인…… 어때?"

이 방에 들어온 후 서로 그 얘기는 피하고 있던 중이었는데 결

국 찬우가 먼저 물어왔다. 그러나 규민은 지금의 그에게 재민의
상태를 모두 말할 수는 없었다.

"괜찮아."

"정말 괜찮아?"

"그래, 생각보다 괜찮아."

"다행이다. 정말 다행이야."

정말 다행이야, 찬우는 그 말만 자꾸 되뇌었다.

"그러니까 이제 말해. 불을 낸 사람은 네가 아니잖아. 넌 재민일
구하려고 최선을 다했어."

"……."

"곧 검찰로 넘겨질 거야. 그럼 재판도 시작될 텐데 너 이렇게 입
꼭 다물고 있으면 내가 너무 힘들어져. 난 이제부터 전투에 나서
려고 하는데 넌 이렇게 손놓고 구경만 할 거야?"

"애쓰지 마."

"뭘 애쓰지 마! 네가 아닌 걸 뻔히 아는데 내가 어떻게 가만있
어? 너 같으면 가만있겠어!"

규민은 답답한 듯 목소리를 높였다. 나 같으면? 가만있지 않았
겠지. 미친놈처럼 설쳐 댔을 테지. 목숨 같은 사랑을 위해서. 그러
나 규민은 그 의미가 다를 것이다.

규민이 제천에서 재민과 함께 있다는 것을 확인하는 순간 그는
모든 것이 까마득했다. 이제 다시는 규민의 발길을 되돌릴 수 없
으리라고 생각했다. 기억을 잃은 순간에도 규민에게 남아 있었던
것은 재민에 대한 느낌뿐이었을 정도였으니까. 규민의 마음속에

재민의 존재는 감히 무엇으로도 들어낼 수 없을 것이다, 영원히.

규민이 외로웠던가 보다. 몸살의 뒤끝이라 마음이 약해졌던 거다. 기대고 싶어서 그에게 그립고 보고 싶다고 했던 것이다. 그러나 그것은 재민의 존재가 인식되는 순간 거품처럼 사그라져 버릴 감정이었다. 거짓 감정들. 찬우는 허망했다. 자신의 존재가 먼지처럼 작게 느껴졌다. 아무 가치 없는 것처럼 허무감이 밀려왔다.

작고 왜소하게 사라져 가는 느낌의 찬우를 보며 규민은 불안한 목소리로 그를 불렀다.

"찬우야……."

그러나 찬우는 좀처럼 규민과 눈을 마주치려 하지 않았다. 마주치고 싶지 않았다. 규민이 '찬우야' 하고 부르는 모습을 보면 기분이 좋을 때는 코를 찡긋하거나 눈에 가득 귀여운 웃음을 담고 부른다. 그 모습이 얼마나 예쁜지 재민은 모를 것이다. 재민은 규민이 불러도 금방 대답하며 돌아보지 않았으니까. 그러나 지금처럼 가라앉은 목소리로 부르는 그녀의 눈은 표현할 수 없이 애잔하다. 찬우는 지금껏 그 눈이 원하는 것을 한 번도 거절해 보지 못했다. 지금도 그녀의 애잔한 눈은 세상에서 가장 아픈 모습으로 그를 바라볼 것이다. 그 눈을 보는 순간 자신은 또다시 그 애잔한 눈에 갇혀 버릴 것이다. 다시는 그러고 싶지 않다.

"돌아가."

찬우의 목소리는 낯설도록 건조하다.

"왜 그래? 왜 입을 다물고 있는지 말해봐. 이유가 있을 거 아냐?"

"이유없어, 그냥…… 아무 말도 하고 싶지 않아, 지금은. 생각이 좀 정리되면 그때 다 말할게. 그러니 오늘은 그냥 가."

"찬우야……."

"그리고 제천에서 여기까지 오르락내리락하려면 힘들 텐데 억지로 오려고 애쓰지 마. 난 괜찮아."

'난 괜찮아'라고 말하는 찬우의 얼굴은 오기처럼 단단히 굳어 있었다. 스스로에게 자물쇠를 채우듯 입술을 꽉 오므렸다.

"난 이제 제천에 가지 않아."

그 소리에 찬우는 이 방에 들어온 후 처음으로 규민의 얼굴을 찬찬히 살폈다. 규민은 의외로 다부지고 생기가 넘쳐 보인다. 그녀의 얼굴에서 너무나 오랜만에 느끼는 생기다. 규민은 다시 한 번 다짐을 하듯 말했다.

"제천에는 안 가. 여기 있을 거야."

찬우의 눈이 '왜'라고 물었다. 그 물음에 대한 답은 분명한데 규민은 입으로 말하기가 쉽지 않다. 자신의 마음을 분명히 보여주기엔 지나온 과거가 너무 무겁다. 찬우 앞에서 보였던 재민을 향한 마음들이 너무 적나라하다. 그것은 지울 수도 없고, 고칠 수도 없는 흉터처럼 찬우의 마음속에 고스란히 새겨져 있다.

"여기가…… 내가 있어야 할 곳이니까."

한참을 망설인 끝에 규민의 입에서 나온 말은 그것이었다. 자신이 있어야 할 곳. 아직은 부부라는 법적인 관계 때문일까? 그럴 필요 없는데.

"부담 갖지 마. 너 원하는 대로……."

"이게 내가 원하는 길이야. 사랑한다고 했잖아."

규민의 입에서 나오는 사랑이란 말은 그 파열음이 너무 커서 찬우를 혼란스럽게 했다. 그러나 찬우는 그것이 진실처럼 들리는 거짓말이라고 생각했다. 그녀는 언제든 재민에게로 달려갈 준비 태세가 되어 있는 여자다.

"너 미국 가고 기다리는 내내 잠을 제대로 자지 못했어. 해주고 싶은 것들이 너무 많아서 막 슬프더라. 왜 좀 더 빨리 그러지 못했을까? 내가 원망스러웠어."

그러면서 넌 이탈리아로 유학 갈 준비를 했어! 찬우는 혀끝까지 올라온 그 말을 깨물어 참았다. 그 말을 뱉어버리는 순간 자신이 너무 비참해질 것 같았다.

"네가 그랬지? 내게 등대가 되어주겠다고, 내가 망망대해를 떠도는 밤배를 닮았다고. 그래, 그땐 그랬었어. 망망대해를 떠도는 밤배처럼 정말 아무것도 보이지 않았었는데 이젠 다 보여. 네가 다 보여. 내 마음도…… 다 보여. 그러니까 찬우야, 입 다물고 있지 말고 뭐든 말해. 화실에 불 지른 사람 너 아니잖아."

규민은 '날 믿어'라고 단호하게 말하듯 찬우의 손을 꽉 움켜잡았다. 찬우는 규민의 말을 들으며 뜨거워지는 눈을 들키지 않으려 안간힘을 썼다. 그래서 규민의 작업실 사물함 깊숙이 숨겨져 있던 유학 서류들을 떠올렸다. 아주 오래전부터 준비해 온 듯 꼼꼼히 체크되어 있던 그 서류들, 그리고 자신이 돌아올 날에 맞추듯 제천으로 가버린 규민, 통화를 거부하듯 꺼져 있던 전화기. 순간 찬우는 규민에게 잡혀 있던 손을 빼버렸다.

"돌아가."

차갑고 메마르고 낯선 음성이다. 순식간에 빠져나가 버린 찬우의 손은 이미 책상 아래에 숨겨져 버렸다.

"찬우야……."

찬우의 모습에 놀라기도 전 노크 소리가 들리고 주명진과 다른 형사 두 명이 함께 들어왔다.

"이규민 씨, 면회 시간 끝났습니다."

다가온 그는 옆구리에 끼고 있던 서류를 책상 위에 놓으며 얼른 나가라는 듯 규민을 바라보았다.

"안 돼요! 조금만 더 얘기하게 해주세요. 잠깐이면 돼요."

그러나 그가 미처 허락을 하기도 전에 뒤에 서 있던 건장한 남자들이 규민을 일으켜 밀어내었다.

"그만 나가시죠."

"잠깐만……. 찬우야!"

규민이 당황하듯 찬우를 불렀지만 그는 고개를 돌리지 않았다. 뭐지, 찬우의 저 모습? 자신이 아는 찬우가 아닌 것 같다. 규민은 뭔가 크게 잘못되었다는 생각이 들었다.

규민이 밀려 나가는 모습을 지켜보던 주명진은 가벼운 한숨을 내쉬며 고개를 돌렸다. 찬우의 눈은 혼란스럽게 방 안을 서성이고 있었다. 그는 당장이라도 규민을 부르며 달려나갈 듯 보였다. 그러나 그 눈은 불꽃이 사그라지듯 순식간에 차분히 가라앉았다. 무엇이 그를 이토록 자제하게 하는 것일까? 그가 방화를 저지르고 최재민을 살해할 의도가 있었다는 직접적인 증거는 아무것도 없다. 그가 입을 다물고 있는 한 모든 수사는 심증에 의한 수사일 뿐이었다. 그러나 조금씩 드러나는 정황 증거는 절대적으로 그에게 불리하게 돌아가고 있었다. 오늘 오전까지 진행되었던 그의 집과 회사에 대한 압수 수색의 결과물을 보며 주명진은 또다시 혼란에 빠졌다. 도대체 조사를 하면 할수록 백찬우의 행동들은 의문투성이었다. 수사팀은 오늘 아침에야 찬우의 사무실 바로 옆 빈 방이 그의 명의로 되어 있다는 것을 알아내었고 그곳에서 최재민의 그림들이 무더기로 발견되었던 것이다. 그 그림들을 도대체, 왜, 무슨 의도로 그가 소장하고 있었는지 알 수 없었다. 최재민은 화단에 거의 알려지지 않은 무명 화가였다. 그런 화가의 그림을 그렇게 무더기로 숨겨두었던 이유를 주명진으로서는 도저히 추리할 수 없었다. 방금 밀려 나간 규민의 표정을 보니 이규민이 다녀가면 어쩌면 백찬우가 입을 열지 않을까 하는 기대감은 일단 실패한 것 같다.

"백찬우 씨."

"네."

"어제, 오늘에 걸쳐 백찬우 씨의 집과 회사에 압수 수색이 진행되었다는 건 아시죠?"

"네."

주명진은 책상 위에 올려놓은 서류를 펼쳐 보였다.

"사건 발생 육 개월 후, 당신은 현재 사용하는 사무실 옆의 작은 방을 임대하셨더군요. 맞습니까?"

"예."

의외로 찬우의 입에서 쉽게 대답이 나오고 있었다.

"그리고 그때부터 최재민의 그림을 사 모으기 시작했습니다. 조사한 바에 의하면 시중에 나와 있던 최재민의 그림을 거의 싹쓸이하셨더군요."

"……."

"이유가 뭐죠? 최재민의 그림에 대한 소장 가치 때문이었나요?"

"재민이의 그림은 아무도 관심을 가지지 않았습니다!"

소장 가치 때문이었느냐는 말에 찬우는 조금 화가 난 듯했다.

"그럼 백찬우 씨는 왜 산 거죠? 소장 가치가 있었던 것도 아니고, 작가가 죽었으니 지속적인 활동으로 그림의 가치를 높여줄 것도 아니었는데 굳이 최재민의 그림을 사 모은 이유가 뭐죠?"

찬우는 오랫동안 망설이더니 입을 열었다.

"나중에…… 제가 능력이 좀 더 생기면 재민이의 회고전을 열어줄 생각이었습니다."

의외의 대답이었다. 그동안 조사 과정에서 백찬우는 최재민에 대해 증오까지는 아니었지만 몇 번이나 좋지 않은 감정을 드러냈었다.

"그를 죽인 죄책감 때문이었나요?"

찬우는 잠깐 얼굴을 들었지만 어떤 말도 하지 않았다. 그에게서 중요한 모든 것은 몸속에서 빠져나가 버린 듯 빈 껍질 같은 눈으로 규민이 머물다 간 방 안의 공기를 살폈다. 그는 그렇게 다시 입을 다물어 버렸다.

찬우를 만나고 나온 규민은 생각보다 더 큰 충격에 빠졌다. 제천에서 올라오며 단순히 지쳐 있을 것이라 생각했던 찬우는 그 이상의 깊은 상처 속에 갇혀 버린 듯했다. 자신의 몇 마디 설득이면 찬우가 금방 입을 열 것이라는 생각은 오산이었다. 자신의 한 마디면 뭐든 안 되는 것이 없었던 예전의 찬우가 아니다. 무거운 돌문도 열리게 하던 '열려라 참깨'라는 그 마법의 주문처럼 찬우에게 마법 같았던 '이규민'이라는 주문은 더 이상 말을 듣지 않는다.

찬우가 방화와 살인미수로 조사를 받고 있다는 사실보다 자신을 밀어내는 듯한 느낌에 더 충격이 컸다. 언제나 내 속에서만 살고 있던 나의 찬우. 그가 나를 거부한다. 눈앞이 아찔해지고 정신이 번쩍 드는 순간이다. 무언가에 막혀 버린 듯 가슴이 답답했다. 규민은 크게 심호흡을 하고 걸음을 옮겼다. 지금은 어떻게 진실을 밝혀낼 것인가? 그것만 생각하자.

그 길로 바로 나가 변호사를 선임하고 그날의 증인이라는 그 여자가 있다는 술집을 찾아갔지만 문전박대를 당했다. 주인인 듯한 여자는 그 여자에 대해 입에 담지 못할 욕을 하며 그녀가 이미 그곳을 그만두었다는 말을 했다.

"재수없는 년은 뒤로 넘어져도 코가 깨진다고, 내가 그년을 데려오며 떠안은 빚이 얼만데! 미친년, 개지랄같이 증인은 또 뭐야? 고것이 돈을 안 갚으려는 속셈으로다가 경찰을 이쪽으로 끌어들였다니까!"

경찰이 두어 번 들락거리는 바람에 혼비백산하며 순식간에 손님이 끊겨 버린 것이 아직도 분해서 그녀는 입술을 파르르 떨었다. 규민은 용기를 내어 다시 물었다.

"혹시 어디에 있는지 연락처를 알 수 있을까요?"

"아, 몰라요! 그걸 알면 내가 이러고 있겠어요? 당장 가서 머리채를 확 뽑아서라도 돈을 받아냈지!"

그리고는 얼른 나가달라는 듯 담배 연기를 규민의 얼굴로 훅 뿜었다. 거리에는 이미 어둠이 내려 있었다. 골목을 빠져나오는 내내 머리를 색색으로 물들인 여자들이 그녀들과는 다른 빛깔의 머리색을 가진 규민이 신기한 듯 담배를 물고 힐끔힐끔 내다보았다. 이 골목이 끝날 때까지 저들에게 규민은 이방인인 것이다. 재민은 수없이 이 골목을 서성이며 이곳 여자들의 삶의 나체를 그렸다. 이네들의 삶에서 그가 보았던 것이 무엇이었는지 규민은 쉽게 이해되지 않았다. 지금까지 자신이 재민에게서 보고 느꼈던 감정들이 무엇이었는지 모호해져 버린 것이나, 다 이해할 것 같던 그의 그림 세계가 이해되지 않는 것이나 찬우의 존재가 바꾸어놓은 것은 생각보다 훨씬 컸다. 마음이 왜 이렇게 가볍고 얕은가 스스로를 질책해 보다가 어쩌면 이것은 당연한 귀결이 아니었나 하고 스스로를 다독였다. 재영의 말처럼 '재민이 아닌 재민의 그림에 빠져 버린', 그 말이 맞을 거라는 생각이 든다. 요양원에서 보았던 그림이 빠져나가 버린 재민은 그녀의 눈에 얼마나 허깨비 같았던가.

밤새 잠을 이루지 못했지만 피곤하지는 않았다. 몸속 어디선가 알 수 없는 에너지가 옹달샘처럼 퐁퐁 솟아오르는 것 같았다. 규민은 아침 일찍 찬우의 사무실 근처로 가서 장 부장을 불러내었다. 장 부장은 숨을 헐떡이며 찻집으로 들어왔다. 회사와 경찰서를 번갈아 쫓아다니며 혼자서 감당하기가 너무나 힘들던 터였다. 그래서 연락처도 남기지 않고 사라져 버린 규민이 은근히 원망스럽던 차였다.

"장 부장님, 그동안 혼자서 고생 많으셨어요."

그녀의 목소리는 의외로 밝고 힘차게 들렸다.

"사장님께서 고생이시죠. 사모님께는 연락할 방법이 없더군요. 전화 통화도 안 되고……."

전화기는 꺼져 버렸고 어디에 있는지 알 수도 없었을 테니 답답했을 것이다.

"그래서 제가 미국으로 연락을 드렸습니다. 조만간 사장님 형님 분이시나 어머님께서 나오실 겁니다."

"잘하셨어요."

시아주버님인 민우 오빠가 나왔으면 싶지만 시어머니 한경숙이 나올 가능성이 높다. 그녀가 얼마나 싸늘한 얼굴로 나타나 가시 같은 말들을 쏟아낼까 생각하니 벌써부터 등골이 오싹하지만 시어머니가 오면 찬우가 입을 열지도 모른다고 생각하니 그녀의 싸늘한 얼굴쯤 거뜬히 견뎌낼 용기가 생겼다.

"찬우가…… 남편이 그 화재에 대해 장 부장님께 특별히 하신 말씀은 없습니까?"

"아뇨, 저 사모님…… 경찰이 어제 사무실을 압수 수색했는데……."

그는 난감한 얼굴로 말을 쉽게 꺼내지 못했다.

"무슨? 그 사람들이 뭘 가져갔죠?"

"우리 사무실 옆방이 사장님 명의로 되어 있다는 것은 저도 전혀 몰랐습니다."

"옆방요?"

"네. 그곳에서 수십 점의 그림이 발견되었습니다. 경찰들의 말로는 그것이 최재민의 그림이라고 했습니다."

순간 규민은 머리 속이 하얘지는 것 같았다. 그제야 어느 곳에서도 재민의 그림을 찾을 수 없었던 이유를 알았다. 재영이도 여러 번 서울과 제천을 오가며 찾아봤지만 보이지 않았다던 재민의 그림. 수십 점이라면 아마 밖으로 나와 있던 재민의 그림 전부를 사 모은 것이리라. 규민이 가지고 있던 재민의 그림도 엄마와 찬우가 없애 버렸다고 했었는데 실은 모두 그곳으로 옮겨놓았던 모양이다. 찬우가 왜? 그는 왜 그 그림들을 사 모았을까? 규민은 찬우의 마음을 짐작할 수 없었다.

장 부장과 헤어진 규민은 경찰청 근처의 식당에 들러 점심을 먹었다. 찬우를 만나 그 멀어져 버린 눈을 감당하려면 속이 든든해야 한다는 우습지도 않은 생각을 하면서 무슨 맛인지도 느끼지 못한 채 푹푹 퍼 올린 밥숟가락을 꾸역꾸역 입 안으로 쑤셔 넣었다.

"면회 사절입니다."

"네?"

"면회 사절, 몰라요? 백찬우 씨가 이규민 씨의 면회를 사절했다고요."

젊은 형사는 퉁명스런 말을 내뱉으며 바쁘게 나가 버렸다. 도움을 줄 것 같던 주명진도 외근 중이라 찬우를 만날 방법은 없었다.

"너란 녀석…… 정말 죽여 버리고 싶다!"

분노에 가득 찬 찬우의 주먹이 다시 재민의 얼굴로 날아갔다. 저만치 떨어져 나가 처박힌 재민에게 다가가 멱살을 잡고 일으키자 재민은 찬우의 손을 뿌리치며 화를 냈다.

"오해라고 했잖아! 내 말 좀 들어봐!"

"흥! 오해? 오해라고? 오늘 네 행동으로 봤을 때 난 지난번의 그 일마저 의심스러워. 그 모델이 약을 탄 술을 네게 건넨 게 아니라 네 녀석이 약을 탄 술을 그 여자에게 먹인 게 아닐까 하고 말이야."

"어떻게 그런 생각을……!"

"너 때문에 규민이의 인생이 얼마나 구겨졌는지 뻔히 알면서 어떻게 이런 짓을 해!"

다시 한 번 주먹이 날아가자 재민의 몸은 그림들 사이로 밀려나 처박혔다. 그림 사이에 고개를 박은 그가 문득 쿡쿡 웃기 시작했다.

"그렇군. 규민이…… 네 이성을 잃게 만드는 건 언제나 그 애였어. 그 애의 구겨져 버린 인생과 구겨져 널브러진 나와 구겨져 나뒹구는 내 그림들…… 쿡쿡…… 언제나 이것들은 한 덩어리로 우릴 괴롭히지."

고꾸라져 중얼거리던 재민은 문득 눈앞에 떨어진 그림을 하나 집어 들더니 거칠게 던져 버렸다. 그리고 닥치는 대로 그림들을 찢고 부수기 시작했다. 말릴 틈도 없이 조각칼을 들어 대형 그림들마저 북북 찢었다. 이어 미술 대전 출품을 위해 준비했던 그림들 앞으로 다가간 재민은 그것들을 향해 조각칼을 높이 치켜들었다. 그러나 찬우가 먼저 떨어지는 그의 팔을 붙잡아 당겼다.

"왜 이래! 왜 이래, 인마!"

이 그림들을 그리기 위해 지난 몇 년간 그가 얼마나 많은 밤들을 지새웠는지 찬우는 잘 안다. 재민의 혼이 깃든, 언젠간 빛을 보아야 할 그림들이다. 찬우는 손을 뿌리치려 발버둥 치는 재민의 허리를 안아 당겼다.

"놔! 놔! 이따위 그림들!"

발버둥 치며 그림을 찢어버리겠다고 악을 쓰는 재민과 그것을 말리는 찬우가 한 덩어리로 엉켜 짐승처럼 숨을 헐떡이는 실랑이는 삼십여 분이나 계속되었다. 화실 안은 난로의 열기로 뜨거웠고 재민은 드디어 지친 듯 숨을 헐떡이며 바닥에 털썩 주저앉았다.

"싫다, 싫어! 나도 내가 정말 싫어!"

그는 머리칼을 움켜쥐며 고개를 떨구었다.

"너희들 동정도 싫고, 그 동정에 의지해 사는 나도 싫다. 니들 볼 때마다…… 숨 막혀."

숨이 막히는 것은 네 녀석이 아니라 나라고 소리치고 싶었다. 재민을 볼 때마다 미움과 증오가 뒤범벅이 되어 숨통을 조인다.

"규민이…… 유학 포기했다."

원망이 가득 담긴 찬우의 말에 재민은 불같이 화를 냈다.

"그러지 말라고 했잖아! 말리라고 했잖아!"

지난주까지만 해도 분명히 유학의 꿈에 부풀어 있던 규민이었다. 걱정 말고 떠나라고 수십 번 다짐을 받았지만 결국 규민은 유학을 포기해 버렸다. 아무런 희망도, 보장도 없는 그의 그림을 위해……. 미칠 듯한 분노와 답답함이 재민을 집어삼켜 버릴 것만 같았다. 그의 그림은 자신만으로도 부족해서 이제 규민의 인생마저 야금야금 갉아먹고 있다. 재민은 옆에 떨어져 있던 붓을 들어 부들부들 떨며 꺾어버렸다.

"찬우 네가…… 규민이 데리고 떠나."

앙다문 이 사이에서 새어나오는 그 소리에 찬우는 허탈하게 웃어버렸다.

"훗, 내가 데리고 떠나라고? 규민이를 몰라서 그런 말을 해? 차라리 네가 우리 곁을 떠나는 게 빠르겠지."

그 말을 하는 찬우의 얼굴에는 정말 그가 떠나주기를 바라는 싸늘한 냉기가 흘렀다. 그리고 다시 한 번 들리는 찬우의 차가운 목소리는 재민의 명치끝을 얼음 끝으로 찔러 버렸다.

"네 그림이 좀먹어가는 규민이의 인생, 더 이상 보고 있기가 힘들어. 그러니 네가 떠나라. 규민이를 위해서 사라져 달라고!"

재민은 옆에 놓인 그림 하나를 다시 신경질적으로 던져 버렸다. 벽으로 날아가 부서지는 액자를 보며 그는 들릴 듯 말 듯 중얼거렸다.

"내게 그림이 없었다면 규민이가 나 같은 녀석을 돌아볼 일은 없었겠지? 어느 날 널 따라왔던 낯선 여자가 꿈결처럼 내 곁에 다가와 내 그림을 봐주고, 날 봐주고, 외로우냐고 물어주는데……
이게 웬 행운일까 생각했어."

불빛 아래 일렁이는 재민의 얼굴은 깊은 회한에 잠겨 있었다.

"규민이가 옆에 있는 게 행복해서 포기하기가 쉽지 않았어. 언제든 내가 그림을 놓아버리면 그 앤 미련없이 떠날 거라는 걸 알았기에 조금만 더, 조금만 더 했던 게 너무 멀리까지 와버린 것 같다."

찬우는 그의 넋두리 같은 말들에 더욱 화가 났다. 언제나 저만 바라보는 규민에게 따뜻한 말 한마디 해주지 않던 녀석이 행복해서 포기하기가 쉽지 않았다니! 그림을 버리면 미련없이 떠날 애라니! 도대체 규민의 존재가 재민에게 어떤 의미였는지 알 수가 없다.

"너한테 규민인 뭐였냐?"

"규민인 그저 내 인생에 잠깐 스쳐 가는 따뜻한 바람이라고 생각했어. 그 앤 처음부터 내가 감히 욕심 낼 수 있는 애가 아니었으니까."

재민은 잠깐 찬우의 얼굴을 살폈다.

"처음부터…… 이규민은 백찬우의 여자라고 못을 박는 듯한 네 눈을 내가 감히 어떻게 무시할 수 있었겠어. 훗, 니들 쌍둥이처럼 닮은 거 아냐? 너무 닮아서 함께 있는 사람 아주 외롭게 만들어 버리기 일쑤지."

언제나 재민을 향해 반짝이는 규민의 눈을 보며 자신이 얼마나 질투의 눈을 번득였는지 재민은 모르는 모양이다.

"규민이에게 넌, 네가 생각하는 이상으로 크다는 걸 정말 모르는 거야? 그 앤 널 위해 많은 걸 포기했어. 알아?"

"알아. 후회하고 있어. 좀 더 빨리 내 마음을 보였어야 했는데…… 난 그냥 그 애가 곁에 있는 내 생활이 행복했을 뿐, 그 이상의 의미는 없었어."

"뭐야? 이 새끼!"

찬우는 분을 이기지 못하고 재민의 멱살을 움켜잡았다. 규민이 자신을 희생해 가며 벌어온 돈으로 편하게 앉아 그림을 그리던 것이 행복했다고 하는 재민의 뻔뻔한 얼굴을 다시 한 번 갈겨주고 싶었다. 그러나 재민의 표정은 처연하기까지 하다.

"솔직한 내 심정은 그랬어. 규민을 사랑한다고 감히 말할 처지도 되지 못했고, 네가 있는 한 그럴 수도 없었고, 또 내게 그림 외에 더 큰 의미를 가질 수 있는 것은 이 세상에 아무것도 없었으니까. 설사 그것이 규민이었어도 그림보다 더 큰 의미를 가질 순 없었어. 그 마음을 좀 더 분명하게 표현하지 못한 건 결국 내 이기였고, 실수였다."

찬우가 보기에 규민에게는 재민이 생의 전부처럼 보이는데 재민은 전혀 아니었다. 이기였고, 실수였다니! 그 말은 규민이 감당할 수 있는 말이 아니다.

재민은 멱살을 잡은 채 떨고 있는 찬우의 손을 떼어내었다.

"돌아가. 그리고 네가 규민이 끌고서라도 파리로 떠나. 규민이가 스스로 날 떠나게 하는 방법은 내가 그림을 포기하는 길뿐인데…… 풋, 그건 나더러 죽으란 소리잖아. 난 그럴 정도로 규민일 사랑하지 않아."

부풀어 오른 눈두덩이와 터진 입술 탓에 얼굴이 일그러져 보였지만 그 말을 내뱉는 재민의 눈빛은 차가울 정도로 서늘했다.

"나 같으면, 그래, 나 같으면 규민이 끌고서라도 갈 거야. 너처럼 그렇게 지켜보지만은 않아."

중얼거리듯 내뱉는 재민의 그 말이 찬우에게는 희망처럼, 또 절망처럼 들렸다. 끌고서라도? 그것이 과연 가능이나 한 일인지……. 재민은 자신을 향한 규민의 마음을 너무 가볍게 생각하는 것 같다. 규민은 그를 잃으면 삶의 의욕마저 잃어버릴 것이다. 화실 안을 흐르는 무거운 침묵은 달아오른 난로만큼이나 답답했다.

'소낙비'에서 술을 마시며 찬우는 스스로에게 견딜 수 없이 화가 났다. 왜 이토록 재민을 원망할까? 사실 이 모든 것은 규민이 스스로 선택한 일일 뿐이다. 그리고 자신은 단 한 번도 그것을 적극적으로 말리지 않았다. 규민의 유학을 재민이 얼마나 바랐었는지 찬우도 잘 안다. 정작 화를 냈어야 할 대상은 이런 결정을 내려버린 규민이었다. 그런데도 모든 원망과 화는 재민을 향해서만 일어났다. 그것은 규민으로 인해 견딜 수 없이 일어나는 재민에 대한 질투 때문일 것이다. 질투가 깊어져 이제는 증오스러워져 버린 재민이다. 왜 이렇게 되어버렸을까? 재민과 칠 년을 친구로 지내며 사랑과 미움이 뒤범벅이 되어버렸다.

규민을 받아들인 것이 이기였고, 실수였다고? 그림을 포기할 만큼 규민을 사랑하진 않는다고? 찬우는 술잔을 움켜쥐었다. 규민은 알고 있을까? 재민에게 매달린 규민이 바보스럽고 지켜보기만 했던 자신 또한 원망스럽다.

소낙비를 나온 찬우는 다시 화실 쪽으로 발길을 옮겼다. 약국에 들어가 요오드와 연고를 사고 슈퍼에 들러 소주도 한 병 샀다. 재민과 좀 더 얘기를 나누어야겠다고 생각했다. 예전처럼 재민이와 술잔을 기울이며 터놓고 얘기하고 싶었다. 휘청이며 언덕을 오르던 찬우의 눈에 주택가 너머에서 무섭게 타오르는 불길이 보였다. 재민의 화실이었다. 찬우는 들고 있던 술병을 떨어뜨리고 뛰어올라 갔다.

"재민아……! 재민아! 안 돼, 재민아!"

아무 생각도 할 수 없었다. 찬우는 재민을 부르며 무작정 불길 속으로 뛰어들었다. 화실 안은 이미 불꽃이 이글거렸고 자욱한 연기와 유독 가스로 인해 숨을 쉴 수조차 없었다.

"재민아! 재민아!"

찬우는 미친 듯이 재민을 부르며 불길 속을 헤맸다. 무서운 기세로 타오르던 한쪽 기둥이 찬우의 눈앞에서 무너져 내렸다.

"재민아! 재민……!"

타오르는 불길 너머에서 재민의 모습이 얼핏 스쳤다. 검은 연기와 불꽃 사이에 순간적으로 스쳐 가는 얼굴이었지만 찬우는 그가 자신을 향해 웃고 있다는 것을 느꼈다. 이어 화실 천장이 와르르 무너져 내렸다. 더 이상 견딜 수 없어진 찬우는 화실 밖으로 뛰어나왔다. 언덕에는 차가운 바람이 모질게 몰아치며 불길을 부추겼다. 화르륵 화르륵 짐승 같은 소리를 내며 타오르던 화실은 찬우가 뛰어나온 지 얼마 지나지 않아 한순간에 와르르 무너져 내렸다.

"재민아……!"

찬우의 울부짖는 소리마저 집어삼키며 불꽃들은 쉴 새 없이 이글거렸다. 그제야 멀리서 소방차의 사이렌 소리가 들렸다.

재민은 그렇게 떠나 버렸다. 그의 그 불이 실수였는지 의도된 계획이었는지 알 수는 없다. 그러나 그가 남기고 간 알 수 없는 미소는 내내 찬우를 괴롭혔다.

"규민이가 스스로 날 떠나게 하는 방법은 내가 그림을 포기하는 길뿐인데…… 풋, 그건 나더러 죽으란 소리잖아. 난 그럴 정도로 규민일 사랑하지 않아."

그 말의 진실이 무엇인지 두고두고…… 그리고 지금까지 알 수가 없다. 눈물이 한 방울 손등으로 툭 떨어졌다. 불빛에 비친 그 눈물에 규민의 얼굴이 보였다. 돌아갔을까? 규민의 면회마저 사절해 버림으로써 찬우는 드디어 자신이 규민을 먼저 버리리라 결심을 했다. 이탈리아든 재민에게든 규민은 다시 찬우의 곁을 떠날 것이 자명하다. 그전에 내가 먼저 너를 떠나리라. 아픈 건…… 외면받는 느낌은 정말이지 이젠 싫다. 지금까지 자신이 했던 모든 결정이 규민을 위한 것이었다면 이제부터는 자신만을 위한 결정을 할 것이다. 사랑? 이제 그런 거 그만 하고 싶다. 규민에게도, 자신에게도 자유를 주고 싶다. 찬우에게 사랑은 형벌 같았고, 구속 같았고, 족쇄 같았고, 떨쳐 낼 수 없는 이기 같았고, 욕심 같았다.

넋을 놓은 듯 걷던 규민은 문득 걸음을 멈추었다. 찬우가 그녀를 밀어내고 있다. 어디로 가야 할지, 무엇을 해야 할지 그녀는 방향을 잃어버렸다. 보이는 것은 아무것도 없었다. 눈앞은 희뿌연 안개 속, 어느 쪽으로든 발을 내디디면 천 길 낭떠러지가 기다릴 것만 같다. 이 막막한 안개 속을 뚫고 어느 쪽으로든 걸어야 한다면 규민은 찬우가 있는 쪽으로 발을 뻗을 것이다. 그 아래에 천 길 낭떠러지가 기다린다고 하더라도 자신은 그쪽으로 걸을 수밖에 없다고 생각했다. 잠깐 방향을 잃었을 뿐, 그 길은 아주 오래전부터 정해져 있던 자신의 길인 듯싶다.

이제 뭘 하지? 규민은 왠지 어둡다는 생각을 하며 하늘을 올려다보았다. 아침에 집을 나설 때 보았던 진회색의 하늘은 금방이라도 굵은 빗줄기를 쏟아 부을 듯 어두워져 있었다. 택시 한 대가 빠르게 달려오더니 넘어질 듯 급하게 택시에서 내리며 이미 통곡을 쏟아내는 부인과 그런 부인을 나무라는 늙은 남자가 침울한 얼굴로 건물로 들어가는 것이 보였다. 저들도 나만큼 답답할까 생각하다가 규민은 그 택시를 잡아탔다. 제천에 가보아야겠다. 재영은 사라져 버린 그 여자와 연락이 닿고 있을 것이다.

재민은 여전한 상태로 규민을 맞았다. 바쁘게 움직이는 기계들이 아직 그의 생명이 떠나지 않았음을 말해주었다. 가까이 다가가 들여다보니 재민의 몸이 왠지 왜소해진 듯한 느낌이 들었다. 그는 물기가 완전히 빠져 버린 미라처럼 말라 있었다. 영혼이 떠나 버린 시체 같은 그의 몸도 이제 서서히 이곳을 떠나고 있다는 뜻이리라. 멍하니 내려다보고 있던 규민은 가방을 두고 따듯한 물에 수건을 적셔왔다. 그리고 마리아 수녀가 매일 그렇게 해왔듯이 재민의 손을 닦았다. 닦으면서 그녀는 자신에게 들려주듯 중얼거렸다.

"넌 알고 있지? 찬우가 불을 내지 않았다는 걸 말이야. 사람들은…… 찬우가 어떻게 그런 끔찍한 짓을 했다고 생각들을 할까? 우습지 않아? 다른 사람도 아닌 찬우를 말이야. 너도 알잖아, 찬우가 어떤 사람인지…….."

그 말들이 비집고 나올 틈이 있다는 것이 신기할 정도로 규민의 가슴은 꽉 막혔고 답답했다.

"그런데…… 그런데 말이야, 재민아. 찬우가 벙어리처럼 입을 다물고 있어. 날 만나주지도 않아. 왜 그럴까? 그날, 너희들 사이에 무슨 일이 있었던 거야? 내게 말 못할 무슨 일이 있었던 거니?"

규민은 문득 손을 멈추고 빈 껍질 같은 재민을 내려다보았다. 그를 위해서는 아무것도 안 아꼈던 것 같다. 그래서인가? 그에 대해 남은 것이 아무것도 없다.

"난 앞이 보이지 않아. 너에게서도, 찬우에게서도…… 이 모든 게 다 내 탓만 같아."

거기까지 중얼거린 규민은 따끔거리는 눈을 천천히 감았다가 다시 떴다. 그리고 이마가 살짝 찡그려지더니 신경질적으로 수건을 던져 버렸다. 지금 자신 앞에 펼쳐진 이 상황에 대해 견딜 수 없이 화가 치밀었다. 깨물린 입술 사이에서 원망 섞인 목소리가 새어나왔다.

"나쁜 자식…… 너 이러면 안 돼. 네가 뭔데 이러고 있어? 네가 뭔데…… 일어나! 일어나란 말이야!"

규민은 나무토막 같은 재민의 몸을 흔들며 소리쳤다.

"니들 둘 다 왜 이래. 내가 뭘 잘못했는데! 뭘 잘못했다고 나한테 이래? 둘 다 이렇게 입 다물고 있으면 나더러 어떡하라고…… 왜 이래…… 흑흑, 말해줘, 찬우가 아니라고 말해줘…… 말해줘!"

재민의 몸을 흔들어대던 규민은 그의 가슴에 얼굴을 묻고 울음을 터뜨렸다.

"말해달란 말이야…… 넌 알잖아. 넌 다 알잖아, 재민아…… 흑 흑흑."

자신을 거부하듯 면회까지 사절해 버린 채 입을 다물고 있는 찬우를 생각하며 무엇에든 매달려 보고 싶다. 재민이 문득 눈을 떠 찬우가 아니라고 말이라도 해주었으면 좋겠다. 규민은 원망스럽게 그의 가슴을 두드려 댔던 것이 실은 자신을 향한 원망이었음을 안다. 순간의 격정에 이끌려 눈이 멀어버렸던 자신의 지난날들이 원망스럽다.

"미안해……."

그녀의 눈이 재민이 아닌 재민의 그림을 향해 빛이 났다는 것을 바보 같은 그들만 몰랐었다. 바보 같은 찬우와 바보 같은 자신만.

"정말 미안해, 재민아."

규민은 그의 가슴에 얼굴을 묻고 눈물을 흘렸다. 그를 사랑한다고 믿었던 것이 다 가짜 같아져 버린 지금, 무엇이 옳은지 알 수가 없다.

병실 문이 벌컥 열린 것은 그 순간이었다. 그리고 문 앞에는 놀랍게도 시어머니 한경숙이 서 있었다. 너무나 갑작스런 상황이라 한동안 두 사람은 입만 벌린 채 서로를 바라보고 있었다. 새파란 얼굴로 조금씩 다가오는 한경숙을 보고서야 규민은 아직도 자신이 재민의 가슴을 움켜잡고 있다는 것을 깨달았다. 규민이 놀라 의자에서 엉거주춤 일어났을 때는 이미 시어머니가 눈앞까지 다가와 있었다.

"아줌…… 마."

어릴 때의 버릇처럼 아줌마란 말이 먼저 튀어나왔다. 규민은 난감한 얼굴로 다시 입을 열었다.

"어머니, 여긴 어떻게……."

순간 눈앞에서 불이 번쩍했다. 규민의 몸이 휘청 꺾이며 겨우 침대 난간을 붙들었다.

"어머니? 어떻게…… 지금 그게 네 입에서 나온 소리야? 네가 어떻게 이럴 수가 있어, 어떻게! 나쁜 계집애."

규민은 얼얼한 볼을 감싼 채 고개를 들었다. 너무나 갑작스럽게 당한 일이라 영문도 모르겠고, 무슨 말을 해야 할지 떠오르지도 않았다.

"어머니……."

한경숙은 말짱한 눈으로 자신을 보며 '어머니' 라고 부르는 규민에게 분노를 넘어 치가 떨렸다. 장 부장으로부터 찬우의 소식을 듣는 순간 아들에게 닥친 모든 불행이 규민에게서 비롯된 것 같아 분노부터 먼저 일었지만 규민이 찬우를 위해 동분서주 뛰고 있다는 말을 듣고 비행기 타고 오는 내내 마음을 누그러뜨리려고 안간힘을 썼었다. 이 모든 것들이 규민에게서 비롯된 일들이지만 그 애가 원해서 생긴 일도 아니고, 재민이 아니라 찬우를 위해 동분서주 뛰고 있다니 이제 온전히 찬우의 여자가 된 모양이니 그나마 다행이다 생각했었다. 그래도 며느린데, 아들이 죽고 못산다는 앤데…… 이번 일만 잘 마무리되면 그만 받아들여 줘야지. 이젠 둘이 오순도순 사는 모습도 볼 수 있지 않을까 생각했었다.

공항에 마중 나온 장 부장을 만나 그간의 얘기들을 전해 듣고 곧장 재민이 있다는 요양원을 찾아 내려왔다. 찬우가 제 놈을 어떻게 거두어주었는데 이런 배은망덕한 짓을 하나 싶기도 하고, 죽지 않고 살아 있다니 멱살이라도 끌고 올라갈 생각에서였다. 재민의 상태를 물어보지도 않은 채 병실로 향했고 문을 벌컥 여는 순간 한경숙은 눈앞에 펼쳐진 풍경에 경악을 금치 못했다. 규민이 눈물범벅이 된 얼굴로 재민의 가슴을 부여잡고 있었던 것이다. 찬우를 위해 동분서주한다던 장 부장의 말은 전부 거짓이었던 모양이다. 그럼 그렇지! 저 녀석 따라 죽겠다고 동맥까지 그은 그 독한 마음이 어디 가겠는가? 제 남편을 차디찬 감방에 넣어두고 어떻게 여기 와서 저 녀석을 위해 눈물을 흘리고 있단 말인가? 한경숙은 정신을 놓을 만큼 분노했다. 더 이상 규민의 얼굴을 대하고 싶지 않았다. 자신이 요양원을 찾은 목적마저 잊어버렸다.

"다시는 찬우를 볼 생각 하지 마라. 내 눈에 흙이 들어가도 그것만은 안 돼."

또각또각 돌아서는 구두 소리가 들리고 병실 문이 닫힌 후에야 규민은 그 말이 무슨 뜻인지 알았다. 낯선 의식 속에 떠돌던 정신이 그제야 번쩍 눈을 떴다. 규민은 병실 문을 열고 뛰어나갔다. 복도 끝을 돌아가는 한경숙의 모습이 보였다.

"어머니! 잠깐만요, 어머님!"

복도를 지나 계단을 돌아서야 간신히 한경숙의 옷자락을 잡았다.

"어머니, 잠깐만요!"

그러나 그녀는 벌레를 털어내듯 규민의 손을 떨쳐 내었다. 결혼 당시에도 규민에게 차갑기는 했었어도 이런 혐오감까지는 보이지 않던 그녀였다.

"못된 것. 짐승도 그 정도 정성이면 돌아보는 법이다. 그런데 하물며 인간인 네가 다른 사람도 아닌 지 남편을 감방에 처넣어놓고 어떻게 이런 짓을 할 수 있어!"

"어머님, 무슨 말씀이세요?"

뭔가 단단한 오해를 한 모양이었다.

"죽었던 재민이가 살아 있으니 춤이라도 추고 싶겠구나? 다시는 죽겠다고 난리칠 일도 없겠어. 누워 있는 꼴 보니 예전으로 돌아오지는 못할 것 같고, 그래서 끌어안고 통곡하고 있었던 거니? 우리 찬우에게 저렇게 억울한 누명을 씌워두고?"

그제야 그녀의 단단한 오해가 어디에서 비롯되었는지 알아차렸다.

"어머니, 그게 아니에요. 제가 여기 있었던 건……."

"듣기 싫다! 비행기 타고 오며 네게 한가닥 품었던 희망마저 이젠 완전히 사라져 버렸다. 다시 한 번 말해두지만 두 번 다시 우리 찬우 볼 생각 하지 마라! 이번엔 내가 혀를 깨물고 죽어서라도 찬우를 뜯어말릴 참이다."

규민은 차갑게 돌아서는 그녀의 옷자락을 다시 붙잡았다.

"재영이 만나려고 여기 왔어요. 걔를 만나 알아볼 게 있어서요. 그래서 내려온 거예요, 어머니."

그러나 한경숙의 귀에는 어떤 변명도 들리지 않았다. 찬우가 살인 누명을 뒤집어쓰고 경찰서에 잡혀 있는데 규민이 그 당사자인 재민을 붙들고 울고 있었던 그 모습만이 뇌리에 깊게 새겨질 뿐이었다. 한경숙은 억장이 무너져 내리는 것 같았다. 그녀는 매달리는 규민을 뿌리치고 빠른 걸음으로 요양원을 빠져나왔다.

"어머니!"

요양원 밖까지 따라오는 규민을 밀쳐 낸 한경숙은 막 떠나려는 택시에 얼른 올라타고 그곳을 떠나 버렸다. 넋을 잃은 채 멍청히 서서 멀어지는 택시를 바라보던 규민은 다시 병실로 뛰어갔다. 이대로 오해를 쌓은 채 보낼 수는 없다. 다시는 찬우를 보지 않고 살 생각은 더 더욱 없다. 가방을 챙겨 돌아서던 규민은 어쩌면 다시는 못 볼지도 모른다는 생각을 하면서 잠깐 재민을 돌아보았다. 왠지 재민은 자신의 이런 모습을 다 이해해 줄 것 같았다. 규민은 담요를 한번 다독여 주고 돌아섰다.

그러나 한경숙을 따라 올라가 오해를 풀려던 규민의 발걸음은 오솔길을 중간쯤 걸어나오다가 멈추어 버렸다. 저만치 앞에 재영이 지친 걸음으로 올라오고 있는 것이 보였다. 규민은 잠깐 망설였지만 이내 재영과 함께 요양원으로 돌아왔다. 지금이 아니면 언제 또 재영을 만날 수 있을지 알 수 없는 일이었다.

병실로 들어선 재영은 익숙한 손길로 재민의 상태를 살피고 옷을 갈아입혔다. 시체 같은 재민의 몸이 재영의 손에 의해 아무렇게나 들리고 꺾이고 하는 모습을 규민은 멀건히 바라보았다. 재영은 그런 규민을 힐끔 돌아보며 지나가는 말처럼 물었다.

"오빠 말이 맞나 봐. 언니가 정말 사랑했던 건 우리 오빠가 아니라 오빠의 그림이었어. 그렇지?"

규민은 그 말에 아무 대답을 할 수 없었다.

"우리 오빨 정말 사랑했었다면 지금 언니가 그렇게 초연할 수 없지. 이렇게 나무토막 같은 오빠 몸을 보고도 그렇게 무표정할 수는 없다 이 말이지, 내 말은."

재민의 단추를 여며주며 고개를 드는 재영의 얼굴에 쓸쓸한 미소가 지어졌다. 방금 있었던 시어머니와의 일과 찬우에 대한 걱정으로 넋을 놓고 있던 규민은 깨끗한 옷으로 갈아입혀진 재민을 바라보았다. 정말…… 나무토막 같은 재민의 몸을 보아도 아무 감흥이 일어나지 않는다. 그냥 그러려니 하고 보아지는 것이다.

"지금은 솔직히…… 찬우 걱정 때문에 아무 생각을 할 수가 없어. 그렇지만 내가 재민이를 좋아했던 그 마음만은 진실이었어. 재민이의 그림을 좋아했던 만큼 재민이도 좋아했었어."

재영은 규민의 말을 알아들었다는 듯 고개를 끄덕이더니 시간이 있느냐고 물었다.

"그냥, 언니랑 얘기 좀 하고 싶어서 그래."

재영은 조금 지친 듯 보였다. 휴게실로 와서 커피를 한 잔 뽑아 다 마실 때까지 재영은 말이 없었다. 처음 보았을 땐 너무나 철없고 이기적으로 보였던 재영은 못 본 지 삼 년이 조금 안 되는 시간 동안 몰라보게 성숙해져 버린 것 같았다.

"시골에서 오빠 찾아 올라갈 때만 하더라도 난 우리 오빠가 대단한 화가쯤 되어 있을 줄 알았어. 나한테 용돈도 듬뿍듬뿍 보내 줬었고 시골 학교에서는 그래도 날리던 그림쟁이였거든. 하지만 막상 오빠를 만나고 보니 훗, 솔직히 한숨밖에 안 나오더라."

그렇게도 도망치고 싶었던 지지리도 궁상맞은 생활을 고스란히 실천하고 있던 재민의 모습을 보고 꿈에 부풀었던 기대가 와르르 무너졌던 그때를 생각하며 재영은 피식 웃었다.

"그때 내 눈에 세 사람의 관계가 얼마나 신기하게 보였는지 알아?"

"……?"

"언닌 입으로는 분명 우리 오빠를 사랑한다고 하면서도 찬우 오빠를 좋아하는 것처럼 보였고, 찬우 오빤 우리 오빠의 친구이자 후원자라고 했지만 내가 보기엔 우리 오빠와 언니의 감시자처럼 보였어. 제일 웃긴 건 우리 오빠였지. 내 눈에도 보이는 걸 오빠도 뻔히 보면서, 언니의 사랑이라는 것이 오빠의 그림을 향한 집착 같은 거란 걸 뻔히 알면서도 언니가 베푸는 사랑을 모르는 척 받아들이는 거야."

재영의 눈에 비친 그들의 모습, 아마도 그것이 진실이었을 것이다. 규민은 재민을 사랑한다고 하면서도 잠시도 찬우와 떨어지지 않았다. 너무나 익숙했고, 그림자 같았고, 함께 있는 것이 당연했던 친구였으니까. 재민에게나 재영에게나 찬우가 재민과 규민의 감시자처럼 느껴졌던 것도 이해가 되는 대목이다. 이규민이 가는 곳에는 언제나 백찬우가 함께였으니까.

"섭섭하게 들릴지 모르겠지만…… 오빠 언니가 제공해 주는 경제적 안락이 절실했던 건지도 모른다는 생각을 해."

규민의 얼굴이 약간 굳어지는 것을 보며 재영은 계속 말을 이었다.

"오빠는 그림을 사랑했었어. 다른 무엇이 오빠의 감성을 건드렸더라도 그건 아주 지극히 일부분일 뿐이었을 거야. 오빠의 인생은 처음도 그림이었고, 끝도 그림이었어."

그래……. 규민은 나직이 중얼거리며 고개를 끄덕였다. 그래, 재민은 그림을 사랑했었다. 다른 무엇이…… 사랑이라는 것이 그의 감성을 건드렸었어도 결코 그림을 대신하진 못했을 것이다. 그것은 인정하지 않을 수 없는 진실이다. 재영은 종이컵을 구기며 규민을 힐끗 돌아보았다.

"섭섭해?"

"아니, 다 알고 있었는데 뭐. 알고 있으면서 인정하고 싶지 않았던 거지. 그래서 아득바득 욕심을 냈었던가 봐. 언제나 목이 말랐고, 인정받고 싶어서 더 희생을 감수했는지도 모르겠어."

"오빠의 처지가 조금만 나았더라면 언니를 정말 사랑했을 거야. 핑계 같지만 오빠 언니를 사랑한다고 말할 처지도 입장도 되지 못했잖아. 아무것도 가진 것이 없고 보장된 것도 없던 막막한 생활과 처음부터 끝까지 언니 곁에서 잠시도 떨어지지 않았던 찬우 오빠 앞에서 감히 어떻게 그런 말을 할 수 있었겠어. 게다가 오빠가 느끼기에 언니는 오빠보다 그림에 더 빠져들어 온 것 같았고, 그래서 잠깐 행복하고 말자고 스스로 선을 그어버린 것 같아."

재영의 말을 들으며 규민은 고개를 천천히 끄덕였다. 모두가 수긍이 되고, 이해가 가는 말들이다. 이해가 가지 않는 것은 오직 무엇에 취한 듯 눈과 귀를 가린 채 한없이 빠져들었던 자신의 행동뿐이다. 그것으로 인해 오늘의 사태가 벌어진 것 같아 자괴감이 든다.

"지난번엔 내가 흥분해서 억지도 부렸고, 과한 말도 했던 것 같은데…… 나도 찬우 오빠가 아니길 간절히 바라. 언니나 찬우 오빠나 정말 좋은 사람들이란 것도 알고. 내가 정말 원하는 건 우리 오빠가 가장 편한 마음으로 이곳을 떠나는 것이고, 그리고 그날의 진실을 알고 싶은 것뿐이야."

"재영아, 찬우…… 아냐."

순간적으로 튀어나오는 애원하듯 하는 규민의 목소리에 재영은 살짝 화가 났다. 규민의 머리 속에는 온통 찬우에 대한 걱정뿐인 듯했다. 이제 더 이상 규민의 마음에는 재민에 대한 그림자조차 남아 있지 않은 것이다. 사람의 마음이 저렇게도 쉽게 변하나 싶은 생각도 들었고, 환상과 동정과 연민이 규민의 진짜 마음이라는 재민의 말에 고개가 끄덕여지기도 하는 대목이었다.

"홋, 답이 뻔히 보이는 바보들의 안개 속 사랑 놀이? 아니면 이

중인격자들의 고고한 사랑 놀이에 등 터진 새우? 그게 딱 맞는 표현 같지?"

재영은 구긴 종이컵을 휴지통을 향해 던지며 자리에서 일어났다.

"잘 해결되길 바라. 그래서 찬우 오빠가 그런 일을 저지르지 않았다는 걸 나도 얼른 알고 싶어. 그리고 언니…… 다시는 여기 오지 마라. 아까 오다 보니까 찬우 오빠 어머니, 언니 시어머니께서 택시 타고 가시던데 언니가 여기 다니는 거 아셔서 좋을 것 없잖아?"

건조했지만 따듯함이 묻어나는 목소리였다.

답이 뻔히 보이는 바보들의 안개 속 사랑 놀이. 아니면 이중인격자들의 고고한 사랑 놀이에 등 터진 새우.

찬우와 규민과 재민의 관계를 재영은 그렇게 표현했다. 찬우를 곁에 두고 엉뚱한 곳을 헤매고 있던 규민을 두고 하는 말이기도 했고, 규민을 지켜보았던 찬우의 인내를 이중인격이라고도 표현했다.

사랑은 쉽다. 눈에 빛이 나는 순간 그를 향해 무작정 달리고 아낌없이 주면 되는 거니까. 그러나 허상에 빛이 나버린 눈은 진위를 파악하기도 전에 멀어버린다. 멀어진 눈에 갇힌 허상을 향해 달리고, 달리고, 또 달리며 상처 입힌 영혼이 몇인가? 패인 흉터는 얼마나 깊은가? 잃어버린 것은 무엇인가? 상처를 치유하고 되돌리기란 또 얼마나 힘들 것인가? 아, 사랑은 어렵다.

규민은 차창을 스쳐 가는 어둠을 보며 주먹을 가만 쥐었다. 어둠 속에 번지는 습기처럼 가슴에 저릿한 통증이 스민다. 사랑은 가장 쉬운 곳에 있다. 내 앞이나 뒤, 혹은 조금 떨어진 옆에서 익숙한 냄새를 풍기며 따듯하게 서 있는, 그것이 사랑이다.

서울로 돌아온 규민이 다시 면회를 신청했지만 찬우는 면회를 사절해 버렸다. 더욱이 다음날부터는 하루에 한 사람으로 제한되어 있는 면회가 모두 시어머니 차지였고, 규민은 시어머니가 고용한 사설 경호원에 의해 접근조차 어려운 지경이 되어버렸다. 규민이 찬우를 위해 할 수 있는 것은 아무것도 없었다.

요양원에서 재영에게 건네받은 그 여자의 연락처로 몇 번이나 전화를 걸었지만 받지 않았다. 연락을 취한 지 사흘째 되는 날, 주소를 들고 찾아가 볼 요량으로 집을 나서던 규민은 주명진 형사로부터 전화를 받았다. 찬우가 모든 것을 진술했으니 참고인 조사를 위해 경찰서로 좀 와달라는 전화였다. 찬우 입에서 어떤 말이 나왔을지 궁금했지만 어떤 말을 듣더라도 찬우에 대한 믿음이 깨어지지도 않을 것이고, 마음이 흔들리지도 않을 것이기에 그다지 두렵지는 않았다.

이규민의 얼굴은 며칠 사이 몰라볼 만큼 초췌해 보였다. 백찬우가 그녀의 면회를 거부하고 있다는 것을 전해 들었기에 주명진은 초췌한 그녀의 얼굴이 신경이 쓰였다. 넋을 놓은 듯 퀭한 눈으로 진술을 하던 백찬우도 그렇고…… 아무튼 여러모로 신경이 쓰이는 두 사람이다.

"뭐라고…… 하던가요?"

규민은 의자에 앉으며 조심스런 목소리로 물었다. 주명진은 쉽게 입이 떨어지지 않는다. 삼 년 전, 백찬우가 스스로 판단해 입을 다물어 버렸던 그것이 진실이라고 단정 지을 수는 없지만 이규민에게는 엄청난 충격일 수 있었다. 최재민이 떠난 후 자살기도까지 했던 여자였으니. 주명진은 갑갑한 숨을 훅 내뱉으며 입을 열었다.

"백찬우 씨는 그 화재가 방화가 아니라 최재민이 자살하려고 스스로 불을 질렀다고 진술했습니다."

초췌한 그녀의 얼굴에서 순간 섬뜩한 기운이 돌았다. 화재가 나기 하루 전까지도 불꽃이 번득이는 눈으로 그림에 열중해 있던 재민이 자살이라니? 믿을 수 없다.

"아닐 거예요. 찬우가 뭔가 잘못 알고 있는 것 같은데……."

"그날, 백찬우와 최재민 사이에 다툼이 있었다는 것은 아시죠? 그 다툼의 원인으로 최재민이 우발적인 충동을 이기지 못하고 불을 지른 거라더군요."

"그 모델 얘기는……."

"백찬우 씨는 이규민 씨의 그동안의 희생과 유학 포기에 대해 최재민에게 책임 추궁을 했고 최재민은 그에 대한 괴로움을 토로했다고 하더군요."

"책임…… 추궁요?"

주명진은 자책감에 눈물을 짓던 백찬우의 퀭한 눈을 떠올렸다.

"제가 떠나라고 했습니다. 그 창고가 아니면 어디에도 갈 곳이 없는 녀석에게…… 사라져 달라고 했습니다."

"그래서 최재민이 스스로 화실에 불을 질렀다는 건가요?"

"그 녀석이 그러더군요. 규민이가 자신을 위해 희생하고 꿈을 포기해 가는 모습이 괴롭다고요. 그래서 떠나보내고 싶다고요. 그렇지만 규민인 무슨 일이 있어도…… 절대로…… 영원히…… 재민일 떠나지 못할 여자란 걸 그 녀석도, 저도 잘 알고 있었습니다. 저더러 끌고서라도 떠나라고 하더군요. 흐…… 그건 그 녀석이 규민일 몰라서 하는 소리였어요. 규민이가 그렇게 쉽게 끌려갈 사람도 아니었고, 설사 그렇게 떠났다 하더라도 결국 돌아오고 말았을 겁니다. 그 녀석이 스스로 떠나기 전에는 규민인 영원히 재민이에게서 벗어나지 못했을 겁니다. 언제 성공할지도 모르는 그 녀석을 위해 규민이가 평생 꿈도 포기하고 구겨질 대로 구겨진 채 학원에서 아이들이나 가르치며 살아가고 말 걸 생각하면…… 정말 미쳐버릴 것 같았습니다. 규민일 볼 때마다 그 녀석이 원망스러웠고, 어디로든 사라져 버렸으면 좋겠다고 생각한 적이 한두 번이 아니었습니다."

그는 감정이 복받쳐 얘기를 이어가기가 힘든 듯 긴 한숨을 내쉬었다.

"재민인 규민이가 스스로 자신을 떠나게 하는 방법은 그림을 포기하는 길뿐인데 그것은 자기더러 죽으라는 소리나 같다고…… 그럴 만큼 규민일 사랑하지 않는다고…… 그러니까 저더러 규민일 끌고서라도 떠나라고 했습니다."

"그런데 왜 자살이라고 생각하는 거죠?"

"말은 그렇게 했지만 재민인 규민일 많이 사랑했습니다. 전 그걸 압니다."

"그래서 최재민이 이규민 씨를 떠나게 하기 위해 자살을 시도했다는 겁니까?"

"아마…… 그럴 겁니다."

"그건 지나친 비약 아닌가요?"

"……그때 규민인 거의 이성을 잃은 상태여서 그 말을 할 수가 없었습니다. 다행히 조사가 끝날 때까지도 그 모델은 나타나지 않았고 그래서 저는 입을 다물어 버렸습니다."

규민의 얼굴은 떨어지는 개나리 빛깔처럼 노랗게 질려 버렸다. 그 모습을 바라보던 주명진은 자신마저 질려 버릴 것 같아 얼른 서류를 뒤적이며 질문을 했다.

"평소 최재민 씨의 성격이 충동적이었습니까?"

"……아뇨, 신중하고 조용했습니다."

"우울증은요?"

"좀 어둡긴 했지만 우울하진 않았다고 생각합니다."

규민은 생각보다 침착하게 대답했다.

"이제 어떻게 되는 건가요?"

"곧 검찰로 넘어갈 겁니다. 물론 그전에 최재영 씨가 진정서를 취하해 준다면 재판까진 가지 않을 수도 있겠죠. 하지만 백찬우 씨는 위증과 자살 방조에 대한 죗값은 피할 수가 없을 겁니다."

그녀는 알았다는 듯 천천히 고개를 끄덕였다. 모든 것을 수긍한다는 뜻일까? 최재민의 자살까지……. 그러나 한참 만에 규민의 입에서 의외의 말이 나왔다.

"전 재민이가 자살을 선택했다고 생각하지 않습니다."

"무슨 근거로 그런 말씀을 하시죠?"

"만약 그림과 나, 둘 중에 하나를 선택해야 했다면 재민인……그림을 선택했을 겁니다. 그는 제 인생을 위해 죽음을 선택할 만큼 절 사랑하지 않았습니다. 그리고 자신의 그림을 스스로 태웠다고는 결코 믿을 수 없습니다. 그에겐 그림이 목숨 같은 것이었으니까요. 찬우가 잘못 알고 있는 겁니다. 자살이 아니라 불의의 사고였을 겁니다."

그녀의 목소리는 담담했다. 최재민의 사랑을 믿지 않는 것인지 백찬우를 위한 변명인지 알 수 없었다.

"글쎄요? 그건 최재민만이 알고 있겠죠."

주명진은 서류를 덮으며 일어섰다. 얼른 정리를 하여 넘겨 버리고 싶은 사건이다.

"한 가지 부탁드려도 될까요?"

규민은 난감하고 착잡한 눈으로 주명진을 바라보았다. 그에게 밖에 부탁할 곳이 없다.

"찬우를…… 제 남편을 면회할 수 있도록 도와주십시오."

"그건 백찬우 씨 본인이……."

"꼭 할 말이 있는데…… 만날 방법이 없군요."

순간 젖어드는 눈을 감추듯 규민은 고개를 숙여 버렸다. 외면할 수 없는 안타까움에 주명진은 고개를 끄덕였다.

"알겠습니다. 제가 얘기해 보죠."

재민은 자신이 스스로 목숨을 끊어버리면 그것이 찬우와 규민에게 얼마나 형벌이 될 것인가를 잘 알고 있는 사람이다. 찬우와 규민을 참 좋아했었으니까 그런 형벌을 짊어주진 않을 것이다. 그는 결코 자살을 하지 않았을 것이다. 스스로를 사랑했던 사람이니까, 그림을 끔찍하게 사랑했던 사람이니까. 우발적인 사고였을 뿐, 그는 절대 자살을 하지 않았다고 규민은 생각했다.

주명진이 전해주던 찬우의 진술은 밤새 귓가를 맴돌았다.

'규민인 무슨 일이 있어도…… 절대로…… 영원히…… 재민일 떠나지 못할 여자.'

찬우의 외면은 그것이었다. 죽은 줄 알았던 재민이 살아 있다는 것을 안 순간 찬우는 가장 먼저 그것을 생각했을 것이다. 규민은 이불 속에서 가만히 눈을 감았다. 그러지 마, 찬우야…… 무서워. 바람이 울컥울컥 창문을 흔들어대었다. 2월이 다 지나가는데 아직도 겨울은 끝나지 않은 모양이다.

다음날 이른 아침, 주명진으로부터 연락이 왔다. 열 시까지 나오면 찬우와 잠깐 만날 수 있다는 전화였다. 밤새 설친 잠으로 정신이 몽롱하던 규민은 불에 덴 듯 화들짝 일어났다.

주명진은 막바지 서류 정리를 하느라 바쁘게 자판을 두드리다가 들어서는 규민을 보자마자 자리에서 벌떡 일어났다. 그리고 빠른 걸음으로 규민을 작은 방으로 이끌었다.

"한 시간 정도 시간이 있습니다."

그리고 미처 고맙다는 말을 건네기도 전에 다시 바쁜 걸음으로 돌아가 버렸다. 규민은 심호흡을 두어 번 하고 문고리를 돌렸다. 방으로 들어서는 순간 환한 햇살이 쏟아져 눈이 부셨다. 찬우는 커튼을 활짝 걷은 넓은 창가에 햇볕을 쬐는 아이처럼 앉아 있었다. 그 따스함이 좋은 듯 입가에는 작은 미소까지 지어진 채.

"찬우야."

부르는 소리에 고개를 돌리는 찬우의 모습이 너무나 깔끔하다. 금방 갈아입은 듯 잘 다려진 하늘색 셔츠와 검은 수염의 흔적조차 보이지 않는 깨끗한 얼굴이 햇살에 반짝였다. 규민은 다가서던 발을 멈칫했다. 면회를 거부하며 어쩌면 그는 퀭한 눈과 덥수룩한 수염으로 견디고 있을지도 모른다고 생각했던 것은 착각이었던가?

"앉아."

다가오다 멈칫 서 있는 규민에게 앞에 놓인 의자를 눈으로 가리키며 앉으라고 말하는 찬우는 목소리조차 담담하다. 마주 앉은 책상 위에 햇살이 쏟아져 들어왔다. 찬우는 그 빛을 따라 떠다니는 먼지 띠를 무료한 눈으로 바라보았다. 규민이 앞에 앉아 있는 것이 담담하다는 것, 규민에게서만 맡아지는 이 냄새에 가슴이 두근거리지 않는다는 것, 바라보는 그녀의 눈길이 고프지 않다는 것. 이런 건 참 편안하고 쓸쓸하다.

"몸은 괜찮아?"

"응."

규민의 물음에는 걱정과 물기가 묻어 있었지만 찬우의 대답은 간단명료하고 마르다. 규민은 자꾸 목이 마르는 느낌에 침을 꿀꺽 삼키며 말을 이었다.

"어제 네가 진술했다는 얘기 들었어."

"다 들었어?"

찬우는 자신이 진술한 내용을 다 듣고도 담담한 규민의 표정이 의외라는 생각을 했다. 화재의 원인이 규민의 인생을 망치고 있으니 사라져 달라는 찬우의 말에 재민이 그녀의 곁을 스스로 떠나기 위한 것이었다는 얘기를 듣고도 규민은 담담했던 것이다. 그가 아는 규민은 지금쯤이면 요양원에서 발버둥 치며 재민을 붙들고 통곡을 하고 있어야 정상인데 담담하고 말간 얼굴로 자신의 앞에 앉아 있는 것이다. 밤새 몹시도 불어대던 바람은 어디로 가버렸는지 창으로 들어오는 햇살은 눈물나도록 따뜻하다. 규민은 그 따뜻함에 기대어 용기를 내어 입을 열었다.

"난 그렇게 생각 안 해."

"……?"

"재민이가 죽음을 생각하고 스스로 불을 질렀다고 생각하지 않아."

규민의 표정은 단호하고 확신에 차 있다. 저 표정은 무얼 의미하는 것일까? 규민이 설마 내가 정말 화실에 불을 질렀다고 생각하는 것은 아닐 테고. 찬우는 그녀의 마음이 가늠이 되지 않는다. 주명진을 통해 꼭 할 말이 있다는 소식을 전해왔을 때도 사실은 만나지 않겠다고 했었다. 다시 본다면 그녀를 그만 놓아주자고 하는 결심이 순식간에 무너져 버릴 것 같아서였다. 그러나 얼굴이 많이 상했더라는 주명진의 한마디에 마지막으로 한 번만 더 만나서 자신의 마음을 확실하게 보여주어 규민이 편안한 마음으로 자신의 곁을 떠날 수 있도록 해주고 싶은 마음에서 만남을 허락한 것이다. 그런데 규민은 생각보다 초췌해 보이지도 않고 오히려 눈에서는 전에 볼 수 없었던 생기가 느껴진다. 재민의 흔적이리라. 저렇게 재민의 존재는 그녀를 죽고 싶게 만들기도 하고, 살고 싶게 만들기도 하는가 보다.

"재민인 자신을 위해 네가 희생하고 있는 것에 대해 괴로워했어."

"너만큼 마음 아파하진 않았지."

규민은 담담히 말했다.

"네가 떠나지 않겠다면 나더러 끌고서라도 파리로 떠나라고 했어."

그 말을 하는 찬우의 눈은 막막했다. 그 당시의 찬우에게는 그것이 도저히 불가능한 일처럼 보였으리라. 규민이 재민 외에는 아무도 보지도 느끼지도 못할 때였으니까.

"내 희생이 많이 미안하고 부담스러웠겠지. 그래서 아마 그림에 대한 회의도 왔을 거야. 하지만 재민인 그림이 있는 한 다른 어떤 선택도 하지 않았을 사람이야. 그러니까 그가 우리 탓에 스스로 목숨을 끊으려 했다는 그런 생각, 자책 갖지 마."

"재민인 널 사랑했어."

'재민인 널 사랑했어'라고 말하는 찬우의 말은 더 이상 그녀를 견딜 수 없게 했다. 찬우를 가장 힘들게 했던 그 말을 그는 담담히 내뱉고 있는 것이다. 결코 인정하고 싶지 않았고, 용납하고 싶지도 않았을 그 말을. 규민은 목을 아프도록 짓누르고 있는 울음을 꿀꺽 삼켰다.

"그래, 그는 날 사랑했어. 알아. 하지만 모든 것을 걸지는 않았지. 그에겐 그림이 있었으니까. 근데 넌 아냐. 넌…… 아낌없이 내게 다 줬어. 내가 몰랐을 뿐. 아니, 알면서도 모른 척했을 뿐 넌 네 모든 걸 나한테 다 줬어."

그래, 모든 걸 규민에게 다 주고 싶었다. 규민이 자신의 모든 것이었으니까 당연한 것이었다. 그러나 이젠 그만 하고 싶다. 규민도 그것에 대한 부담은 가지지 않았으면 좋겠다.

"그랬어, 다 줬어. 다 주고 싶었어. 하지만 그건 내가 원해서 그랬던 것뿐이니까 부담 갖지 마."

"부담?"

"그래, 그 부담 때문에…… 그것이 미안해서 날 자꾸 찾아오는 거라면 그럴 필요 없어. 편한 마음으로 재민이한테 가. 호적도……."

순간 규민은 다급하게 찬우의 말을 막았다.

"그곳엔 가지 않는다고 했잖아! 네 곁에 있을 거야. 널 사랑한다고 했잖아."

찬우는 안타까운 눈으로 규민을 바라보았다. 규민은 왜 자꾸 마음에도 없는 말을 하는 것일까? 지키지 못할 말을 왜 하는 것일까? 지난번에도 저와 똑같은 말을 했었지. 그러나 바로 그 다음날 요양원에서 재민을 부여잡고 울고 있었다지? 찬우의 입가에 서글픈 미소가 지어졌다. 어머니는 독기 어린 말들을 섞어 그 모습을 전해주었었다.

"바보 천치 같은 놈! 있는 것 없는 것 다 바치고도 제 마누라 하나 잡지 못했어? 그놈 가슴에 얼굴을 묻고 울고 있던 그 앨 네가 봤어야 했어. 어미 가슴에 그렇게 못을 박더니 이게 무슨 꼴이냐! 규민인 재민이가 죽든 살든 평생 그놈을 가슴에 품고 살 애란 걸 아직도 모르겠어? 여자 하나 잘못 만나 이게 무슨 꼴이냐. 아이구, 이놈아! 이놈아…… 으흐흐흑."

어머니의 눈물은 찬우의 가슴을 난도질하듯 찢어놓았다. 반대를 무릅쓰고, 부모 자식의 인연을 끊겠다는 소리까지 들으면서 결혼했으니 정말 잘사는 모습을 보여 드리고 싶었다. 그리고 언젠가는 용서도 받고 어떤 자식보다 효도도 하고 싶었다. 그러나 어떤 말로도 용서받지 못할 모습을 어머니께 보이고 말았다.

"죄송합니다."

"그런 소리 하지 마라. 누가 뭐래도 넌 절대 남한테 그런 짓 할 애가 아니다. 내가 뭔 짓을 해서라도 네 누명 벗겨줄 테니까 걱정하지 마."

두 손을 꼭 잡으며 다독이는 어머니의 가슴은 넓고도 깊었다. 찬우는 당장이라도 그 가슴에 기대어 울고 싶었다.

"일이 잘 해결되면 미국으로 가자. 엄마 곁으로 가. 얼굴이 이게 뭐냐, 이 녀석아."

찬우의 까칠한 얼굴을 쓰다듬으며 그녀는 다시 눈물을 훔쳤다. 그 손이 너무 따뜻해서 찬우는 자꾸만 얼굴을 비볐다.

"그만 돌아가. 곧 엄마가 오실 거야."

찬우는 시계를 들여다보며 담담한 목소리로 말했다. 그의 눈은 규민을 보지 않았고 그녀의 어떤 말도 믿지 않는다. 드디어 규민은 두려움에 휩싸였다. 찬우가 무섭도록 마음의 문을 꼭꼭 닫아버렸다는 것이 느껴졌다. 지나온 긴 기다림의 시간에 지쳐서, 규민의 외면에 지쳐서 더 이상 아프고 싶지 않은 거다. 나는 이제야 겨우 잊고 있었던 널 찾았는데…… 아주 오래전부터 널 사랑하고 있었다는 것이 이제야 겨우 깨달아지는데…… 이러지 마, 찬우야. 싫어. 규민은 그의 가슴에라도 매달리고 싶었다.

"내 말…… 믿지 못하는 거야? 우리 다시 잘살아보기로 했잖아. 너 미국 갔다 오면 집으로 돌아가려고 가방도 다 싸두었는데? 그동안 널 너무 아프게만 한 것 같아서 가방 싸는 내내 눈물이 났어. 내가 널 얼마나 힘들게 했는지 알아. 미안해, 정말 미안해."

"나한테 미안해할 건 없어. 넌 네 감정에 충실했고, 난 내 감정에 충실했던 것뿐이니까. 우린 그냥…… 서로 각자의 사랑을 한 것뿐이야."

"하지만 이젠 아니잖아. 우린 서로 사랑하잖아."

순간 찬우의 눈이 화가 난 듯 날카롭게 번득였다.

"넌 재민일 사랑하잖아."

낮았지만 울컥한 감정이 섞인 목소리였다. 오랜 세월 외면에 지쳐 버린 감정, 그것에는 분노와 서러움도 섞여 있을 것이다. 미움도 있을 것이고, 집착과 안타까움도 있을 것이다. 그리고 사랑도 여전히…… 있을 것이다. 규민은 탁자 위의 주먹 쥔 찬우의 손을 잡았다. 다시는…… 절대 이 손을 놓고 싶지 않다. 잃고 싶지 않다. 찬우의 손을 꼭 움켜쥐는 규민의 눈에서 안간힘을 쓰며 참고 있던 눈물이 흘러내렸다.

"재민이…… 사랑했어, 사랑인 줄 알았어. 아니, 사랑이었을지도 몰라. 하지만 아주 오래전부터 나한테 소중했던 사람은 너였어. 넌 그냥 나인 듯, 나 같아서 옆에 있다는 걸 종종 잊었어. 그냥 당연하고, 자연스럽고, 그림자처럼 언제나 나랑 함께 있는 그런 느낌…… 알아?"

"……몰라. 내가 아는 건 네가 재민일 사랑한다는 거고, 난 더이상 그런 널 지켜볼 마음이 없다는 것뿐이야."

"널 사랑한다고 했잖아. 널 사랑해! 재민인…… 어쩌면 난 재민이보다 재민이의 그림을 사랑했던 게 아닐까 하는 생각이 들어. 그냥 그래. 지나간 바람 같고, 그 바람이 좀 세찼던 느낌. 네가 있어서 그 바람을 잘 이겼구나…… 그런 생각이 들어. 사랑해, 찬우야. 우리……."

그러나 찬우는 규민의 말을 더 듣지 않은 채 잡힌 손을 빼버렸다. 저렇게 말하지만 내일이면 규민은 또다시 재민에게로 달려가고 말 것이다. 더 이상 인내하고 싶지도 않고, 아프고 싶지도 않다.

"참 쉽구나, 네 사랑은."

바라보는 찬우의 눈은 저만치 멀어져 있다. 참 쉽구나……? 쉬운 걸까? 이게 쉬웠던 걸까? 저만치 멀어져 있는 찬우의 눈을 보며 규민은 말문이 막혀 버렸다.

　　"널 사랑해서 친구를 죽이고 싶도록 미워하고 결국 저렇게 만들어 버렸고, 널 사랑해서 부모형제도 버렸고, 널 사랑해서…… 비열하게 재민이 흉내도 냈어. 이건 널 원망하는 게 아니라 나에 대한 책망이야. 이젠 그런 사랑…… 그만 하고 싶다."

　　찬우는 사랑을 그만 하고 싶다고 말한다. 안 돼! 난 이제 시작인데……. 규민의 입에서 자신도 모르게 신음 같은 소리가 새어나왔다.

　　"안 돼……."

　　"넌 사랑이 그렇게 변할 수 있을지 몰라도 난 아냐. 난 그래, 처음 널 사랑한다고 느꼈을 때부터 내 사랑은 영원히 너만이라고 생각했었어. 그 생각은 지금도 변함이 없어. 너에게 사랑을 그만 하고 싶다고 말하는 이 순간에도 난…… 널 사랑해. 하지만 이제 너랑 함께하지는 않을 거야. 그건 나에게도, 너에게도 상처가 될 뿐이니까. 이젠 나 혼자 할 거야. 아마 죽을 때까지…… 널 사랑하겠지."

　　죽을 때까지 규민을 사랑할 수밖에 없으리라고 말하는 찬우의 입가에 자조의 웃음이 번졌다. 이렇게 사랑을 놓아주는 거다. 서로의 자유를 위해. 찬우는 이제야 자신 속에 있는 규민과 행복한 사랑을 할 수 있을 것 같았다. 아, 사랑이 이렇게 간단하고 쉬운 것을 참 아프게도 했다.

가슴속에서 무언가가 한꺼번에 빠져나가는 느낌이 들었다. 노크 소리가 들리고 시간이 다 되었다는 주명진의 목소리를 들으면서도 규민은 넋을 놓은 채 앉아 있었다. 햇살은 여전히 따뜻한데 규민은 한기를 느꼈다. 몸을 웅크리며 어깨를 감싸고 잠깐 떠는 사이 문소리가 들리고 찬우의 체취도 사라졌다.

주명진으로부터 검찰로 넘어가면 불구속 수사를 받을 것이라는 소리를 들으면서 찬우는 혀를 깨물고 앉아 있었다. 다시 한 번 일이 잘 해결되면 미국으로 가자는 어머니의 얘기를 들으면서도 찬우는 혀를 깨물고 있었다. 넋을 놓은 채 앉아 있던 규민이 눈앞에 아른거려 아무것도 보이지 않았다.

좀 더 기다려 줄 수 있었는데, 평생이라도 지켜볼 수 있었는데. 마음 좀 아픈 거…… 아무것도 아니었는데 그토록 모진 말을 해버린 자신이 죽여 버리고 싶도록 밉다.

17. 하나의 이별

시어머니 한경숙이 규민을 찾아온 것은 찬우를 만나고 돌아온 후, 이틀이 지난 저녁이었다. 규민은 그 이틀 내내 넋을 놓은 채 앉아 있었다. 무엇이…… 어디에서부터 잘못되어 버렸는지, 자신에게 지금 무슨 일이 일어났는지 정리가 되지 않았다. 찬우는 여전히 머리 속에서 이해하지 못할 말들을 늘어놓았다. 그녀가 알고 있는 찬우가 아닌 것들이 찬우인 척 그를 차지하고 있는 것 같았다.

정연희는 커피를 끓여 올라와 서성이다가 한경숙의 차가운 시선에 결국 말도 걸어보지 못한 채 내려갔다. 한경숙은 찻잔을 들고 규민의 작업실을 둘러보았다.

"네 그림들은 여전히 따뜻하구나."

그녀의 목소리가 의외로 부드럽게 들린다. 찬우가 모든 진술을 하고 검찰로 넘겨지면서 진술이 참작되어 불구속 상태에서 계속 조사를 받을 수 있게 되어 풀려난 것이 그녀의 마음을 누그러뜨린 것이다. 그리고 규민에게 부탁할 일도 있어 되도록이면 부드러워지자고 결심을 하고 찾아온 길이었다.

"찬우가 그림에 조금만 소질이 있었다면 아마 미대에 가겠다고 설쳐 댔을 거야. 네가 하는 일이라면 뭐든 물불 안 가리고 뛰어들던 녀석이니."

사춘기에 막 접어들면서 자신을 왜 그림도 못 그리는 바보로 낳았냐고 볼멘 목소리로 투덜대던 찬우를 떠올리며 한경숙은 피식 웃음을 흘렸다. 인간의 감정이 어떻게 그토록 한곳으로만 집중될 수 있는지, 자식이지만 규민을 향한 찬우의 절대적인 감정을 한경숙은 이해할 수 없었다. 결혼을 하겠다고 했을 때도 '이규민'이라는 이름 앞에서 찬우의 마음을 바꾸도록 이해시킬 방법은 아무것도 없었다. 그래서 결국 모자간의 연을 끊겠다는 모진 말을 남긴 채 미국으로 떠나기까지 했던 것이다. 하지만 부모 자식 간의 연이 어떻게 말 한마디로 끊을 수 있는 것이던가? 미국에 있는 내내 서운함과 원망과 걱정으로 뒤범벅이 된 감정이었다. 규민을 특별히 미워하는 것은 아니다. 그러나 규민은 자신이 겪은 사랑만으로도 찬우를 충분히 고통스럽게 만들 아이였고 결국 이런 일까지 겪고 만 것이다. 자식 이기는 부모 없다지만 이번만은 결코 물러서지 않을 것이라고 한경숙은 생각했다.

그림들을 훑어보던 한경숙은 찻잔을 내려놓으며 규민을 살폈다. 핼쑥한 얼굴이 투명해 보였다.

"오늘 아침에 찬우를 집으로 데리고 왔다. 진술이 참작되어 불구속 수사를 한다더구나. 애가 얼마나 지쳤는지 집으로 오자마자 침대에 쓰러지더니 밥도 굶고 종일 잠만 자."

한경숙은 말을 잃어버린 사람처럼 입을 꼭 다물고 있는 찬우를 생각하며 작은 한숨을 내쉬었다. 조사가 얼른 마무리되어 미국으로 데려가고 싶은데 재판까지 간다면 언제 끝날지 모를 일이다. 그녀는 말없이 앉아 있는 규민의 눈치를 살피며 운을 떼었다.

"찬우가 너무 지친 것 같아 재판까지 가지 않았으면 좋겠는데……."

"제가 재영이를 만나 설득해 보겠습니다."

넋을 놓은 듯 앉아 있던 규민이 한경숙이 찾아온 뜻을 이미 알고 있었던 듯 선뜻 대답했다.

"그래 주겠니?"

"당연히 제가 할 일인걸요."

힘이 없지만 야무진 규민의 대답을 들으며 한경숙은 가슴 한켠이 왠지 불안했다. 이 참에 찬우에게서 규민을 완전히 떼어버릴 생각인데 규민은 그럴 마음이 전혀 없어 보인다. 규민에 대한 마음을 어느 정도 접은 것 같던 찬우가 어제부터 갑자기 입을 다물고 있는 것도 불안했다. 규민이 찬우를 만나 마음을 흔드는 일이 다시는 없도록 해야 한다.

"규민아."

따뜻하고 진지한 한경숙의 부름에 규민은 천천히 고개를 들었다. 함께하는 사랑을 그만 하고 싶다던 찬우의 음성이 귓가를 떠나지 않아 머리가 무거웠다. 더 이상 어떤 말도 규민의 마음을 흔들 수는 없었다.

"이번 일 잘 마무리되면 찬우를 미국으로 데려갈 생각이다."

"그건 안 돼요!"

규민의 입에서 놀랍도록 빠른 속도로 대답이 나왔다. 넋을 놓은 듯 흐렸던 눈은 충격처럼 커져 있었다.

"내 말 고깝게 듣지 말고 잘 생각해 봐. 찬우는 지금 심한 죄의식에 빠져 있어. 오늘도 내게 그러더라, 재민인 자기가 죽였다고. 자기가 그날 한 말들 때문에 재민이가 죽었다고 생각해. 그래서 조사를 받는 내내 잠도 거의 자지 못했고 제대로 먹지도 못했다더구나. 얼굴이 말이 아니다. 찬우 저대로 두면 안 돼."

"제가…… 제가 보살피겠습니다."

절박한 규민의 대답에 한경숙의 입술이 약간 움찔했지만 이내 온화한 얼굴로 돌아왔다. 그리고 따듯했지만 단호하고 약간의 경멸이 섞인 목소리로 말했다.

"찬우가 편하게 네 보살핌을 받을 수 있으리라고 생각하니? 널볼 때마다 재민이가 떠오를 테고 그럼 또다시 죄의식에 사로잡힐 거야. 그 앤 그걸 견디지 못해. 찬우가 얼마나 여린 심성을 가진 앤지 너도 잘 알잖아."

그래, 찬우는 너무나 여리고 순한 사람이다. 너무나 여리고 순했기에 규민을 차지하지 못한 채 그림자처럼밖에 지내지 못했던 것이다. 죄의식은 아주 오래…… 깊게 그를 괴롭힐 것이다.

"가까운 곳에 재민이가 있다는 것도 찬우를 힘들게 하는 부분이야. 찬우가 시체 같은 재민이를 보기라도 할까 봐 난 두렵다. 그래서 마음이 안정이 될 때까지 미국으로 데려가려는 거야. 그것이 서로를 위해 좋은 일이야."

좋은 일일지 나쁜 일일지는 알 수 없다. 그러나 찬우가 죄의식에 시달릴 거란 말과 마음의 안정이 필요하다는 말은 맞는 말 같았다. 그렇지만 이대로 보내 버린다면 영영 찬우를 되찾을 수 없으리란 두려움에 규민은 고개를 흔들었다. 그 죄의식 속에 찬우를 혼자 둘 순 없다. 혼자만의 사랑을 하겠다는 찬우를 보고만 있을 순 없다. 사랑은 혼자 하는 게 아니다. 그것은 너무 슬플 테니까. 사랑으로 아픈 것은 지금까지만으로도 충분했다. 밤새 넋을 놓고 생각한 것이 그것이었다. 그가 아무리 거부해도 곁에서 지키고 싶다.

"제가 찬우를 만나겠습니다. 찬우를 볼 수 있도록 해주세요. 제가 달래보겠습니다."

"그건 안 된다."

한경숙의 대답은 단호했다. 다시 요양원에서의 모습이 떠오르는 듯 얼굴이 차갑게 굳었다. 그러나 규민도 지지 않고 말했다.

"어머님은 절 막을 권리가 없으세요."

아직은 그의 아내이므로, 그를 사랑하므로 물러서지 않을 것이다. 의외로 단호하게 나오는 규민을 보며 한경숙은 규민이 도대체 무슨 생각으로 이러는지 모르겠다 싶었다. 이유야 어찌 되었든 재민을 부여잡고 울던 애가 아닌가? 그러면서도 찬우를 놓을 수 없다는 것은 재민을 사랑하면서도 찬우를 곁에 두고 싶어하던 예전이나 조금도 변한 것이 없다. 한경숙은 살짝 치미는 노여움을 감추며 차분하게 말했다.

"찬우가 널 만나고 싶어하지 않아."

그 말은 치명적이었다. 노래지는 규민의 얼굴을 다소 안타깝다는 표정으로 바라보며 한경숙은 서늘한 미소를 지었다. '네가 세상의 전부인 줄 알던 찬우가 이럴 줄 몰랐지?' 라는 표정으로. 그러나 그녀의 입에서 나오는 말은 의외로 따뜻하다.

"찬우를 위해서도 당분간 서로 만나지 않는 게 좋지 않겠니? 일단은 데리고 나가서 요양도 좀 시키고 찬우의 마음이 안정되면 그때 내가 연락하마. 그때는 찬우가 어떤 선택을 하든 나도 상관하지 않겠다. 찬우를 위해 그 정도는 기다려 줄 수 있겠지?"

한경숙은 '잊어라' 가 아니라 '기다려 줄 수 있겠지?' 라고 물었다. 왜 이런 선심을 베풀까 생각하기도 전에 한경숙은 자리에서 일어났다.

"보고 싶으면 언제든지 전화하면 되잖아. 아님 나중에 네가 미국으로 들어와도 되고."

한경숙은 규민의 어깨를 툭툭 다독이기까지 했다.

"그럼 그렇게 결정난 걸로 알고 간다."

돌아서던 그녀는 다시 규민을 안심시키는 한마디를 잊지 않았다.

"애, 너도 이제 걱정 그만 하고 몸 좀 챙겨. 얼굴이 너무 핼쑥하다."

멍한 눈으로 앉은 규민에게 그 말을 남기고 돌아서는 한경숙의 입가에 회심의 미소가 지어졌다.

찬우가 만나고 싶어하지 않는다는 말은 사랑을 그만 하고 싶다던 말과 함께 규민의 마음을 나락으로 밀어붙였다. 몸속의 장기 하나가 거부반응을 일으키듯 불편하고 속이 매스껍다. 누군가 나를 훔쳐 가버린 느낌. 그래서 어이하고, 막막하고, 슬프다. 꿈이라면 어서 깨어났으면 좋겠는데…… 자꾸 꿈속으로 빠져든다.

요란한 전화벨 소리에 눈을 떴다. 주위는 아직 어두웠고 탁자 위에서 휴대폰의 불빛이 깜박였다. 시계는 새벽 네 시를 가리키고 있었다. 규민은 무거운 몸을 일으켜 휴대폰을 들었다.

"여보세요?"

[이규민 씨? 저 마리아입니다. 연락을 할까 말까 많이 망설였는데…… 안드레아님이 위독하십니다. 급히 오셔야겠습니다.]

전화를 끊고 규민은 한동안 멍하니 앉아 있었다. 아직 잠이 덜 깬 것인지 몸도, 마음도 움직여지지 않았다. 전화를 받고도 규민은 움직일 수 없었고, 아침이 되어서야 자신의 몸이 엄청난 열에 시달리고 있다는 것을 깨달았다. 그것을 확인했지만 규민은 제천에 내려가기 위해 일어섰다. 옷장을 뒤적이던 규민은 진회색 정장과 검은색 코트를 꺼내어 입었다. 재민의 죽음을 애도하러 가는 길이다. 새벽에 전화를 받았으니 어쩌면 그는 이미 자유로운 영혼이 되어 죽음의 저 너머로 떠났을지도 모른다. 이미 삼 년 전에 한 번 겪었던 일이라 그런지 그의 죽음에 대한 단상은 그다지 무겁지 않았다. 밤새 뒤채었던 찬우에 대한 생각이 그의 죽음보다 더 버거운 무게로 가슴을 짓누르고 있어서였는지도 모르겠다.

온몸은 열에 들떠 화끈거렸다. 차가 흔들릴 때마다 머리 속이 흔들리고 속이 울렁거렸다. 택시를 타기 전 약국에 들러 해열제를 샀지만 먹지 않았다. 재민의 죽음 앞에 너무나 가벼운 이 슬픔이 미안했고, 그래서 자학처럼 이 몸살이 최대치의 아픔까지 올라 육체를 괴롭혀 주기를 바랐다. 치달아 오르는 열을 이기지 못하고 까무룩 정신을 놓았던 것인지 요양원이 보이는 오솔길에 접어들어서야 눈을 떴다. 차에서 내린 규민은 금방이라도 눈이 쏟아질 듯 희뿌연 하늘을 보며 재민의 영혼이 이미 떠났음을 직감했다. 결국 규민은 재민의 마지막 모습을 보지 못했다. 어쩌면 의도적으로 보지 않았는지도 모르겠다.

장례식은 조촐하게 치러졌다. 살아생전 외로웠던 그의 몸은 천주교 교인들의 무덤이 즐비한 공동묘지 가운데에 외롭지 않게 묻혔다. 간간이 재영의 울음소리가 들리는 가운데 조용하고 엄숙한 기도 소리가 들렸다. 묘역의 언덕에는 부드러운 바람이 불었고 그 겨울의 마지막 눈발이 매화 꽃잎처럼 흩날렸다.

잘 가라. 내 피가 갈구했던 격렬의 사랑.

한때 나는 너를 내 인생의 종착역이라고 생각했었다. 그래서 내 꿈도, 희망도 모두 널 위해 던져 버렸던 거야. 왜냐하면 그때는 너 외에 더 이상 내 인생의 길은 없다고 생각했었으니까. 너에 대해서는 모든 것이 극으로만 치달았던 것 같다. 처음 만남도 그랬고,

네 그림에서 느꼈던 내 감정도 그랬고, 널 향한 내 마음도 언제나 마지막 같은 그런 것이었어. 그것이 결국 나로 하여금 두 번이나 극단의 선택을 하게 만들었던 거고.

그런데 어느 날 문득 돌아보니 내가 여전히 출발역에 서 있는 거야. 안개 속에서 길을 잃은 채 환각의 여행에서 깨어난 것처럼 말이지. 깨어나 보니 나는 여전히 출발역에서 찬우의 옷자락을 잡은 채 서 있었어. 찬우의 손에 이끌려 최재민이라는 환각의 열차를 타러 가던 그날처럼. 훗, 웃긴다. 결국 나는 '내 피가 갈구했던 격렬의 사랑'이라고 불렀던 너를 환각이라고 결론짓고 마는구나. 그러나 꿈이든 환각이든, 혹은 실제든 어느 쪽이든 이루어지는 순간 그것은 진실이고 현실이 되는 거야. 꿈이 꿈으로 끝나면 그것은 영원히 꿈인 것이고, 환각이 환각으로 끝나면 영원히 환각으로 남을 수밖에 없는 거야. 내게 있어 너는 환각이었어. 독약 같았고 마약 같았어. 눈도, 귀도, 그리고 마음까지도 멀게 했던 치명적인 독약.

잘 가라.

네가 동정이고, 환상이고, 연민이라고 생각했던 내 사랑들도 잘 가라.

다 잘 가라.

내가 사랑했던 것이 너였는지, 네 그림이었는지에 대해 네 앞에서만은 나는 아무 결론을 내리고 싶지 않다. 그것이 무엇이었던 그 순간의 나는 내 감정에 진실했고, 충실했다고 말하고 싶다.

장애처럼 너를 가로막았던 가난도 없고, 이해 못할 눈으로 널 질시하던 사람들도 없는 곳으로 가라. 그곳에서 끝단으로 치달았던 네 영혼의 무늬 같은 그림들과 함께 영원히 행복하기를 빌어.

　안녕.

18. 4월은
잔인한 달

재민의 일기가 발견된 곳은 요양원의 도서관 한구석이었다. 그가 의식이 남아 있을 때 그곳을 종종 드나들었다는 마리아 수녀의 얘기를 듣고 도서관을 뒤진 지 한 시간 만에 찾아낸 검은 노트. 그 속에는 앞이 보이지 않던 그가 삐뚤삐뚤 써 내려간 그림 이야기, 동생 이야기, 규민의 이야기, 그리고 그날의 진실이 들어 있었다.

〈찬우가 나가고 나는 두 손으로 머리를 감싼 채 의자에 앉아 있었다. 찬우의 주먹이 스쳐 간 얼굴이 욱신거렸다. 제기랄! 이 녀석의 주먹이 언제부터 이렇게 매서워져 버렸지? 그에게는 이제 질투와 분노만이 남아 있다. 그것은 나도 마찬가지다. 내가 그를 볼 때마다 느끼는 것을 그도 고스란히 느끼고 있으리라. 나는 너무나 화가 났다. 무기력한 나 자신에게, 희망이 보이지 않는 나의 그림에, 찬우에게, 규민에게 견딜 수 없이 화가 났다. 무엇이 우리를 이렇게 만들었을까? 우정만으로 우리는 진정 아름다울 수 없었던 것일까? 우리 사이에 규민이 존재하는 한 그것은 애초에 꿈일 뿐이었다.

나는 규민이 내 곁에 다가오는 것이 행복했고, 안타까웠다. 처음부터 규민이 내게서 보았던 것은 나 최재민이 아니라 내 그림이었고 그 생각은 지금도 변함이 없다. 내게서 그림이 사라지면 그 애도 내 곁에서 흔적없이 사라질 것이었다. 찬우와 규민은 처음부터 하나였다. 자신들만 모를 뿐, 그들은 모든 것이 쌍둥이처럼 닮았다. 나는 나를 향해 반짝이는 규민의 눈 속에서 언제나 찬우를 보았다. 나를 향해 질투의 눈으로 번득이는 찬우의 눈에도 언제나 규민이 보였다. 다 알면서도 나는 욕심이 났다. 조금만 행복하자. 잠깐만 이 따뜻한 안락을 즐기자. 그러나 나의 이기는 너무 멀리 와버렸다. 되돌릴 길이 보이지 않을 만큼.

갑자기 등 뒤가 후끈 뜨거웠다. 달구어진 난로 옆에서 찢어져 뒹굴던 그림에 불이 번진 것이다. 처음에 나는 불꽃의 붉은 혓바닥이 야금야금 먹어가는 그림을 멍하니 바라보았다. 내 인생을 집어삼키고, 규민의 인생까지 삼켜가던 내 그림을 보란 듯이 집어삼키는 불. 그 불의 혀는 그림에서 그림으로, 그리고 또 다른 그림으로 재빠르게 옮겨 붙고 있었다. 불은 순식간에 국전에 출품할 그림들로 번졌다.

안 돼!

나는 소리치며 그림을 구하기 위해 미친 듯이 불 속을 뛰어다녔다. 담요를 던지고 옷을 휘둘렀다. 검붉은 연기들이 몸속으로 잠식해 들어와 숨을 쉴 수 없었다. 나는 그림들을 끌어안고 살려달라고 소리쳤다. 그러나 고독했던 내 인생에 스쳐 간 이가 드물었듯이 그 높은 언덕 무허가 건물 옆을 스쳐 갈 이 또한 누가 있겠는가? 백찬우, 이규민. 그들이 아니면 이곳을 스쳐 갈 이 누구겠는가? 불은 잔인한 짐승처럼 그림들을 삼켰다. 빠져나갈 구멍은 어디에도 없었다. 그림을 던지고 도망을 가든지 이대로 그림과 함께 잡아먹히든지 그 길밖에 없었다.

나는…… 그림을 두고 도망칠 수 없었다. 그림은 나의 꿈이고, 희망이고, 생명이다. 내 전부다! 그래, 붙어라! 태워 버려라! 결국은 저렇게 한 줌의 재가 되어버릴 아무것도 아니었던 나의 그림들아. 그 그림이 파탄 낸 내 인생도 결국은 저렇게 한 줌의 재가 되고 말겠지? 허망하게 사그라지는 내 인생에 나는 웃음이 났다. 점점 거리를 좁히며 그림을 집어삼킨 붉은 혀들이 드디어 내 몸을 덮쳤다. 나는 뼛속까지 시린 몸을 그 붉은 혀들에게 맡겼다. 울렁대는 불의 울음소리가 사방을 덮었다. 이제 더 이상 어디로도 도망갈 틈은 없었다. 고통이 나를 덮쳤다. 눈앞이 점점 흐려지고 있었다. 이대로 영원히 끝인가? 그때 멀리서 환청처럼 나를 부르는 소리가 들렸다. 그것은 찬우의 목소리였다. 나는 눈물이 나려고 했다.

그래, 외롭고 고단했던 내 인생에 봄 햇살처럼 따듯이 스쳐 간 이는 너희 둘뿐이었지. 이 고독하고 높은 언덕을 스쳐 갈 이도 너희 둘뿐이지. 검붉은 불꽃 사이로 눈물이 번져 번득이는 찬우의 얼굴이 스쳐 갔다. 아…… 나는 또다시 그에게 상처를 줄지도 모르겠다. 질투가 잠깐 그의 마음을 혼란스럽게 했지만 나는 그의 진심을 다 안다. 찬우는 내 그림을 보아준 최초의 관객이었다. 그를 알게 된 것은 내 생애 최고의 행운이었다. 나는 가물거리는 의식을 그러모아 그를 향해 웃어주었다. '나는 괜찮아'라고 말해주고 싶었다. 그리고 이미 반은 타버린 몸을 이 끌고 화장실로 기어들어 갔다.

몸은 이미 나의 것이 아니었다. 화장실의 그 작은 창으로 빠져나온 것은 지금 생각해 보니 나의 의지가 아니었다. 아마도 신의 뜻이었으리라. 나는 신의 뜻에 따라 필사적으로 앞으로 기었다. 저들에게서 최대한 멀어져야 한다. 더 이상 그들의 인생에 '최재민'이라는 이름을 끼워두고 싶지 않았다. 의식은 이미 저만큼 멀어져 아무 생각도 할 수 없었다. 다만 한 가지 소원하는 것은 처참한 내 몸을 숨겨줄 누군가를 만날 수 있는 것이었다. 하느님이 내게 아무리 모질었어도 그 마지막 소원만은 들어…… 주시리라…… 믿었다.〉

재민의 일기가 발견되면서 사건은 종료되었다. 찬우는 심한 스트레스로 일주일가량 병원에 입원을 했고 규민은 그 기간 내내 병원 건물 아래 벤치에 앉아 있다가 집으로 돌아가야 했다. 한경숙이 고용한 사설 경호원은 그림자처럼 규민을 따라다니며 병원 출입을 막았다. 시끄럽게 대응해 억지로 들어갈 수도 있었지만 규민은 그렇게 하지 않았다. 지금으로서는 그저 찬우가 자신의 존재를 느껴주기만을 바랐다.

찬우는 밤에는 잠을 자지 못했기 때문에 새벽녘에 잠이 들어 늦은 아침까지 잠을 잤고 어머니가 차려주는 아침 겸 점심을 먹은 후 내내 창가에 서 있었다. 오늘도 규민은 노란색 얇은 코트를 걸치고 벤치에 앉아 있다. 팔층의 병실에서 내려다보는 규민은 봄바람이 차가운지 늘 몸을 웅크리고 있었고 그래서 마른 몸이 더욱 말라 보였다. 검은 양복을 입은 덩치 큰 사내가 그녀 주위를 맴돌았다. 찬우는 자신도 모르게 움찔하다가 그가 어머니가 고용한 사설 경호원이라는 것을 알고 그러쥔 주먹을 천천히 폈다.

벤치 뒤편으로 삐죽삐죽 고개를 내미는 개나리꽃들과 어우러져 눈을 아리게 하는 규민의 저 노란 코트는 찬우가 사업을 막 시작했을 때 파리로 떠났던 첫 출장에서 사다 준 그 옷 같다. 다른 사람에게는 잘 어울리지 않을 것 같은 노란색 옷들이 규민에게는 유난히 잘 어울렸다. 상젤리제 거리를 걷다가 옷가게 마네킹에 걸쳐 놓은 그 코트를 보는 순간 무작정 들어가 사버렸던 옷이다. 저 옷을 입기엔 아직 날씨가 추울 텐데…….

점심시간이 훌쩍 넘었지만 규민은 꼼짝도 하지 않았다. 무슨 생각을 하는지 고개조차 들지 않았다. 두 시쯤 되어 잠깐 화장실을 다녀온 사이 규민이 사라졌다. 찬우는 창 아래를 노려보며 서성거렸다. 바람이 가끔씩 벤치 뒤의 개나리꽃들을 모질게 흔들고 사라졌다. 규민은 삼십여 분 만에 종이 봉투 하나를 들고 다시 벤치에 나타났다. 그녀는 들고 온 봉투에서 무언가를 꺼내어 먹기 시작했다. 규민이 싫어하던 음식, 햄버그인가 보다. 한입 베어 물고 옆에 놓인 콜라를 빨아 마셨다. 바람이 다시 규민의 머리를 아무렇게 헝클며 지나갔다. 무슨 의식을 치르듯 규민은 천천히 햄버그를 한입 베어 물고 콜라를 마셨다. 그리고 잠깐 몸을 웅크렸다. 저것을 포장한 아르바이트생은 배운 대로 콜라 속에 얼음을 잔뜩 넣었겠지?

햄버그를 끔찍하게 싫어하던 규민이 의식을 치르듯 그것을 꾹 꾹 씹어 먹는다. 아직 바람이 찬데 그 바람 속에 앉아 얼음이 잔뜩 든 콜라를 꿀꺽꿀꺽 마신다. 개나리는 왜 저렇게 노랄까? 자꾸 눈이 아려 규민을 볼 수가 없다.

"퇴원하는 즉시 미국으로 가는 거다, 알았지?"

한경숙은 이틀째 찬우를 다그치고 있었다. 날마다 찾아와 벤치에 앉아 있는 규민 때문에 찬우를 더 이상 병원에 둘 수 없었다. 규민이 벤치에 꼼짝 않고 앉아 있는 내내 찬우도 창가에서 꼼짝을 하지 않았다. 그리고 밤새 잠을 이루지 못했다. 그렇다고 당장 규민을 만나겠다고 나서는 것도 아니었다. 한경숙은 찬우가 엄청난 인내로 규민을 떼어내려 하고 있다는 생각이 들었다. 그래서 서둘러 미국으로 데려가려는 것이다. 눈에 보이지 않으면 마음에서도 멀어지는 법, 찬우의 결심이 흔들리기 전에 떠나는 게 상책이다.

"회사는 당분간 장 부장에게 부탁하고 가자. 민우한테 잠깐 들렀다가 진경이에게 가. 너 지난번 들어왔을 때 못 봤다고 데이빗이 아주 섭섭해했어. 플로리다는 아주 따뜻할 거야."

어머니의 따뜻한 손이 찬우의 손등을 다독였다. 데이빗을 잘 있을까? 규민과 결혼할 때 모든 식구들이 반대하는 속에서 유일하게 찬성표를 던져 주었던 작은 누나 진경의 나이 어린 남편. 그러고 보니 못 본 지 일 년이 훨씬 넘었다.

"가자. 엄마가 너 데리고 있고 싶어 그래. 우리 막내아들…… 넌 여전히 엄마 보물이야."

볼을 쓰다듬어 주는 어머니의 손은 아프도록 따뜻하다. 우리 막둥이, 엄마 보물. 어릴 적 품에 안아주며 하시던 그 말이 여리고 작아져 버린 찬우의 마음에 기대고 싶은 커다란 나무처럼 다가왔다.

"가자, 알았지? 엄마한테 가서 몸도 추스르고 마음도 다지고 생각은 그 다음에 하는 거야. 나머진 천천히 생각하자."

"……."

"응?"

"……네."

저 노란 꽃 속에 앉아 눈을 아리게 하는 규민은 나중에 생각하자. 몸은 병원의 벤치에 앉아 힘겹게 햄버그를 삼키고 있지만 여전히 재민을 향해 끝없이 내달리고 있을 그녀의 마음을 다 알면서도 순간순간 고개를 내미는 이 무지한 욕심을 감당하기 힘들다. 그래, 떠나자. 떠나 버리면…… 보지 않으면 견디기도 쉬울 것이다.

아침 일찍 장 부장으로부터 전화가 왔다. 열 시경 집 앞 놀이터로 찬우가 갈 것이라는 전갈이었다. 규민은 부스스한 모습으로 찬우를 마음 아프게 하고 싶지 않아 되도록이면 밝은 화장을 했다. 그리고 버릇처럼 노란색 코트를 걸쳤다. 내일쯤 퇴원한다고 했는데 무슨 일일까? 그러잖아도 퇴원을 하면 찬우를 만날 생각이었었다. 시어머니가 아무리 못 만나게 하더라도 자신은 남편을 만날 권리가 있었고 이유가 있었다. 찬우가 거부하지만 않는다면 만날 방법은 있을 것으로 생각했다.

　어릴 때, 찬우는 아주 속상한 일이 있을 때나 울고 싶을 때면 늘 동네 놀이터 그네에 앉아 규민을 기다렸다. 찬우가 없어졌다며 놀라 달려온 한경숙의 얼굴을 볼 때마다 규민은 그가 꼭 자신만이 아는 비밀의 장소에 찾아들어 온 것 같아 은근히 미소 짓곤 했다. 둘이서 그네를 타고 한바탕 놀다 보면 금세 마음이 풀어져 규민의 손을 잡고 집으로 돌아가던 찬우. 그러고 보니 찬우는 규민이 다독이고 보살펴 주는 걸 참 좋아하던 아이였다. 그런데 언제부턴가 규민은 언제나 찬우의 보살핌만 받은 것 같다. 한 번도 그를 품고 보살펴 주지 못했다.

　골목을 빠져나와 놀이터가 보이자 규민의 발걸음이 빨라졌다. 미끄럼틀 사이로 정글짐이 보이고 그 작은 기둥들 사이로 그네에 흔들리며 앉아 있는 찬우가 보였다. 얼핏 보기에 머리가 짧아진 것 같다.

　소리없이 규민이 다가서자 찬우는 놀란 듯 고개를 번쩍 들었다.

　"무슨 생각을…… 골똘히 했나 봐?"

　"……어."

　규민은 찬우의 짧은 머리를 가만 보다가 옆에서 흔들리는 빈 그네에 앉았다. 찬우는 짧은 머리가 안 어울린다.

　"몸은 좀 어때?"

　"괜찮아."

　"그러잖아도 내일 퇴원한다고 해서 집으로 갈 생각이었어."

　"오늘 퇴원했어."

"오늘?"

"퇴원하자마자 오는 길이야."

퇴원하자마자 왔다는 찬우의 말에 규민은 약간 기대에 찬 눈으로 찬우를 살폈다. 그러나 찬우의 눈빛은 여전히 메마르다. 그녀를 보아도 웃지 않는다. 규민의 얼굴은 봄꽃처럼 화사하다.

"그렇게 화장하고 다녀, 밝아 보여서 좋아."

재민을 잃고도 화사한 그녀가 다행이다 생각하며 찬우는 말했다. 규민이 다시 지난번처럼 무너지는 모습을 보였다면 그는 떠날 생각을 하지 못했을 것이다.

한참 머뭇거리던 찬우가 다시 입을 열었다.

"재민이…… 어디에 묻었어?"

"어…… 요양원 가까운 천주교 묘지. 재민이가 의식이 있을 때 재영이에게 말해뒀었던가 봐."

"아."

찬우는 고개를 끄덕끄덕했다. 규민은 찬우 앞에서 재민의 얘기를 하는 것이 불편하다. 찬우에게 각인되어 있는 재민을 향한 규민의 모습들은 너무 적나라해서 자신에게는 더 이상 재민을 담고 있는 가슴이 없다는 것을 설명하기가 힘들다. 찬우는 구둣발로 모래 위에 그림을 그리고 있었다. 세모, 네모, 동그라미…… 그리고 신발로 지우고는 또다시 세모, 네모, 동그라미를 그린다.

"우리 규민이는 그림 잘 그려!"

미술 시간만 되면 형편없다 싶은 자신의 그림은 등 뒤로 숨긴 채 친구들에게 규민의 그림을 자랑하던 그 작은 소년이 떠올랐다. 그림을 잘 그리지 못하는 것이 세상에서 가장 속상하다던 그 아이.

"찬우야."

찬우는 돌아보지 않았다. 꽃샘추위가 매서운데 규민은 여전히 노란색 얇은 코트를 입고 나왔다. 그 빛깔이 눈이 아려서 구둣발로 그린 모래 위의 동그라미 속으로 눈물이 한 방울 툭 떨어졌다. 찬우는 얼른 구둣발로 그림을 쓱쓱 문질러 버리고 그네에서 내렸다.

"내일 미국 가."

규민의 동공이 멈추었다. 찬우는 그것을 보고 싶지 않아 빠르게 말을 이었다.

"당분간 그곳에서 지낼 거야. 엄마도 원하시고, 나도…… 혼자 외로운 거 싫고. 우리 문젠 좀 안정이 되면 내가 연락할게. 아, 그리고 내가 모아두었던 재민이 그림 너 가질래? 나중에 내 손으로 뭔가 해주고 싶었는데 아무래도 나보단 네가 더 필요할 것 같아서 말이야. 너 재민이 그림……."

"안 돼……!"

규민의 입에서 절규 같은 작은 소리가 새어나왔다. 아직은…… 아직은 안 돼. 그네에서 내린 규민이 다급하게 찬우의 옷자락을 붙잡았다.

"여기선 정말 힘들어? 내가 곁에서 돌봐줄게. 찬우야, 우리……."

후둑 떨어지는 규민의 눈물을 보며 찬우는 옷자락을 잡고 있는 규민의 손을 가만 떼어내었다.

"내 얘긴 지난번에 다 했잖아. 그 마음 조금도 변함없어. 미안해."

"사랑해. 널 사랑해, 찬우야. 왜 믿지 못해?"

사랑한다는 규민의 말에 찬우의 미간이 찡그려졌다. 그것은 찬우가 화가 날 때면 짓던 표정이다.

"알아. 네가 날 사랑한다는 말, 믿어. 하지만 둘이 함께는 싫어. 네 마음속에서 재민인 영원히 살아 숨 쉴 거고, 영원히 살아 숨 쉴 재민이와 사랑을 하다 지치면 내게 기대는 거…… 이젠 싫어. 언제까지나 기다리겠다든지 내게 기대라든지 등대가 되어주겠다는 그런 말을 할 용기가 이젠 없어."

찬우의 목소리는 바람처럼 건조하고 차갑다. 규민은 무슨 말을 꺼내야 할지도 모른 채 자꾸만 눈물이 났다. 목구멍에 막힌 눈물 덩이 때문에 해야 할 말들이 나오지 못했다. 그녀는 작은 주먹으로 찬우의 가슴을 쳤다.

"왜 이래, 너 왜 이래? 왜 마음에도 없는 말을 자꾸 하는 거야? 넌 나 떠나서 살 수 없잖아. 나도 너 없으면 안 된다는 거 알잖아. 제발 이러지 마……."

아프게 가슴을 치는 규민의 주먹을 찬우는 꽉 움켜잡았다.

"아니, 넌 나 없어도 살 수 있어. 마음 약하게 먹지 마. 너한텐 그림이 있고…… 재민이도 있잖아."

찬우는 정말 규민이 당당하게 살아주기를 바란다. 그녀가 사랑하는 재민을 가슴에 품고 그림으로 성공하기를. 자신이 곁에 있으면 규민은 스스로 일어서지 못한 채 나약하게만 살아갈 것이라 생각하며 자신이 떠나야 하는 이유를 또 하나 발견했다. 주먹으로 가슴을 치던 규민은 그 가슴에 얼굴을 묻어버렸다.

"흑…… 그런 것들 다 소용 없어. 내가 바라는 건 너뿐이야. 이러지 마. 이러지 마, 찬우야. 흑흑…… 너 아닌 것 같아. 다른 사람 같단 말이야. 흑흑흑……."

규민의 눈물에 옷깃이 젖었다. 눈시울이 젖었다. 가슴이 젖었다. 떨리는 어깨를 감싸주고 싶었다. 바보처럼 울지 말라고 눈물을 닦아주고 싶었다. 그러나 저 멀리 골목 끝에서 검은색 승용차가 다가오는 것이 보이자 찬우는 정신이 든 듯 규민을 떼어내었다.

"그만 가봐야겠어."

"안 돼! 찬우야, 우리 얘기 좀 더 해. 잠깐만 내 말……."

"엄마랑 너, 부딪치는 거 싫어."

그 말과 함께 찬우는 여전히 옷깃을 놓지 않고 있는 규민의 손을 떼어내고 돌아섰다.

"안 돼!"

놀이터 바깥쪽에 차가 멈추자 새파란 얼굴로 내려서는 한경숙이 보인다. 며칠 내내 규민을 가로막던 검은 양복의 덩치 큰 남자도 따라 내렸다. 찬우는 그들이 다가오기 전에 먼저 걸음을 떼었다. 성큼성큼 빠른 걸음으로 그들 곁으로 다가간 찬우는 규민을 향해 눈에 불을 뿜는 한경숙의 팔을 잡았다.

"얼른 타요."

밀어 넣듯 어머니를 차에 태우고 찬우는 잠깐 돌아보았다. 넋을 놓은 듯 서 있던 규민이 그제야 뛰어오고 있었다. 노란색은 너무 눈이 아린다 생각하며 얼른 차에 오른 그는 정 기사에게 어서 떠나라고 했다. 정 기사는 잠깐 머뭇거리다가 시동을 걸었다. 룸미러에 비치는 규민은 점점 다가오고 있었다. 그러다 차가 움직이며 눈을 아리게 하던 노란 코트가 팔랑거리는 나비처럼 흔들리며 멀어졌다.

"가능하면 내일…… 비행기 시간을 좀 당기세요."

창밖을 보며 중얼거리는 찬우는 목소리는 낙엽처럼 건조하다.

4월을 잔인한 달이라고 한 사람이 아마 엘리엇이었지? 그의 '황무지'는 4월을 이렇게 노래했다.

『*4월은 가장 잔인한 달.*
죽은 땅에서 라일락을 키워내고
추억과 욕정을 뒤섞고
잠든 뿌리를 봄비로 깨운다.』

그것은 규민에게 무섭고도 무서운 진리로 다가왔다. 그 잔인한 4월에 찬우는 잔인하게 떠났다. 뒤섞인 추억과 욕정은 그녀를 벼랑 끝으로 몰고 가 침몰시키듯 덤벼들었다. 그녀 속에 켜켜이 쌓인 찬우의 추억은 시실 날실이 되어 몸에서 한올한올 빠져나왔다. 실들은 다시 시줄 날줄로 엮이어 규민의 눈앞에서 옷을 지어나갔다. 그것은 이십 년 그녀의 그림자, '백찬우'라는 이름의 옷이었다. 나는 진정 저 옷을 걸칠 자격이 없단 말인가? 밤마다 욕정은 추억의 옷을 걸치고 잔인하게 덤벼들었다. 찬우의 목소리, 웃음소리, 발자국 소리, 그녀를 갈구하던 뜨거운 입술, 아련한 눈빛, 추억 속의 모든 것은 그녀에게 형벌을 내렸다.

결혼하며 끊었던 술을 다시 입에 대기 시작했다. 잠을 자기 위해 술을 마셨고, 꿈을 꾸고 싶지 않아 술을 마셨다. 찬우와의 추억을 떠올리며 술을 마셨고, 그 추억을 잊기 위해 술을 마셨다. Deep Purple은 April을 왜 이토록 길게 길게 노래했을까? 길고 긴 잔인한 April을 세 번쯤 반복해 듣고 나면 알코올이 몽롱하게 그녀를 점령했다.

'거짓말쟁이! 나쁜 놈! 등대가 되어주겠다고 했잖아. 천천히 찾아오라고 했잖아!'

자신도 모르게 욕지기가 튀어나왔다. 그러나 이내 애원의 소리도 함께 나왔다.

'찬우야…… 나는 아무것도 보이지 않아. 아무것도 믿어지지가 않아. 이건 거짓말이야, 거짓말이야……!'

술기운에 의지해 설핏 잠이 들었던 규민은 날마다 새벽녘이면 일어나 미국으로 전화를 걸었다.

[어, 규민이구나. 찬우는 어머니와 플로리다에 갔어. 진경이 거기 살잖아. 요양차 갔으니까 아마 한 달은 더 있어야 올 거야. 넌

어때? 괜찮지?]

전화를 걸 때마다 어색해하면서도 제수씨라는 호칭을 꼭 붙이던 민우가 어느 날 '규민이구나' 라고 말했다. 그것은 이제 그녀를 가족의 범위에서 제외한다는 뜻도 되었다. '넌 어때? 괜찮지?' 라는 말속에는 찬우와의 결별을 잘 이기라는 위로의 말까지 들어 있다는 것을 규민은 짧은 시간에 깨달아야 했다. 그리고 며칠 후 다시 건 전화 속에서는 낯선 목소리의 미국인이 알아듣기 힘들만큼 빠른 말로 이 집의 주인은 이사를 했으며 자신들이 이 번호의 새로운 주인이 되었다는 것을 알려주었다. 더 이상 찬우에게 연락을 취할 아무런 방법이 없었다. 규민은 깨끗하고, 철저하고, 완벽하고, 잔인하게 떨쳐졌다.

술은 더 이상 그녀를 위로해 줄 약이 되지 못했다. 술을 먹지 못하니 한순간 규민의 정신은 말개졌다. 그녀는 찬우에게 완벽하게 버림받은 것이다. 찬우의 추억이 모두 빠져나간 그녀의 몸은 허깨비 같아졌다.

'네가 없는 나의 존재는 너무나도 가볍구나. 아무것도 아니구나.'

찬우가 무섭도록 그녀를 떨쳐 내고 있다는 느낌은 규민을 절망의 나락으로 몰고 갔다. 생각도, 의지도, 용기도 모두 그녀 곁을 떠나갔다. 시간은 정지했고, 그녀의 세상은 네모난 방 안으로 좁혀졌다. 완벽하게 세상과 차단된 생활이었다. 다시 그림에 대한 생각이 떠올랐을 때는 여름이 막 시작될 무렵이었다.

어느 날 창을 열고 앉아 있었는데 바람에서 싱그러운 나무 냄새가 섞여 불어왔다. 말라 있던 가슴으로 짙은 초록색 물이 세차게 밀고 들어오는 느낌이 들었다. 한순간 그녀의 몸은 물 먹은 나무처럼 싱그러워졌다. 햇살은 부서지듯 쏟아져 내렸고 지치도록 푸른 하늘이 눈을 찔러왔다.

저 찬란한 색감, 저 찬란한 물결, 저 살아 있음의 징조들!

"네 그림은 샤갈을 닮았었어."

"네가 조금씩 발전해 가는 모습이 날 얼마나 기쁘게 했는지 모르지?"

"다시 그림을 그려."

다시 그림을 그리고 싶어졌다.

19. 편지

찬우는 미국에서 오 개월 만에 돌아왔다. 생각보다 빨리 돌아왔던 것은 벌여놓은 사업 때문이기도 했지만 데이빗과 몇 개월 동안 함께 보내며 쉽게 마음의 안정을 찾았기 때문이다. 그는 찬우보다 두 살이나 어렸지만 모든 면에서 인생의 조언자로 손색이 없었다. 친우는 플로리다에서 지내던 중 형이 이사를 했다는 소식을 들었다. 살던 집에 대해 상당히 만족하고 있던 형이 갑작스럽게 이사를 한 것은 규민과의 연락 단절을 위한 어머니의 조치였다는 것을 나중에야 알았다. 이사하기 전까지 규민은 거의 매일 저녁 술에 취한 채 전화를 했었고, 찬우를 찾았다고 했다. 처음 재민을 잃고 술이 규민을 지탱해 주었던 때가 있었다. 찬우는 호프집에서 포장마차에서 규민을 찾아 업고 왔다. 이제 어디에 쓰러져 있더라도 그녀를 찾아 업고 올 사람은 없을 것이다. 그러나 찬우는 이내 고개를 흔들었다. 부모님이 계시니 그녀를 보호해 줄 사람은 있다. 그리고 햇수로 삼 년이란 세월이 더 흘렀으니 처음 재민을 잃었을 때처럼 아무 대책 없이 마시진 않을 것이다. 여전히 재민의 존재는 무섭다. 찬우는 마음이 씁쓸해졌다. 다 알면서도 한 번씩 확인할 때마다 그것은 찬우를 씁쓸하게 만든다. 그러나 이제는 그런 마음조차 가질 필요가 없다는 것을 스스로에게 각인시켰다.

장 부장으로부터 너무 힘들다는 불평의 전화가 몇 번 있었고, 스스로도 이제 그만 돌아가고 싶다는 생각이 들었다. 어머니의 강력한 반대가 있었지만 찬우는 결심을 꺾지 않았다. 결국 한경숙은 찬우에게 규민을 다시 만나지도 않을 것이고, 만나더라도 예전의 관계로 돌아가지 않을 거라는 약속과 함께 빠른 시일 안에 서류 정리를 하겠다는 다짐을 받고서야 한국으로 돌아가는 것을 허락했다. 더위가 한풀 꺾이고 가을이 막 시작될 무렵 찬우는 돌아왔다.

그를 기다리는 것은 사랑한다고 애원하던 규민도 아니고, 재민의 부재를 이기지 못한 채 무너진 규민도 아닌, 그녀가 이탈리아로 유학을 떠났다는 장 부장의 짧은 전언이었다. 이탈리아라라로…… 결국 이렇게 될 줄 알고 있었다. 규민이 재민의 그림자를 끌어안은 채, 그의 그림에 대한 열망을 고스란히 간직한 채 이탈리아로 떠날 줄 이미 예전에 알고 있었다. 찬우는 어두운 하늘을 보며 헛웃음 같은 소리를 내었다. 이제 다 끝난 것이다. 질긴 사랑은 그렇게 간단하고 쉽게 끝났다.

　상반기 매출 성과를 살피던 찬우는 만족한 미소를 지으며 책상을 정리하고 윗도리를 걸쳤다. 상반기에만 작년에 비해 매출액이 200% 증가했다. 이대로라면 올해 목표했던 매출의 세 배까지도 가능할 것 같다. 처음 사업을 시작할 때는 이 빌딩의 작은 방 하나로 시작했었는데 이제는 빌딩 두 개 층을 임대하고 있을 만큼 사업은 질적으로는 물론 양적으로도 커졌다. 지난 이 년 동안 밥 먹는 시간과 잠자는 시간을 제외하고는 거의 일밖에 생각하지 않았다. 일 외에는 아무것도 할 것이 없었고, 일 외에는 아무 생각도 나지 않았기 때문이다.

　규민은 한 번도 다녀가지 않았다. 어쩌면 올 필요를 못 느꼈는지도 모른다. 찬우가 돌아오고 얼마 지나지 않아 정연희는 남편이 있는 멜버른으로 떠났고 그곳에서 정착할 예정이라고 했다. 이제 이곳에는 규민의 연줄을 이어줄 만한 게 아무것도 없다. 이제 그녀의 연고는 대한민국 서울이 아니라 호주의 멜버른이 된 것이다. 그리울 것이 아무것도 없는 이곳으로 그녀가 돌아올 일은 없을 것이다.

　그리울 것이 아무것도 없는 이곳…… 그리울 것이 아무것도 없는…… . 찬우는 문득 시야가 흐려졌다. 도시는 여전히 불빛이 찬란하고 도로는 혼잡하다. 찬우는 자신이 가끔 이곳의 이방인처럼 느껴진다. 어느 곳에도 그가 끼일 틈이 보이지 않았다. 옆을 지나는 운전자들이 아무리 거칠어도 찬우는 화를 내지 않았다. 과장을 좀 하자면 누군가 뒤에서 차를 쾅 박고 달아나도 그냥 멀거니 지켜보지 않을까 싶을 만큼 감정의 기복을 느끼지 못했다. 아침이면 일어나 출근을 했고, 바쁘게 일을 했고, 배가 고프면 뭐든 먹었고, 그리고 밤이 되면 잠을 잤다. 사업은 잘되었고, 그래서 모든 게 다 좋았다. 아무렇지 않았다.

낮에 술 한잔하자는 성훈의 전화를 받았지만 까맣게 잊고 있었다. 어두워져서야 사무실을 나온 찬우는 차에 시동을 걸다가 문득 그것을 떠올렸다. 약속 시간보다 한 시간이나 늦게 바에 들어서는 찬우를 보고 성훈이 도끼눈을 떴다.

"얌마! 누구는 시간을 붙들어 매두냐?"

"미안해, 깜박했어. 왜 이렇게 정신이 없지?"

"백찬우 정신없는 이유야 딱 한 가지지 뭐."

다가오는 찬우에게 의자를 빼어주며 성훈이 무심코 중얼거렸다.

"딱 한 가지, 뭐?"

"어? 아, 아냐. 참, 너 요새 돈 잘 번다고 소문이 자자하더라?"

술잔을 채워주며 성훈은 목소리를 높였다.

"잘은 무슨."

"그렇게 돈 벌어서 어디다 쓰려고 그러냐? 아무리 바빠도 모임에도 좀 나오고 그래라, 인마. 훈재한테 지난주에 모임있다고 연락 못 받았어?"

연락을 받았었는데 잊었다. 그러고 보니 규민의 사고 후, 단 한 번도 친구들 모임에 나가지 않았다. 삼 년이나 지났군, 중얼거리다 생각해 보니 어느새 자신의 나이가 서른둘이라는 계산이 나온다. 그동안 나이조차 잊고 살았다.

"친구들은 다 잘 있지?"

"그래, 다들 장가가고 성택이 하나 남았나? 영준인 벌써 학부형이다. 대학도 걷어치우고 장가가더니……."

킥킥 웃던 성훈은 다시 찬우의 잔에 술을 부었다.

"창호 녀석, 그렇게 버티더니 결국 이혼했대. 진즉에 그랬었어야지. 희경 씬 몸도 떠나고 마음까지 떠난 여자였는데 붙든다고 잡히냐?"

창호가 별거한다는 소리를 들은 것이 일 년 전이었는데 이제야 이혼한 모양이다. 문득 여전히 혼인 상태로 되어 있는 규민과 자신도 이제 그만 정리를 해야 하지 않을까 하는 생각이 든다. 울컥 마신 술이 순간 목에 걸려 사레가 들었다. 컥 뱉어낸 술이 바닥으로 주루룩 흘러내렸다. 웨이터가 달려와 걸레로 바닥을 다 닦아낼 동안 찬우는 기침을 쿨룩거렸다.

"짜식, 급하긴. 술이 어지간히 고팠던 모양이다. 좋아, 오늘 우리 코가 삐틀어지게 한번 마셔보자!"

성훈은 싱긋 웃으며 다시 술잔을 채워주었다. 그래, 가끔 견딜 수 없는 허기에 시달렸던 것은 술이 고파서였는지도 모르겠다. 홀쩍홀쩍 넘기는 찰랑거리는 술잔 속에 누군가의 얼굴이 비쳐 눈이 아렸다.

"규민 씬 잘 있어?"

성훈은 어느새 혀가 꼬부라졌다.

"글쎄? 잘 있겠지."

부어주던 술잔이 울컥 넘쳐 버렸다.

"아! 아까운 술."

성훈은 흘러내리는 술을 혀로 핥았다.

"무슨 대답이 그래, 인마. 이 년이나 편지 주고받았으면서."

"편지?"

순간 술이 확 달아나 버렸다.

"어? 영준이가 그러던데? 작년엔가 피렌체 갔다가 민박집 근처에서 우연히 규민 씨 만났대. 그 녀석, 규민 씨한테 너랑 관계 꼬치꼬치 캐물었나 봐. 그 녀석이 원래 남의 사생활에 관심이 많잖아. 그때 규민 씨가 편지 보낸다고 하더라던데? 아닌가?"

찬우의 표정을 보며 긴가민가한 얼굴로 묻는 성훈의 표정이 난감하다. 잠깐 굳은 얼굴로 앉아 있던 찬우는 들고 있던 술잔을 훌쩍 마셨다. 무슨 소린지…… 그는 단 한 통의 편지도 받지 못했다. 규민이 영준의 질문이 귀찮아 둘러댄 모양이다.

성훈과 헤어져 집으로 돌아오는 내내 발아래가 질척거렸다. 이 년 만에 듣는 규민의 소식이 겨우 그녀가 거짓으로 둘러댄 한마디라니. 찬우는 풋, 웃음을 흘리며 아파트로 들어서다 우편함을 힐끗 쳐다보았다. 며칠 전부터 꽂혀 있던 공과금 쪽지 몇 개가 여전히 주인 없는 빈 집의 흔적처럼 덜렁거린다. 우편함을 스쳐 지나 엘리베이터 버튼을 누르던 그는 문이 빨리 열리지 않자 욕지기를 내뱉으며 주먹으로 쾅 쳤다. 빨간 화살은 십이층에서 천천히 숫자를 낮추며 내려오고 있었다. 버튼을 꾹꾹 누르던 찬우는 다시 주

먹으로 문을 쾅 쳤다. 문이 열리고 사람들이 내리기도 전에 찬우
는 엘리베이터 속으로 울컥 쓰러져 들어갔다. 뒤집어질 듯한 속
때문에 얼른 화장실로 뛰어들고픈 생각밖에 없었다.

〈최재민 사망 2주기 회고전.〉

화랑은 생각보다 많은 사람들로 붐볐다. 잠깐 두리번거리고 서
있으려니 재영이 반가운 얼굴로 다가왔다.

"오빠!"

"어, 내가 좀 늦었지?"

며칠 전부터 전시 준비에 바빴던 찬우는 어제저녁 늦게까지 전
시장을 둘러보고 하더니 피곤한 기색이 역력했다.

"근데 생각보다 손님이 꽤 많다?"

"그러게. 나도 좀 놀랐어. 예전에 우리 오빠 그림을 만화 취급하
던 사람들이 다 왔어."

재영은 한 무리의 관람객들을 가리키며 말했다. 미술협회 관계
자들과 미대 교수들의 무리였다.

"다 찬우 오빠 덕이야."

재영은 진심으로 고맙다는 표정으로 말했다. 이 회고전을 준비
하기 위해 찬우가 얼마나 동분서주 뛰어다녔는지 잘 알고 있기 때
문이다. 찬우는 미국에서 돌아오자마자 자신이 소장하고 있던 그
림 외에 재민의 그림을 단 한 점이라도 더 찾기 위해 구석구석에

있던 작은 갤러리들까지 샅샅이 뒤지고 다녔다. 재민의 안타까운
죽음이 알려지면서 그의 그림에 대한 재조명이 잇따랐고 그런 모
임이 있을 때마다 찬우는 적극적으로 참여해서 힘을 보태었다. 그
것이 재민에게 느끼고 있는 죄책감을 조금이나마 줄여주었던 것
인지 찬우는 마음의 병이 조금씩 나아가고 있다는 것을 느꼈다.
그것은 재민이 자신에게 주는 선물 같기도 했다.

　"네가 내 제의를 선뜻 받아줘서 오히려 내가 고마워. 그리고 내
덕은 무슨, 사람들이 이제야 재민이 그림을 제대로 보기 시작한
거지. 준비가 늦어져서 2주기에 딱 맞추지 못했지만 그래도 여름
에 보는 재민의 그림은 느낌이 새로운데?"

　"그렇지? 나도 오빠 그림은 늘 춥고 어두운 가을이나 겨울에 어
울릴 거라 생각했는데 오히려 여름에 더 강렬한 느낌이 드는 것
같아."

　어둠 속에 감추어진 살아 꿈틀거리는 강렬한 느낌, 찬우는 재민
의 그림을 처음 보는 순간 그것을 느꼈었다. 규민도 아마 그것을
느꼈을 것이다.

　"규민 언닌……."

　말을 하다 문득 입을 다물며 찬우의 얼굴을 살피던 재영은 다시
말을 이었다.

　"규민 언니도 왔으면 좋겠는데…… 오빠 연락 안 했어?"

　"어……."

　"왜? 연락하지. 이 기회에 오랜만에 언니 얼굴도 보고 좋을 텐
데."

재민의 회고전을 열었다는 것을 알면 규민은 한달음에 달려왔을지도 모른다. 감격의 눈물을 흘리며 고마워할까? 찬우는 관람객들 사이를 휘 둘러보았다. 저 많은 사람들 사이 어딘가에 규민이 서 있기라도 한 듯.

　"연락처를 몰라."

　"뭐?"

　"네가 알면 한번 연락해 봐. 회고전 열린 거 알면 아주 좋아할 텐데."

　"내가 어떻게 알아? 오빠, 정말 연락처도 모르는 거야?"

　"몰라, 알려고 하면 알 수도 있겠지. 난 혹시라도 재민이한테는 다녀가지 않을까 생각했는데 아닌 모양이구나."

　"규민 언니가 오빠 무덤엔 왜 와?"

　동그란 눈으로 묻는 재영의 얼굴을 보며 찬우는 쓸쓸히 중얼거렸다.

　"여전히 사랑하니까……."

　어이없는 눈으로 자신을 바라보는 재영을 보며 찬우는 아마도 영원히, 라고 중얼거렸다. 그거였구나, 그거였어! 재영은 그제야 뭔가 이해가 간 듯 고개를 끄덕였다. 가끔 만나는 찬우는 무언가가 빠져나가 버린 사람처럼 멍해 보였다. 감정은 없고 껍질만 있는 사람처럼 표정은 늘 무뚝뚝했다. 회고전을 준비할 때는 기계처럼 일에 매달리며 놀라운 추진력을 보였다. 재영은 친절하고 다정하던 찬우가 그렇게 무뚝뚝한 것이 자신의 오해로 겪은 경찰 조사의 충격과 재민의 죽음 때문일지 모른다고 생각했었다. 규민이 유

학을 떠난 것도 그와 같은 맥락이라고 생각했었다. 언제쯤 다시
저들의 밝은 웃음을 볼 수 있을까? 재영은 늘 그것에 대해 미안함
을 가지고 있었다. 재영은 두 사람이 정말 행복하게 살아가기를
바랐다.

"오빠, 뭔가 잘못 알고 있는 것 같은데 규민 언닌 더 이상 우리
오빠 생각 안 해. 언니가 사랑하는 사람은 찬우 오빠잖아."

"사랑하는 사람이 아니라 필요한 사람이겠지."

자조적인 찬우의 말에 재영은 답답한 듯 찬우의 팔을 잡아 흔들
었다.

"아냐, 오빠! 규민 언니 마음에 우리 오빤 전혀 없었어. 오빠 경
찰 조사받을 때 보니까 정말 섭섭할 만큼 완전히 잊었던데? 온통
찬우 오빠 생각으로 가득 차 있었다고."

입구 쪽에서 다시 한 무리의 손님들이 몰려들었다. 찬우가 알고
있는 재민의 친구들이었다. 찬우는 재영의 손을 떼어내고 그쪽으
로 걸음을 옮겼다.

"오빠! 찬우 오빠!"

"됐어, 그 얘긴 그만 해. 아참! 그림 판매는 아직 하지 마. 좀 더
관망해 보고 결정하자, 알았지?"

찬우는 가볍게 눈을 찡긋해 보이고 친구들에게로 가버렸다.

재민의 그림들은 찬우가 모두 소장하고 있었기 때문에 소문만
무성했지 직접 접한 사람은 거의 없어 희귀 미술품 취급을 받았
다. 그래서 그동안 소문으로만 들어오던 요절한 천재 화가의 작품
을 보기 위해 많은 사람들이 몰려왔고 회고전은 성황리에 끝마쳤

다. 살아생전 외면만 받았던 재민의 그림들은 그가 죽은 지 이 년 만에 수많은 사람들의 관심과 눈길 속에서 세상을 향해 수줍은 날갯짓을 하고 있었다.

회고전이 끝난 후 재영이 다시 전화를 걸어와 규민의 얘기를 꺼냈다. 그만 하라는 찬우의 말에 재영은 답답한 듯 한숨을 푹 내쉬었다.

[꼭 다람쥐 쳇바퀴 같아.]

"……?"

[언니랑 오빠 말이야. 바보들 같아. 우리 오빠도 마찬가지고. 나란히 줄 서서 우리 오빤 잡히지 않는 그림만 바라보고, 규민 언니는 우리 오빠만 바라보고, 찬우 오빠 언니만 바라보고 그랬잖아. 그러다 이젠 방향을 바꿔서 또 똑같은 행동들을 하네? 이제 언닌 오빠만 바라보고…… 그럼 오빤 지금 어딜 보는 거야?]

나는 지금 어딜 보는 거지? 수화기를 내리며 찬우는 스스로에게 질문을 던졌다. '볼 것이 없어서 그냥 앞만 보고 달린다'가 답 같다. 규민이 자신을 사랑하고 있다는 재영의 말을 생각하다가 찬우는 이내 고개를 흔들어 버렸다.

사랑한다면…… 정말 사랑한다면 이토록 소식이 없을 리 없다. 이 년이 되도록 단 한 번도 찾아오지 않았고, 영준에게 둘러댄 거짓 변명 같은 편지 한 장, 쪽지 한 장 없었다. 그는 완벽하고, 철저하게…… 먼지처럼 규민에게서 잊혀졌다는 생각이 들었다.

재민의 그림자를 끌어안고 이탈리아로 떠난 규민은 영원히 재민을 잊지 못할 것이고, 그것이 그녀의 행복이라면 찬우는 굳이 끌어내고 싶지 않았다. 유럽으로 여러 번 출장을 다녀오면서도 규민을 찾지 않았던 것도 바로 그런 이유 때문이었다. 규민에게나 자신에게나 그런 실수는 한번으로 족하다. 규민이 재민 안에서 행복하다면 그것으로 되었다.

무심히 바라본 커튼이 눈을 아리게 했다. 왜 하필 노란색일까 생각하다 그것이 규민이 선택한 색상이었다는 것이 떠올랐다. 가만히 앉아 있어도 땀이 쏟아지는 이 한여름에 여전히 두꺼운 겨울 커튼이 달려 있는 창을 바라보며 내일은 커튼을 바꿔야겠다고 찬우는 생각했다.

아침부터 서랍장을 뒤지던 찬우는 맨 아래 칸에서 얇은 커튼들을 발견하고 꺼내었다. 하늘거리는 그 커튼들의 색감도 온통 노란색 계통이다. 무심코 불쑥 끄집어낸 커튼들이 온 방바닥에 노랗게 펼쳐졌다. 창에도 바닥에도 온 집 안이 노랗게 물들어서 눈을 뜰 수가 없었다.

찬우는 무뚝뚝한 얼굴로 방바닥에 펼쳐진 커튼을 주섬주섬 그러모았다. 노란색은 정말 눈이 아려서 견딜 수 없다. 놀이터에서 노란 나비처럼 팔랑거리며 달려오다 멀어지던 룸미러 속의 규민의 모습이 마지막이었다.

"흑…… 그런 것들 다 소용없어. 내가 바라는 건 너뿐이야. 이러지 마. 이러지 마, 찬우야. 흑흑…… 너 아닌 것 같아. 다른 사람 같단 말이야. 흑흑흑……"

옷깃을 적시고, 눈시울을 적시고, 가슴을 적셨던 그 말이 커튼으로 툭 떨어져 내렸다. 방울방울 툭툭 떨어지는 그것들을 바라보며 찬우는 입 안의 속살들을 깨물었다. 깨물린 그곳에서 짐승 같은 신음 소리가 꺽꺽거리며 삐져 나왔다. 아무리 부정을 해도, 외면을 해도 결국은 이렇게 한순간에 들통나 버렸다.

규민이, 나의 규민이……. 그녀를 단 한순간도 잊지 못했다. 몸은 플로리다에 머물며 마음은 하루에도 수십 번씩 태평양을 달려 건넜다. 시간을 되돌릴 수만 있다면 다시 그 놀이터로 돌아가 가슴에 안겨 울던 그녀를 감싸 안아주고 싶었다. 밤이면 그녀의 입에서 나오던 말들이 세상에서 가장 진실된 말이 되어 그를 괴롭혔다. 내가 뭘 버려두고 왔던가? 내가 그곳에 누구를 버려두고 왔던가? 가자, 돌아가자!

오 개월 만에 한국행을 결정하면서도 말로는 사업 때문이라고 했지만 진실된 속마음은 규민이 보고 싶어서였다. 미쳐 버릴 만큼 보고 싶고, 걱정되었다. 진실은 그것이다. 그는 여전히 규민을 사랑하고, 잊지 못하고 있다. 다시 한 번 규민이 자신을 찾아 준다면 화가 날 것 같으면서도 이번에는 그녀를 놓지 않을지도 모른다는 생각이 들었다. 언제쯤 규민이 바람처럼 나타나 '나 힘들어, 찬우야. 네가 필요해'라고 해줄까? 그가 이 년 내내 허깨비 같은 눈으로 기다렸던 것은 그것이었다.

찬우는 한순간에 들통나 버린 자신의 마음 앞에 화가 났다. 이토록 완벽하고, 철저하게 잊혀졌음에도 자신은 왜 완벽하고, 철저하게 규민을 잊는다는 것이 불가능한지, 이 그리움은 왜 조금도 누그러지지조차 않는지 스스로가 원망스러웠다.

집 안 가득 물들어 있던 노랑색에 지쳐 찬우는 며칠을 앓아누웠다. 온몸에 물이 말라 버릴 만큼 땀을 쏟아내고 나니 몸을 잠식했던 노랑색 진물들도 어느덧 빠져나간 듯했다. 그는 사흘 만에 겨우 몸을 일으켜 회사에 출근했다. 일하다 죽어버릴 결심이라도 한 사람처럼 벌여놓은 일들이 너무 많다. 오전 내내 회의와 밀린 결재를 하니 점심나절이 되어서야 잠깐 시간이 났다. 그는 커피를 한 잔 들고 창가에 서서 회색 도시를 내려다보았다. 이곳에도 참 오랜만에 서 보는 것 같다. 이 년 동안 잠깐 도시를 내려다볼 여유조차 없이 자신을 몰아붙였던가 보다.

올해는 유난히 덥다는 생각을 하며 갑자기 일이 하기 싫어졌다. 그러고 보니 변변한 휴가조차 다녀오지 않았다. 여행이나 다녀올까? 이탈리아로…… 피렌체로…….

어제저녁부터 다시 몸이 좋지 않아 출근도 하지 않은 채 누워 있던 찬우는 밖이 어두워져서야 침대에서 일어났다. 저녁이 되었지만 여전히 더운 날이었다. 냉장고를 불쑥 열다가 집 안에 먹을 것이 아무것도 없다는 것을 깨달았다. 시장을 안 본 지 한 달은 다 되어 간다. 그냥 잘까 생각하다가 라면이나 끓여먹을 요량으로 열쇠를 챙겨 밖으로 나왔다.

일층을 알리는 숫자와 함께 엘리베이터가 멈추고 막 발을 내딛던 찬우의 귀에 '철커덩' 하는 쇳소리가 들리고 짙은 군청색 제복을 입은 아파트 경비원이 빠른 걸음으로 통로를 빠져나가는 것이 보였다. 그리고 곁눈으로 슬쩍 스쳐 지나가면서 1705호의 우편함이 미세하게 흔들리고 있다는 것을 감지해 낸 것은 어쩌면 운명이었는지도 모른다. 운명처럼 찬우는 그것을 느낀 것이다. '철커덩' 하던 쇳소리, 빠르게 빠져나가던 경비원, 그리고 우편함의 미세한 흔들림. 그것은 1705호의 우편함에서 무언가가 빠져나갔다는 것을 의미하는 것이다.

미세하게 흔들리는 우편함을 유심히 바라보던 찬우의 얼굴에 회오리가 일었다. 빠른 걸음으로 아파트 경비실로 다가갔다. 그리고 노크도 없이 벌컥 문을 열었다. 오래 얼굴을 익혀온 나이 지긋한 경비원이 화들짝 놀라며 뒤를 돌아보았다. 그는 문을 벌컥 열고 들어온 사람이 찬우라는 것을 확인하자 얼른 호주머니에 손을 찔러 넣으며 당황스러움을 감추지 못했다.

"무, 무슨 일이십니까?"

일반적으로 아파트 경비원이 주민을 만났을 때는 주머니에 든 손을 빼고 공손한 태도를 보인다. 그런데 이 사람은 오히려 손을 찔러 넣고 왜 왔는지를 묻고 있다. 찬우는 그가 주머니 속에 무언가를 숨기고 있다는 것을 직감했다. 그가 숨기는 것이 무엇인지, 무슨 이유인지, 자신이 잘못 판단하고 있는 것은 아닌지 아무것도 생각하지 않은 채 찬우는 무작정 자신의 직감대로 행동했다.

"방금 1705호 우편함에서 뭘 가져가셨죠?"

"무, 무슨 말씀이신지?"

그는 더듬거리며 말을 얼버무렸다. 찬우는 확신에 찬 목소리로 다시 다그쳤다.

"뭘 가져가신 거죠?"

"사, 사장님. 전 아무것도……."

"주민의 사사로운 물건에 손을 댔다는 것이 알려지면 어떻게 되는지 잘 아실 텐데요?"

"전 정말 아무것도 가져오지 않았습니다."

그는 거의 울상이 되어 뒷걸음질을 쳤다.

"호주머니에 숨기고 계신 건 뭐죠? 당장 내놓지 않으면 주민들을 부르겠습니다!"

"사장님, 제발……."

"지금 당장 아파트 주민 회의를 열까요?"

그는 어쩔 수 없다는 듯 새파랗게 질린 얼굴로 주머니에서 무언가를 꺼내었다. 긴가민가하며 다그쳤는데 정말 호주머니에서 무언가가 나오자 찬우는 치미는 화를 감추지 못하고 그의 손에서 그것을 낚아챘다.

그것은 국제 우편물이었다.

피렌체라고 적혀 있었다.

이탈리아라고 적혀 있었다.

이규민이라고 적혀 있었다.

〈Via Panicale 15, Firenze, Italy. Anton Mario Pelosi, Kyu-Min Lee.〉

찬우는 잠깐 호흡을 멈추었다. 마른침을 꿀꺽 삼키며 봉투에 적힌 이름을 다시 한 번 천천히 확인했다. 잘못 본 것이 아니다. 분명한 규민의 필체다. 봉투를 든 찬우의 손이 사시나무처럼 떨리며 금방이라도 터져 버릴 듯한 얼굴로 다가가자 경비원은 두려움에 두어 걸음 물러나며 변명을 늘어놓았다.

"자, 잘못했습니다. 사장님. 늙은 것이 잠깐 정신이 어떻게 되었던 모양입니다. 돈에 눈이 멀어 해서는 안 될 짓을 했습니다. 정말 죄송합니다."

머리를 조아리는 경비원의 멱살을 잡아 순식간에 벽으로 밀어붙였다. 그의 눈에서는 당장이라도 무슨 일을 내고 말 것 같은 살의가 느껴졌다. 찬우의 입에서 눈물 섞인 짐승의 포효 같은 외침이 들렸다.

"이게 무슨 짓이죠? 왜 이런 짓을 한 겁니까!"

멱살을 잡고 흔드는 힘에 경비원의 머리가 세차게 흔들리며 벽에 부딪혔다.

"정말 잘못했습니다. 한 여사님께서, 사장님 어머님이 부탁하셨습니다. 국제 우편물을 사장님 몰래 챙겨주면 사례를 하겠다고 하셨습니다."

찬우는 그를 던지듯 밀치고 후들거리며 돌아섰다. 찬우가 돌아온 후부터 한경숙은 일 년의 절반 이상을 이곳으로 와서 지냈다. 그리고 찬우에게 여러 번 여자를 만날 것을 종용했지만 그는 바쁘다는 핑계로 다 거절했었다. 규민이 전화를 할 수 없도록 형네 집을 이사시켰고, 어서 서류를 정리하라고 다그치셨다. 규민이가 아무리 미웠었어도, 못마땅했었어도 어머니가 이런 짓까지 하실 줄은 몰랐다. 얼른 집으로 달려가고 싶은데 자꾸만 눈앞이 흐린다.

규민의 이름이 적힌 편지를 두 손으로 움켜잡고 집으로 되돌아
가는 그 짧은 거리가 천리처럼 멀게 느껴졌다. 바닥에서는 한낮의
지열이 아직 식지 않아 후끈한 기운이 올라왔지만 찬우의 몸에서
는 소름이 돋았고 한기가 느껴졌다.

〈찬우에게 보내는 일흔일곱 번째 편지.

두 달 만에 다시 너에게 편지를 쓴다.

그동안 좀 바빴어.

지난달에는 조그만 아틀리에를 빌려서 Alberto와 학기 내내 준비했
던 전시회를 열었고, 휴식 차 멜버른에도 다녀왔어.

그곳 공항에서 나는 또다시 서울행 비행기에 탈까 말까를 세 시간쯤
고민했지만 결국 타지 못했어.

날 무섭게 떨쳐 내는 네 마음을 직면하게 될 것 같아 두려웠던 거야.

그것을 눈앞에서 확인하는 순간 너도 나도 슬플 테니까.

돌아오는 비행기에서 널 위해 이젠 내가 결정을 내려주는 게 옳을 거
라는 생각을 했어.

이 결정을 내리며 나는 지금 마지막까지 도망만 치고 있는 나 자신에
게 몹시 화가 나 있어.

후회해.

처음부터 너에게 편지를 보내지 말 걸 그랬어. 그럼 어쩌면 난 쉽게
한국으로 돌아갈 수 있었을지도 모르고, 널 만나는 걸 이렇게 두려워하
지 않았을지도 몰라.

지금은 솔직히 널 보는 게 두려워.

수고스럽겠지만 지난번 보냈던 서류 다시 보내줘.

잃어버렸거든.

아니, 솔직하게 말하면 잃어버리고 싶어서 아무 데나 던져 두었는데 정말 잃어버렸어.

다시 보내주면 깨끗하게 정리해서 보내줄게.

그게 널 위해 해줄 수 있는 내 최선의 선택이라면…….

졸업이 이 년이나 훨씬 더 남은 시점에서 아직 이른 생각이지만 난 아마 이곳에 정착하게 될 것 같아. 졸업하고 나면 함께 일 해보자는 친구들도 있고, 나도 이곳이 꽤 마음에 들어.

내가 한국으로 돌아갈 일은 다시는 없을 거야.

이제 그곳은 내겐 너무 견디기 힘든 땅이 되어버렸거든.

첫 편지에서 적었던 그 말을 마지막 편지에도 꼭 적고 싶었는데 이제 그 말은 영원히 내 가슴에 담아두어야 할까 보다.

설마 그것까지 하지 말라고 하는 건 아니겠지?

그만 쓸게. 두서없는 말이 너무 많았어.

언제까지나 행복하길 빌어. 안녕.

—너의 영원한 친구 규민.

추신: 내 걱정은 하지 마. 난 괜찮아. 정말 아무렇지도 않아.)

이별을 고하는 편지였다. 그러나 그 이별을 원치 않는다는 편지이기도 했다. 찬우는 머리를 감싸고 엎드렸다. 생각은 정리가 되지 않았고, 가슴은 터져 버릴 듯이 두근거렸다. 눈물을 흘리며 매달리던 규민의 말들이 한순간에 다 진실로 다가왔다. 이제 무얼 해야 할까? 다시 보내란 서류는 뭐고, 영원히 가슴에 담아둘 말은 무엇이란 말인가? 찬우는 터질 듯한 가슴을 주체하지 못하고 거실을 서성거렸다. 마음은 이미 피렌체 파니칼 15번지를 향해 달리고 있었다.

벨이 울렸다. 문을 열어보니 나이 많은 경비원이 겁먹은 얼굴로 무언가를 내밀었다.

"이, 이게 맨 처음으로 온 편집니다. 처, 처음엔 다시 되돌려줄 마음으로 들고 있었는데 돈을 받아버렸습니다. 그래서 이러지도 저러지도 모, 못하고 사물함에 두었던 건데⋯⋯."

찬우는 그것을 빼앗다시피 받아 문을 닫았다. 그리고 더 이상 걸음을 떼지 못한 채 현관문에 이마를 기대었다. 이 년 동안 일흔 일곱 통의 편지가 1705호 우편함에 꽂혔다가 사라졌다. 일흔일곱 통의 규민의 마음을 잃어버렸다. 기적처럼 자신의 손에 들어온 이 두 통의 편지, 두 통의 마음. 이것만으로도 규민의 마음을 모두 읽을 수 있기를 바랄 뿐이다. 이 첫 번째 편지가 가장 희망적이기를 바라며 움켜쥔 편지를 내려다본다. 봉투는 먹물이 번져 푸르스름 했고, 글씨는 검은 펜으로 또박또박 정성스럽게 적혀 있었다.

〈찬우에게.

안녕? 여긴 이탈리아야.

유학을 준비한 지는 꽤 되었지만 그래도 너무 갑작스럽게 떠나와서 좀 어리둥절해.

무슨 착오가 있었던 건지 짐을 찾는데 꼬박 일주일이 걸렸고, 빵을 사러 나갔다가 바보처럼 길을 잃은 적이 있던 거리도 이젠 제법 눈에 익었어.

이곳 날씨는 그야말로 태양이 작열하는 날씨야.

어젠 내가 다닐 Accademia di Belle Arti(국립 미술원)에도 다녀왔어.

학부 건물들이 그다지 예술적이지 않다는 것 빼고는 다 마음에 들었어.

내가 이곳을 선택한 이유가 무료에 가까운 학비 때문이었지만 그 선택을 결코 후회하지 않을 것 같은 예감도 들었어.

이제 학기가 시작되는 11월까지는 어떡하든 벙어리처럼 지내지 않도록 열심히 어학원을 다녀야겠지.

난 지금 전투에 임하는 전사처럼 바짝 긴장해 있어.

넌 여전히 플로리다 어디쯤에 있을까?

찬우야…….

난 지금 커피를 마시며 널 생각해.

네가 모질게(그땐 좀 모질다 생각했었어) 미국으로 떠나 버리고 난 한동안 술에 의지해 살았어.

무섭도록 철저하게 나를 떨쳐 내는 네가 감당이 되지 않았어.

더 감당할 수 없었던 것은 널 사랑하는 내 마음이었어.

이것이 언제부터 생겨 버린 마음일까?

사랑이 이렇게 쉽게 방향을 바꾸기도 하는 걸까?

재민이를 따라 죽겠다고 동맥을 그었던 내 마음들은 다 무엇이었나?

그것은 정말 재민의 그림에 대한 집착에서 비롯된 마음이었을까?

어릴 적부터 널 좋아했었던 그 마음이 어쩌면 처음부터 사랑이었던 것은 아닐까?

이런 수많은 물음들에 나는 어떤 대답도 할 수 없어.

그저 미치도록 네가 보고 싶고, 그립다는 것 외에는 아무런 답을 구할 수 없어. 단 한순간도 떠나지 않는 네 얼굴 때문에 눈을 감을 수도, 뜰 수도 없었어. 그동안 널 너무 아프게만 했던 내가 끔찍하도록 미웠어.

지금 내게 있어 너를 잃어버린다는 건 내 존재의 절반이 뭉텅 사라져 버린다는 것이고, 내 삶의 의미도 절반이 뭉텅 사라져 버린다는 거야. 존재 가치를 잃어버리고, 삶의 의미를 잃어버린 내가 선택할 길은 무엇일까?

나는 무언가를 선택해야만 했어.

어느 날 창을 열고 밖을 내다보고 있었는데 쏟아지는 햇살 속에서 난 '그림을 다시 그려'라고 하는 네 목소리를 들었어.

그 순간 나는 깨달았지.

아직 널 완전히 잃은 게 아니구나!

살아야겠구나! 그래, 살아야겠어!

나를 잃지 않는 한 너도 잃지 않는다는 걸 그제야 깨달은 거야.

난 널 잃고 싶지 않아서 이곳에 왔어.

더 이상 상처 입지 않기 위해서 이곳에 왔어.

날 상처 입히는 것은 곧 널 상처 입히는 것일 테니까.

너도 나도 잠시 떨어져 스스로를 추스르고 나면 우린 다시 서로를 볼 수 있지 않을까?

좀 더 튼튼해져서 만날 수 있지 않을까?

네게 남은 나에 대한 감정이 정말 일말의 희망도 없는 거니?

조금이라도 남아 있다면 찬우야, 내게 한 번만 기회를 주지 않을래?

이젠 내가 너의 등대가 되어줄게. 천천히 찾아와.

사랑해…… . 사랑해, 찬우야.

언제든 우리의 상처가 아물고 다시 만나는 날, 내 마지막 편지에도 이 말이 쓰이기를 바래.

사랑해, 찬우야.

—피렌체에서 너의 규민.

추신 : 어제저녁 엄마로부터 네가 돌아왔다는 전화를 받았어. 이 편지를 써놓고 보낼 곳이 없어서 서랍에 넣어두었었는데 이제야 보낼 수 있게 되었어. 한 달만 더 기다렸다가 널 만나고 올 걸, 억울하고 눈물나.〉

20. 사랑해

피렌체에서 두 시간 반을 달린 기차는 바다를 옆에 끼고 롤러코스트를 타듯 절벽을 달렸다. 바다로부터 반짝이는 햇살이 열차 안으로 스며들었다. 옅은 터키색 지중해와 포도넝쿨로 뒤덮인 언덕, 절벽 위에 동화 속 그림처럼 옹기종기 모여 있는 집들. 이곳은 다섯 개의 땅 칭크테레(Le Cinque Terra)다.

매년 8월 15일이면 이 천국 같은 마을에서 Cinque Terra Bianco 회화 전시회가 개최되는데 방학을 맞은 규민은 동료들과 함께 전시회를 구경하러 왔다가 아예 여름휴가를 이곳에서 보낼 요량으로 눌러 앉았다. 이곳은 기차나 배가 아니면 들어올 수 없는 땅이고 다섯 개의 마을이 바다를 끼고 흐르는 가파른 산길로만 연결되어 있었다. 그래서 이곳을 돌아보려면 인간 한계를 느낄 때까지 걸을 수밖에 없게 된다.

규민은 이틀을 걸어 몬테로소 해변에 닿았다. 해변은 여름 휴양객들로 붐볐다. 잠깐 이곳에 머물며 휴식도 하고 그림을 그려볼 생각이다. 내년이나 내후년쯤에는 이 다섯 개의 마을을 주제로 한 회화 전시회에 그녀도 출품을 해볼 생각이다. 붐비는 해변을 빠져나와 바다가 보이는 언덕에 오른 규민은 그제야 큰 숨을 들이켜 보았다. 부서지듯 쏟아지는 햇살이 금빛 가루를 바다 위에 흩뿌렸다. 깎아지른 절벽을 타고 긴 기적 소리를 남기며 마나롤라역을 향해 달리는 기차의 모습도 보였다.

기다렸던 찬우의 편지는 마지막까지 오지 않았다. 이 년 동안 보낸 편지가 일흔여섯 통, 이제는 그만 찬우의 마음을 인정해야겠다는 생각이 들었다. 자존심이고 뭐고 다 버리고 매달리듯이 애원했던 지난 이 년의 편지로도 그의 마음을 움직일 수 없을 만큼 찬우는 모질게 돌아서 버린 것이다. 그는 완벽하고, 깨끗하게 그녀를 잊은 것이다.

차라리 잘되었다. 나를 생각할 때마다 재민을 떠올릴 것이고 그것이 찬우에게 조금이라도 고통을 주는 것이라면 차라리 나를 완벽하게 잊고 살아가는 것이 나을지도 모른다. 그런 생각으로 일흔일곱 번째 마지막 편지를 보냈다. 육 개월 전에 보내온 이혼서류를 다시 보내달라고 했다. 이젠 깨끗하게 정리를 해주겠다고. 그러나 규민은 자신의 마음에서만은 그를 영원히 지울 수 없을 것이라는 것을 안다. 자신은 영원히 '백찬우'라는 이름을 끌어안고 살아갈 수밖에 없다는 것을.

바다에서 반사되어 올라오는 햇살은 금빛 가루를 분수처럼 퍼올려 터키색 지중해를 물들였다. 규민은 부신 눈을 찡그리며 해변 쪽으로 고개를 돌렸다. 고여 있던 눈물이 번져 사람들의 모습이 희미하게 보였다. 흰 살결을 드러내고 해변을 거니는 사람들 사이로 양복을 입은 남자의 모습이 얼핏 스쳤다.

'이상한 사람도 다 보겠네? 바다에 오면서 웬 양복이람?'

피식 웃으며 바다로 고개를 돌리던 규민은 섬광처럼 스쳐 가는 형상을 떠올리며 눈을 찌푸리고 해변을 내려다보았다. 맨살을 드러낸 채 해변을 거니는 사람들의 이상한 시선을 받으며 양복을 입고 바보처럼 서 있는 동양인 남자가 보인다.

저 바보 같은 남자가 누구더라? ……찬우!

규민은 무릎에 놓여 있던 스케치북을 던지고 넘어질 듯 언덕을 달렸다. 옆에서 부딪혀 오는 사람들을 밀치며 바보처럼 두리번거리고 서 있는 남자를 향해 달렸다.

'비켜줘…… 비켜줘!'

그녀의 눈에는 찬란한 바다도, 하늘도 모두 하얗게 변해 아무것도 보이지 않는다. 오직 한 사람, 찬우만이 또렷이 보일 뿐이다.

찬우는 미칠 듯한 마음으로 찾아간 피렌체 파니칼 15번지에서 규민이 칭크테레란 곳으로 갔고, 그곳에서 여름을 보낼 것이라는 정보를 얻었다. 그는 곧바로 기차를 타고 이름도 생소한 칭크테레란 곳으로 향했다. 섬처럼 고립된 그 다섯 개의 마을을 이틀째 헤매던 중에 몬테로소 해변에 도착했다. 실은 자신이 베르나짜에서부터 규민의 그림자를 쫓아 뒤따르고 있었다는 것을 모른 채 오랜

만에 만나는 사람들의 무리 속에서 규민을 찾기 위해 두리번거렸다.

편지를 읽은 그 순간부터 잠을 이룰 수 없었고, 그것은 이곳으로 와서까지 이어져 몰려오는 피로로 정신이 혼미했다. 눈에 보이는 모든 사물은 제대로 된 형체를 잃은 채 희미하게 번져 보였다. 물결처럼 번진 그 그림 속에서 모든 사람은 규민의 형상으로 보였고, 모든 소리는 규민의 소리로 들렸다. 작은 소리에도 깜짝깜짝 놀라며 돋아나는 소름들 때문에 찬우는 손에 잡힐 듯 다가온 규민의 형체도 알아보지 못한 채 울상이 되어 주위를 두리번거렸다. 그리움도 목마름도 더 이상 견딜 수 없는 한계까지 다다라 금방이라도 아이처럼 울음이 터져 버릴 것 같았다. 어디서든 그녀가 보고 있다면 얼른 달려와 구해달라고 소리치고 싶었다. 그 순간 그는 자석처럼 당기는 강한 이끌림에 고개를 돌렸다. 사람들을 헤치고 해변을 달려오는 한 여자가 보였다. 자신이 기억하는 것보다 훨씬 마른 얼굴로, 자신이 기억하는 것보다 훨씬 긴 머리칼을 날리며, 웃는 듯 우는 듯 달려오는 그녀는 규민이다. 천국 같은 이 마을의 풍경이 나에게 환영을 보여주는 것일까? 무슨 말을 하기도 전에 그녀는 순식간에 달려와 넘어뜨리듯 그의 목을 강하게 안았다.

"찬우야……!"

눈앞에 펼쳐진 천국 같은 풍경들은 순식간에 자취를 감추어 버렸다. 작열하던 태양도 순간 구름 속에 몸을 숨겼다. 세상은 완전히 흐려졌다. 꿈이라도 꾸는 것일까? 코끝을 자극하는 강한 체취는 밤마다 몸부림치며 안고 싶었던 규민의 체취, 그것이다. 찬우는 자신의 목에 매달린 여자가 규민이 맞는지를 확인하기 위해 얼굴을 보려 했지만 강한 힘으로 끌어안은 규민의 팔은 풀리지 않았다.

달려오면서도 햇살이 눈이 부셔 잘못 본 줄 알았다. '그토록 매정하게 나를 떨쳐 내던 찬우가 이곳에 올 리가 없잖아! 정신 차려, 이규민!' 이라고 소리치며 달렸다. 그의 목에 매달리는 순간 발뒤꿈치는 딱 그녀가 기억하는 높이만큼 들렸다.

'맞구나…… 너 맞구나!'

그의 품에게서만 느껴지던 이 안온함, 쿵쿵 울려대는 심장 소리. 그는 분명한 찬우다. 찬우는 규민의 얼굴을 보기 위해 그녀의 몸을 가슴에서 떼었다.

"규민아……."

그러나 그 소리는 규민의 입술이 먼저 다가와 막아버린다.

"찬우야…… 찬우야……."

규민은 굶주린 사람처럼 찬우의 입술에 매달리며 쉴 새 없이 그의 이름을 불렀다. 다시는 놓치지 않으려는 듯 부르고, 또 불렀다. 지중해의 짭짜름한 소금 같은 눈물이 그들의 입으로 자꾸만 스며든다. 누가 시작했는지 그들을 둘러선 사람들 사이에서 휘파람과 함께 박수 소리가 들려오기 시작했다. 박수와 함께 장난스런 휘파람 소리는 계속되었지만 그들의 키스는 멈추지 않았다. 태양보다더 뜨거운 찬우와 규민의 키스가 몬테로소 해변을 달구었다.

모든 것을 채워줄 것 같은 사랑도 허기를 채우지는 못하는 모양이다. 그들은 다급하게 식당으로 뛰어들어 가 허기를 채웠다. 두 사람 다 하루 종일 아무것도 먹지 못한 상태였다. 오로지 먹은 것이라고는 키스할 때 먹은 짭짜름한 서로의 눈물뿐이다. 식사 내내 그들은 아무 말도 하지 못했다. 잡은 손을 놓지 못한 채 맛도 알 수 없는 음식을 입에 넣다가 마주 보며 웃었고, 울었다. 찬우는 잡고 있던 손을 잠깐 놓고 규민의 눈물을 닦아주었다.

"울지 마. 울면서 먹으면 체해."

"너도 울면서? 체하는 건 네 전공이지."

찬우의 볼에 흐르는 눈물을 닦아주며 규민은 애틋한 눈으로 찬우의 얼굴을 살폈다. 그의 눈은 더 깊어졌고, 얼굴에서는 과묵함이 흘렀다. 그러나 찬우의 얼굴은 그녀가 기억하는 것보다 훨씬 더 말라 있다.

"왜 이렇게 말랐어?"

"너도 말랐다."

그 이유를 다 알기에 서로의 마른 얼굴을 안타깝게 쓸었다.

식사를 마친 그들은 다시 바다를 보기 위해 밖으로 나왔다. 방금 전까지 찬란한 햇빛을 쏟아 내리던 하늘은 검은 구름에 뒤덮였고, 바다는 금방이라도 광풍과 함께 비바람이 몰아칠 듯 긴장되어 있었다. 사람들의 모습이 사라진 해변에는 오직 두 사람만이 서로의 허리를 안은 채 바다를 바라보고 있었다. 거칠게 물결치며 몰려오는 파도는 지금 그들의 마음을 보는 듯하다. 물결치는 저 바다처럼 마음은 표현 못할 감정으로 일렁거렸다.

바람이 몰아쳐 규민의 머리칼을 아무렇게나 헝클어 놓았다. 찬우는 바람을 막아주기 위해 규민의 어깨를 감싸며 헝클어진 머리칼을 쓸었다. 그러나 규민은 바람 따위 아무 상관없다 생각한다. 자신의 머리가 기대어진 곳이 찬우의 어깨이고, 허리를 꼭 안고 있는 이 손이 찬우의 손이라는 것, 그것만이 중요했다. 다른 것은 아무 상관없었다. 규민은 찬우의 가슴에 얼굴을 기대고 양복 속으로 손을 넣어 허리를 꼭 끌어안았다. 그리고 긴 한숨을 토했다.

　"나 지금 꿈꾸는 거 아니지?"

　완전히 끝이라고 생각했던 순간에 기적처럼 찬우가 나타난 것이 여전히 꿈만 같다.

　"영원히…… 너랑은 끝이라 생각했었어."

　찬우는 규민의 머리를 들어 그 눈을 내려다보았다. 그녀의 눈에서는 지난 이 년간 그녀가 겪었을 외로움과 절망들이 파도처럼 일렁거렸다.

　"보고 싶었어. 정말…… 미칠 것처럼 보고 싶었어."

　"찾아오지…… 돌아오지 그랬어?"

　"몇 번이나 그러려고 했지만 그곳에 가면 돌아서 버린 네 마음을 확인하게 될까 봐 두려웠어. 그럼 다시는 편지조차 보낼 수 없게 될 테니까."

　"난 편지를 받지 못했어."

　"뭐!"

　"일흔일곱 번째 보낸 마지막 편지를 봤어. 그 다음에 첫 번째 편지를 읽었어. 그래서 달려온 거야."

"주소가 바뀌었던 거야?"

"아니, 우리 엄마……."

"어머님?"

아, 그랬구나! 그분의 분노가 조금도 식지 않았다는 걸 잊었다. 찬우에게 접근조차 못하도록 철저하게 막던 그분이 너무나 원망스러웠지만 그 행동들을 이해할 수밖에 없었다. 그러나 찬우에게 보냈던 편지조차 중간에서 막아버렸다는 소리를 듣자 규민의 얼굴이 금방이라도 울음을 터뜨릴 듯 찡그려졌다. 가슴에 담아두었던 모든 말들을 쏟아 부었던 편지들이다. 그 많은 말들을 찬우가 하나도 읽지 못했다는 것이 눈물나도록 억울했다. 편지를 쓸 때면 규민은 세상에서 가장 행복한 여자였고, 답장을 기다리는 동안은 세상에서 가장 불행한 여자가 되었었다. 찬우는 찡그려진 규민의 얼굴을 매만졌다.

"속상해하지 마. 두 통의 편지만으로도 난 이미 네 마음을 다 읽었어. 나머진 지금부터 보여주면 되잖아. 우리 엄만…… 용서해드리자. 천천히…… 그럴 거지?"

찬우의 간절한 부탁에 규민은 마른침을 꿀꺽 삼켰다. 육 개월 전, 자신이 받았던 그 이혼 서류도 결국 그분이 보낸 것이었던 모양이다. 세상이 끝난 것 같았던 그때의 심정이 되살아나 규민은 입술을 잘근 깨물었다. 그 모습을 보며 찬우의 손이 규민을 허리를 감싸 안아 바싹 당겼다.

"엄마가 아무리 그러셔도 난 이렇게 네 곁으로 왔잖아."

그래, 그가 내 곁에 왔으니 모든 것은 아무래도 상관없다. 너무나 원망스럽지만 자신은 그분의 가장 소중한 아들을 죽을 만큼 아프게 했던 여자다. 떼어내고 싶었을 것이다. 규민은 시어머니를 이해했고 찬우의 말에 수긍했다.

"응, 그래. 널 잃지 않았으니 그것으로 됐어. 다른 것은 아무것도 상관없어."

규민의 말들은 하나하나가 찬우에게는 축복이었고, 환희였다. 단 한 번도 자신의 것이 될 수 없었던 규민이었다. 그러나 이제 그녀는 온전한 자신의 여자가 되어 눈앞에 서 있는 것이다. 몇 번이나 입을 달싹이던 찬우는 겨우 입을 열었다.

"재민이가…… 날 용서해 줄까?"

아…… 그래, 재민이! 재민이는 여전히 우리에겐 무거운 존재일 수밖에 없겠구나. 그러나 언제까지나 그 짐을 지고 살 수는 없다. 나는 행복하고 싶고, 너도 행복할 권리가 있어. 우린 서로 사랑하니까.

"이젠 우리만 생각해. 널 죽을 만큼 보고 싶어했던 나만 생각해 줘. 사랑해, 찬우야. 네 눈을 보면서 이 말을 할 수 있기를 날마다 기도했어. ……사랑해."

속삭이며 외투 속으로 들어온 규민의 손가락이 만지고 있는 등줄기가 저려서 찬우는 견딜 수가 없다. 바람에 차가워진 규민의 입술이 다가왔다. 찬우는 주저없이 격렬하게 입술을 포개었다. 금세 입은 열려지고 찬우의 매끈한 앞니의 감촉이 혀끝에 느껴진다. 규민은 찬우에게 입술을 맡긴 채 셔츠 속으로 손을 넣어 탄탄한 가슴을 만져 보았다. 그 손은 심하게 고동치는 가슴을 지나 오목하게 패인 등줄기를 따라 굴곡이 진 단단한 허리 근육 사이를 매만지고 있다. 그녀의 손이 기억하는 것, 그녀의 몸이 밤마다 미치도록 그립다 몸부림치던 찬우다.

어느 틈엔가 소리없이 비가 내리고 있었다. 그러나 그들은 알아차리지 못하고 있었다. 뜨거운 열기로 서로를 삼켜 버린 그들은 이미 이 세상 사람이 아니었다. 입 안으로 짭짤한 빗물이 스며들었다. 문득 규민은 그것이 찬우의 눈물일지도 모른다고 생각했다. 그의 눈을 보기 위해 살며시 몸을 떼었다. 그의 부드러운 머리칼이 이마 위에 귀엽게 흘러내려 와 있었다. 기다란 속눈썹 위에서 물방울들이 반짝거리고 있었다. 그것은 찬우의 눈물이었다. 규민은 그 눈물에 입을 맞췄다가 혀로 핥고는 웃으면서 다시 입을 맞추었다. 빗방울들이 입을 타고 흘러 들어왔다. 그들은 서로의 체취와 더불어 짭짜름한 눈물과 달콤한 빗방울들을 함께 마셨다. 빗방울들이 후두둑 떨어지는 바다의 표면에 소름이 돋아 올랐다.

바람이 더 강해지자 그들은 숙소로 정해놓은 언덕 위의 작은 집으로 뛰어갔다. 그 짧은 순간조차 떨어지고 싶지 않은 듯 찬우는 규민의 손을 꼭 잡고 뛰었다. 옷은 비에 젖어 축축했고 제멋대로 흘러내린 머리칼이 그의 야성을 자극했다. 집 안으로 뛰어들자마자 찬우는 다시 규민의 입술을 찾았다. 입술을 갖다 댄 채 급하게 단추를 끄르는 그의 손가락이 심하게 떨렸다. 비에 젖어 착 달라붙은 셔츠를 벗어 던지고 규민의 블라우스 단추를 끌러 그 안으로 손을 넣어 이 년이나 자신을 기다리다 지쳐 있을 가슴을 강하게 움켜쥐었다. 규민은 찌릿한 통증과 함께 온몸에 전율처럼 번지는 찬우에 대한 열망으로 가슴이 터져 버릴지도 모른다는 생각이 들었다. 가슴이 터져 버리기 전에 그를 안아야 했다. 그들은 거침없이 옷을 벗어 던지고 서로의 몸을 더듬기 시작했다. 가슴을 쓰다듬고 활 모양으로 굽은 허리 곡선을 따라 아래쪽으로 내려가면서 엉덩이를 어루만졌다. 허벅지를 쓸어 올리다가 이윽고 덤불이 무성한 은밀한 곳에 이르자 더 이상 견디지 못하고 서로의 몸을 강하게 밀착시켰다. 그들은 곧바로 침대 위에 쓰러졌다.

찬우는 서투른 몸짓으로 거칠게 입술을 가져왔다. 그의 입술이 살갗을 스칠 때마다 규민은 전율에 몸을 떨었다. 삼킬 듯이 덤벼오는 찬우의 입술은 어깨에서 가슴으로, 그리고 손끝으로 발끝으로 그녀의 모든 것에 자신의 존재를 알렸다. 밤마다 꿈마다 찾아드는 그의 그림자에 얼마나 많은 불면의 밤을 지새웠는지 모른다. 규민은 눈물을 머금은 채 찬우를 불렀다.

"찬우야."

아래에 머물러 있던 찬우의 몸이 묵직하게 가슴을 덮어왔다. 흥분한 눈으로 올라오던 그는 규민의 눈에 맺힌 눈물을 긴장한 눈으로 내려다보았다. 신혼여행에서 첫날밤에 흘렸던 그녀의 눈물이 떠올라 가슴이 덜컥 내려앉았다.

"왜……?"

왜 우는지, 무엇이 잘못되었는지에 대해 물었다. 규민은 안심하라는 듯 찬우의 볼을 만지며 고개를 흔들었다.

"내가 밤마다 널 안는 꿈에 시달렸다면 나 흉볼 거니?"

규민의 눈은 이슬이 맺힌 채 도발적으로 반짝였다. 찬우의 탄탄한 가슴을 쓸어보던 규민이 찬우를 밀치며 방향을 바꾸었다. 순식간에 위치가 바뀌어 버린 찬우가 놀란 눈으로 규민을 올려다보았다. 예전에는 수줍은 눈으로 자신을 올려다보던 규민이 이제 삼십 대의 농염한 여자의 미소를 풍기며 내려다보고 있었다. 규민은 찬우의 놀란 얼굴을 쓰다듬으며 약간 상기된 목소리로 말했다.

"다시 만나면 내가 먼저 사랑해 주고 싶었어."

규민의 입맞춤은 깊고 진했다. 상처받은 영혼을 달래듯 부드럽고 조심스러웠다. 서럽고 아팠던 찬우의 기억들이 규민의 입술 속으로 녹아들었다. 그녀의 입술은 부풀어 오른 그의 남성 앞에서도 부끄러워하지 않았다. 과감하고 농염하게 불덩어리 같은 그것에 입을 맞추었다. 허벅지를 스친 뜨거운 입술이 두근대는 심장에 닿는 순간 찬우는 격정을 이기지 못하고 규민을 돌려 안았다. 그는 규민을 꼼짝 못하도록 품에 안고 물었다.

"내가 오지 않았으면 어쩔 생각으로 이러고 있었어?"

그의 목소리는 화가 치민다는 듯 떨렸다.

"다른 남자랑 결혼이라도 할 생각이었어?"

이토록 원하면서, 밤마다 날 안는 꿈에 시달리면서 그 수많은 밤들을 규민은 어떻게 견뎌왔을까? 그 긴긴 시간 동안 나는 뭘 했던가? 규민을 떠올리지 않으려 미친 듯이 일만 했다. 등대가 되어 주겠다고 했으면서 그녀를 잊으려고만 했다. 그녀에게 등대도 무엇도 되어주지 못했던 자신에게 화가 치밀었다.

"난…… 버려졌다고 생각했어. 네가 날 영원히 잊은 거라고. 그래서 평생 네 그림자만 끌어안고 살 수밖에 없을 거라고 생각했었어."

규민의 눈가에 다시 이슬이 맺혔다.

"바보야…… 이 바보야!"

찬우의 눈물이 규민의 얼굴 위로 툭 떨어졌다. 규민은 찬우의 눈물을 닦아내며 속삭였다.

"안아줘. 울지 말고 안아줘. 이게 너무…… 너무 그리웠단 말이야."

다시 격정 같은 파도가 밀려왔다. 맞부딪친 입술은 뜨거웠고 부풀어 오른 남성은 터질 듯이 아파왔다. 규민의 허리가 갈구하듯 들어올려지는 것을 느끼며 찬우는 그녀의 중심을 향해 부드러우면서도 당당하게 밀고 들어가기 시작했다. 규민에게, 또 찬우에게 세상의 중심이 되는 그곳에는 바다가 있었다. 영원히 그 속에 잠기고 싶고 그리고 죽게 되는 바다. 그 속에서 그는 미친 듯이 규민을 부른다. 어떤 섬세하면서도 멋 부리는 행동도 없이 규민의 리듬을 무시하고서, 이제 막 눈을 뜬 야수처럼 욕망에 따라 쾌락의 한복판으로 맹렬하게 돌진해 들어갔다. 그들은 무아지경에서 서로를 잃어버렸다. 누가 누구인지, 처음과 끝이 언제인지도 모를 일체감에 온몸을 내맡기고 있었다. 아릿한 쾌락과 통증이 전신으로 번져 나갔다. 그 통증은 심장을 돌아 열기로 피어나고 손끝으로, 발끝으로 피처럼 뻗어나가 드디어 온 머리 속을 하얀 포말로 덮어버린다.

찬우는 땀에 젖은 얼굴을 규민의 어깨에 묻으며 전율하듯 떨었다.

"미안해. 좀 더 오래 안아주었어야 했는데…… 견딜 수가 없었어."

규민을 좀 더 배려하지 못한 채 야수처럼 격정에 휘둘려 버린 자신이 원망스러워서 눈물이 찔끔 났다. 규민은 찬우의 목을 힘껏 껴안으며 속삭였다.

"정말 좋았어. 너랑 하나가 되는 느낌이었어."

그 소리와 함께 마침내 찬우는 성서에 나오는 그리스도처럼 그녀 위에 죽은 듯이 엎드렸다.

육중한 그의 무게가 주는 안락함에 머리 속 포말이 천천히 거두어졌다. 규민은 빠져 버린 온몸의 힘을 모아 자신 위에 엎드린 찬우를 다시 힘껏 안았다.

"사랑 나누면서 우는 사람은 우리뿐일 거다."

찬우는 밀착되어 있는 규민의 몸과 떨어지고 싶지 않아 옆으로 누우며 그녀의 몸을 당겨 안았다.

"우리 같은 사랑을 하면 다들 울고 말걸?"

그래, 우리 같은 사랑. 바보 같은 사랑. 눈 먼 사랑을 하면 누구나 눈물이 나고 말 것이다. 그러나 이제는 더 이상 바보스럽지도 않고 눈이 멀지도 않을 내 사랑이 내 품에 안겨 있다. 그녀의 숨결이 스며드는 내 가슴에는 또다시 붉은 꽃 같은 소름이 돋아 오른다.

에필로그

몬테로소 해변이 한눈에 내려다보이는 언덕에 오른 찬우는 햇살이 금빛 기둥 모양으로 떨어지는 바다를 내려다보며 규민의 손을 꼭 잡았다.

"너무 아름다운 곳이야."

"정말……."

깍지 낀 찬우의 손을 가슴으로 가져가며 규민의 얼굴에 행복한 웃음이 지어졌다. 삼 년 만에 다시 찾은 칭크테레는 여전히 작열하는 태양 아래 천국 같은 풍경으로 빛이 났다. 이곳은 두 사람에겐 언제나 행운의 땅이고 다시 와보고 싶은 곳이었다.

작년에 미술원을 졸업한 규민은 피렌체에서 일 년간 작품 활동을 했고 지극히 동양적이고 따뜻한 색체로 이곳 사람들의 마음을 사로잡았다. 자신들의 갤러리에서 전시회를 열어보지 않겠느냐는 제의가 들어온 곳만도 십여 곳은 될 정도였다. 그러나 그녀는 그 많은 제의들을 모두 거절해 버렸다. 더 이상 찬우와 떨어져 지내고 싶지 않아서였다. 찬우는 이곳에서 좀 더 입지를 굳힌 후 한국으로 돌아오라고 말렸지만 규민은 당장 돌아가겠다고 단호하게 말했다.

"감질나서 못 견디겠어."

한 달 만에 만나 사흘 밤을 꼬박 안겨 있던 규민이 했던 말이다. 무엇이 감질나느냐고 은근한 눈으로 묻는 찬우를 보며 규민은 푸홋, 웃음을 터뜨렸다.

"다, 다 감질나. 백찬우 머리끝부터 발끝까지 다 감질나."

그 소리에 찬우는 감당이 되지 않는 표정으로 규민을 내려다보았다. 그가 이탈리아로 올 때도 있고, 규민이 한국으로 나오기도 하며 한 달에 한 번씩 만나는 이것이 감질나기는 찬우도 마찬가지다. 그렇지만 규민의 발전을 위해 그런 것쯤은 충분히 견뎌낼 수 있다고 생각하고 있었는데 규민이 먼저 못 견디겠다고 손을 들어 버린 것이다.

규민은 감당이 안 되는 표정으로 자신을 내려다보는 찬우의 얼굴을 쓰다듬었다.

"당신 얼굴도 감질나고, 이것도 감질나고……."

찬우의 얼굴을 당겨 감질 나는 그의 입술에 촉촉한 입술을 대었다. 방금 전의 뜨거운 열기가 여전히 식지 않은 그의 목에서 뜨거운 열이 뿜어져 올라왔다. 입술을 뗀 규민은 은근한 눈빛으로 아랫도리를 움직였다. 딱딱하고 뜨거운 물건이 부딪쳐 왔다. 다시 그를 안고 싶어졌다. 규민은 찬우의 목을 안고 아랫도리에 힘을 주며 속삭였다.

"그리고 이것도 감질나."

그 소리에 찬우는 풋, 웃음을 터뜨리며 규민의 허리를 당겨 안았다. 아내는 나이가 들수록 점점 과감해진다.

그날 밤, 결국 찬우도 규민의 귀국에 동의를 해버렸다. 어디서 작품 활동을 하든 자신의 색채만 잃지 않는다면 규민의 그림은 누구에게나 사랑을 받을 것이다. 찬우가 보기에 규민의 그림은 이제 완연히 물이 올랐다. 찬우는 바다로 떨어지는 석양을 바라보다 규민을 돌아보았다. 물이 오른 그림처럼 여성으로서의 그녀도 한층 물이 올라 아름다워 보인다. 스물둘, 빛나던 그때와는 또 다른 모습으로 빛을 내고 있다. 이제는 기억에도 가물한 지난 세월들이 그녀에게서는 전혀 느껴지지 않는다.

터키색 지중해에 떨어지는 석양은 찬우의 얼굴에 주홍빛 햇살을 드리웠다. 짙은 속눈썹 안에서 반짝이는 그의 눈은 언제나처럼 따뜻하고 촉촉하다. 그 따뜻하고 촉촉한 눈에 들어 있는 여자는 여전히 이규민뿐이다. 규민은 찬우의 어깨에 머리를 기댔다. 언제나 따뜻하고 편안한 내 자리. 실은 이곳에서 좀 더 활동을 하고 싶은 욕심이 없는 것은 아니다. 그러나 그 욕심보다 찬우와 함께 있고 싶은 욕심이 더 크다. 그의 곁에서 날마다 사랑을 이야기하며 따뜻하게 품어주고 싶다.

"찬우야."

"응?"

"우리 나중에 나이 들면 여기 와서 살까?"

"그러고 싶어?"

"음, 여기에서 널 그려보고 싶어."

"여기에서 날?"

규민이 왜 하필 이곳에서 자신을 그려보고 싶어하는지 찬우는 알 수가 없다. 궁금해하는 찬우의 눈을 바라보며 규민이 진지하게 말했다.

"세상에서 가장 아름다운 풍경 속에서 세상에서 가장 아름다운 남자를 그려보고 싶어."

이런 낯간지러운 소리를 말짱한 얼굴로 하고 있는 규민이 신기해서 찬우는 자꾸 웃음이 난다.

"풋, 하하……."

"흠, 진심인데?"

누가 뭐라든 규민에게 찬우는 세상에서 가장 아름다운 남자다. 찬우는 규민의 진지한 눈을 보며 알았다는 듯 고개를 끄덕이다 다시 하하 웃었다. 네 웃음이 작열하는 이 태양보다 더 빛이 난다면 또 웃을까? 그런 생각을 하며 규민은 하하 웃는 찬우의 얼굴을 여전히 진지하게 바라보았다.

그녀는 자꾸만 나를 닮아간다. 오로지 그녀만 바라보는 나처럼 오로지 나만 바라보는 그녀, 그녀가 세상에서 가장 아름다운 여자라 생각하는 나처럼 내가 세상에서 가장 아름답다고 생각하는 그녀.

　등대도 뱃길도 잃은 채 암흑의 바다 위를 떠돌던 나의 밤배, 나의 사랑이 이제 영원히 내 가슴에 닻을 내리고 있다.

작가후기

『밤배(Ships in the night)』는 제가 몇 편 끄적인 글 중에서 개인적으로 아쉬움이 가장 많이 남아 있던 글이었습니다.

이 글을 2년 만에 다시 끄집어내며 매번 하는 다짐처럼 '이번에는……' 그것이 무엇인지 뚜렷하게 잡히지는 않지만 '이번에는……'이라는 다짐을 또 하게 됩니다.

그러나 완결을 짓는 그 순간까지 여전히 답답함이 거두어지지 않았습니다.

뭘까? 뭘까? 원하던 대로 행복하게 끝을 맺었고, 사랑은 결실을 보았는데 여전히 무엇이 그토록 아쉬운 건지 알 수가 없는 글이 되고 말았더군요.

출판사로부터 받은 전화에서 글에 대한 여러 말들을 들었지만 돌아서면 다 잊어버리는 제가 전화를 끊고 하나라도 기억해 내면 다행이죠. 근데 다행스럽게도 기억에 남는 말이 있었는데 그것은 '찬우의 감정이 많이 보이지 않는다'였습니다.

이런~ 무슨 소리?

『밤배』를 쓰면서 가장 보여주고 싶었던 것이 규민에 대한 찬우의 절대적인 사랑이었고 찬우의 감정이었는데, 그래서 그것을 표현하기 위해 가장애를 썼는데 그것이 많이 보이지 않는다니! 뜨악했습니다.

며칠 동안 객관적인 마음으로 찬찬히 다시 읽어본 『밤배』에는 제가 마음으로 그렸던 진정한 찬우가 보이지 않았습니다.

왜 그랬을까요?

사건에 매달리고 스토리를 좇아가느라 급급했던 건지도 모르겠습니다.

아, 그제야 『밤배』가 제게 왜 그토록 마음이 아프고, 답답하고, 아쉬운 글이었는지 깨달아지는 겁니다.

제가 정말 보여주고 싶었고, 표현하고 싶었던 찬우가 고스란히 제 속에 남아 있었던 겁니다. 쓰면서 혼자 이해해 버리고 생략해 버리는 바람에 찬우와 규민의 속 깊은 감정들을 제 속에서 다 꺼내지 못했던 겁니다. 그래서 행복한 결말을 맞은 그들이 여전히 제 속에서는 아픈 상태로 남아 생채기를 내고 있었던 겁니다.

한줄한줄 다시 고치고 써 내려가며 무거웠던 마음이 가벼워지고 따뜻해졌습니다. 마음에 감정적 찌꺼기를 남겨두지 않으려고 노력했습니다. 규민과, 찬우. 그들은 언제나 제 속에 살아 있을 인물들이기 때문에 그들로 인해 다시 아프고 싶지 않았거든요.

완벽하진 않지만 그래도 조금은 가벼워지고 편안한 마음으로 마칠 수 있어서 다행입니다.

긴 여정 끝에 『방배』의 항해를 마치며 다시 느끼는 것은 글을 쓴다는 것은 역시나 어려운 작업이고, 또한 즐거움입니다. 글은 결코 나 혼자만 이해해 버리고 느껴서는 안 된다는 것도 알게 되었습니다.

『방배』를 읽으신 모든 분들이 규민과 찬우의 아팠던 과거보다 행복하게 펼쳐질 미래를 더 오래오래 기억해 주었으면 좋겠습니다. 그래서 『방배』가 슬픈 글보다는 따뜻하고 행복한 글로 기억되기를 바랍니다.

즐거운 작업을 잘 이끌어주신 종민님, 고맙습니다.

그리고 나의 사랑하는 음악들에게도……

-김인숙 드림.

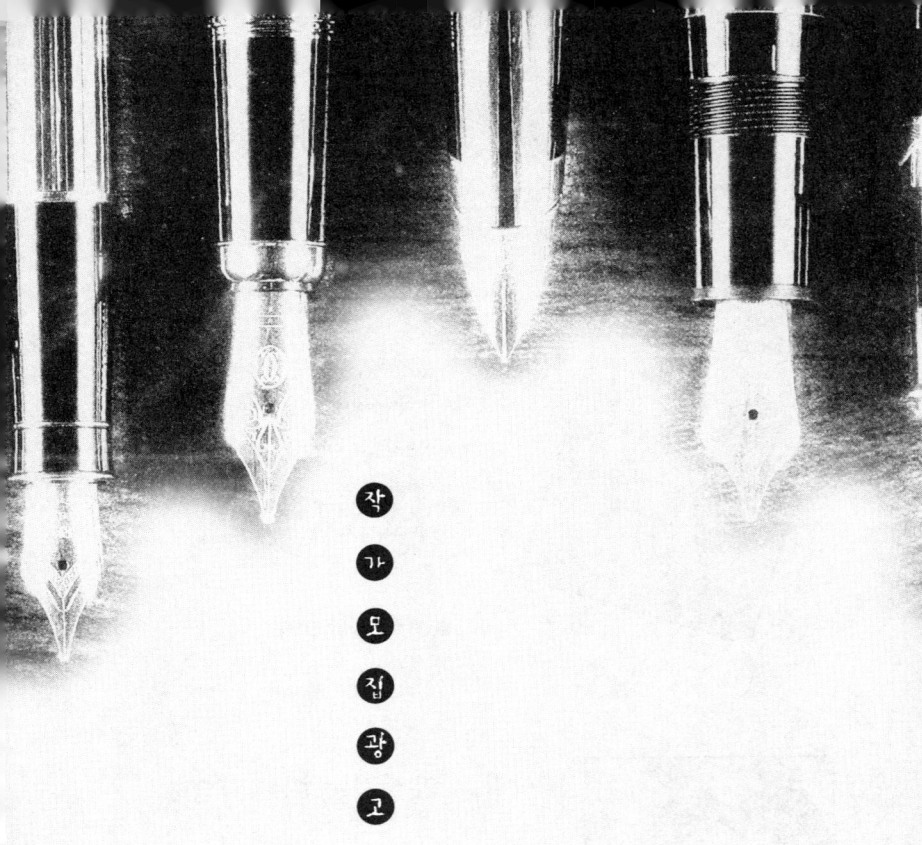

作
가
모
집
광
고

도서출판 청어람의 문은 항상 열려 있습니다.
실력있는 작가 분들의 많은 관심 부탁드립니다.

TEL:032-656-4452 · FAX:032-656-4453
http://www.chungeoram.com
http://chungeoram.egloos.com
e-mail:chungeoram@chungeoram.com